·下册·

義和清零 —— 著

羊城晚报出版社
·广州·

CONTENTS

第1章	价格谈判	001
第2章	疑心渐起	011
第3章	红妆科技	021
第4章	调查人员	031
第5章	失手红妆	041
第6章	对谈俞莲	053
第7章	配合演戏	063
第8章	收购莲秀	073
第9章	私人派对	085
第10章	惊险赛车	095
第11章	敬畏之心	105
第12章	尽我所能	115
第13章	录音证据	123
第14章	人各有志	133
第15章	一个交代	143
第16章	人人自危	151

第17章	慧极必伤	161
第18章	北鹤南飞	169
第19章	野草战队	179
第20章	战争打响	189
第21章	危机重重	197
第22章	陇鲜食品	207
第23章	中达雷宏	217
第24章	意气用事	227
第25章	耳濡目染	237
第26章	新鸟商会	245
第27章	我羡慕你	255
第28章	留下来吧	267
第29章	尘埃落定	277
第30章	毕业礼物	287
番外一	戚家的希望	293
番外二	林焕的败局	301

第1章 价格谈判

就在戚屿回加州的这两周，科技发展部已经将目标收购范围缩小至四家，分别是红妆、莲秀、万象和唯美科技。

根据内部评估，红妆科技是四家公司中与司源集团科技部符合度最高的，前不久叶钦如和他们进行了初步接触，但听说创始人苏竟只接受50%以内的股权投资，不打算出让公司的控制权，这一点和司源的要求相悖。

除了红妆，莲秀科技也是团队最想收购的公司之一。莲秀旗下的"每日秀"APP主做奢侈品承销和线上衣橱，其用户属性与司源旗下美薇品牌的客户属性吻合度高达80%。

和红妆科技相比，莲秀成立更早，平台做得更大，而且这家公司已经上市，只不过莲秀目前面临着一个致命问题——原公司创始人和新股东发生观念冲突，导致公司出现重大的决策问题，上市没多久股价就开始下跌。听说目前莲秀的两位原始创始人已有套现离场的意向，只要有人肯出价就能接手。

叶钦如等人讨论出来的最佳策略是"保莲秀、争红妆"，至于万象和唯美，都是框架下的附带产品，虽然有司源需要的东西，但不是非要不可，等他们自己的公司组建起来再拓展也可以。

当晚，戚屿洗完澡出来，见傅延昇还捧着笔记本电脑，走过去问："你在看什么？"

"叶总他们刚发了莲秀初步的估值报告给我。"

"估值多少？"

"2.85个亿，不过我看技术那块的估值给高了，他们给莲秀和红妆是同一个估值，但很明显红妆的技术要比莲秀值钱。"

戚屿颔首："你把回去的机票改到哪天了？赶得上和莲秀股东见面吗？"

傅延昇合上电脑："十二月二十三日，赶得上。"

这次圣诞，戚屿打算亲自回国参加与莲秀几位股东的价格谈判，但因为他发烧，傅延昇临时改签，将回去的日期往后推迟了五天。

戚屿心中一算，差不多是等他一回国就要上"战场"了。

傅延昇安慰他道："我和叶总打过招呼了，他会把事情都搞定的，你就趁这两天把身子养好，别到时候回去时差一乱又病了。"

戚屿不满道："怎么把我说得这么弱不禁风？我已经好得差不多了。"

傅延昇倒了杯热水，和维生素一起递给他："别有了点力气就嘚瑟，前两天是哪个少爷发了烧哼哼唧唧的来着？"

戚屿一口水差点没喷出来，说谁哼哼唧唧的？！

虽然心里埋怨，但这阵子傅延昇的悉心照顾，让戚屿越发无意识地信任起对方，平日衣食住行也都心安理得地交给对方打理。

休息了几日，两人启程回国，飞机上他本想让傅延昇再跟自己说说科技公司的事，可听了两句就眼皮子打架。

傅延昇知道，前段日子高强度的学习和工作压力透支了他的精力，劝他道："想睡就睡会儿吧，谈判桌上有叶总代你说话，有些细节你不那么了解也没关系。"

戚屿听了反倒不高兴："这怎么行？我可以不说话，但我好歹是个公司副总，怎么能对价值上亿的谈判一知半解？你继续说，我听着。"

他的嗓音透着一股慵懒和沙哑，虽然都是在对傅延昇"下令"，但已和以往那种颐指气使的高傲大有不同。

傅延昇耐着性子给他讲解，说了大半个小时，听戚屿不再应声，定睛一看才发现对方已经力不从心地睡过去了。傅延昇见状，摇头低笑，轻声说了句"逞强"，见青年还略显青涩的睡颜，又情不自禁地叹了口气，伸手替他盖上空调毯子。

十多个小时的航程后，两人抵达海城。

出了机场，海城湿冷的空气扑面而来，傅延昇立即把他随身携带的羽绒服拿出来给人披上，戚屿缩在宽大的羽绒服里笑："我以前很少穿这个。"

傅延昇："这不是发烧刚好吗，别冻着。"

戚屿斜了他一眼，好似在欣赏傅延昇的细致周到。这一眼反倒看得傅延昇有些不自在，他不由得握拳抵唇轻咳了一声。

两人离开机场便直接前往集团总部和叶钦如等人开会，上了车，傅延昇说："一会儿开会，先确定收购莲秀的价格。"

戚屿问："我记得你上次说2.85亿估值高了，还没定下来？"

傅延昇："叶总收到我的反馈后，让下面的人重新进行了估值，目前保守算下来只值2.68亿。明天要见的两个股东加起来拥有莲秀53%的股份，只要报价在1.4亿上下就比较合理，但如果双方报价差距太大，就得磨一磨，也不见得第一次就能谈成。"

戚屿听了又有些好奇："你都是什么时候和叶总联系的？"

傅延昇："你睡觉的时候。"

戚屿暗叹一声，有这样一个全能秘书在身边，真是让他省力又省心啊。

到了集团总部，叶钦如见了戚屿就关心道："听说你前两天感冒发烧了？你还在念书，公司的事顾不过来也没关系，既然你招了我过来，有些事情放心交给我来做就行。"

戚屿不想走到哪儿都被当成需要照顾的角色，正色道："我已经好了。明天和莲秀谈

第1章 价格谈判

判有几成胜算?"

叶钦如道:"收莲秀倒是不难,他们除了司源集团目前没有更好的买家,主动权在我们手里。现在该愁的是红妆,你在加州这半个月,我已经带人去对接两次了,那苏竟简直油盐不进。"

戚屿:"如果拿不下红妆,对我们组建科技公司有多大影响?"

叶钦如:"红妆的算法技术和平台发展已经相当成熟,我们如果不收购它,自己从头做,不但费钱费力,更关键的是费时间。"

戚屿了解,起步一晚,竞争力就低,他问:"所以必须拿下红妆?"

叶钦如:"能拿下是百利而无一害。"

戚屿蹙眉:"司泽怎么说?"

叶钦如:"司总说去找找别的渠道。"

戚屿:"别的渠道?"

叶钦如凑近他,低声道:"既然正面接触人家不搭理,就只能找点其他门路了,其实我这边也在找别的法子,那苏竟想要在短时间内把公司做大,势必要融资,一旦融资,他手中的股权就会降低,我们就有机可乘。"

听他这么一说,戚屿不由得想起小鸽子和小喜鹊,当初两家公司对战也都寸步不让,后因小鸽子求胜心切,误入骗局,才被林焕拿下。

想起林焕和许敬的手段,戚屿心里总有点不是滋味,他也知道商场斗争尔虞我诈,这种阴谋手段不足为奇,但他更希望他们谈这些生意也能像傅延昇替他招揽叶钦如那样,坦诚相交,互利双赢。

两方人简单开了个会,了解了第二天要应对的主要情况后,戚屿就和傅延昇返回了酒店。路上,戚屿忍不住对傅延昇道:"我想亲自去见见那个苏竟。"

"哦?"傅延昇感兴趣道,"叶钦如跟你说什么了,怎么忽然想见苏竟了?"

戚屿将叶钦如的话转述给傅延昇,接着道:"那公司毕竟是苏竟创立的,我还记得你之前跟我说,就算是天之骄子,也都是凡人,是凡人就有所求,想要打动他们,重要的不是出多少钱,给什么地位,而是得知道他们内心想要的到底是什么。如果能知道苏竟的想法,看看和司源的方向是否有相合的地方,又有什么地方冲突,再进行分析,说不定这事正面谈还有回旋余地。"

傅延昇听完后赞成道:"你说得很对,苏竟是做技术出身的,红妆科技表面上只是个美妆穿搭分享平台,我其实也想不出苏竟要占着红妆控制权的必要理由,唯一的解释就是他对公司发展方向或者技术层面有独到的规划。如果我们一上去就说要给他投资,要公司控制权,自然会被拒之门外,可这不代表他真的油盐不进。"

戚屿眼眸一亮:"我也是这么认为。苏竟当年会背叛雷宏,甚至把光神科技卖给中达的对头公司,也不接受雷宏的高价收购,想必比起名利,这人心底里有其他更在乎的东西，比方说，在创业方面有什么信念？"

傅延昇："我也听说司泽在找其他渠道，司氏人脉势力极广，通过强取豪夺同样能拿下红妆，但用这种手段对付苏竟这样的人，搞不好也会弄得两败俱伤。"

戚屿为自己和傅延昇达成共识感到高兴："那让叶总安排一下，趁这个假期，让我会会这个苏竟。"

傅延昇莞尔："好。"

莲秀约见他们的地方在苏皖交界的一处4A级竹林景区，那股东在景区包下了一个温泉庄园，特地请他们过去消费。

早上八点，就有叶钦如安排的商务车来酒店接戚屿和傅延昇，这次随行的除了叶钦如和吴双，还有集团的一位财务副总监。

上了车，叶钦如问戚屿："昨晚休息得还好吗？"

戚屿面上仍有些倦意："还行。"

叶如钦笑笑，看向傅延昇道："傅总精神倒是不错。"

戚屿听了这话又有点奇怪，明明都是正常男人，自己还比傅延昇年轻好几岁，怎么傅延昇的精力和体力比自己还好？

傅延昇问："过去要多少时间？"

叶钦如："三个半小时，戚总如果想休息，可以在车上再睡一会儿。"

戚屿懒懒地点了个头，问："司泽他们呢？"

叶钦如："他们自行出发，我们约了十一点半在那边会合。"

边上的吴双好奇道："只是谈个价格，怎么还要去这么远的景区？"

叶钦如："咱们要谈的毕竟是上亿的项目，你以为是菜场买菜呀，一上来就你出五块我还三块？我们是金主，他们是卖家，卖家想卖东西，可不得先把金主们哄开心了？这种招待规格是正常的。"

吴双："哦……"

戚屿对这样的场合倒是见怪不怪，因为戚源诚和人谈生意也常被邀去各种地方消费游乐，从小他就见识过许多。

美薇在意大利也有销售商，记得有一年他和爸爸去意大利谈生意，当地的一个华裔商人朋友招待他们，带他们去隔海的克罗地亚游玩。

克罗地亚盛产松露菌，那叔叔带他们去了一个小村，又给他们引荐了克罗地亚的港人朋友，一路跟他们介绍黑松露的珍贵、美味和营养价值，当时还牵了两条狗去山上挖松露，那过程就像是挖宝藏一样，让戚屿觉得格外新鲜。

他们那天挖到了五颗黑松露，下山后直接去了一家餐馆，请法国大厨用挖到的黑松露做料理，直到吃饭时，那港人才透露自己是个松露菌批发商，想要戚源诚投资他们。

第1章 价格谈判

晚上回酒店,他问爸爸要不要投资,戚源诚笑着反问了他一句:"你觉得那黑松露的味道怎么样?"

戚屿对那个味道实在不感冒,但那一天他确实玩得很尽兴,还被那几个叔叔忽悠得云里雾里的,仿佛真吃到了特别高级昂贵的食物。

戚源诚听了他的评价后笑道:"取悦投资者是每个拉投资的人必做的事,爸爸虽然有钱,却也不是什么都投的。"

投资松露菌的事就这样不了了之,说明爸爸即便被取悦也依然保持着商人该有的冷静,这事也让戚屿印象深刻。

他收回思绪,问叶钦如:"莲秀那两个股东是什么样的人?"

叶钦如:"一个叫俞莲,另一个叫严秀,都是姑娘,'莲秀'取的就是她俩的名。这两人我只见过俞莲,初次接触的时候她请我去苏市一幢民国时期建立的高档洋房,吃了精致的小菜,还请我去听昆曲……这姑娘啊,感觉不像个商人,反而像个文艺女青年……"

吴双好奇道:"漂亮吗?"

叶钦如斜眼看他:"还行吧。"

"哦……"吴双有点奇怪叶钦如干吗看着自己说这话,讪讪道,"你继续。"

叶钦如:"俞莲跟我说过,她和严秀是在法国留学时认识的,两人都学奢侈品管理。她们在国外一开始是做奢侈品代购,专扫国外大品牌的折扣产品,因为货源正、价格低,吸引了不少中产阶级年轻客户的关注,有了一定的客户群后才组建公司,经过几轮融资,公司越做越大,内容也越来越丰富,什么线上衣橱之类都是后面才开发出来的。但这两年由于某宝、南日等商城都开发了海购渠道,对莲秀冲击很大,加上它现在产品内容杂,一上市股价就高开低走,听俞莲说,公司几个股东包括管理层每个人想法都不同,她和严秀都已觉得力不从心,所以才打算把公司转卖掉……"

莲秀这家公司的主营内容和现状,戚屿之前已经听傅延昇说过了,但关于这两个创始人的故事,他是第一次听说。戚屿若有所思道:"用自己的名字做公司名,这两人一开始应该很重视这家公司吧。"

叶钦如:"嗯,上次见面的时候就感觉俞总对这家公司很有感情,她讲了很多自己和严秀创业期间经历的困难和挫折,还说莲秀就像她和严秀的孩子一样。"

吴双感慨道:"那她俩现在沦落到要卖孩子了,也不容易……"

众人:"……"

几人聊了一个多小时,后半程戚屿靠在椅子上睡着了,傅延昇回头朝叶钦如和吴双比了个手势,两人便噤了声。

等快到目的地时,戚屿才悠悠转醒,发现身上盖着傅延昇的外套。他稍稍坐正了些,见对方手里握着一杯咖啡,问:"你咖啡哪来的?"

傅延昇:"刚在服务区买的,你睡着,就没叫你。"

戚屿自然而然地伸手："给我喝点。"

傅延昇迟疑了一秒，才把剩下的半杯咖啡递给戚屿。车里弥漫着一股诡异的安静，戚屿喝了两口咖啡，反应过来叶钦如和吴双在他们身后，忙把杯子递了回去，看向窗外的竹山，岔开话题道："快到了吗？"

傅延昇："快了。"

又开了十来分钟，车子缓缓停在了一处古色古香的庭院门前，一位身穿唐装的侍应生上前替他们开门，一行人下了车，在对方的带领下进入庄园大堂。

那大堂其中一面墙由全景玻璃打造，放眼望去，只见外头群山起伏，雾霭如云，目之所及皆是参天古木和灰绿色的毛竹，叫人心旷神怡。

正欣赏眼前的美景，身后又传来一阵声响，戚屿回头，见司泽也到了。他们来了五个人，黄骏文和宋溥心都在，一群人西装革履，颇有气派。

司泽叫了声戚屿的名字，笑吟吟走过来，一群人在大厅寒暄了两句，就在服务生的带领下前往宴席厅。

俞莲和严秀已在此久候，那俞莲长得十分漂亮，银色月季花纹的白色旗袍凸显出她婀娜的身材，一张素颜不施粉黛却不掩姝色。

两方人相见，俞莲率先和叶钦如打招呼："叶总，欢迎你们。"

叶钦如彬彬有礼地和她握了个手："多谢款待，多谢款待。"

立在俞莲身边的严秀身材高挑，也是个气质绝佳的女性，不过不同于俞莲的装扮，严秀穿了一身职业装，显得格外英气。

叶钦如和俞莲又相互介绍了各自一方的人员，那俞莲见了戚屿两眼一亮，讶异道："上回就听叶总提起过您，想不到戚总这么年轻帅气，幸会。"

戚屿颔首微笑，面上丝毫不露怯。

众人落座吃饭，席间免不了一阵商业吹捧，从个人的职业背景到各自的风流韵事，彼此熟悉得像是认识了几十年的老朋友。

互吹完后，众人又聊时事政治，聊饭桌上的菜，谁都不着急谈莲秀的收购细节。

等饭吃得差不多了，俞莲才道："关于购买咱们莲秀股权的事，你们考虑得怎么样了？"

叶钦如道："莲秀这家公司的资料我们都看了，公司里也进行过几轮估值，优势明显，但也有很多短板，上次见面我已经和俞总说过，我们看中的主要是这家公司初始的客户群和上市公司这个壳，很多附加产品对我们而言都没什么用……不过俞总放心，我们既然来了，也是抱着诚意来的。"

俞莲看向司泽："那你们愿意出多少价格呢？"

司泽道："不如你们先报个价吧。"

俞莲给了严秀一个眼神，严秀开口道："2.5亿。"

叶钦如一脸平静地问："严总说的是整个莲秀的报价吗？"

第1章 价格谈判

严秀:"就只是我和俞莲手中的股份价格。"

司泽笑着摇摇头:"严总说笑了。不瞒你们说,我们对莲秀整个公司的估值都不高于这个数。"

戚屿记得他们对莲秀的估值是2.68亿,司泽显然是在压价。

果不其然,莲秀那边的人听完脸色都有些变化,还好俞莲端得住,她笑说:"叶总,我们是根据市值报的合理价位。"

叶钦如:"这是莲秀刚上市时的价格吧?"

俞莲:"只要司源接手,莲秀的股价就会上涨。"

司泽笑了笑:"所以你们也知道这事儿要靠司源来挽回局面,如果司源不出手,莲秀的股价还会不断下跌,甚至有可能面临退市的风险。"

莲秀一个财务小姑娘皱眉道:"照你们的估价,这也太低了……"

俞莲给了她一个眼神,又举杯对叶钦如道:"没事,买卖不成仁义在,就算谈不拢,能和司源的各位认识也是一桩幸事。"

严秀也道:"大家远道而来,不要浪费这天然美景,这庄园我们包了两天,园里还有温泉、棋牌厅、茶室,大家休息休息再谈吧。"

叶钦如笑着附和:"来来来,喝酒喝酒,不急着谈。"

戚屿看得出来,俞莲和严秀打算采取迂回战术,一时谈不拢,先慢慢招待着,既来之则安之。如严秀所说,难得到这避世之所,也该享受享受。

众人起身随着庄园的服务生前去房间,穿过庭廊时,戚屿听吴双低声对叶钦如道:"这俞总长得这么漂亮,你在车上怎么说她'还行'?"

叶钦如偏头看他:"你老关注人家长得好不好看干什么?"

"你不渴望爱情吗?我看那俞总跟你还挺般配的,她还带你去听昆曲,没准对你有意思呢……"吴双嘀咕道,"眼光这么高,难怪一直单身。"

叶钦如似笑非笑:"听你这语气,我怎么感觉这么酸呢?"

"啊?"吴双都没反应过来,他酸谁?酸叶钦如吗?

叶钦如抬着下巴,孔雀般扫视着四周:"听说这里汤池不错,晚上一起去泡吗?"

吴双:"欸?"

说话间,一行人就到了客房所在的庭院。八个房间分布在一条廊道的两边,西面的房间面朝庭院,东面的房间面朝大山,朝山那面都有独立汤池。

地位最高的司泽和戚屿自然分到了两个规格最高的山景房,宋溥心和傅延昇以贴身随行的身份分住两侧。

住房区开了地暖,戚屿进门后脱了西装外套,走到落地窗前欣赏了一会儿美景。不消片刻就有人敲门,是傅延昇和叶钦如。

叶钦如一进来就悄声对戚屿道:"俞总请我们一会儿去茶室喝茶,估计接下来就要进

行第二轮谈判，戚总你有什么想法？"

戚屿摇头，反问他："你怎么看？"

叶钦如："她们的初轮报价肯定是高了，我们要的是对莲秀的绝对控制权，这53%的股票肯定不够，这两人都啃不下，更别说方舟投资了。"

方舟投资是控制莲秀的第三大股东，手中约有20%的股份，在莲秀上市前，他们就开始干预这家公司的走向，也是导致决策层产生矛盾的主要一方。

叶钦如道："一会儿谈判，我还会把估值说低一些，打压一下她们的心理价位。"

戚屿："她们会不会恼？我看刚刚司泽说了那句话后，莲秀那边的人脸色都不大好。"

叶钦如解释："司总地位特殊，唱个黑脸也没事，这也算谈判策略。"

戚屿又看向傅延昇，傅延昇道："既然我们此前的估值已经达成一致，现在就努力按这个价位谈吧。"

叶钦如颔首："那行，等会儿我就继续跟她们磨。"

几人交换完意见便出门前往茶室，黄骏文和司泽手下的另一位经理已经在廊道尽头等待，却不见司泽和宋溥心。

戚屿问："司泽呢？"

黄骏文笑了笑："他和宋助理有些私事要处理。"

叶钦如似乎没怎么放在心上："那我们过去吧。"

到了茶室，俞莲已带了三个人在里边等候，几人落座，俞莲说严秀饭后有午休的习惯，等晚上吃饭再来。

上了茶，众人直奔主题。叶钦如透露了司源的底价，2.5亿直接砍半，只报了1.25亿，俞莲听了直皱眉，摇头说太低，不能接受。

美人愁眉紧蹙，本该惹人怜惜，可叶钦如却丝毫不为所动："俞总，不是我故意压你的价格，跟你见了两次，我对你本人也非常欣赏，但一码归一码，贵公司估值确实不高，如果你有什么疑惑，我可以跟你逐条分析我们是如何给莲秀定价的。"

俞莲闻言已明显底气不足，毕竟他们只是一个小小的上市公司，跟司源集团根本不是一个资产量级，在谈判上本就处于弱势。她说："这事儿实在不是我一个人能做主的，等我回头再和严秀商量商量。"

叶钦如反手替她斟了杯茶，从容道："没关系，有什么问题我们可以慢慢谈，实在谈不成，这次就当以朋友的身份来这里游玩，等下回换我请俞总吃饭。"

俞莲淡淡一笑，似乎被这句话愉悦到了。

喝了一个小时的茶，谈话暂告一段落，众人想逛园子的逛园子，想回去休息的休息，有兴趣的还可以跟着庄园里的农人去后山挖冬笋。

经过刚刚那一轮谈判，大伙儿对在预期价位内拿下莲秀已抱有十足的信心，听说后山能挖笋，好几个人都感觉有点新鲜，打算结伴出去凑个热闹。

第1章 价格谈判

戚屿觉得有些累,没有参加,和傅延昇回了房间。进门后,戚屿回想起叶钦如刚刚的表现,摇头道:"叶钦如砍起价来也真够狠,一点都不怜香惜玉。"

傅延昇笑说:"这好歹算是他来司源后给你打的第一仗,可不得使尽浑身解数吗?"

戚屿看向傅延昇,奇怪道:"倒是你,今天怎么跟个闷葫芦似的?"

关于莲秀的事,傅延昇一直在背后跟进,戚屿原以为今天又能见识到傅延昇在谈判桌上的风采,可无论是中午吃饭还是刚刚喝茶的时候,对方都没怎么插嘴。

傅延昇解释道:"收购莲秀这件事,叶钦如是主角,他一人能做成的事,我再出头不显得喧宾夺主?何况你手上现在就我和他两张牌,才开局你就想出王炸啊?"

戚屿啼笑皆非,理是这个理,但怎么感觉话从傅延昇嘴里说出来,谦逊都成了自恋?

房间里热,戚屿稍稍扯松了领带,走向露台。他开了玻璃门,一阵清冷的空气灌进来,感觉舒服了不少。

汤池就建在房间外的露台上,由石头砌成,四周铺着草甸子,有一种古朴原始的味道。不过此时已是十二月底,山上气温还低,池中空荡荡的,尚未蓄水,戚屿有点好奇这温泉从哪里来,正打算出去看看,却听见隔壁传来一阵争执声。

露台与露台之间虽然有墙相隔,空气却是相通的,戚屿凝神,只听一人道:"你还好意思质问我?你处心积虑地接近我,骗取我的信任,到底是想帮我还是要害我,你自己心里不清楚?"

戚屿身形一顿,这是司泽的声音,他在和谁争吵?

"既然你已经不信任我了,何必要强留我在你身边?"

——这似乎是宋助理的声音。

"你以为我留着你是离不开你?别傻了,所有人都劝我不能留你,可我偏要!"司泽声音低沉了些,带着一丝羞辱的意味,"我要让你亲自体会一下,如果没有我给你的权力,你还能做什么?!"

一阵窸窣声响起,伴随着宋溥心的抗议:"司泽,你不要太过分了!"

司泽狠声道:"认清现实吧,阿心,与其想着离开,不如好好琢磨琢磨怎么辅助我,让我恢复对你的信任,否则就算你有一身本事,也只能当个无处施展的废物!"

就在这时,傅延昇的声音也从后头传来:"怎么站在外头?"

戚屿当即合上阳台玻璃门,将隔壁的声响隔绝在外。

"没什么……"事关宋溥心和司泽的私事,戚屿不便和傅延昇交流,他强压下心中的好奇和猜测,道:"我们出去逛逛吧?"

"你不是说累了,不休息会儿?"傅延昇道。

"现在休息,晚上就睡不着了。"戚屿打起精神。

傅延昇没有异议,庄园廊道上挂了许多山水名画,四处装饰着精美的艺术品,很值得观赏。两人在园内转了一圈,绕到庄园后门,恰好碰见黄骏文和叶钦如他们挖笋回来。

几人围观了一番挖到的冬笋，农人根据笋的嫩度推荐了几个合适的菜式，直接送去后厨。

晚饭时司泽来了，宋溥心却没出现，但司泽身边没人关心一个生活助理的去向。反倒是戚屿对下午偷听到的只言片语疑惑丛生，他看向司泽，问："宋助理怎么没来？"

司泽解释："他身体不太舒服，不来吃饭了。"

边上的叶钦如闻言一愣："宋助理是不是身体不太好？上次我们一起去燕城出差，他好像也总是待在酒店里。"

戚屿看向他："你们什么时候去的燕城？"

叶钦如解释："上个月，我和司总一起去燕城见苏竟。"

司泽笑笑，避重就轻道："他来了也吃得不多，不用管他。"

戚屿轻抚酒杯，微微蹙眉。

当晚没来吃饭的还有严秀，俞莲在饭桌上颇有些尴尬地解释说，严秀身体也不太舒服，不能作陪。下午喝茶时俞莲说要和严秀再讨论讨论价格，晚上严秀不来吃饭，颇让人怀疑她们是不是在唱双簧。

席间，俞莲没提价格的事，只陪他们聊了些风花雪月。饭后，黄骏文组局打牌，司泽兴致挺浓。

可能是时差使然，戚屿早早犯了困，傅延昇见他连打了几个哈欠，建议道："累了？要不你先回房间泡个温泉，早点休息，这儿有我跟叶总在。"戚屿本就对牌局之类的活动不感兴趣，想着晚上可能也不会谈及正事，便听了傅延昇的建议，独自回房。

到了客房门口，只见一个服务员一手端着托盘站在司泽房间门口，一手拿着房卡，似有些犹豫。

"你找谁？"戚屿问。

服务员回答："司总让厨房做了份笋丝瘦肉粥送来这个房间，但好像没人在里边。"

戚屿伸手一指隔壁的房间："你试试敲那个。"

服务员收起房卡，敲了敲隔壁房门，片刻后门开了，宋溥心果然在那边。

戚屿站的位置看不见他，只听对方的声音有些虚弱，看样子的确身体不适。

等服务员走了，戚屿才轻轻关上房门，叫客服来替自己放水，不消片刻，露台上便一片雾气蒸腾。他脱了衣服走出去，将自己沉入温热的池水中，一边泡温泉一边回想司泽和宋溥心下午的争执。

司泽咬牙切齿的声音和宋溥心隐忍的对抗在他脑海中勾勒出一副值得深思的画面。年前听傅延昇说起宋溥心的履历，他当时还意外司泽怎么让这么有能力的人当生活助理，现在好似窥得了一些原因。

但戚屿无法理解，宋溥心到底骗了司泽什么事？如果宋溥心真无法忍耐司泽，为什么不直接辞职？法治社会，还真有谁能强留他不成？

第2章 疑心渐起

戚屿带着一丝疑惑入睡，夜里醒来，一看时间，还不到凌晨一点。他摸出手机，见傅延昇自那之后都没给自己发过消息，也不晓得他们后来有没有谈正事。

戚屿精神大好，想起客房外走廊尽头有个景观书吧，白天他们逛庄园时路过，一时兴起想去找两本书看，便披了外衣起身，不料才打开门，就听见有人在那头说话。

"……你们这样有多久了？"

"快一年了，不过他还不知道我的确切身份……"

戚屿身形一顿，差点以为自己听错了，那是傅延昇和宋溥心的声音。

奇怪，傅延昇怎么会和宋溥心在一起聊天？

"老任不是已经批了你的调岗申请？为什么还不走？"

一阵沉默过后，宋溥心才开口："他找人查了我家里的一些情况……来要挟我……"

"什么？你是说他拿你家人……威胁你？"傅延昇很震惊。

"是很私人的一些事，"宋溥心艰难道，"抱歉，我不想说……"

"那你就甘愿一直受他这样侮辱挟制？"

"算了……"宋溥心的嗓音显得疲惫又无力，"该做的我都已经做了，等时机吧，早晚会结束的不是吗？"

又是一阵沉默，许久，傅延昇才沉声道："不管如何，这事我会跟老任谈……你最好也注意一下自己的身体，我觉得你精神状态不大好……"

"我知道……"

在他们谈话时，又一阵说说笑笑声由远及近，似乎是司泽和黄骏文他们，原来他们才结束牌局，借着那些声音的掩盖，戚屿悄悄关上了房门。

外面很快就安静下来了，戚屿站在房间里却觉心如鸣鼓。如果他没记错，傅延昇只是早年和宋溥心在校园里有过一面之缘，直到今年来司源集团后两人才重逢，可刚刚听他们说话，怎么感觉交情像是非同一般？下午从隔壁传来的争执，傅延昇是不是也听见了？难道傅延昇和宋溥心在这几个月里重新熟悉了起来，所以才会关心对方的现状？

可是宋溥心口中的"确切身份""等时机"，还有傅延昇说的"调岗"和"老任"又让戚屿感到如坠雾中。

他想直接敲傅延昇的房门去问一问他们刚刚到底在说些什么，但直觉又告诉他不该

贸然行事……

次日一早，戚屿正在洗漱，房门响了，是傅延昇，他进来就道："莲秀的收购今天可能谈不下来。"

戚屿愣住了："为什么？"

傅延昇："叶钦如早上和俞莲一起吃了个早饭，俞莲透露，昨天下午她把司源报的价格告诉严秀以后，两人产生了很大的分歧，严秀认为司源集团没有诚意，不想再谈，所以昨晚没出席晚宴，今天一早就回城去了。"

戚屿皱眉："是不是叶钦如砍价砍太狠了？"

傅延昇摇头："这个价格在我们认可的范围。再说，他去报价之前还征询过我们的意见，现在也不确定是不是莲秀那边在做戏。"

戚屿："你觉得她们是在做戏？"

傅延昇："就像昨天司泽在饭桌上直接暗示对方没有司源接盘就不行，下午谈判索性不出席一样，她们那边有个人摆谱也很正常。不过既然现在事态有所变化，我们也没必要在这里逗留，叶钦如建议大家起来吃个饭先走。"

戚屿："不谈了？"

傅延昇："不是不谈了，是得缓缓。我们毕竟是买家，得做出买家的姿态，昨天叶钦如斩钉截铁报出那个价格，人家不想卖了，我们如果立即反悔，姿态就不好看。"

"明白了……"戚屿将毛巾放回，问，"这事司泽知道了吗？"

"他底下的人有几个已经知道了，但司总还没起床。"

戚屿点点头，有些低落道："知道了。"

傅延昇以为他是因为这个变故心情不好，安慰他道："别多想，这是谈判场上可能出现的正常变故，如叶钦如所说，拿下莲秀只是早晚，在这之前我们总得试试能不能谈到最低价格。"

"我知道……"戚屿明白傅延昇说的道理。知人而善用，用人便不疑，叶钦如的努力他都看在眼里，即便谈不成，他也该愿赌服输，只是此刻他的心思完全不在莲秀上面。

昨晚发生的事并没有被戚屿遗忘，相反，那些对话还困扰了他大半个晚上。

由于这段时间建立起来的信任关系，戚屿本能地不想怀疑傅延昇，但一抹疑云已在昨晚悄然浮上心头，挥之不去。

"我是这么经受不住挫折的人吗？"戚屿故作淡然地笑笑，"你先出去吧，我换个衣服。"

傅延昇敏锐地察觉到戚屿突然间的疏离，打量了他两秒，才退出去。

大伙儿起床时间不一，早餐并没有聚在一起吃，叶钦如一早已经和俞莲吃过，此时正和吴双一起坐在客房通往餐厅的公共图书阅览区等候。见戚屿和傅延昇从房里出来，叶钦如立即起身看向他，表情凝重："戚总，莲秀的谈判……"

附近还有庄园的服务生，戚屿不希望他们表现得对这件事的反应这么大，抬手制止

第2章 疑心渐起

道:"傅老师已经跟我说了,没事,一会儿回去路上再聊。"

叶钦如一愣,似乎没料到戚屿年纪轻轻居然有如此大将之风,忙应声道:"好。"

其实戚屿心里也在意,但正是因为年纪小,没遇过什么事,和这群商界精英站在一起为不落下风,他的表面功夫得做得更好。叶钦如一早让傅延昇去他房里告诉他这件事也是极其明智的做法,不至于让他在人前露了情绪。

等他吃完饭,司泽也听闻了谈判的进展,几个人都没了昨晚的轻松。

众人在餐厅门口见面,司泽简直是把"不高兴"挂在了脸上,但他不是不高兴下属的谈判能力,而是觉得莲秀自不量力:"司源愿意出这个钱买他们手中的股份是看得起她们,这么个小破公司还坐地起价,等回头股价更低了,我看这两人哭都没地方哭……"

司泽手下的几个人也附和道:"就是就是。"

叶钦如讪笑着提醒了一句:"司总,话虽这么说,可别当着俞总的面讲,这公司好歹是人家两个姑娘白手起家创建的,想卖个高价也是正常。我看那俞总还是有意跟我们继续对接的,慢慢再谈吧。"

戚屿目光扫向站在人群边缘的宋溥心,只见他抿着薄唇一言不发,面色有一股病态的苍白,在一群热闹恭维司泽的人中显得格格不入。

等司泽他们吃过饭,俞莲才出现,得知他们这就要走,故作惊讶道:"不等用过午饭吗?我还打算让园里的厨师去山腰上的湖里抓点鱼来。"

叶钦如摇头:"昨天我们玩得已经很尽兴,司总和戚总回去都还有事,就不多留了。"

"好吧……"俞莲又看向戚屿,道,"戚总,听叶总说你是前天才回国的,辛苦你了。"

戚屿和她握了手:"俞总客气了,我虽然人在国外,但一直在关注莲秀的项目,你今后如果有什么其他合作想法,可以随时找我们叶总沟通。"

俞莲感慨道:"这次没能和你深聊,有点遗憾,等以后有机会我们再约。"

戚屿:"行。"

说了些客套话,俞莲便携几个莲秀的工作人员亲自将他们送到庄园门口。

戚屿仍然坐来时的那辆商务车,他见司泽那边来了两辆轿车,司泽站在自己那辆宾利边上环视一圈,拧着眉朝远处的宋溥心招手:"站那么远干什么?过来,上车了。"

宋溥心迟疑了一瞬才过去,黄骏文等三人则坐了另一辆宝马。

"回海城见。"司泽摇下车窗和戚屿他们道别。

等车开出去几里远,叶钦如才道:"哎,这个司总也真是……"

戚屿下意识问了一句:"什么?"

叶钦如犹豫道:"我也不知道这话该不该讲,这司家大少爷有点盲目自大,做事手段也不怎么正派。"

戚屿问:"怎么不正派?"

见叶钦如迟疑,他又说:"我和司泽也是因为这个科技发展部才在一起共事,以前不

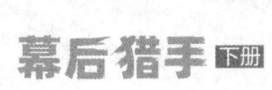

怎么接触,你想说什么就说吧。"

叶钦如这才小声道:"你有没有听他说刚刚提莲秀的股价?你没回国之前,我们有一次讨论莲秀的估值,最开始按着莲秀的市值,俞莲和严秀手中的股票我们确实得出2亿左右购买,严秀昨天的报价也不算离谱,当时司总让我们再拖一拖,没想到这一个月莲秀的股价又低了点……"

戚屿见叶钦如欲言又止、讳莫如深,问道:"你怀疑莲秀的股价是司泽故意做低的?"

叶钦如道:"不错,如果你是卖家,你手中的货物如果一直在贬值,你也会没什么底气对不对?这也是我昨天敢压到1.25亿的原因。"

戚屿眉心一蹙,说到股市操控,他就想到司航集资投资股票亏损那事,据此推断,司泽在背后操作的可能性的确很大。

叶钦如说完又感叹了一句:"但这件事明显是对我们司源有利的,我也不好说什么。"

戚屿瞟了傅延昇一眼,见他抱着手臂,没发表一句看法。

车内安静了一会儿,许是吴双察觉气氛有些僵,主动打了个岔:"哎,今天是平安夜。"

叶钦如一愣:"明天就圣诞节了?靠,又是情侣们出来虐狗的日子了……"

傅延昇偏头看戚屿:"明天刚好周六,公司暂时应该没什么事,你打算怎么过?"

戚屿十岁就跟爸爸去了国外,圣诞节对他们来说是仅次于春节的第二大节日,但今年他因科技部的事回了国,身边又带着傅延昇,估计是没法和爸爸一起了。

"一会儿再说吧。"戚屿含糊道。

从竹海庄园出发的时间比较晚,等他们回到海城已经是下午两点半,叶钦如还有事回公司,把戚屿和傅延昇送回酒店后就带着其余人离开了。

路上没吃午饭,傅延昇问戚屿要不要在酒店随便吃点垫垫肚子,戚屿答应了。

平安夜,酒店应景地装饰了彩灯和圣诞树,戚屿想起来问:"我记得你家人也在海城?"

傅延昇:"嗯。"

戚屿:"你跟在我身边几个月也没个休息日,难得回来一趟,要不要去看看他们?"

傅延昇很快领会了他的意思:"你想给我放假啊?"

戚屿没有应声,昨晚产生的疑问像水中皮球,按不住地浮上心头,他想通过短暂的独处来让自己冷静,但又不愿让傅延昇察觉到自己的刻意疏离。

傅延昇看了他两秒,说:"也行,那我今晚回去,有什么事你给我打电话。"

饭后没多久傅延昇就离开了,戚屿独自在房间里坐了一会儿,又感到百无聊赖起来。直到外边的天慢慢暗下去了,他才略感烦躁给姜莹打了通电话:"妈,你在家吗?"

"戚屿,怎么了?"

"你在电视台?"戚屿听到一些背景音。

"没有,"姜莹的语气似乎有些慌乱,"晚上和朋友有约了……"

平安夜和朋友有约?戚屿想起之前在家中看到的玫瑰和柏子仁茶,心中狐疑。但姜

第2章 疑心渐起

莹没明说,戚屿也不好多打听,只道:"那小枫呢,明天周六,小枫应该在家吧?"

姜莹:"他和凌可住在外面,最近都很少回来,要不然你自己问问他?"

"嗯……"戚屿挂了电话,犹豫片刻,先给何秘书发了条短信,询问父亲是否在国内,没等何秘书回复,就穿上大衣起身出了门。

一个半小时后,F大附近某知名西餐厅里,戚枫瞪着空降此地的亲哥,简直怀疑人生:"你圣诞节不在美国跑这儿来干什么?!"

戚屿挑眉:"来看看你不好吗?"

戚枫在心里骂了一句"好你个头",他特地提早一个礼拜预定了这间餐馆的双人位,打算带凌可过来一起享用,哪料到才刚坐下就接到了他哥的电话,还说已经到他们学校门口了,吓得戚枫赶紧下去把人接了过来,还让服务员硬生生地在这个双人桌边加了个位置给他哥。

今天是平安夜,不少情侣出来约会,身边人看到这一幕也都捂嘴惊叹、窃窃私语——身为F大的校草和新闻系系草,戚枫和凌可两人一起出来吃饭已经够惹眼了,现在他们边上居然还坐了一个和戚枫长得一模一样的帅哥!

两个"戚枫"……和一个凌可?

老天哪,这绝对是F大这个圣诞节最强劲的八卦!!!

戚枫眼瞅着这个破坏自己"独一无二大帅哥"形象的兄长,忍不住道:"所以你为什么这个时候会在海城啊?"

"我现在还在帮爸爸工作,经常要回国。"戚屿喝了一口戚枫点的莫吉托,嫌弃地把那杯子推远了点。

三人各自点了份牛排,上菜倒是很快,食物的口味却让吃惯了高档菜品的戚屿频频皱眉。他很快便放下磨损得有些夸张的刀叉,关注起四周的环境:"这就是你们学校附近最知名的餐馆?怎么感觉有点不上档次?"

上来的时候他已经听戚枫一脸不耐又喋喋不休地介绍过了,原本还有些期待的。

戚枫:"这已经是方圆百里内最好的了!"

戚屿:"在这里吃一顿多少钱?"

戚枫:"人均一百多点。"

戚屿:"这么便宜?"

戚枫无力吐槽:"大家都是月开销两三千块钱的大学生,你还想多贵?"

"咳……"凌可忍不住低声提醒戚枫,"两三千的应该也不多吧,谢奇宝每个月生活费才一千五百元,高俊飞好像就八百。"

戚枫一脸震惊:"什么?八百?高俊飞是怎么活下来的?"

戚屿也有点困惑:"八百?人民币?"

一阵冷风吹过，凌可在心中感慨：富人家的小孩真是不知百姓疾苦啊……

几人沉默片刻，戚屿又道："这里人倒是挺多的。"

戚枫挑眉："那还用说吗，我提前一个星期才订到位子！"

戚屿："要提前这么久？"

戚枫："今天是平安夜啊。"

戚屿意味深长地扫了两人一眼，问："那平时呢？"

戚枫："也挺多，得提前半天订，否则就得到场等位。"

戚屿边观察边道："三十台桌子，平均一小时翻台率，高峰期三个小时，日收入四万，月毛利一百二十万，利润也还不错……"

戚枫奇怪道："你算这个干什么？"

戚屿饶有兴致道："你有没有兴趣，我可以投资你在附近也开一家，做点档次更高的？"

戚枫一口饮料差点没喷出来："没兴趣！"

戚屿翻了个白眼："不知长进的笨蛋！"

戚枫："浑身铜臭的资本家！"

戚屿："闭嘴你个废物。"

戚枫："你才废物！"

……

兄弟俩的小学生吵嘴行为惹来了周围顾客的大肆围观，不少人还偷偷拿起手机朝这个方向拍摄，凌可估计不出一天，学校论坛又要炸了……

看着这对耀眼而不自知的兄弟，凌可悄悄抚额，恨不得隐身消失。

两人吵了一会儿，戚枫也终于意识到这样下去不妙，压低声音哀怨道："你在海城不回家去找妈妈，干吗要来这里找我麻烦？"

戚屿："妈妈不在家，约会去了。"

戚枫一愣："约会？"

戚屿斜眼道："一看你就是很久没回去了，妈妈最近什么情况都不知道。"

这话没让戚枫恼火，反而让他激动起来："妈妈总算找男朋友了？"

戚屿扬了下眉："说起来，你希望妈妈找个什么样的男朋友？"

戚枫："只要是爱她的，能照顾她的都行。哎，妈妈都四十多了，跟爸爸离婚后一直单着，大好时光全给了工作，有时候看她这么累，我都有点不忍心。"

戚屿沉默了，弟弟对妈妈的想法，也是他对爸爸的想法。

他迟疑了一秒，问："如果妈妈和爸爸有可能复合，你能接受吗？"

戚枫皱眉道："不行的吧？爸爸这么忙，他俩在一起那还不是跟没在一起差不多？"

戚屿有点无言以对，但种种线索表明，父母可能是真的在背着他们悄悄约会。

见哥哥面色凝重，戚枫狐疑道："真是爸爸？"

第2章 疑心渐起

"我不确定……"戚屿反问,"如果是呢?"

当年父母瞒着戚枫离婚,带给他很大的伤害,戚屿至今还记得妈妈打电话描述弟弟状态时忍不住哽咽的情景——一个十岁的小孩成夜地睡不着觉,半年间从爱笑爱闹变得沉默寡言。直到次年戚屿买了条萨摩耶回家,戚枫才慢慢好转,但那之后,弟弟似乎把所有的怨恨都发泄到爸爸一个人身上,一提到爸爸就炸,这十年也从未跟爸爸联系过。

所以戚屿想试探一下,如果弟弟知道爸妈也可能复合后,会不会有什么强烈的反应。

戚枫垂眸,过了好一会儿才不甘心道:"如果妈妈愿意,我也会祝福的。"

戚屿刚松一口气,又见弟弟看向自己正色道:"但我有一个要求——爸爸不可以干涉我的生活,也不许要求我跟你一样帮他工作。"

戚屿愣了愣,没想到会听到这样的回答,他点点头,没再说什么。

饭后,戚枫去结账,凌可见状立即追上去,似乎想抢单,两人推推搡搡往收银处走。

手机的振动叫戚屿低头,何秘书给了他回复,告诉他戚源诚今天确实在海城。

这句回答进一步验证了他的猜想,戚屿关掉屏幕重新抬头,只见戚枫正揽着凌可的肩膀,两人似乎已经达成了共识,比画着,嬉笑着。

看着弟弟轻松自在的样子,戚屿却不知道是喜是忧。

等两人结完账回来,戚屿已经起身了,他穿上大衣道:"我回去了,不打扰你们了。"

戚枫问他:"你回哪儿?"

戚屿:"回酒店。"

戚枫担心地嘀咕了两句:"你这个人也真是,除了学习和工作连一个一起过节的朋友都没有吗?上次那个傅大哥呢?我看你们关系不是挺好的……"

"走了,"戚屿打断他,朝两人摆摆手,"提前祝你们圣诞快乐。"

轿车从位处市郊的F大驶向繁华的城市中心,车外从灯火阑珊到满目霓虹,戚屿想起戚枫刚说的那个条件,想起傅延昇,心里又升起一股不可名状的孤独与落寞。

抵达酒店,戚屿下车上楼,出了电梯,只见一个熟悉的人影倚在自己房门口。对方手上捻着一根未点燃的烟,闻声偏过头来。在短暂的对视后,戚屿率先开口:"你没回家?"

"回了,"傅延昇把烟塞进烟盒,朝戚屿走了过来,"陪他们吃了个饭。"

"就只吃了个饭?"戚屿问。

"家里没备我的床铺,还是回酒店住方便。"

戚屿开了门,故作镇定道:"你怎么知道我在酒店?"

傅延昇尾随而入:"我问了王猛……"

戚屿正在心里暗骂王猛掉链子,忽听傅延昇在他身后说:"而且今天是平安夜,你不希望有人陪你过吗?"

戚屿心脏猛地一跳,转过身来看向对方,很想质问傅延昇,可他又觉得,以傅延昇的聪慧,若想瞒他,总能找到让自己信服的理由,就像他当初解释吴双的来历一样。

然而，比起听傅延昇说出可能有漏洞的答案，他更害怕傅延昇找不到辩解的理由，那么他可能连这个老师都留不住了……

对视数秒之后，戚屿率先偏开视线，边脱外套边说："我想喝酒。"

"想喝什么酒？"傅延昇立即走到吧台边，翻出酒单挑拣起来，"黑皮诺红葡萄酒？"

"有没有圣诞热红酒？"戚屿问。

"你说的是那种把水果和香料放在一起煮的红酒？"

"嗯，但不知道酒店提不提供。"

"我打客服电话问问，海城这么大，酒店不提供，总有其他餐馆提供，送过来也就半个小时的工夫。"

傅延昇很快去安排了，戚屿趁着间隙洗了个热水澡，换了宽松的睡衣出来，只见房间的茶几上已经摆上了热酒、小食和蜡烛，还挺有过节的气氛。

"洗完了？来，趁热喝……"傅延昇招呼他。

两杯热酒下肚，戚屿懒懒地靠在沙发上想：酒精真是个好东西，它能麻痹人的神经，让人暂时忘记尘世的烦恼。

至少现在，他不想追问什么，傅延昇不想说的秘密，他会自己去寻找答案。

"对了，叶钦如联系了红妆，苏竟答应见面了。"傅延昇喝着酒道。

"什么时候？"戚屿问。

"二十七日，他刚好会来海城出差，说可以一起吃个饭。"傅延昇道。

"三天后？"

"嗯，明后天没什么安排，你有什么想做的吗？"傅延昇给戚屿添了点酒，道，"没什么想做的话，咱们就待在酒店里，看看下学期你要学的课。"

戚屿迟疑道："我想去见一见司航，不知他有没有空。"

傅延昇："见他做什么？"

戚屿："他之前参与那个股票投资的事，听说背后也是司泽在操控，今天又听叶总说莲秀的股价问题，我总觉得司泽这样做，有点危险，但这些事我也不好直接问他……"

傅延昇接上他的话："所以你想向司航去打听？"

戚屿："嗯……"

次日中午，戚屿联系司航，本想提前约个时间与他单独见面，不料司航一接到他电话就兴奋得像只尖叫鸡，说晚上在老地方举办圣诞派对，非要他过去。

盛情难却，戚屿只能应约前往。两人一见面，司航就激动地揽住了他的肩膀："你好久没找我，我还以为你都把我给忘了！"

"忘的人明明是你吧？"戚屿笑道，"从暑假到现在都没见你联系我。"

司航有点不好意思："不是我不想啊，你那么忙，现在又跟我哥一块在干正事儿，我

第2章 疑心渐起

联系你也不知道干啥……"

戚屿有些意外，原来司航还有这样的顾虑，难怪不怎么主动。

唐伟烨也在，趁着司航点菜，凑过来道："戚屿，喝点啥酒啊？"

戚屿瞅了他一眼："头发长出来了？"

当时唐伟烨被戚屿拿酒瓶开瓢，为了处理伤口还被剃掉了一点头发，"早长好了。"他傻笑着捋了捋自己的额发。

戚屿又问了一句："脑袋还会疼吗？"

不知道是不是受傅延昇的教导和启发，现在的戚屿对自己的情绪控制得越发纯熟，说话间散发着一股成熟睿智的魅力，加上他本就耀眼的外表，简直叫人移不开眼。

唐伟烨看着他，怔了片刻，道："偶尔会有点疼。"

戚屿似笑非笑道："我看你是没好全。"

唐伟烨："那怎么办？"

戚屿挑眉："再给你来一下？"

唐伟烨听不出戚屿语气中的讥讽味道，还故意把脑袋往戚屿那边凑："来。"

边上的司航看不下去了，伸手推了唐伟烨一把："起开，你个大傻帽儿！"

众人一通笑，司航把唐伟烨挤开，坐到戚屿边上，比画着道："我给你点了个'圣诞拼盘'，是今晚的特色菜，里边烤火鸡、烤猪腿、松饼什么都有。"

"谢了，"戚屿跟司航碰了下杯，想起暑假时曾在医院试探过司航的问题，"我记得你跟我说过，徐秘书是你哥身边一个助理给你找的？"

司航抿了口酒："是啊。"

戚屿："哪个助理，是姓宋的那个吗？"

司航："对，长得白白净净的那个。"

戚屿心中一沉，接着问："你跟他关系怎么样？"

"他是我哥的人，我们接触挺少的，"司航看向戚屿，"你问这个干什么？"

戚屿故意道："我最近不是跟你哥在一起做事吗，身边正缺帮手，看他人挺不错，你哥好像也不怎么重用他，想挖个墙脚，跟你打听一下有没有希望。"

司航"哈"地一笑："我哥不重用他？你哪来的错觉！他三年前进司氏，只半年工夫就被我哥提拔成了自己的贴身秘书，这人特别能干，我哥也很器重他，上哪儿都带着！"

司航转述的情况显然跟戚屿观察到的有所出入，他不动声色道："是吗？"

司航："我还能骗你不成？反正这个人你是别想了，谁想挖这个人估计我哥跟谁急。"

戚屿暗忖，徐一舟是宋溥心介绍到司航身边的，而傅延昇又是徐一舟介绍到自己身边的……司源集团两大股东三个二代身边最亲近的人，居然都是相互认识的。

巧合？戚屿可不这么觉得！一个可怕的猜想已经在他的脑海里浮现，这个猜想不但能印证司泽在竹海庄园对宋溥心的责难，也很符合傅延昇行为背后的逻辑。

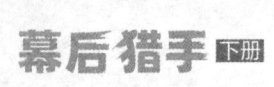

早在暑假时，戚屿就疑惑傅延昇为什么花这么长的时间设计他，吸引他的注意。假如只是为了报复他的恶作剧，或是看中他的潜力，未免太费周章且冠冕堂皇，可如果对方另有所图，那么在接近他的过程中给予的种种福利、示好、耐心，都更加合情合理！

不远处的朱麟和秦寒见他们聊得欢，也凑了过来："你们在聊什么呢？"

唐伟烨边给他们腾位置边解释："在聊司航他哥身边那个帅哥助理。"

朱麟朝司航挤眉弄眼："哦？我记得你不好像也蛮喜欢他的。"

"嗯哼，"司航张开手臂往沙发上一靠，摇头晃脑道，"我哥身边那几个人，就属这个人我看着顺眼。我哥当初送我游戏公司，我还跟他要过这个人呢，就是因为我哥不给，宋助理才给我介绍的徐一舟嘛。"

唐伟烨道："徐一舟也挺好的。"

秦寒酸溜溜地说："就是，对你言出必从的，连作业都帮你写呢……"

戚屿扫了朱、秦二人一眼，想起一个多月前在会所洗手间偷听到的话，不由得蹙了下眉头，转移话题道："司航，听说你那个游戏公司要上市了？"

司航两眼一亮，显得得意洋洋："你怎么知道的？"

"听你哥身边的人提起过，"戚屿当然不能说是在洗手间听来的，"你这公司现在有多大的资产规模，既然打算上市，应该经营得挺不错的吧？"

朱麟笑着吐槽他："哪有什么盈利啊，还天天在烧钱呢。"

司航哼道："只要有司氏这块招牌，就算烧钱，还不是有人投资！"

戚屿看他说得云淡风轻，心中纳闷："经营状况不好也能上市？"

司航："财报做得漂亮就行。"

戚屿："这都谁告诉你的？徐一舟？"

"我哥啊！不过目前只是计划上市，我哥说了，最快要等明年假期，过完春节还打算再融资一轮，"司航看向戚屿，笑嘻嘻道，"怎么样，你到时候有没有兴趣投一笔？"

戚屿一脸怀疑："你上回那个股票投资亏损的事我还记得呢，这次不会又亏吧？"

司航急道："那次只是意外，这次肯定没问题！"

戚屿："这么笃定？"

唐伟烨嗤笑了一声，看向戚屿，道："你们戚家跟司家不是生意伙伴吗，难道不知道他家上面有人？上市对他那公司来说有什么难的。"

司航给了唐伟烨一个眼神，似乎在暗示他这些话不能说，唐伟烨瘪瘪嘴噤了声。

司航："你就放心吧，只要能成功上市，保证你大赚一笔，到时候你想继续控股还是套现离场都随你便。"

戚屿笑了笑："行，回头你让徐一舟出个招资报告给我，我先看看。"

司航端着酒杯道："干一杯！"

第3章 红妆科技

戚屿午夜才离开司航的会所，晚上到家，傅延昇问他："怎么样，打听出什么没有？"

"没有，就聊了聊司航那个游戏公司，听说明年要上市，"戚屿把司航那个公司的现状跟傅延昇讲了讲，说，"司航还叫我投资他呢，你怎么看？"

"你自己都怀疑他这公司不挣钱，上市材料没准还得作假，"傅延昇看向他，眼底闪过一丝冷光，"投资风险这么大，你还问我怎么看？"

傅延昇这反应让戚屿猛然间想起对方这么长时间来教过自己的道理，若按"商业间谍"这个猜想来看，对方应该会以套取信息来陷他于不利为目的，可是这么长时间来，傅延昇除了尽心尽力地教他、引导他，似乎从没有做出过陷害他的事，包括那次司航集资炒股，傅延昇甚至还阻止他不要掺和其中，这明显是在保护他……

戚屿又茫然了，如果他不是商业间谍，又会是什么身份？

"我这不就随口一问嘛！"他摸了下鼻子，假装为刚刚的提问感到心虚，借此转移话题，"对了，你和徐秘书关系这么好，平时联系吗？"

"偶尔会。"傅延昇道。

"徐一舟这么有能耐，应该也能看出司航那公司有问题吧，他会不会告诉你？"戚屿继续试探。

傅延昇一愣，立即道："不会。"

"那你们联系都说些什么？"戚屿歪了一下头，笑问，"难不成是聊给富二代当秘书的心得？"

傅延昇失笑："差不多吧，"他斜了戚屿一眼，"你可比司航好多了。"

戚屿偏开脸，故作轻松道："我其实也挺想不明白，以徐一舟的条件和能力，找个高薪的工作应该挺容易的，怎么偏偏去给司航当秘书……"

傅延昇："怎么，你为他不值？"

戚屿自然而然道："你刚也说了，司航那个公司想上市，材料都要作假，徐秘书身兼公司经理，万一出点什么事，说不定还会被司家推出去背锅，既然你是他朋友，怎么不劝劝他？"

傅延昇面上闪过一丝错愕，竟然被戚屿这几句话给问住了。过了好几秒，他才低声道："每个人都有自己的选择，他是明白人做糊涂事，旁人劝不了。"

明白人做糊涂事？是说徐一舟知道自己所做的工作有风险，但身不由己？

戚屿若有所思地看了傅延昇一眼，那傅延昇呢？他来到自己身边，是心甘情愿的吗？

戚屿怕问太多叫傅延昇多疑，没再继续试探。

二十七日是他们约定和苏竟见面的日子，戚屿提前一天跟叶钦如碰了个头，问他前两次跟苏竟见面的情况，讨论一下谈判策略。

"我们第一次见面是在十一月初，也是在海城，这个人说话特别直接，根本不会拐弯抹角，我跟他聊了两句，他就让我直接说目的。我说我是代表司源集团去的，司源想创建自己的科技公司，如果有机会，希望可以用合理的价格将红妆收入旗下，他一口拒绝，我当时吓了一跳，还以为哪里说错话得罪了他，赶紧跟他打太极，说能有别的合作也行，就约他和司总再见一面。"

"你们去燕城那次？"

"不错，司总主动请人在燕城的醉仙居吃了顿饭，还带了礼物，表现得很有诚意，你看我们跟莲秀见面，都是莲秀那边在跪舔，这个苏竟却根本不拿司总当回事儿，客气归客气，礼物也照收，可一谈收购的事就是'门儿都没有'。"

"他拒绝的态度很强硬吗？"

"比起强硬，我反而觉得他有种在看我们好戏的感觉……"叶钦如苦笑。

"看好戏？"

"嗯，我第一次已经透露了目的，他连着拒绝了我们两次，这次联系他，我说你想见他，他在电话里都笑了，反问了我一句'还不死心呢'，感觉他就是抱着'你们还能出什么花招'的心理答应的……"叶钦如一顿，提前给戚屿打预防针，"你年纪又小，明天去见他，没准他更不把你放在眼里。"

戚屿想了想道："没事，论资历他确实是圈内的前辈，明天就当见个面认识一下，能不能合作另说……傅老师，你觉得呢？"

傅延昇目露赞许之色："挺好，既然叶总说他是个直接的人，我们也别迂回，明天见面，就跟他谈谈各自的理想，了解一下他创建红妆的过程和目的，再见机行事。"

次日，戚屿带着傅延昇和叶钦如二人前往和苏竟约定的日料店。地方是傅延昇选的，进门要脱鞋——据说在不穿鞋的状态下谈判能拉近彼此间的距离，让人更容易被说动。

三人提前二十分钟到，苏竟还没有来，戚屿趁等人的间隙问叶钦如："莲秀那边怎么样了？后面有联系过吗？"

叶钦如摇头："就回海城那天跟俞总说了一声，前天圣诞节我也给她发了两条祝福的信息，只是朋友间的那种问候，但没再谈过价格。我这边计划先等一周，现在是在打心理战，谁先联系谁就被动了。"

戚屿皱了下眉，问二人："如果最后我们莲秀和红妆都没拿下呢？"

第3章 红妆科技

叶钦如:"那咱们就自己招团队组公司吧,从零开始,慢慢摸索。"

傅延昇笑笑:"从零开始?那不至于,就算没有莲秀和红妆,也有不少适合收购的小公司,凑起来整顿整顿也可,就是得多花点时间。"

戚屿见他俩说起最坏的结果都一副轻松的样子,心里有了点底气。

没过多久,苏竟就到了,三人起身相迎。戚屿悄悄打量对方,听说这人快四十岁了,但看上去一点不显老,可能是因为脸偏小,人中又短,乍一看还以为就二十七八岁。最让人印象深刻的是他那双斜飞入鬓的剑眉,给那张看着清秀无害的脸添了一股子英气。

"苏总,欢迎,"叶钦如朝他背后看了一眼,有点意外,"你一个人来的?"

"本来就是来海城出差的,带的人不多,这次也是吃顿便饭,我就一个人来了。"苏竟跟叶钦如握了个手,看向戚屿和傅延昇,与两人也相互认识了一番。

初次见面,几乎每个人都会被戚屿的外貌所吸引,苏竟也不例外,盯着戚屿看了好一会儿。

叶钦如客气道:"坐吧。"

苏竟脱了西装外套坐下,戚屿见他里边穿着一件不大平整的衬衫,套格子纹的无袖羊绒衣,露在外面的衬衫领子最高一颗都没有扣扣子,跟衣着得体的他们相比,对方整个人透着一股不修边幅的随性气质。

他们所处的是一间四人小包厢,苏竟落座后,傅延昇就招呼服务员上菜了。

叶钦如寒暄道:"最近还好吗?"

苏竟:"忙疯了,要不是你说这顿饭你们请客我都不想来。"

叶钦如:"呵呵,苏总说话还是这么直接……"

"知道我直接,就直奔主题吧,这次又想跟我说什么?"苏竟意有所指地看了戚屿一眼。

叶钦如:"是这样的,我们戚总想跟你打听一下你创建红妆的初衷和未来的一些想法……"

苏竟抬手打断他:"叶总,如果我没记错,今天想见我的是戚总?既然如此,能不能让戚总单独跟我聊?"

对方这不按常理出牌的方式和有点没礼貌的诉求杀得他们有点措手不及,但好在戚屿有心理准备,很快镇定道:"我也正有此意,叶总,傅老师,你们可以回避一下吗?"

两人皆是一愣,看看苏竟,又看看戚屿,最后傅延昇先站起来道:"我们去隔壁。"

戚屿说:"有什么需要我再叫你们。"

两人很快退了出去,苏竟盯着戚屿,似笑非笑道:"知道我为什么肯见你吗?"

明明他们是大集团,是能出手上亿的金主,可是面对苏竟反而成了被审视、被掂量的那一方。戚屿也不知道这是苏竟性格使然,还是他确实有那个本钱。

戚屿从容反问:"为什么?"

苏竟瞅着他道:"听说你七八月份在美薇的海城分公司查出了高管开A货店的大案件,

爆雷之后，美薇股权重组，你一跃成了除司源集团外最大的个人股东，这些传闻在圈内已是人尽皆知……我就是好奇，那些事到底是不是你做的？"

戚屿暗暗心惊，傅延昇也告诉过他外界对他可能会有这样的印象，但这还是第一次有人当着他的面问他。

面对谈判对手的审视，谦虚否认显然是不恰当的做法，但这事亦真亦假，戚屿也不会直接承认，他反抛出一个问题："你觉得是吗？"

苏竟看了他两秒，忽然笑道："我刚开始觉得不是你做的，毕竟你背靠大树，有的是人为你做这些，但我现在改变主意了。"

戚屿饶有兴致："哦？"

苏竟："叶钦如的事迹我听说过一些，他这么骄傲一个人，在你面前居然服服帖帖的，另外一个男人也不像是好驯服的样子，可刚刚坐在这里的几分钟，我看那人十个眼神有七个在观察你的反应……"

戚屿莞尔："苏总想多了，他们虽是我的下属，但也是我的学习对象，没有什么驯服不驯服的。"

苏竟："你今年才二十岁吧？如果这两人真是出于你个人的原因留在你身边，那你真挺厉害的，比你们集团那个眼高于顶的司总厉害多了，他身边除了一些虚伪的家伙就只有一个被压迫的小可怜。"

戚屿："……"

"行了，不吹你了，免得你骄傲……"苏竟态度认真起来，"你想跟我聊什么？我跟叶钦如已经说得很明白了，红妆只接受50%股份以下的纯投资，不接受控制权变更，也不接受运营方面的指点。"

"我知道，实话说，我今天来见你本就没打算谈什么收购。"面对苏竟的强势态度，戚屿采取以退为进的方式，"你说红妆只接受纯投资，这一点司源同样可以满足，刚刚叶总也代表我说了来意，我想了解一下你创建红妆的初衷和对红妆的未来计划。"

"这些东西红妆在向外招资的时候都宣传过，我以为你们集团科技部在来接触我之前都研究过了。"

"科技部的人研究的只是红妆选择性对外公开的信息及数据，比起这些，我更在乎背后的人。"

苏竟乐了："你想采访我啊？"

戚屿也笑了笑："如果我是个投资者，在投资之前也该好好地了解一下投资对象吧。道不同不相为谋，如果我不能认同一个人的人品、三观和行事方式，就算这家公司再好，再有前景，我也不愿出钱。"

"是吗？"苏竟反问道，"那你不知道我是个什么样的人？"

"你说你和中达雷总的那些往事？"戚屿慎重道，"我听说过一些传闻。"

第3章 红妆科技

"不错,"苏竟语含讥诮,"因为那件事,圈子里几乎所有人都在嘲笑我、辱骂我,说我是白眼狼,说我忘恩负义……就算知道我有能力,大家也都处处提防着我。我创建红妆之前曾试过找人投资,那过程是你无法想象的艰辛,他们一听说我的名字就退避三舍,直到红妆在短时间内赶超了行业内95%的同类型公司,成为一匹当之无愧的黑马,他们才假惺惺地跑来联系我,说要投资。但比起投资这家公司,我知道他们打的都是掠夺红妆的主意,等控制权一到手就把我踹出去,因为我在这个圈子里已经毫无信誉可言了。"

苏竟眯了下眼睛,问戚屿:"你说想投资我,你就不怕我只是利用你,等时机成熟反咬你一口,让你血本无归?"

"我当然也怕,"戚屿勾起嘴角,"如果你真是传闻中说的那种人,"他忽又敛起笑容,"但传闻归传闻,我没有跟你亲自接触过,没跟你共事过,我怎么知道传闻是不是真的?"

苏竟眼眸一闪,斜飞的眉毛微弱地下沉了一分。

戚屿:"但你也不用跟我解释你和中达的事,比起那些过往,我更想了解你的现在和对未来的规划,据我所知,你应该是学电子和通信技术出身的吧?现在跨界做美妆分享平台是不是有点……"

"大材小用?"苏竟笑了一下,"我做红妆只是一个过渡,因为缺乏初始创业基金,我只能先以这个为切入点。青中年女性是个极大的消费群体,美妆和穿搭相关的视频又拥有眼球经济的一部分特性,只要进行适度的推广,就能得到可观的变现,相较我以前做的电子通讯技术,做这个的技术成本也比较低,但现在的红妆绝不是我的最终目标。"

从见面到现在,这个男人的态度终于没有这么强硬了,戚屿继续问道:"你的最终理想是什么?"

苏竟:"高科医疗。"

戚屿一愣,一时无法把这两者立即联系起来。

苏竟看出他听不懂,解释道:"你如果关注过红妆APP上的热门内容,就能看到这些人已经不仅仅在分享妆容和穿搭,还开始涉猎并推广各种高科技的医疗美容项目,包括激光美白、冷冻技术瘦身等等……"

戚屿:"这和高科医疗还有一点距离吧?"

苏竟:"是,但通过这些我能看到的是这个领域背后正在崛起的更多的科技医疗项目,比如骨科手术机器人、目诊仪等,这些项目只在为数不多的一些正规医院里进行,普通人对它们缺乏了解……但这是大势所趋,十年二十年前的我们,也从没想过智能手机、医美产业会这样普及,不是吗?只要系统框架搭建起来,现在会为了美去做高科抗衰的人,总有一天会为了健康去做别的。"

可能是戚屿年轻,身上还没有那些资本大佬的威慑性,让苏竟放松了戒备,也可能是戚屿刚刚那一脸憧憬的样子大大地满足了他的虚荣心,让他不知不觉就说了那么多。

戚屿一边听也一边思考:"我们之前确实没想到美妆时尚能和高科医疗联系到一起,

如果医疗科技快速发展下去，你这番想法算是相当超前了。"

"是吧？哈哈，未来谁才是赢家，取决于此刻谁更高瞻远瞩……"苏竟眼眸晶亮，继续滔滔不绝地说了起来，和刚刚浑身是刺的反叛模样形同二人。

戚屿受其吸引，不时提两个问题，苏竟都热切地给予解答。

听完后，戚屿道："但你想达成这个最终目标，必然需要极大的资金支持。随着融资和上市，你对红妆的控制权势必会被缩减……其实司源最近还打算收购另一家叫莲秀的公司，这家公司原本也相当有前景，两位创始人都很优秀，就是在融资上市的过程中和新入股东有了决策方面的分歧，导致现在公司发展停滞不前。其实苏总的想法，司源集团同样可以支持，与其一轮轮融资，随时面临着公司易主的风险，直接和司源集团合作不是更有效率吗？"

捕捉到戚屿眸中一闪而过的狡黠，苏竟一噎，瞪着他道："你还是想收购老子的红妆！"好似这一刻他才反应过来，狼崽子再小也是吃人的狼，眼前这人也是彻头彻尾的资本家。

戚屿笑了笑，真诚道："苏总，明人不说暗话，我现在既然身为司源集团科技发展部的人，对于这么优秀的公司和人才，肯定会有收入囊中的想法。我知道强扭的瓜不甜，如果苏总不愿意，我不会勉强。我只是有点疑惑，你为何如此坚持自己对公司的控制权？你说你缺乏资金，现在但凡一个资金实力雄厚的财团，如果和你有相同的目标，出资组建不亚于你的开发团队，就很有可能先你一步成为行业的龙头，到时候你再想参与竞争，只会难上加难。你如果想专注技术，接受大集团的收购不是更省心省力？"

苏竟盯着他道："掌握在自己手里的东西才是真正属于自己的，别人给的权力随时都能收回。我做个不恰当的比喻，如果你生了个孩子，那孩子在法律上不属于你，属于另一个人，但因为是你亲生的，对方还是让你养着，告诉你孩子就是你的，等你含辛茹苦把孩子养大了，那人又拿着法律条款说不是你的，想要夺走，你会是什么感受？"

戚屿一怔，不由得想起苏竟和雷宏的那段往事，暗忖难不成苏竟曾有过这样的遭遇？

他沉声道："不管别人怎么样，在我这里绝对不会发生这种事。是你创造的价值，我会在所有场合都明明白白地告诉别人，这就是你苏竟的。"

苏竟反问道："你不在乎自己的名？你不会跟人说，是你挖掘了我，是你给了我机会和平台，才有我的今天和未来？"

戚屿："机会和平台的确是成就人的一部分因素，但我想，是金子到哪里都会发光，不是我发现，也会有别人发现，但你个人创造的价值，就应该被认可。"

苏竟眼眸闪烁："如果你真觉得我厉害，真想成就我，为什么不在投资的基础上，用一纸合约承诺贵公司放弃绝对控制权？"

戚屿直视着他，道："苏总，有一个人告诉我，人每做一个选择，就要付出一定的代价。我现在的身份是商人，不是慈善家。坦白说，最开始司源集团想收购红妆，只是因为我们恰好要拓展科技领域，而红妆的美妆分享平台和我们想联动公司实体业务打造的时尚

第3章 红妆科技

平台架构相似,并非想从你手中抢夺什么。在我们目标一致的基础上,达成双赢才是最好的选择。"

……

与戚屿和苏竟一墙之隔的另一个包间里,叶钦如正像壁虎似地趴在墙上偷听。

桌上摆着一瓶清酒,两个小杯子,一盘凉拌螺肉,显得格外寒碜。

傅延昇端着酒杯,斜视着叶钦如问:"听到什么了吗?"

"隐隐约约,含含糊糊,嘈嘈切切……听不清……"叶钦如边嘀咕边摸了摸那墙,"不是说日式隔墙都是纸糊的吗?怎么隔音效果这么好?"

"……门才是纸糊的,墙是木质的。"傅延昇强忍着抽搐的嘴角说。

叶钦如"哦"了一声,又听了一会儿,终于放弃,退回桌前,道:"感觉他俩聊得还挺欢的,那苏竟在笑呢……"

"是吗?"傅延昇给他倒了点清酒,见叶钦如桌上仅剩的螺肉都吃得差不多了,问,"要不点些吃的吧?我有点饿了。"

"行。"叶钦如摁了电铃,说,"奇怪,以前没看出来咱们这小老板这么能聊啊!"

傅延昇笑了笑,心说:"你不知道的多了"。

服务员进来,叶钦如点了一堆菜,又问傅延昇:"话说,你跟戚总是怎么认识的?他这个身份,身边也不缺厉害的人吧,怎么偏偏看中你了?"

"什么看中?"

"他不是崇拜你吗?"叶钦如摸着下巴道,"我感觉你们两人对视的时候有种很奇妙的氛围,吴双看我就没有戚总看你那种眼神。"

傅延昇眼角止不住地一抽,就在这时,桌上的手机振动了两下,傅延昇解锁后看了一眼道:"叫我们了,过去吧。"

叶钦如跟着起身,出去后急着对服务员道:"刚刚我点的那些菜,都送去隔壁!"

结果一进门,见桌上的菜还满满当当的没怎么动呢,叶钦如又出去跟那服务员道:"新点的那些菜都退了吧!"

重新落座后,叶钦如和傅延昇不约而同地打量了一番戚屿和苏竟的表情。只见他们面色平静,气氛和谐,一扫方才他们离开时的尴尬。

这俩都是人精,看出苏竟的态度有所松动,谈下红妆的事可能有戏了。

叶钦如开玩笑道:"你们聊得真久,我和傅总在隔壁饿得肚子都咕咕叫了。"

戚屿:"你们没点些东西吃?"

傅延昇笑说:"你让我们暂时回避,叶总以为只是让我们在隔壁候着,刚开始都不敢点菜。"

苏竟无语:"你俩有必要这么如临大敌?聊个天而已,搞得我会欺负你们老板一样。"

叶钦如："哎，你还别说，哪有你这样见面先把我们都赶出去非要和他单独聊的？戚总才多大，我们能不紧张？"

苏竟放松地笑着："你们戚总说话水平高得很，我哪欺负得了他？我都自叹弗如。"

听苏竟这么一说，叶钦如越发好奇他们刚刚聊了些什么了，又听戚屿谦虚道："哪里，明明是苏总远见卓识，让我深受启发。"

苏竟："咱们也别互吹了，不是饿了吗？刺身的冰沙都有些化了，快吃吧。"

叶钦如朝着苏竟做了个"请"的手势，众人便开动起来。

傅延昇见叶钦如夹了海胆，奇怪道："吴双不是说你吃这个过敏吗？"

"我只是对生蚝过敏，对海胆可不，"叶钦如夹起一块鲜嫩的海胆肉凑近嘴里，斜眼道，"一看你就不怎么关注我微博。"

傅延昇："我又不是他，你那么久远的事我哪知道？"

这话又哄得叶钦如高兴起来："早知道今天该把吴双一起带来的，他还挺喜欢吃什么寿司、刺身的。"

苏竟问："吴双是谁？"

叶钦如："咱们司源集团科技部的行政助理，上次在燕城你也见过的。"

苏竟："哦，那个小年轻啊。"

叶钦如得意道："他是我粉丝儿，还是关注我微博很多年的铁杆粉丝儿，特崇拜我。"

苏竟纳闷道："是吗？我怎么没看出来他崇拜你？"

叶钦如："你不懂，他这人内敛得很，连微博都是偷偷关注的，不好意思承认也正常。"

傅延昇和戚屿："……"

叶钦如用筷子指着海胆跟他们热情推荐："我跟你们说，这海胆可是好东西，里头黄色的肉是海胆的生殖腺，高蛋白，还含有各种氨基酸和矿物质，是强精壮阳的佳品……这家店的品级还不错，你们也多吃点。"

苏竟怪笑一声："叶总很懂啊，这么需要补，看样子平时挺放纵？"

叶钦如哼哼道："我倒是想放纵，都没地方给我放纵呢。"

苏竟："不应该啊，大家不是说你是'妇女之友'吗？怎么连个放纵的对象都没有？"

叶钦如："谁说我'妇女之友'？我那些都是女友粉！"

苏竟："我没记错的话，你好像微博上还是个情感博主？专门解答各种情感问题，我看过几条，还以为你已经过尽千帆了呢。"

叶钦如："我只是爱情观比较成熟。"

苏竟："所以你还是处男？"

叶钦如一口海胆肉差点没喷出来……

戚屿听着他俩说话直想笑，就在这时，傅延昇拿着公筷朝他比画了一下。戚屿垂眼一看，只见自己跟前摆着满满一小盘已经被挑出来的海胆肉，男人低沉的声音紧接着在

第3章 红妆科技

耳边响起:"补补。"

戚屿:"……"

那厢叶钦如和苏竟聊着聊着,还想再去夹一块,筷子伸过去才愣道:"怎么没了?"

戚屿轻咳了一声:"再要一盘吧。"

后半程四人都没再谈正事,只聊美食和生活,一顿饭吃得相当轻松尽兴。

直到饭后起身,戚屿才对苏竟道:"苏总,红妆是一家好公司,如果你不能接受司源集团的控股收购,我也会让集团旗下的投资公司关注你们,今后有什么需要,尽管跟我开口。"

苏竟伸出手,道:"那我先谢了。"

两人握手时,戚屿又望着他的眼睛低声说了一句话:"没有人愿意被下属背叛,但如果那是对欺骗和强权的抗争,我能够理解。"

苏竟张了张嘴,许久才和声道:"谢了,你今天说的那些,我回去以后也会考虑考虑。"

叶钦如闻言大喜,等苏竟一走就迫不及待地询问起来:"戚总,我们不在的时候你都跟他说了什么?"

"就聊了聊我一开始想知道的——他为什么创建红妆,以及他的远期规划。"

戚屿把苏竟对自己说的那些话一一转述给他们听,傅延昇听完点评道:"这人挺有野心,但他想做的事不好做。"

能让这男人严防死守的谈判壁垒出现缝隙,叶钦如也不由得对戚屿肃然起敬:"你是怎么让他跟你说出这些话的?"

这话戚屿有点不知道怎么回答,仿佛当初傅延昇被他问"1+1为什么等于2"一样,回忆片刻,他才道:"我说就算我想投资他,也得知道他是个什么样的人,想听他自己跟我讲讲红妆。"

叶钦如忿然道:"我们跟他见了两次面,也打听过他未来的计划,他都一句没提!"

戚屿:"……"

虽然在叶钦如和傅延昇眼里,今天结果已经是势头大好,可作为当事人的戚屿却没什么把握。毕竟他面对的是比自己大一轮还多的商界前辈,对方又是技术方面的天才,连雷宏那种大佬都对此人青睐有加,甚至被背叛后都要不惜代价地找他回去,戚屿不可能没有压力。

他跟苏竟说完那句"想要共赢"后,苏竟仍然没有什么表示,反而主动掐断了话题,戚屿才把叶钦如和傅延昇叫回来。现在看到他们的反应,戚屿心里才松了口气。

叶钦如道:"总之今天能有这个结果已经出乎我的意料了,不过,我们今天来见苏竟的事,司总那边还不知道,要不要跟他汇报一下?"

戚屿沉吟道:"苏竟戒备心很重,你不是说司泽在找别的渠道吗?让他暂时缓下手上的动作吧,我担心他无意间做了冒犯的事,又把人惹毛了。"

来之前戚屿还想过，苏竟不愿出让红妆的股权会不会还有其他可能性，比如他本身也不是这家公司的实际控制人，背后另有人在。但和对方亲自一聊，戚屿就打消了这个念头，看苏竟的反应，这人应该是受当年和雷宏那件事的影响太深，导致内心没有什么安全感，所以才想把所有的东西都攥在自己手里。这样一个宁为玉碎不为瓦全的人，只能以心换心。

　　叶钦如了然道："那我就说你已经说服苏竟跟我们继续接触看看。"

　　戚屿和傅延昇回到酒店，又进行了一轮细致的复盘，听完戚屿的复述，连傅延昇都忍不住表扬了他。

　　但戚屿心里清楚，今天自己能有这样的表现，多赖于傅延昇长达一年半的教导和潜移默化的影响。几个月前，他连跟司航见面都要时刻提醒自己控制情绪，这一次面对苏竟，他已经能自然而然地做到这些，甚至在谈判中，还能自如地使用傅延昇教他的那些话术。

　　对这样一个良师益友，戚屿无疑是感激的，这种心理从某种程度上抵消了他对傅延昇有事隐瞒着自己的懊恼，但也让他感觉自己仿佛陷入了一张挣脱不了的蛛网……

　　戚屿揉了揉眉心，起身对傅延昇道："我明天想约许敬见个面。"

　　傅延昇："叙旧？"

　　"顺便跟他聊一下红妆的事，我既然答应了苏竟考虑投资他，也该有点表示。"

　　"要我跟你一起去吗？"傅延昇问。

　　"不用，我一个人去就行，"戚屿看了眼时间，提示傅延昇道，"傅老师，我想睡觉了。"

　　"好……"傅延昇走到房门口，又忍不住回头看戚屿，眼里有一种晦暗不明的怅然。

第4章 调查人员

怕许敬工作忙碌,戚屿次日一早就给对方发了条消息,两人约了当天中午在丰贸附近的一家西餐厅见面。

从八月底在医院见过之后,两人一直没有相见,而自从戚屿身边有了傅延昇这位老师,许敬也很少再主动打电话给戚屿。

联想到前几次许敬对傅延昇的态度,戚屿路上还有些忐忑,生怕自己跟许敬的关系会因此生疏,但没想到,许敬一见到他就给了他一个拥抱,脸上的笑容亲切得像是多年前在纽城陪伴他的那段时光。

戚屿心中的石头落地,展颜唤了声"敬哥",两人落座才聊了几句,许敬便道:"小半年不见,你又成熟不少。"

戚屿笑问:"从哪儿看出来的?"

"言谈举止,整体气质……真的像个大人了,"许敬把菜单递给他,笑道,"喝点酒?"

不知道是不是因为他"成熟"了,许敬待他的态度也有些变化。以前许敬从来不会主动递酒单给他,就算两人去酒吧喝酒,对方也会在点单前提醒他"你还小,别点烈酒",或是主动让服务员在威士忌里加点气泡水或姜汁水来稀释酒精。

戚屿心里高兴,视线扫过酒单,落在一行熟悉的酒名上:"来瓶奥兰酒庄的13年陈红酒?"

"行啊,"许敬笑问,"喝过?"

"你知道叶钦如吗?"戚屿问。

"他都来司源集团了,我怎么会不知道?"许敬道。

"第一次和叶总见面时他点过这种酒,口感不错。"戚屿脑海里又浮现出傅延昇当时在饭桌上大肆谈论如何拍红酒广告的那一幕,忍不住一笑。

"听说这人是傅延昇帮你拿下的?"许敬问。

"嗯。"戚屿合上菜单放在一旁。

"是我之前低估你看人的眼光了……"许敬开了句玩笑,这话也算是间接认可了戚屿对傅延昇的赏识及重用,他接着问,"科技部的工作进展得还好吗?"

"我今天来找你主要就是为科技部的事。"戚屿十指交叉,把科技部最近的状况、他们收购红妆面临的困境都如实告诉了许敬,而后说,"昨天跟苏竟见了一面,我对他印象很不错，如果这两天你不忙，我希望你能代表山雨投资公司跟红妆对接一下，表达我的诚意。"

许敬有些不解："你们科技部不是原本打算收购红妆？如果苏竟能从山雨得到资金，独自发展，不就更不可能接受司源集团的控制？"

戚屿："我当然希望红妆能被司源集团收购，可苏竟之前拒不接受这方面的谈判，如果他实在坚持，让山雨投资红妆也算卖他一个人情，等他做不下去想卖掉公司，也会第一个想到我们。"

许敬垂眸一想："你们要真想收购红妆，不是没有办法，还记得我当初提过林焕帮小喜鹊收购小鸽子那件事吗？同样的法子——只要你们在外面安排几个团队，分别跟苏竟对接，每个团队都争取拿下一部分股权，获取他的信任后，再在他关键的发展时期联合几个团队卡一卡他的资源，同时让集团组建团队研发和红妆同类型的服务，花点钱营销造势，外人一看司源集团也做这个，自然没人会去关注红妆，等他资金链一断，对抗不了也就会选择妥协。"

听着许敬用平静的语气说着这么残酷的掠夺阴谋，戚屿有些不忍。他当然知道有其他办法，也相信同样的事情司泽也能做得出来，但是——

"我不止要红妆，还想要苏竟。"戚屿说出了自己的目的。

许敬皱眉："为什么？"

戚屿："科技部之前评估过红妆的核心价值，发现红妆APP的最大优势是平台背后的一套系统，他让这个APP比其他同类型页面使用起来更加流畅，推送的各种信息也更快，给了用户极好的使用体验，而做出这个系统的人就是苏竟，所以我认为红妆的核心价值就是苏竟这个人。"

许敬失笑："戚屿，我承认苏竟是个技术方面的天才，但红妆可以要，苏竟这个人我还是劝你放弃吧……你可知道他是什么人，之前又有什么经历？"

戚屿："你说他和雷宏那段往事？我听过，那又怎么样？"

许敬认真道："那你知不知道当初苏竟背叛雷宏曾给中达带来多大的打击？苏竟背信弃义，偷出原本属于中达的技术做中达的同类型产品，技术还曾一度赶超中达，如果不是中达全力围剿，逼得他们资金断裂、研发中止，今天苏竟和雷宏的地位就彻底换了——你敢把这样的人招进司源集团？"

戚屿心中一急："可如果苏竟偷出来的技术本就是他自己研发出来的呢？"

许敬斩钉截铁道："不存在这种假设，如果不是雷宏栽培他，他何以有那样的资源和平台来实现自己的想法和抱负？——大学期间就被大型集团总裁挖掘，有几个人能有那么好的运气？当年雷宏有多器重他，让他年仅二十五岁就坐上了中达研发部门二把手的位置，可他又是拿什么来报答雷宏的？他带着所谓'自己研发出来的东西'背叛了集团——你想想，那真是属于他的吗？他做研发时难道没用到集团的资源和人力？这人就

第4章 调查人员

是典型的忘恩负义!把个人价值和个人成就摆得比什么都重要,所以就算他天纵奇才,到现在也没人敢信任他、敢和他合作!"

戚屿反诘道:"大家都只是根据事情的传闻来审判苏竟,但外人又怎么知道他当初是在什么情况下被招入中达的?外人又怎么知道雷宏是否承诺过他什么?万一你们眼中的背叛只是他对欺骗的反抗呢?"

许敬望着他,耐心劝道:"戚屿,你只见一面就知道他是个什么样的人了?他就是靠技术吃饭的,随便吹两句牛,忽悠忽悠你还不难?整个圈子都不敢碰的人,怎么你偏偏这么信任他?"

戚屿:"我只是在未知全貌的情况下客观地看待问题。我承认自己还不完全了解他,但也没看出来他有多诡计多端,所以现阶段,我仍然愿意给予他一点信任!"

许敬摇头:"你还是少年心性,没见识过社会的险恶,并不是每个人都像你想象中那样重情重义,也不像你想象中那样至善纯良。在生意场上,对他人的仁慈就是对自己的残忍,如果你一直这样,早晚会被人吃得骨头都不剩!"

戚屿被许敬怼得说不上话来,他紧抓着酒杯,和许敬对视着,僵持着……但最终,还是许敬先一步退让了。

"不管怎么样,山雨投资是你的,我会按照你的想法去做,如果只是几百万,倒也不担心那苏竟能掀起什么风浪——但我还是坚持我的想法,苏竟这人不可轻信。"

听到这句话,戚屿忽然像只被戳破了的皮球,既憋闷又无力。

好在如今的他已经不像以前那样喜形于色,即便心里有些失落,但既然目的已经达成,便不再继续这个话题。

之后,许敬跟戚屿聊了聊山雨的近况,他最近为山雨摘得不少硕果,投资成绩可观,让戚屿格外钦佩。戚屿也告诉了许敬,父母似乎有旧情复燃的迹象。

许敬讶异道:"真的假的?你确定他们见面不是聊公事?这半年美薇出了这么多事,姜主持手上也有美薇的股份。"

"如果只是聊公事,我爸圣诞节还特地赶回海城来?"戚屿想到爸妈瞒着他见面,又觉得好笑,"他最近半年见我妈妈的次数估计比之前十一年加在一起还多。"

许敬感叹:"戚董也确实长情。几年前我回国接管山雨,当时还代表你爸爸过去跟姜主持聊过几次公事,每次见完你妈妈,戚董都会问两句对方怎么样。"

戚屿:"其实我给我妈妈打完电话,他也会问。"

许敬给戚屿倒了点酒:"既然一直都有感情,何必离呢?离婚后各自单身十一年,你爸妈也够能较劲的。"

戚屿叹了口气,用叉子叉着盘子里的牛肉:"坦白说,这么多年我一直觉得,只要我妈妈再给我爸爸一个机会,我爸二话不说就能回去。"

许敬:"他们要是真复婚,我必须去参加婚礼见证一下。"

戚屿扬眉，口是心非地说："都快五十的人了，还在乎那形式啊？可能就这么偷偷摸摸过了。"

许敬失笑："偷偷摸摸？哪有人这么说自己父母的。"

一顿饭吃了两个多小时，抛开先前的分歧，总体也还算尽兴。饭后戚屿主动结账，从钱包里抽出银行卡递给立在桌边拿着POS机的服务员，许敬看见戚屿衬衫后领口翻折起来，便主动伸手替他捋平。

"你看你，衣服都没穿好……"

"有吗？"戚屿下意识地将手绕过去摸自己的后领。

许敬拍拍他的后背说："那傅延昇不是贴身照顾着你吗，你出门前他都不帮你看看？"

戚屿面上一热："他是个顾问，又不是我的生活助理……"

"不都差不多？"许敬无奈地看着他，"你以后是要管一个大集团的人，自己没心思注意个人形象，身边人总要帮你注意。行了，我先回公司，红妆的事回头我们再电话联系。"

傍晚回到酒店，戚屿回想自己和许敬在饭桌上的争执，心里又涌起一股沮丧。

当日，傅延昇跟着叶钦如去见万象科技的股东，很晚才回，两人见面时，傅延昇问起戚屿和许敬的会面情况，戚屿坦诚交代，还把许敬劝说自己的话告诉了傅延昇，问对方怎么看。

傅延昇沉吟道："坦白说，大部分在这个圈子混久了的人，都会是许敬这个想法。"

戚屿："为什么？"

傅延昇："为了利益。苏竟这样的人才虽然很难得，但毕竟不是百万里挑一，所以他们宁愿放弃这个人，去找其他背景更清白、更单纯的技术人员，也不愿去冒这个风险。"

戚屿："所以你觉得我这样做是在冒险？"

傅延昇："从利益层面来看，你所冒的风险比拥有许敬那种想法的人更大。"

戚屿："那你会不会觉得我这样做有点蠢？"

傅延昇笑道："正因为大部分商人都是用利益来衡量一切，缺乏了对人本身的尊重，你的想法才更显得可贵……反过来看，你也可能会因为信错人损失惨重，但如果在你心中，保持这种原则比获取利益更加重要，那无论最后失去什么，都不能够击垮你，因为你维持住了自己的底线。"

戚屿想起自己有一次问傅延昇"真性情不好吗"，傅延昇当时说，这很好，但想要保持真性情，要付出很多的代价。他恍然间意识到，许敬让他体会到的沮丧感从何而来。因为他在交谈中的胜利并不是来源于许敬对他的认可与赞赏，而是对方对权力的妥协。

但比起许敬这样的妥协，他更希望对方能够发自内心地理解自己，就像傅延昇一样。面对一件事，即便他们会有不同的做法，傅延昇也会在理解他后鼓励他去做自己想做的——他不是在无理取闹，也不是在感情用事，他跟苏竟有过正面的接触，且与叶钦如、傅延昇有过严谨的分析，他很明确，自己做任何一个决定都会付出一些代价，但他已经

第4章 调查人员

为此做好了心理准备。

他想当然地以为，陪伴他多年的许敬会理解他、支持他。

但他错了。

傅延昇曾开玩笑说他还没长大，可往常的相处中，傅延昇却时刻把他当作一个独立的个体；许敬说他成熟了，然而一谈及正事，许敬仍旧把他当成一个容易被骗的小孩……

这样的对比让戚屿越发感觉到傅延昇的引导与教育难能可贵，但思及对方存在的欺瞒，戚屿心中又是一紧……

傅延昇刚刚所说的话还言犹在耳，那么，他能不顾一切地相信这个人吗？

两人视线相接，戚屿好似要通过这样的凝视看穿傅延昇的伪装与谎言，直抵对方的灵魂。但傅延昇却很快打破了凝固的空气："怎么这么看着我？"

戚屿偏开视线，淡淡地说："没什么。"

两人在国内过了元旦，之后几天一直陆续跟科技部的其他收购对象谈判，俞莲也在元旦后的第三天主动联系了叶钦如，继续跟他们磨起了价格。

一月中旬，戚屿返回帕市注册开学，飞机上他问傅延昇："你过年需要几天假？"

傅延昇："算上来回，五天吧。"

戚屿提醒傅延昇早点订机票。除夕在一月底，两人仅在帕市待了一周，傅延昇就回海城去了。戚屿提前给爸爸打了个电话，确认今年他们春节仍在纽城过，也在除夕当天返回纽城。

父子俩见面，先在家里唠了会儿之前几个月发生的琐事，包括司源集团科技部的工作和父子彼此的近况。

戚源诚听说戚屿想招揽苏竟后，发出了和许敬类似的疑惑："你觉得这个人可信？"

戚屿："见了一面，感觉还行，他的能力可以满足我们的需求，我和傅老师也分析过，比起做管理，苏竟更适合做纯技术。我们集团的科技部和中达性质又不大一样，中达主要做信息技术，我们目前只是做客户交流平台，就算真错信了，苏竟的背叛带给我们的损失也不会像中达那么严重……当然，如果爸爸觉得用这个人对集团风险很大，我们也会再斟酌，毕竟能不能彻底收服他，我也不大确定。"

戚源诚颔首："万事开头难，就先按着你们的想法去做吧。"

戚屿舒了口气。

晚上按照惯例在孟家的酒楼吃年夜饭，富商们在饭桌上聊着各自的风流韵事，还有人借此夸赞戚源诚这么多年清心寡欲是圣人行为，戚源诚与众人说笑，却丝毫未透露自己私下的感情状态。

戚屿想起先前的推测，也十分好奇，当晚回家路上便试探道："爸，你和妈妈离婚后独身这么多年，怎么没想再找一个？"

戚源诚靠在后座缓声道:"不找了,找不动了。"

戚屿:"为什么找不动?"

"这些年里,爸爸也不是没遇到过好的女人,但这儿,"不知道戚源诚是不是有点喝高了,居然难得地感性起来,他点了点自己的心口道,"这个位置,已经被你妈妈占了,我再见到那些女人,就没有那种像年轻时跟你妈妈在一起那种感觉了……"

听了这话,戚屿竟然觉得有些感动。

"既然如此,你们当年为什么非要离婚?就算不离,只是异地,也不至于这样吧?"

"那不是她先提出要离婚的吗?她说我出了国,一年半载肯定回不来,还不如离了,万一我以后在国外又找到合适的人,也不用顾及她在意不在意,彼此都能自由一点……我以为她是担心我绑着她,那还不快快放手放她自由?"说到这儿,戚源诚又有些幽怨,赌气般咕哝道,"这样也好,我们各自带一个孩子,挺公平。"

其实关于父母为什么离婚,戚屿早年也和姜莹谈过一次。

和戚枫不同,姜莹一点儿都没有把他当成小孩子,她向年幼的戚屿坦诚了自己和丈夫离婚的原因。

戚源诚当年要出国发展美薇的事业,希望姜莹放弃自己的主持工作一起出国。姜莹不愿意,因为一旦去了,她不是做家庭主妇就是陪着丈夫打天下。

虽然姜莹知道丈夫当时有足够的经济能力让一家人都过上衣食无忧的生活,但她有自己的追求,而且这个追求只能在国内实现。同样,戚源诚也不愿意为了妻子放弃自己的事业,因为遭受那次恶意竞争的打击,他心里非常不甘心,即使漂洋过海,也要做出一番成绩。两人都年轻气盛,谁也不愿为彼此妥协,就这样一拍两散离了婚。

"你们不觉得当初那样是因为两人都太年轻气盛吗?"戚屿偏头看向爸爸,车窗外倒退的路灯在这个年近五十的男人脸上掠过一道道光影。

戚源诚哑声道:"这么大年纪了,哪还有力气谈情说爱,爱情是属于年轻人的……我跟你妈妈,已经是那种灵魂上的牵绊了……"

戚屿脱口而出:"爸,你还爱着妈妈吗?"

戚源诚终于反应过来,看向他道:"你妈妈都跟你说些什么了?"

"她什么都没跟我说,"戚屿无奈,他试探了大半天,他爸这硬蚌总算被撬开了一条缝隙,"去年圣诞你们一起过的吧?你们之前都不见面,最近半年却见得频繁,我是自己猜到的。"

"你这孩子……"这个叱咤商场的男人面上竟露出一丝赧然,他犹豫道,"你怎么想?"

戚屿挑眉:"你还问我怎么想?你要能跟妈妈重新在一起,我当然是高兴了。"

戚源诚的表情放松了些:"再处处吧,看你妈妈的态度,万一她不愿意呢……"

戚屿无语:"爸,你都快五十了,是男人就主动点。"

戚源诚失笑:"你小子都没处过对象呢,还教育起你爸来了……"似乎是怕儿子多问,

第4章 调查人员

他主动找话题,"小傅这半年在你身边,做得都还好吧?"

一提到傅延昇,戚屿心中那些怀疑和不安便涌了上来:"爸,你当初也只见了傅老师一次,怎么就那么放心让他来我身边?"

"一次?"戚源诚"呵呵"一笑,"你当我这么不谨慎?在你们签合同前,爸爸我早就去查过他的详细背景了。"

戚屿愣道:"你查过他?"

"当然,"戚源诚像是想起了什么有意思的事,神秘道,"说起来你可能不信,我这一查啊,还有个意想不到的发现。"

"什么发现?"

"你还记不记得,你小时候被绑架,有个叔叔救了你?"

"记得,"戚屿脑中闪过那串佛珠,"怎么了?"

"那人名叫傅闲,就是傅延昇的亲生父亲。"戚源诚微微晃着头,"当年我就对那位傅先生的人品颇为钦佩,和他接触时也曾听说他有个很聪明的儿子,算算年龄和背景,都对得上,你说这世界是不是很小?"

戚屿心头一震,难怪他第一眼看见那串佛珠就觉得眼熟!傅延昇曾说那串佛珠是祖传的,难道就是那位叔叔手上戴的那串?

他问:"傅叔叔这么好,我们怎么没跟他保持联系呢?"

去年他也问过妈妈同样的问题,妈妈说是因为她和爸爸工作都忙,但他觉得,对于救了自己性命的恩人,爸爸又这么认可对方的品性,不该就这么断了。

"我刚带你来美国那阵特别忙,隔了一年才想起来让秘书去给他送年货,但秘书说他们搬家了,他原来在学校的工作也没做了,就没了联系。"

"傅老师家人现在住在哪里?"

"还是在海城,好像是住在安宁区那片的一个小区,据说那小区里都是政府机关或科研教育机构的分配房。"

"……分配房?"戚屿暗自琢磨。

"嗯,那位傅先生换工作去了D大,他爱人也是D大的,夫妻俩都在那里教书,房子可能是分配下来的吧……对,傅延昇还有个弟弟,叫傅延悦,不过户籍显示是领养的。"

"你查了以后跟傅叔叔联系过吗?"

"没有,我只托人去查了傅延昇的档案,连带着看了看他的家庭背景,这样去叨扰他家里人,未免有些唐突。既然你现在认他做了老师,以后总有机会见面的。"戚源诚想起傅延昇的档案,语气里又带上了十足的欣赏,"你是没见过傅延昇那履历,真是少见的优秀……"

戚屿犹豫片刻,又问:"爸,那你知不知道傅老师还在一家叫啄石的调查公司兼职过?"

"啄石?哦,我有印象,他第一次跟我见面的时候提过,说那是他朋友的公司,私底下会接一些公司调查、财报分析之类的案子，他还跟我说，以后有需要可以找他们……"

戚源诚的回答让戚屿再问不出什么话来，而两家人颇有渊源的过往以及傅延昇对父亲的坦诚，也足以证明这个人的可信可靠。这让戚屿几乎要开始怀疑，所有的一切都只是自己想多了。

过完春节，他抱着一丝微妙的释然心理返回帕市，傅延昇回国尚未归来，戚屿独自在书房里看对方为自己整理的学习资料。

做笔记时钢笔没了墨，他在抽屉里找墨水时瞥见一本牛皮笔记本。那是傅延昇给他做教学大纲用的，戚屿心中一动，取出来翻看，只见里头还夹着几张随意叠起的稿纸。

其中一张是不知哪里来的复印件，上面记录着几项司源集团资金流动情况，有一笔与司氏关联的资金被划了横线。

戚屿蹙眉翻了翻，又打开另一张。这是张手写的记账单，字迹还有些潦草，戚屿仔细一看，却发现那上头罗列的居然都是自己给傅延昇买过的礼物——

J家纯色领带四条：5.2K

意大利菲拉格慕牌皮鞋一双：18K

B牌宝石袖口2对：11.2K

G牌烟草色颗粒纹牛皮皮带：4.6K

……

戚屿有点奇怪，傅延昇记这些账干什么？而且，他送礼物时都没有告诉过傅延昇这些物品的价格，难不成傅延昇还是自己特地上网查的？

他一边思索一边打开浏览器，下意识地想去看看网页浏览记录，没想到浏览记录是一片空白。

戚屿愣了愣，这台电脑平时都是傅延昇在使用，除了帮他搜集专业资料，傅延昇也会拿来看看股价，收收邮件。网页浏览记录会自动保存，除非人为清除，否则不可能是空的。

戚屿再一次回想起自己在竹海庄园听到的对话，司泽和宋溥心的，宋溥心和傅延昇的，他心里"咯噔"了一下，好像捕捉到了什么重要线索，又立即翻回第一张复印纸。

司源集团，司氏……司泽的股市操纵……

假设徐一舟、傅延昇和宋溥心都是一条线上的人，最早渗入他们当中的显然是宋溥心……难不成他们是某些机构或组织派来的调查人员？

——"他还不知道我的确切身份。"

——"老任不是已经批了你的调岗申请？"

——"等时机吧，早晚会结束的不是吗？"

——"他是明白人做糊涂事，旁人劝不了。"

……

第4章 调查人员

那些曾困惑戚屿的线索都在这一刻被串联了起来!

是调查人员而非间谍,便能解释为什么傅延昇从认识他以来就一直在引导他做正事——从建议他让爸爸去调查美薇的财务问题,到提醒他不要参与司航的股票投资,再到指点他引爆美薇经营作假的那颗雷……

所以,他们的调查目标是司氏?!

不,不对!既然傅延昇已经来到了他们身边,那对司源集团也存在潜在威胁,也就是说,如果自己和爸爸在商业活动中触犯了法律,或是做了错事,也极有可能被监视、被曝光,被"绳之以法"……

思及此,戚屿顿觉如冰河乍裂,雪水浇头!

他有些颤抖地从兜里摸出手机,拨通了戚源诚的电话号码。

"爸……"电话一接通,戚屿就忙不迭道,"你知不知道司泽在私底下操纵股市?"

"什么意思?"这开门见山的提问把戚源诚直接问蒙了。

戚屿缓了口气,从头开始解释:"上个月我和傅老师回去,跟叶总他们去谈莲秀科技的收购项目,叶钦如告诉我,他怀疑司泽在背后操控莲秀的股价。前两天我关注了一下,发现莲秀近半年的股价的确在持续下跌……"

"你们觉得是司泽那边的人在恶意做低收购目标的股价?"戚源诚问。

"对集团来说,能低价收购莲秀是好事,但如果司泽真在背后做了手脚,我觉得这样很危险……"

"你还从哪里听说过这些事,有没有什么证据?"戚源诚肃然道。

"我去参加司航派对的时候,也听司航的朋友开玩笑时说起过,他们说司家上面有人,让司航的公司上市非常容易,还有去年暑假,司航也曾邀请我投一些股票……"

戚源诚沉吟片刻:"我明白你的意思了,我找人去了解一下情况。"

挂了电话,戚屿依然未能放松,这个近乎真相的猜测让他紧张。

他对国内的金融调查组织了解甚少,网上查了查,相关信息也寥寥无几。

过几天傅延昇就要回来了,他要怎么面对对方?说起来,目前这一切也只是他单方面的臆测与猜想,根本没有什么拿得出手的证据。

戚屿盯着电脑屏幕,忽然生出了一个想法。

第5章 失手红妆

两个小时后，戚屿出现在学校附近的咖啡馆，靠窗的位置已经坐着一个熟悉的人影，戚屿径直走向对方："新年好。"

"新年好，喝点什么？"答话的是章承宣。

"美式吧。"戚屿扫了一眼章承宣搁在桌边的资料，那是他们今年一门专业课的课程资料，傅延昇已经在回国过年前替他讲解过一遍了，章承宣很用功，出门还不忘见缝插针地学习。"你家人对你好点了吗？"戚屿问。

"就那样吧，联系很少。"章承宣淡笑了一下，笑容有些落寞，"我三哥最近总问我你的情况，我说你现在不怎么来学校，都在忙家里公司的事。"

"你三哥怎么这么在意我的动向？"戚屿奇怪。

"美薇的事还没结案，他能不紧张吗？"章承宣道。

也是，当初戚屿没从章承宣手中拿那个U盘，依然把对方可能提供的证据告诉了爸爸。邱如松的案子到现在还未开庭，就是因为还在查章家和这件案子的关系，为保护戚屿的安全，戚源诚没有让他知道太多的内情。

戚屿不露声色地转移话题："今天约你出来是想请你帮个忙。"

章承宣："什么忙？你说。"

戚屿："你认不认识懂电脑技术的人？"

章承宣："电脑技术？你要哪方面的？"

"我的电脑坏了，国外的售后服务速度你懂的……"戚屿无奈地耸了下肩，"电脑里还有我写了一半的论文，想急着找懂行的人来看看，我可以付钱。"

"是这样……"章承宣了然道，"我们那个创业实践项目找了两个计算机系的学长帮忙做编程设计，我问问他们。"

他当即打了个电话，沟通一番，很快便露出笑容。"成了，他们介绍了一个计算机系的大神，已经拜托他直接来咖啡馆跟我们见个面。"章承宣收起电话。

"找你果然没错，"戚屿笑了笑，问，"我们那个创业实践项目现在进展怎么样？"

"APP前端框架都做完了，挺不错的。"

两人聊了会儿，大概半个小时之后，来了个褐色头发的外国学生，说自己叫戴维斯，同校计算机系大三在读。

了解了戚屿的需求后，对方热心地表示可以帮忙过去看看，然而等上了车，戚屿才告诉他自己真正的想法。

"等等，"戴维斯比画着道，"所以不是去修电脑，你是想让我帮你做一个监测软件？"

"嗯，监测电脑平时的使用记录、网页浏览记录，能做吗？"

戴维斯挠挠头："只是使用记录和网页浏览记录吗？这种小插件'IT俱乐部'就有很多啊，你下一个就行了。"

"IT俱乐部是什么地方？"

"那是我们专业学生常光顾的一个论坛，里面有很多技术大神，大家都会自发地做一些小插件上传上去，你要的这种比较简单……算了，我都上了你的车，直接帮你去下吧。"

"谢谢。"

到了戚屿租的公寓，戴维斯进门就吹了声口哨："你一个人住这么大的房子？简直棒极了！"

"我和朋友一起住。"戚屿随口答了一句，领他进入书房。

戴维斯在电脑前坐下："你等一下，十分钟就能搞定。"

戚屿"嗯"了一声，双手揣兜立在边上，可是十多分钟过去了，戴维斯不但没搞定，反而面露难色。

"出什么问题了吗？"戚屿问。

"奇怪，"戴维斯一阵抓耳挠腮，"我都试了好几个了，怎么都加载不了……"

他又捣鼓了一会儿，戚屿站在他背后，只见他往电脑里下载了一堆不知名的插件，一边运行一边往一些插件里输入指令，其间还给人打了个电话，可能是同专业的同学。

等大半个小时过去，电脑屏幕跳出一个红框，戴维斯惊呼一声，扭头问戚屿："这电脑是你自己用的吗？你为什么要在上面装个反监测软件？"

"什么反监测软件？"戚屿心中也是一惊。

"就是这个，"戴维斯把隐藏在电脑里的反监测软件找了出来，说，"刚刚那些监控插件安装不上就是它的缘故。"

见戚屿眉头紧蹙，戴维斯以为戚屿的电脑是遭到了黑客入侵，主动提议道："你想卸载它吗？我可以使一些'暴力手段'帮你搞掉它。"

想不到戚屿却反问了一句："你有没有办法在保留这个软件的情况下，同时满足我监测电脑使用状况的需求？"

戴维斯嘴角一抽："那我得先破解这个软件，了解它的具体功能，然后再设计对应程序伪装它仍在运行，今天恐怕搞不定……"

戚屿："酬劳不是问题。"

戴维斯艰涩道："我试试吧。"

戚屿送走了戴维斯，开了瓶酒，一个人坐在沙发上，边喝边沉思。

第5章 失手红妆

刚刚发现的反监测软件,显然是傅延昇有事瞒着他的一个铁证,真相也越发向戚屿的猜想靠拢……

如果傅延昇真是某些机构派来的调查人员,那么他之前在证券公司的工作可能也只是个表面的身份。

回想起来,他们相识过程中的每一步,似乎都在傅延昇的掌控之内,就连看似是他主动要求的"陪读"身份,对傅延昇来说也是求之不得的机会,是傅延昇欲擒故纵,让他深陷其中……

他还为此沾沾自喜,甚至妄想着让傅延昇永远地臣服于自己。

……

戚屿心底涌起一股巨大的挫败感,这种挫败是怎么都抓不住对方的无力……

他将酒杯紧紧握在手中,又回想起司泽和宋溥心在竹海庄园的争执,一种微妙的代入感再一次涌上心头,他似乎有些理解司泽对宋溥心的报复行为……

可是,可是……傅延昇从来没有待自己不好,他耐心地教导他,在他生病的时候照顾他……傅延昇还说过,会在他身边待两年,看他表现……

两年……

戚屿失控地将杯中的红酒一饮而尽,但酒精没有让他感到迷醉,反而让他越发清醒。

戚屿捂住脸瘫坐在沙发上,感觉过了很久很久,脑子才一点点起了钝痛。

有关傅延昇的背景信息开始杂乱地漂浮在他四周——啄石调查、明泰证券、石锅鱼、玉佛珠……

迷迷糊糊间,戚屿觉得自己仿佛置身在一片黑暗中,他又冷又饿,浑身僵硬,他想大声呼救,可无论他如何歇斯底里,都发不出一点声音。

就在这时,一个模糊的人影冲了进来,把他拉了起来,他就像个溺水的人紧紧地抓住对方的手……

他满怀希望地抬起头,想看清楚对方的脸,然而映入眼帘的却是……

"傅……延昇?"他发出嘶哑的呢喃,"怎么会是你?"

他也不知道自己是在期待什么,可能心底仍然逃避着不愿见对方。

"为什么不是我?"傅延昇皱着眉头反问。

戚屿抓着傅延昇的肩膀,看着对方满是担忧的神情,渐渐放下了防备。

"怎么喝成这样?"傅延昇反手扣住他的手腕,拧着眉扫了一眼茶几上的酒杯碎片和满地狼藉。

戚屿的视线顺着对方的动作扫向傅延昇腕上的佛珠,随即又联想起他们之间神奇的缘分……

他对自己说,傅延昇是不一样的。

"傅老师……"梦呓般回应了一句,戚屿又昏睡过去。

第二天上午，戚屿揉着酸涨的太阳穴醒来，房间外传来一阵食物的香气，还伴有微弱的动静，这让他意识到昨晚发生的一切并不是在做梦。

戚屿忍着宿醉后的不适感下床出门，见客厅已经被打扫得整整齐齐，傅延昇穿着一身居家服，正在厨房里做饭。

戚屿抱着手臂倚在墙边看了一会儿，才哑声问："怎么提前回来了？"

"醒了？"傅延昇拿着筷子快速把锅里的煎蛋翻了个面，才扭过头，"怕你一个人寂寞，特地改了初二一早的飞机，本想赶回来给你个惊喜，哪想到进门就看见一个醉鬼。"

戚屿朝他走了过去，见操作台上还摆着一盆洗干净的圣女果，取了一颗塞进嘴里："差一天而已，有必要改吗？"

傅延昇斜了他一眼，见戚屿光着脚丫子，不怕冷似的踩在大理石上，身上只随便地套了一件衬衫，像个浪荡的公子哥。

"去穿双拖鞋，别着凉了。"傅延昇忍不住提醒。

戚屿不情愿地"哼"了一声，转身回房换衣服。

两人吃饭时，傅延昇又问："昨晚怎么喝那么多酒？"

戚屿闷声道："心情不好，想喝就喝。"

傅延昇打量着他，显然不相信他的说辞，却也没多问。

戚屿快速扒完了两口饭，说："《决策建模》我都看完了，一会儿你给我讲讲。"

傅延昇一愣："都看完了？这么快？"

戚屿："红妆和莲秀的收购案都没解决，我们随时可能要回国，所以赶紧看了，以免到时候来不及。"

傅延昇眼中露出一丝认可，问道："对了，苏竟最近有联系你吗？"

戚屿："嗯，除夕夜他给我发了新年快乐，说年前收到了山雨的一千万投资款，他跟我道谢。"

傅延昇点点头，道："这点资金应该满足不了红妆的发展需求，估计他这阵子还会去见其他资方。"

戚屿放下筷子，凝眉道："说起来，敬哥有跟我透露，他去燕城出差时得知林焕这阵子跟苏竟也有接触。"

"林焕是圈子里知名的投资人，苏竟跟他有接触很正常。"傅延昇点评了一句，说，"对了，我记得许敬持有山雨50%的股份，这些股份应该不完全属于他吧？"

"嗯，是他帮我代持的。"

"你在司源也有股份，这么说来，这间公司就是你的？"

戚屿一愣，对于山雨的股权分配，他的确是占大头，但爸爸从来没有亲口说过要将这间公司给他，所以他也没有将它当成所有物。

见他犹豫，傅延昇又问："这公司的名字就是你那个'屿'字拆开来的谐音，你爸之

第5章 失手红妆

前也跟我提过，说想让你毕业后做投资，这间公司难道不是他为你准备的？"

"我不大清楚爸爸的安排，"戚屿反问，"你问这个干什么？"

"我想了解你能动用山雨多少资金，"傅延昇分析道，"年前你让司泽暂缓手上的动作，现在已经一个月过去了，苏竟迟迟不答复，你可以等，司泽却不见得愿意，万一他等不及，再做出些什么事，你这一个月和苏竟的关系恐怕就白经营了。"

戚屿反应过来："你想让山雨出更多钱去控制红妆？"

傅延昇颔首："必要情况下，可以这么做。"

戚屿理解傅延昇为什么这么说，坦白说，他也不是没有过这种想法。

红妆和莲秀不同，红妆的上升趋势很明显，是科技部评估后认定具有高投资回报率的公司，目前不只是司源集团对他们有企图，还有不少人也想抢这一块肉，如果他手上能自由调控的资金越多，在背后操控的余地自然也越大。

戚屿在了解了许敬的立场后，下意识将这个想法排除了……

傅延昇接着道："不管这间公司现在是由谁来管理，既然它名义上属于你，你就得了解它。"

戚屿皱了下眉头："我一会儿问问……"

当晚，戚屿鼓起勇气给戚源诚打了个电话。

戚源诚听完戚屿的转述后道："小傅的意思是说，如果苏竟不打算和司源集团合作，就让你先用山雨先拿下红妆的一部分股权？"

戚屿："差不多，苏竟不接受司源的收购，其中一个原因就是担心自己失去对红妆的绝对控制权，虽然我口头上承诺会给他管理权限，但司源集团不是我一个人说了算的。山雨不一样，傅老师说，山雨名义上是我的，如果我让山雨出手对红妆进行一部分股权收购，先软化苏竟的态度，之后再让司源集团接手，结果也是一样的……爸，你怎么看？"

戚源诚沉吟道："如果红妆的确是一家值得投资的公司，这么做也不是不行，但山雨毕竟是我们戚家绝对控股的，你现在让山雨出手，等于把司氏排除在外了，司泽会不会对这个做法存在异议？"

戚屿一怔，过了几秒才低声道："我会试着说服司泽。"

戚源诚："那就行，我知道你不太认同司泽的一些行事作风，但毕竟你和他是合伙人，你们之间不能有太大的矛盾。"

戚屿犹豫了一会儿，问道："爸，我之前说的事你查了吗？"

戚源诚沉默了几秒才说："我打听了一下，司氏能在国内商圈纵横多年，的确有一些背后势力在支撑……"

戚屿感觉有些微妙，继续追问："什么背后势力？"

是唐伟烨在司航派对上提到的那些吗？

戚源诚却说："这些你就不要问了，总之，股市坐庄和人为拉锯这种事本来就很常见，只要他们在操作时合理规避风险，也不算是什么大问题。"

戚屿心中一沉，从父亲的话里，他分明听出了一层潜台词。

如果司家坦坦荡荡，又有什么不能解释的？

戚源诚不让他问，说明知道这些事对他并没有什么好处。

戚屿心情极其复杂："爸，我想知道，司泽所做的事会不会对我们产生什么影响……"

戚源诚叹了口气，道："戚屿，莲秀股价走向不大正常，每个人都有自己的猜想，外面有点风言风语也是正常的。但调查和判断司泽是否违规是证监会之类的官方机构的工作，只要司泽没有明确告诉你是他在恶意控制价格，我们不是因为听他这么说才低价买入莲秀的股票，这件事就跟我们没有关系，明白了吗？"

父亲的话有如一击重锤砸在戚屿的心上——只要没有明确的证据，假装不知情，这件事就跟他们无关？

可如果在这种情况下，他们低价拿下莲秀，作为既得利益者的他们不也在"无意间"成了司泽的同谋？

戚屿忽然间有点茫然，对与错的边界到底在哪里……

"好了，你也别太较真，咱们说回山雨……"戚源诚忽然间转移了话题，"山雨的注册资本是两千万，成立初期我就以你的名义注资了三亿，并让许敬代为管理。经过这几年的经营，目前山雨总资产已经达到了十五亿，除去许敬操作投资的项目，我估计还有六亿左右的流动资金。"

戚屿收回散乱的思绪，听戚源诚继续道："我原本是打算等你毕业后，让许敬带你做一阵子投资，再慢慢让你接手山雨的，既然你现在就有需要，提前告诉你也无妨。更详细的资金情况，你也可以向许敬了解，这两天我也会抽空给许敬打个电话，跟他打声招呼，让他多配合你们。"

和爸爸结束通话，戚屿心事重重地返回客厅。

"怎么样？"傅延昇迎上来问。

"我爸说，山雨还有六个亿的可动用资金。"戚屿言简意赅。

"这么多？"傅延昇有些惊讶。

确实，这些钱几乎都能把红妆和莲秀打包买下来了，但戚屿心里却莫名有些烦躁："想让山雨出手，还得让司泽答应，这事未必好办……"何况许敬还对苏竟有看法。

傅延昇垂眸沉思片刻，才开口道："也不是非动不可，但未雨绸缪总好过临渴掘井。"

不知道是不是猜忌导致的心理作用，戚屿听着这句话，又感觉傅延昇像是在暗示什么别的。

他看着傅延昇，试探着问："你还记不记得，年前叶钦如跟我们说他怀疑司泽在背后操控莲秀股价？我让我爸去查了查有没有这回事……"

傅延昇一怔："你让你爸查了？"

第5章 失手红妆

"我想知道司泽这样做对我们会不会产生什么影响。"戚屿边说边观察对方的神情。

"你爸爸查到什么了吗?"傅延昇的语气很镇定,但表情有些僵硬。

"他说没有,"戚屿顿了顿,故意道,"但我爸跟司伯伯认识这么多年,多少知道司氏有些特殊的背景,可能他干涉不了,也不想让我知道……"

傅延昇的眼神忽然间变得凌厉起来,戚屿忽然间觉得自己什么都猜对了。

他心跳一阵阵加速,继续试探:"假如司泽真做了什么,会有可能牵连到我们吗?"

过了两秒,可能不止两秒,戚屿感觉自己的心脏都快跳到了嗓子眼,傅延昇才低声说了一句:"放心,我帮你看着呢。"

戚屿高高吊起的心落了回去,这句话居然让他有些感动和心安。

"那我爸呢?"他锲而不舍地追问。

傅延昇道:"你爸爸身居高位,身边多的是提醒他的人。"

戚屿一噎,垂下眼睛,似笑非笑地低喃了一句:"也是,我怎么忘了,你只负责为我一个人工作……"

简单两句话所试探到的信息加剧了戚屿的危机感,让他越发迫切地想知道这背后所酝酿的风暴。

几日后,戚屿收到了戴维斯的消息,对方声称无法破解那个反监测软件。

戚屿找机会私底下打电话询问原因,戴维斯解释,他试着读取了该软件的功能,得知是防止其他软件记录电脑的使用信息,但研究破解后却未能成功,因为它的安全编程设计得非常高级,就好像是用了一个钛合金保险柜装了一块小蛋糕,在哪儿都能买到同样的蛋糕,但你想要敲坏那个保险柜却不简单。

戴维斯推荐他去找更加专业的信息安全人员,但戚屿作罢了。

傅延昇还有一台工作用的笔记本电脑,戚屿这几天观察下来,发现大部分情况下傅延昇都是用自己的笔记本电脑,只有偶尔帮他查资料、看股票的时候才会用他买的台式机。

戚屿觉得,如果只是为了查对方用大电脑看了什么网页,特地去找什么信息安全人员,可能有点小题大做,说不定还会引起傅延昇的注意,于是暂时放弃了对这个软件的追查。

初八那天,叶钦如联系戚屿,说和俞莲确定了第二次谈判的日期。戚屿与傅延昇商量了一番,订了月底回国的机票。

在回国之前,戚屿联络了苏竞,想继续寻求和红妆的合作机会,但苏竞在回复中的态度却显得模棱两可。直到戚屿回国,在与莲秀二次谈判的前一天中午,苏竞才主动给戚屿打了通电话。

"你回国了没?现在在什么地方?"苏竞问。

"上周就回来了,在海城。"

"正好,晚上有没有空,出来见个面?"

戚屿心中一动:"当然有空,我让叶总订餐馆。"

- 047 -

"不用了，我是过来出差，晚饭已经有安排了，我们随便找个酒吧，晚一点再见吧，最好是九点十点这样……"

戚屿暗想，这个苏竟还真是一点不讲究，这还不止，苏竟说完又叮嘱了一句："你一个人来。"

戚屿奇怪："不能带叶总他们？"

苏竟认真道："嗯，除了你的心腹，也别告诉任何人今晚我们见面。"

这通电话所透露的信息丝毫没有谈合作的兆头，戚屿心里忐忑，但他还是履行了对方的要求。

除了傅延昇，他没有告诉任何人自己的去向，只带着王猛一人去赴苏竟的约，不过出于安全角度考虑，见面的酒吧是戚屿自己挑的。

两人一见面，苏竟就先道："山雨给我投的一千万我收到了，谢谢你。"

戚屿挑眉："你知道我图的可不是一句谢谢。"

苏竟笑笑："所以这次来，我还想给你一点补偿。"

戚屿越发好奇，两人随意点了酒，等酒上来，苏竟才抬眼道："红妆，你们别再等了，我已经卖给别人了。"

戚屿心里"咯噔"一下，虽然已经通过对方透露的细节猜到了事情的走向，但真听到苏竟这么直接地宣判，他还是一阵错愕。

"这就是你要给我的补偿？"戚屿忍不住反问。

"当然不是了，"苏竟从兜里拿出一个小挂件，在戚屿面前晃了晃，哄小朋友似的说，"喏，这个送你。"

戚屿接过来一看，是一个小手机模样的金属小挂件："这是什么？"

苏竟："这是我自己做的，有GPS定位和录音功能，只要在手机上装个APP就能用了，芯片和软件都是我自己设计的，本来是做给我手下一个兄弟的孩子，这年头外头乱，出门怕孩子走丢，带这个就能随时随地了解孩子在什么地方。这东西我们也不打算卖，就打样做了几个，也不是什么贵重的东西，你回头想送人也行。"

戚屿："你还会做这个？"

苏竟："我以前在中达做的技术比这个复杂多了，这种小玩意儿随便搞搞。"

戚屿把玩了一会儿那只小挂件，反应过来道："你不会就拿这东西来打发我吧？"

苏竟"嘿嘿"一笑："你不好奇我把红妆卖给谁了吗？"

戚屿把小挂件放在一边，问："卖给谁了？"

"你猜猜。"苏竟故意卖关子。

"我猜不到。"戚屿实在没心情跟苏竟玩你猜我猜的游戏。

苏竟见他这反应，反而"啧"了一声："连竞争对手是谁都不知道，你这样子可要让我推翻之前对你的看法了。"

第5章 失手红妆

戚屿被激起了好胜心，回想起许敬跟自己透露过的消息，忍不住："林焕？"

"这不就猜到了嘛！"苏竟还显得很高兴。

戚屿嘴角一抽，问："你年前不是还说会考虑我的提议吗，怎么就卖就卖给林焕了？他用什么打动了你？"

苏竟喝了口酒，缓声道："林焕没有打动我，坦白说，我反倒是在跟你聊完以后被你打动了……"

戚屿不解："那你为什么还选择林焕？"

"因为你还让我认清了现实。"苏竟叹了口气，说，"我知道以自己现在的能力留不住红妆，所以干脆卖个好价钱。林焕出了我三个亿，让我保留30%的股份和管理权限，还跟我签了个对赌协议，只要两年内我让红妆满足一定的盈利要求，我就能继续管理它，这两年内，他如果要转卖公司，我还能得到转卖差价补偿，我想走，也能随时抽身走人。"

戚屿记得叶钦如对红妆的估值也就三亿，而林焕只是用三个亿买了一部分股权，确实是大手笔！

但是，苏竟如果想要这些，只要跟他谈，他们也不是不能给。

苏竟似乎知道戚屿想说什么，继续道："戚屿，我很喜欢你的性格，跟你第一次见面时，我好像体会到了年轻时才有的那种热血冲动感，想跟着你一起奋斗一番……但等我冷静下来，我仔细分析过，你爸是司源集团最大的股东，但科技发展部却不是你一个人说了算，你给我的承诺，短时间内很难兑现。"

戚屿本想反驳他——就算没有司源集团，他也有山雨投资，爸爸承诺他可以动用山雨六个亿的资金，林焕给苏竟的条件，他也能给，只不过苏竟都没有给他谈的机会……

紧接着，苏竟又说："而且你也知道我在外面的风评，如果你把我留下，可能要承受很大的压力。"

戚屿忽然想到了许敬对苏竟的态度，想到爸爸在电话里说不可以跟司泽有矛盾，不由得抓紧杯子，将没说出口的话咽回了肚子。

苏竟的顾虑是对的，他若想一意孤行用山雨收下红妆，非但要承受来自许敬的反对，还得在那之前花很大的心思先跟司泽达成一致。

何况此刻木已成舟，说什么都已经没有用了。

苏竟看向戚屿，道："我不知道你怎么能猜到是林焕，可能你有自己的信息网吧……但我把红妆卖给林焕的事，除了我自己几个兄弟和林和投资内部人员以外，我没有告诉过任何人，所以我刚说的那些想法，你自己心里知道就好了。"

听苏竟这么说，戚屿莫名有些动容。

他举起酒杯道："好，谢谢你特地见我这一面，第一时间把你的决定告诉我，我还是那句话，苏总，我很欣赏你的才能，如果你今后需要我的帮助，随时找我。"

这几句话戚屿说得真诚恳切，也让苏竟感动："我也一样……我比你年长一轮有余，你如果愿意，叫我一声'苏大哥'吧。"

戚屿颔首："苏大哥。"

两人碰了下杯，将酒饮尽。

沉默片刻后，苏竟问："莲秀你们谈得怎么样了？"

"还在谈……"戚屿皱了下眉头，和俞莲她们约的谈判时间就在明天，也不知道能否成功。

苏竟笑了笑，慢慢凑向他，压着嗓音道："冲着你刚刚那一声'大哥'，我再给你透个消息——林焕私下关注莲秀很久了，如果能谈，我奉劝你们早点谈下来，否则等他有动作，你们就难了。"

戚屿愕然："林焕还打算对莲秀动手？"

苏竟低声道："前天林焕来跟我签收购协议的时候提到的，如果没收下红妆，他不打算碰莲秀，但既然他把红妆收了，就想把莲秀一起拿下，两者整合成一个平台，也方便让红妆今后借壳上市……何况，司泽把莲秀的股价做得这么低，只有瞎子才看不出里面有利可图。"

戚屿暗暗心惊，他低头抿了口酒，快速消化了一番苏竟的话，又问："苏大哥，冒昧多问一句，既然林焕已经收了红妆，你跟他就是利益共同体，一旦红妆做大，你也能得到更多的利益，把这件事告诉我不是对你自己不利吗？"

苏竟听了这话，忽然邪气地笑了一下："可如果我说，我就是不想让林焕得逞，你信不信？"

戚屿脑中电光一闪，回想起许敬曾提起过林焕的那些手段，猜到了些什么，便不再多问。

"时间不早了，"苏竟看了眼手机，道，"该说的也说完了，早点回去吧。"

戚屿点点头，拿起苏竟送的小挂件，起身时忽然又想起戴维斯破解不了的那个反监测软件，迟疑着道："对了，苏大哥，你会不会破解软件？"

苏竟："什么软件？"

戚屿简单描述了一番，还把当初戴维斯说的安全问题一并告诉了他，苏竟听了道："你破解这种软件干什么？你想监视谁？还是你被人监视了？"

这几个问题戚屿都不好回答，苏竟问完也反应过来："得，我不多打听，你回头把你说的东西发给我，我帮你看看。"

戚屿道了谢，两人就此分别。

回到酒店，傅延昇见了戚屿就问他和苏竟的见面情况。

戚屿直言道："苏竟跟我说，他已经把红妆卖给林焕了。"

傅延昇愣了一下："他倒是直接。"

许是年前和苏竟的谈话结果让戚屿抱有过高期望，今晚猝然得知红妆失守，他相当

第5章 失手红妆

失落。他强撑着在苏竟面前表现出绅士的气度和涵养，但这并不能掩盖他战败的事实。

傅延昇看出他心情不佳，主动安慰道："红妆这块骨头本来就不好啃，既然当初做了这个决定，应该想到过可能会有这个结果吧？"

"我只是没想到……他会这么快把红妆卖了。"戚屿一脸颓然。

商场失利，说没有挫败感是假的，尤其是苏竟在饭桌上说"科技部还不是你一个人说了算"的时候……

"好了，别想太多了，尽力就好，"傅延昇走过去扶住他的肩膀，"我们不是分析过苏竟和他的技术团队才是红妆的核心价值吗？林焕是收购了红妆，但苏竟扭头要再搞个'绿妆'和'黄妆'出来，林焕收了也是白收……一时得失不算什么，我们要把目光放长远一些。"

戚屿"嗯"了一声，又将苏竟后来透露的消息也告诉了傅延昇，问道："你相信苏竟透露的消息吗？"

"莲秀本来就是司源的收购目标，苏竟透露的信息从某种程度上来说只会影响到我们收购莲秀的价格，毕竟一样商品如果多一个人竞价，谈判局面就会变得复杂。但如果信了他这句话，那么他刚开始说的'接受现实才把红妆卖给林焕'就不见得是真的了……"傅延昇想了想，道，"我猜，林焕可能是使了什么手段才得到红妆，就像司泽一开始打算做的那样，苏竟表面妥协，但心里可能并不服林焕，才会把林焕打算对莲秀出手的事告诉你。"

戚屿也是这么认为，只有这样理解，苏竟最后那句话"不让林焕得逞"才显得合理。

傅延昇："不管怎么说，明天我们随机应变。"

戚屿："但这件事等明天和莲秀谈完再告诉叶总吧，否则我怕影响他谈判的士气。"

傅延昇认可这个决定："好。"

第6章 对谈俞莲

第二天一早，戚屿和傅延昇照例先与叶钦如等人会合，再一同前往谈判地点。

路上，叶钦如跟戚屿简单解释了一下目前的情况："我在线上和俞总大概聊了个双方能接受的价格范围，目前我们这边报价1.4亿，俞总已经说服严总报价不超过1.8个亿，到时候我们会在区间内再磨一磨。"

戚屿问："司泽那边怎么说？"

叶钦如苦着脸道："哎，司总那边对我谈的价格不满意，非说以莲秀现在的市值1个亿都能拿下了，我怕我报了这个价，回头俞总直接把我拉黑了！"

戚屿不由得蹙眉，这件事跟进到现在，他也很清楚不是叶钦如的能力有问题，而是司泽有点强人所难了。

"我一会儿跟司泽聊聊吧。"戚屿道。

"嗯，这次能谈下就赶紧谈下，我们也不能再拖了。"叶钦如道。

这一次俞莲没有再选偏远的景区，而是定在了海城边郊的一处景观酒店，那酒店建立在一个深坑内，面朝崖壁湖景，在当地相当出名。

司泽的团队已提前一天过来游玩，戚屿抵达后，听黄骏文说司泽还在房间里，便打算直接过去找他。

"哎，"黄骏文拉住他，面有难色，"戚总，司总还在打牌呢，要不您再等会儿？"

"打牌？"戚屿皱起眉头，"我们之所以来这里是为了谈正事，司总难道想让我们都这么等着他？"

黄骏文有些怔忡，似乎没料到这个不大发表意见的"花瓶总裁"一开口竟有这样的气势。

戚屿冷冷地瞟了他一眼："他在哪个房间？"

"1……1288……"黄骏文不自觉地脱口而出。

"你给他打个电话，说我现在上去。"戚屿正了下自己的衣领，就进了电梯。

五分钟后，戚屿在黄骏文的带领下摁响了1288的门铃。

过了很久才有人来开门，是戚屿没见过的一个青年，对方长得白皙秀气，脸上还化了点淡妆。

戚屿在对方的带领下走了进去，只见屋内烟气缭绕，司泽果然在几个同样年轻貌美

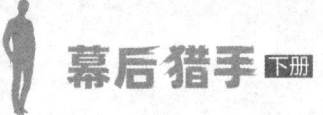

的俊男靓女的陪伴下玩牌。

见着戚屿，司泽还热情道："哟，戚屿来了啊？来，一起玩两局。"

戚屿微微蹙眉："不了，我还有事找你说呢，你这儿什么时候结束？"

边上的黄骏文听戚屿这么说话，吓得都没敢抬头，他在司泽身边这么多年还没见过有人敢这么扫他们司总的兴致。司泽被人打断了牌局，显然也有些不高兴，一张脸拉得老长，但戚屿立在一边，根本没打算给他台阶下。

又玩了一会儿，司泽不耐烦地把牌推了，起身道："散了散了。"

边上的年轻男女当即起身，作鸟兽散。

黄骏文战战兢兢地杵在边上，暗自揣测这俩太子爷要是脾气都不好没准得当场翻脸。

司泽走到沙发边坐下，拉了下自己没扣全的睡衣领子，问："你啥时候到的？时差调过来了？"

"昨晚，当天就调完了。"戚屿走了过去。

"你这来来回回的倒是辛苦，"司泽嗤笑一声，见黄骏文还在，把气撒在下属身上，"你还在这儿干什么？"

黄骏文被司泽一个眼刀子杀得浑身一颤："那我先出去了，司总有什么事叫我。"

想走的不止他，还有宋溥心，他穿着单薄的衬衫和西裤，整个人瘦得像一张纸片，走在地毯上都没什么声音，但这样悄然的退场却未能如愿。

司泽眼角余光瞟见他，头也不抬地叫住他："阿心，给我泡壶茶过来。"

宋溥心脚步一顿，默不作声地走向了茶水台。

戚屿忍了忍，打算聊些家常缓和气氛："司伯伯身体还好吗？"

"挺好的，你爸呢？"司泽拿起茶几上的一根雪茄把玩。

"也还不错，这次回来，我爸还特地叮嘱我，让我们必须把莲秀拿下。"

"拿下莲秀有什么难的，要不是那俩娘们儿坐地起价，早搞定了，"司泽冷哼一声，"不让她们吃点苦头，真是不知道自己几斤几两。"

"这次应该能成了吧？"戚屿道，"我刚听叶总说，他已经把价格区间缩小在1.4亿到1.8亿之间了。"

"距离我的心理价位还差了点，但算了，最高出1.4个亿吧，她们要是愿意，今天就走流程。"

戚屿："稍微高一点是不是也行？按照我们之前对莲秀的估值，买下她们两人手中的股份差不多也要这么多钱。"

司泽斜了他一眼："那是当初，现在都两三个月过去了，你看那莲秀的股价都跌成什么样子了？也就我们司源集团愿意接手。"

戚屿想起苏竟昨晚透露的消息，微微蹙了下眉头，觉得司泽有点拎不清状况。

宋溥心泡完茶过来，又亲自替司泽和戚屿倒了茶，便有些僵硬地坐在边上，似乎有

第6章 对谈俞莲

些不知所措。

司泽直接把手上的雪茄丢给他，指示道："替我剪根雪茄。"

宋溥心迟疑了两秒才笨拙地拿起雪茄剪。

"你要不要来一根？这是前阵子我一个朋友送的古巴雪茄，烟味很纯。"司泽问戚屿。

"我连普通的烟都不怎么抽，雪茄就算了……"戚屿淡淡一笑，继续刚才的话题，"叶总都跟我诉苦了，说大过年还一直在跟俞总她们磨价格，这次要谈不下来，他都没脸跟我交代。"

"你还心疼他啊？"司泽笑道，"我看俞总就是吃准了他耳根子软，这叶钦如别是让这女的使了美人计了，你让他胆子放大点，只管往低了压价。"

宋溥心剪完了雪茄，递给司泽，司泽直接偏头用嘴去叼，又用眼神暗示他替自己点上。

宋溥心表情淡漠，却依然照做，但点烟时他微微颤动的眼睫毛却泄露了一些不平静的情绪。

司泽瞅着他，等烟燃起来，深吸了一口，忽然朝他脸上喷出一口。

宋溥心猝不及防，被那口烟呛得直咳，司泽像是恶作剧得逞似的"嗤嗤"发笑。

虽然知道司泽是因为宋溥心的欺骗才侮辱他，但戚屿此刻却对宋溥心起了恻隐之心，他甚至微妙地希望宋溥心背后的势力能狠狠地惩罚一下司泽。

突如其来的心理转变叫戚屿一惊，想到自己的身份和立场，他赶紧喝了口茶让自己冷静下来。

"那我们今天就赌一把吧。"戚屿道。

司泽听他这样说，还淡然道："你经历这种事少，从小又不缺钱，所以觉得这几千万能让就让了，但谈生意可跟我们朋友相处不一样，不能叫别人占了便宜，放宽心，我觉得这事没问题。"

想到自己在场可能会让宋溥心更加难堪，戚屿起身道："行，那我先出去，一会儿见。"

司泽朝他摆摆手："等我抽完这根雪茄就下去找你们。"

戚屿走向门外，关门前，他隐隐约约听见司泽嘲讽道："我怎么你了？还给我脸色看了……"

之后的话，他都没听到了。

戚屿闭了下眼睛，深吸了一口气，先去酒店六层的宴会餐厅。

莲秀的人都已经在那儿了，安排了两个桌子，准备招待他们先吃午饭。宴会厅边上就是一个小型会客包间，顶头老板没来，底下的人大都聚在这里喝茶闲聊。

等戚屿一到，叶钦如就凑上来问："怎么样？"

戚屿摇摇头："说不动，还让你放大胆子往低了压价。"

戚屿和苏竟谈过，也和许敬谈过，更和傅延昇经历过无数次私下的演练，但唯独面对司泽，他毫无办法。

不是司泽多有能耐，而是这人根本不把任何人放在眼里，不让他吃一次亏，他是绝对听不进去别人的建议的。

叶钦如眉心微蹙，看上去不怎么轻松："哎，一会儿再看着办吧。"

没过一会儿，俞莲就热情洋溢地进来了："戚总已经到了？司总呢？"

戚屿心想一根雪茄的时间应该用不了多久，便道："他说马上下来。"

俞莲颔首道："那我们先去隔壁吧。"

叶钦如抬手："请。"

上了饭桌，众人惯例先寒暄了一番，司泽没到，谁都没动筷子，只聊了会儿圈内的事，然而一群人等了半个小时，司泽都没出现。

戚屿让吴双出去给黄骏文打个电话，不一会儿吴双回来，对他们道："司总说他还有点事，让我们先吃，不用等他了。"

桌上的人的表情都不大好看，戚屿也觉得不可思议，他下来时房里分明只剩下司泽还跟宋溥心了，还能生出什么事？

方才所见的那一幕幕和戚屿自己所听到一桩桩事件浮现在戚屿脑海里——在外人面前侮辱自己的助理，恶意做低收购对手的股价，毫无常识地刁难下属，缺席正式的商谈场合——种种恶劣行径，让戚屿再次对司泽生出嫌恶之心。

他咬咬牙，抬头看向俞莲，直接道："俞总，大家难得见一面，等久了也扫兴，既然司总有事，我们就先开饭吧。"

见戚屿这个副总裁开了口，众人才端起酒杯。

饭桌上从不缺活跃气氛的人，很快大家就重新热闹起来。但司泽作为科技部的执行总裁，这种场合不现身，难免不让人多想。

戚屿笑吟吟地听他们聊各种逸闻轶事，心里却一直在想接下来的谈判对策。果不其然，愉快的气氛只是表象，一顿饭吃完，俞莲便对叶钦如道："叶总，能不能借一步说话？"

戚屿见状立即道："俞总，稍等片刻，我先和叶总说两句。"

叶钦如跟着戚屿走到边上，低声问："什么事？"

戚屿："这地方有没有什么私密性比较高的场所？"

叶钦如："地下五层有个海马商务酒吧，挺安静的。"

戚屿道："俞总找你，我猜她有可能是要对你发难。司泽刚刚这顿饭不来，她们会很有压力，如果她问你心理价格，你就按着司泽说的1.4亿报给她，看她能不能接受，如果不能，你让她去那个酒吧找我，说我想和她聊聊，位置我回头手机发消息给你。"

叶钦如一愣，忙应声道："行。"

戚屿走后，俞莲就把叶钦如单独叫到了隔壁的会议室，面色沉重道："叶总，我们从认识到现在差不多都有四个月了，大家见了不止一次，能和您结识我觉得很荣幸，但我们毕竟不是奔着纯粹交朋友的目的来的，而是为了谈生意。今天大家重新聚在一起，您

第6章 对谈俞莲

就跟我说个明白话吧,司源集团到底有没有诚意和我们谈这桩合作?如果有诚意,你现在就直接跟我说一个你们的底线价格,一直玩心理战术实在没意思。"

叶钦如暗暗钦佩戚屿预判形势的精准,一咬牙说出了他刚透露给自己的数字:"司总说,司源最高只出1.4亿。"

俞莲瞪大眼睛,忽然激动起来:"你们这个1.4亿和当初报的1.25亿有什么区别?我等这两个多月难道就为这1500万?"

"俞总,不是我故意拖你,我也想在合理的范围内给你更高的价格,但是……"叶钦如在心里长叹了一口气,指了指头顶,又横了下自己的脖子道,"上面那位爷把死线压这儿了。"

俞莲自嘲地一笑,抬手道:"算了叶总,当初你跟我算估值,跟我分析现实,我还以为确实是我们报价报高了,这段时间还天天给严秀做思想工作,搞得我自己都里外不是人。今天听了你们这价格,我才知道你们这么长时间都只是在吊着我玩,人活一口气,树活一张皮,这话真没错,如果你们从来都只打算出这么点钱,那我宁可莲秀的股份死在自己手里,也不愿意贱卖。"

叶钦如认真地听完她的话,才真诚地望着她:"俞总,我钦佩您的骨气。坦白说,我们戚总也认为司总的态度有些不妥,他心里非常愿意在这个基础上再上浮一部分,给出他认为诚意的价格。但他毕竟只是科技部的二把手,有些事不能直接绕过司总,也不好忤逆他的意思,你看,今天我们都在这儿,你要不要和他单独谈谈?"

俞莲一怔:"你什么意思?"

叶钦如:"就是我刚说的意思,戚总在酒店B5层的商务酒吧等你,A27号座位,希望您能单独前往。"

海马商务酒吧——戚屿和傅延昇提前到了此处,简单讨论了一下谈判策略。

"所以,如果叶钦如谈不妥,你是打算抛开司泽的决定,单独跟莲秀商定一个结果?"傅延昇听完戚屿的想法后道。

"我顾不上他了,"戚屿深深地皱着眉头,"再把决定权放在他手上,我们连莲秀都可能失手。"

傅延昇看了眼手表:"我估计上面差不多快有结果了。"

果然,又过了两分钟,叶钦如就给戚屿发了消息,戚屿看后道:"1.4亿的报价果然把俞莲惹恼了,叶总说她可能马上就会下来找我。"

傅延昇:"你确定要单独和她谈?"

戚屿:"我想试试。"

话音刚落,他就看见俞莲远远行来。

傅延昇顺势起身:"那好,结束了给我电话。"

戚屿叮嘱道:"要是司泽找人,记得替我打个掩护。"

傅延昇:"我知道。"

他转身走向俞莲,两人点了个头,错肩而过。

俞莲终于看见坐在A27座位上的青年,只见戚屿身穿得体的定制款西装,双手揣兜,从容不迫地候在那里。

对方有一副俊美的皮囊,但这一刻,他神情中散发出来的深沉儒睿之气更吸引着俞莲前往。

她心中一动,快步朝对方走了过去:"戚总,听说您想跟我聊聊?"

"嗯,我已经在这里等了你半个小时了,"戚屿抬手招酒侍过来,笑问,"喝点什么?"

"来杯尼格罗尼吧。"俞莲点了酒,捋了一下鬓发道,"上次从竹海庄园分别时,我还说以后找机会和你聊聊,但听说你还在国外念书,所以一直没找到机会,其实刚听叶总说你要找我聊聊,我也有点意外,我以为你……"

"以为我不怎么管事?"戚屿接着她的话猜测。

"所以是我误会了?"俞莲不无幽默地反问。

戚屿没往心里去,只接着说:"我既然揽了这个职位,就会努力尽到这份责任,司源意欲收购莲秀的事,按道理本该是我和司总来跟您亲自来谈,只是司总私务繁忙,我又担心自己年纪太轻,所以平时多让叶总代言……刚刚叶总告诉我,说您对司总的出价很不满意?"

俞莲颔首:"如果叶总能早点说这个价格,我们也许没必要浪费这么多时间。"

她的情绪似乎还没有完全平静下来,即便已在下楼的过程中做了点调整,但才和叶总说了那番话,她心里早做好了最坏的打算,在戚屿面前也不复先前那温柔含蓄的模样。

戚屿点点头:"既然到这一步了,那俞总不妨也说说你们的心理底价?"

俞莲十指交叉,正色道:"1.7亿是我个人的底线价格,严秀的心理底价是1.9亿,如果能按这个价格卖,我回头和严秀分的时候,还是会按照1.9亿的总价格算她的那份。"

这话倒显得俞莲很是重情重义,戚屿说:"年前我们对莲秀进行过几轮估值,将其总价值定在2.68亿,俞总和严总手中只有莲秀53%的股票,算下来是1.42亿,如果完全根据股价和专业定价分析师的评估来看,司总报的1.4亿确实不算离谱。"

俞莲轻蹙了下眉:"如果戚总也觉得司总的报价是合理的,还要我下来跟你聊什么?"

戚屿:"一件商品,除了其本身的有形资产,还有不易被人发现的隐藏价值,市场上专业团队都在尽量将资产定价正规化,但如果所有商品都能被这样正确地估值,投资这行业就会变得毫无风险和悬念了。我身边一位老师说,一个成功的投资者,要能够挖掘出商品身上别人发现不了的隐藏价值,并促进它商业化……"

酒侍送来了俞莲点的尼格罗尼,戚屿举杯跟对方轻碰了一下:"我还记得,我们第一次见面时,严总对你们手中掌握的53%股份开出了2.5亿的价格吧?"

第6章 对谈俞莲

"嗯……"俞莲抿了口酒，继续听他说。

"我之前就在想，既然你们会报出这个价格，也许莲秀在你们心中还存在着我们看不见的价值，其实光从公司的名字上，我也感觉得出来您和严总对它的重视，否则您今天也不会因为叶总给您报了1.4亿的价格就这么生气，不是吗？"

俞莲抓着酒杯的手不自觉地收紧了。

戚屿接着道："叶总告诉我，您曾对他说，您和严总把这家公司当成自己的孩子，做海外奢侈品代购的人比比皆是，唯有莲秀在当时异军突起、一枝独秀，后面的几轮融资、发展、上市也相当顺利。有了钱，有了市场，公司本该前景大好，即便你们和其他投资者有分歧，好歹你和严总手中还掌握着53%的股份，仍算是公司的拥有者，再不济也没必要忍痛放弃……所以，我想知道，到底是什么原因让你们走到这一步？"

在戚屿说到那句"把莲秀当成自己的孩子"时，俞莲的眼角就有点泛红。

俞莲也不想在一个青年面前失态，刚刚面对叶钦如时，她尽管觉得生气和屈辱，但并不感到难过，可听到戚屿说出"忍痛放弃"时，一股心酸和委屈控制不住地涌了上来。

"想不到戚总年纪轻轻，这么深思熟虑，"她强忍了一会儿，还是没忍住，抽了张纸巾快速地掖了下眼睛，"抱歉，我也实在没想到你会站在我们的立场考虑这些问题……回忆起一些事，让你见笑了。"

戚屿又跟她碰了下杯，用这个简单的举动化解俞莲的尴尬。

俞莲轻叹了一口气，盯着杯中的酒液，将她和严秀创建"莲秀"的始末娓娓道来。她从自己和严秀在法国相遇说起，讲她们的所学、所看、所闻、所感，讲她们如何发现代购奢侈品的商机，如何把这个想法正规化。

"……那两年，我和严秀一边学习，一边做代购，为了赚点钱，我们几乎研究透了每一个产品的定价、折扣季，一到周末就跑专柜，了解品牌的折扣信息……

"有一次我们意外得知法国南部小镇附近的OUTLET会定期以五折的优惠卖很多大品牌的商品，我们联系到代理经理，才得知这个城市因为有很多发展中国家来的游客，各大品牌商会以'品牌文化推广'的名义给一部分代理商很低的折扣……这说明什么？说明奢侈品也需要更大的市场。

"我们都知道奢侈品溢价，但是不能否认，很多女孩的心理仍然需要被这种东西满足，尤其是对一部分在大城市工作的年轻女孩，她们生活在这样一个高压的环境中，拥有一个名牌包，有一双大牌的鞋子，或是一条大品牌的项链——我指的不是高仿，是真正的正品——能让她们在外出时变得自信、开朗，也会让她们更努力地学习、生活……我和严秀就是如此，当初我们就是因为同样的心理才走入这一行，我至今还记得，我低价买到一双心仪好久的大牌高跟鞋时生出的那种快乐……

"为了让更多的女孩子体会到和我一样的感受，我们成立了'莲秀'，试着去找那些品牌商，花尽心思打动他们，说服他们，以品牌推广的名义拿到限量的低价货。在莲秀

最疯狂的时候，一万元一只的包，我们能以三千块钱的价格拿到一百只，到这个平台上来卖，扣除所有的人力物力成本，我们自己只赚不到5%的利润……

"那两年是最辛苦的，但我们却觉得很快乐，尤其是当我们看到客户收到货品后的回馈和感谢，觉得再累都是值得的。而且，因为我们一开始就从奢侈品入手，直接俘获了国内中产阶级年轻女性的心，所以那两年莲秀积累了很大一部分优质客户……"

戚屿道："这也是我们最开始看中莲秀的地方。"

俞莲叹了口气："那之后，我和严秀就不再满足于代购国外的奢侈品，我们开始想要生产属于自己的商品，打造自己的品牌……"

戚屿领首，这个思路也相当合情合理。

俞莲："当时有很多人要给我们投资，我们有点被资本的青睐冲昏了头脑，又急着想发展，于是选择了出钱最多的方舟投资。方舟投资直接要走了我们手中30%的股权，还要求我们修改公司章程，增加新股东的管理权限，接着又派了两位资深的企业管理人过来，但我和严秀与他们有很大的分歧。我们本打算从小一点的东西做起，比如先做项链或者鞋子试试水，打造一款明星产品，可新来的管理人觉得这样试水效率太低，必须拓展更多新业务，还说要尽快上市，争抢客户，否则等各大电商开通海购，我们就一点优势都没有了。坦白说，线上衣橱什么的，我和严秀是根本不打算做的，因为很多人都在做，我们觉得同类型的东西没有意义……那一阵子我和严秀听了太多不同的建议，每天都有人在否定我们的想法，告诉我们'不行'，有一段时间我们甚至都在怀疑自己的成功是不是太具有偶然性，我们是不是只能做代购……"

戚屿点评道："你和严秀有点理想主义，可惜不够坚定自己的想法。"

俞莲苦笑："你说得没错，我和她在公司远期发展规划上缺乏经验，被别人一说就有点动摇，不知不觉就做了很多的妥协，虽然公司经过几轮募资，规模大了很多，我和严秀的身价也越来越高，但是我们却越来越力不从心，也越来越不开心。去年公司上了市，但莲秀已经不是当初的莲秀了，我们感觉每一个人都能对公司的发展指手画脚，加上上市后股价又一直下跌，身边的朋友看到我们这么辛苦，都劝我们就这样算了，趁着现在莲秀还有点价值，把它卖了……"

她说到此处，眼睛又有点发酸。戚屿反问："所以你们就想卖了？那卖了以后呢？"

"可能再和严秀一起找点别的事情做吧，下一次我们只做我们自己想做的。"沉默了一会儿，俞莲又说，"其实去年年底叶总代表司源集团跟我们接触的时候，我特别高兴，因为我一直很喜欢美薇这个品牌。"

戚屿有些意外："你喜欢美薇？"

"嗯，虽然美薇去年八月份出了点事，但我和严秀都认为美薇是国内轻奢服装品牌中做得最用心的。当初我和严秀想做品牌，也是把美薇当作我们的目标……后来听说司源收购莲秀就是打算为旗下的几个品牌做平台，我还觉得这对莲秀来说反而是最好的归宿，

第6章 对谈俞莲

在你们手里，莲秀应该会变得更好……"俞莲垂下眼眸，淡然地笑了笑，"不过现在能不能卖也不好说了，因为报价太低，这期间我和严秀也总为此争吵，她很不甘心。而我刚说了那么多，也不觉得现在的莲秀有什么值得被挖掘的隐藏价值，如果你们觉得莲秀不值这个价，我也不想再强求了。"

戚屿舒出一口气，郑重地开口："俞总，你可能有点低估你自己了。"

俞莲一脸讶异地抬眼看向戚屿。

戚屿反问他："莲秀的成功真的是一个偶然吗？你问一下自己，这个年代，好穿的衣服和鞋子那么多，做代购卖折扣商品的人也那么多，为什么那些人偏偏选择了聚在莲秀？"

俞莲哑然，作为莲秀的创始人，她居然也想反问戚屿一句"为什么"。

戚屿："我看过莲秀的标语，从一开始打出的'让每一个普通女孩，都能用上奢侈品'，到后来的'我可以自己买鞋，还需要你吗''背上我心爱的包，今天的烦恼全消'……这些话，是你想出来的吧？"

俞莲点头："是我想的，但这种话不是随便一个产品策划都能想得出来吗？"

"这也是那些'随便谁'对你们的否定吗？"戚屿解释道，"叶总曾说你是个文艺女青年，我以前没想这么多，今天听你说了这些才发现，可能正是因为你的柔软与感性，你与那些女孩的共鸣，让她们与莲秀这个平台有了某种情感维系。即便莲秀的股价在跌，即便你说莲秀已经不再是过去的莲秀，但那些客户都还保持着对这个平台的忠诚……我和我的老师分析过，这就是莲秀区别于其他公司的特点，也就是说，其实莲秀背后最大的隐藏价值，是你。"

俞莲眸光闪烁，满脸的愁云被戚屿这一番话给冲散了。而且，被一个比自己小这么多的俊美青年夸奖，俞莲似乎还有点难为情："你的老师……是斯泰福的老师吗？"

戚屿用拳头抵了下自己的唇，低声道："不是，是你刚刚过来时见到的那个。"

俞莲莞尔："是傅总啊。"

戚屿："如果今天没有坐在这个位置上，我可能会鼓励你和严总把这家公司继续做下去，但是很抱歉，出于集团的发展考虑，我还是想要收购莲秀，您刚说，您和严总最低只能接受的分别是1.7亿和1.9亿？"

俞莲："是……"

戚屿："折中一下，您觉得怎么样？"

俞莲两眼一亮，简直不敢相信戚屿会这么好说话："1.8亿？"

戚屿微微点头，与俞莲碰了下杯，接着道："但我有个条件——我明白你们对莲秀的感情，让您忍痛割爱肯定心中不舍，但司源集团是奔着绝对控股权去的，所以不可能给你们留股份，等我们拿到这53%，还会继续收购方舟投资手中的股票。"

俞莲立即道："我明白。"

戚屿："等司源并购莲秀后，需要整合莲秀和司源集团旗下包含美薇、雪莲、Lovme珠

宝等品牌，在平台上做不同品牌的文化展示，我希望您能留下来做这一部分的策划工作。"

为美薇和莲秀做整合策划？俞莲简直被戚屿接二连三丢过来的馅饼砸昏了头脑："当然没问题！"

等答应完，她才想起一件事："可叶总不是说您不能绕过司总直接跟我谈价格吗？"

戚屿："不错，我给您加的4千万，是为我个人认定的隐藏价值，这些东西司总可能完全不认同，为了尽力帮你们达成1.8亿这个价格，我可能还需要您接下来配合做一些事。"

他好歹也是个副总，这价格他既然说出了口，自然有敢作敢当的魄力。只是，他也要俞莲明白自己为达成合作所付出的努力。两人又聊了二十来分钟，戚屿向俞莲说了一下自己的想法。

俞莲有些担忧："这样有用吗？"

戚屿："我们走一步看一步，总之，我答应的1.8亿，一定会给到您，不是司源，也会有其他公司。"

俞莲还想说什么，戚屿的手机响了，他看了一眼，说："司总已经在六楼的会议室了，为了避免他知道我跟你单独见过面，我们错开一点时间上去吧。"

俞莲比了个OK的手势，走到酒吧门口，又回望了一眼，见戚屿仍维持着自己刚来时的坐姿。

同样的潇洒俊逸，同样有着不符合这个年龄的气质。但她现在知道了，隐藏在那一副沉稳面孔后面的，是一颗少年人炽热的心。

待俞莲离去，戚屿才稍稍舒展开紧绷的身躯，微扬着下巴，闭上眼睛。

他之前曾茫然，如果司泽真在背后操控莲秀的股价，自己在隐约知道的情况下低价收了莲秀，到底是对还是错。但刚刚在和俞莲对话、做出决定的过程中，他似乎找到答案了。

——"戚屿，你以后作为资本的拥有者，有没有想过自己要坚守什么样的原则？"

耳边仿佛又响起了傅延昇低沉的嗓音。

那时他想，不犯法就是原则啊。

但是，法律是他人约束自己行为的界限，他自己心里那条线，应该要远高于法律。

那是自我苛求的道德，是生而为人的良心。

戚屿慢慢叹出了一口气，重新睁开时，一双眼睛似乎比之前更加清亮了。

第7章 配合演戏

酒店六层的会议室里,几个人围在司泽身边,大气都不敢出。只见黄骏文颤颤巍巍地递上一个用毛巾包裹的冰袋,低声道:"司总,敷一敷。"

司泽一接过就往自己一只眼睛贴去,疼得抽着眼角"嘶"了一声。

"……这姓宋的也太不像话了。"黄骏文嘀咕了一声。

"你给我闭嘴!"司泽剜了他一眼,黄骏文当即噤了声。

他沉着脸给自己冷敷了一会儿,问:"莲秀的人呢?怎么还不来!"

"叶总已经去叫了……"一人小声道。

"他还没把价格谈妥吗?"司泽的心情显然很不佳,整个人像吃了炸药一样。

"哎,您刚刚都没下来吃饭,他们哪敢谈正经事儿啊。"

司泽正要抱怨,房门开了,俞莲、严秀、叶钦如等人鱼贯而入。看见司泽一只眼睛红肿的模样,几人皆是一愣,叶钦如的嘴角还不自觉地抽了一下:"司总……您怎么了?还好吧?"

司泽拿冰袋挡着自己的眼睛,道:"没事,刚刚不小心在房间里滑了一跤,撞沙发角上了。"

"要紧吗?要不要叫个医生?"俞莲关心道。

"赶紧谈正事吧……"司泽问道,"戚屿人呢?"

"戚总上楼休息了,一会儿就下来,让我们先谈。"

"行,"司泽看向俞莲,道,"俞总,到这一步,咱们也不绕圈子了,直接报价格吧。"

"我就等司总这一句话了,"俞莲十指交叉,正色道,"我和严总商量过后,最低能接受的价格是1.8亿。"

司泽勾了下嘴角:"俞总,您说笑了吧?"

俞莲认真道:"怎么会是说笑?上次我们开价可是2.5亿,这还是看着叶总这么长时间跟我们好说歹说的份上,降了7000万了。"

叶钦如面有难色道:"1.8亿还是超出了我们的心理价位。"

俞莲皱眉道:"那你们想出多少?"

叶钦如:"最多1.4亿。"

俞莲摇头:"叶总,我电话里已经跟您说了,1.8亿是我们的底线,如果你们只能出1.4

亿，我们就只卖1.4亿的股。"

司泽一只丹凤眼阴恻恻地盯着俞莲，似笑非笑道："俞总，您是不是不关注股市？莲秀的总市值都不到3亿了，你跟我开1.8个亿，你是不是做梦呢？"

边上的严秀从一开始就表现得很纠结，听了司泽这话，直接变了脸色："司总，莲秀上市前的估值都有3个亿，司源集团不想买，自然别有人买，你没必要这样冷嘲热讽。"

俞莲忙按住她的手，示意她不要激动。

司泽失笑："我说严总，除了司源集团，还有谁愿意接你们这烂摊子？听说方舟投资现在还到处找冤大头出莲秀的股票呢。"

"你……"严秀气得面色铁青，直接从座位上站了起来，拂袖而去。

"严秀！"俞莲惊呼一声，追了出去，在会议室门口拉住对方，"冷静点，谈不成也没必要搞得大家不高兴……"

"是他们先狗眼看人低！既然燕城的林总愿意跟我们接洽，1.4亿我宁可卖林焕也不卖司源集团……"严秀的声音从门外传了进来。

司泽也僵了僵："她们说谁？林焕？"

会议室内的众人显然也听到了严秀的话，黄骏文看向叶钦如："林焕也想收购莲秀？"

叶钦如茫然："这我还真不知道。"

韩经理低声道："那林焕不是有个投资公司吗？现在莲秀的股价这么低，他会不会想趁机倒一把？"

"他敢……"司泽这一怒，按着冰袋的手又压疼了受伤的眼睛，忍不住"嘶"了一声。

黄骏文："司总您悠着点……"

司泽瞪着黄骏文，压低声音道："还不赶紧找人打听一下有没有这回事！"

俞莲很快返回了会议室："抱歉，严秀她情绪不大稳定，不用管她。我们继续吧……"她道了个歉，又看向司泽，不卑不亢道，"司总，我跟你们司源接触了这么久，也非常想跟你们合作，但1.4亿这个价格恕我们实在不能接受。"

可能是真担心煮熟的鸭子飞了，司泽也稍稍收敛了一点嚣张的气势："叶钦如应该告诉过你我们对莲秀的估值了吧？2.68亿，53%的股份就是1.42亿，这几个月，莲秀的股价还在下降，我们出1.4亿的价格并不算亏待你。"

"2.68亿只是贵司给我们的估值，我并没有说我完全认同。其实我们知道，花点钱搞搞营销，宣传一下有哪些资方正在争抢莲秀，就能拉动股价，但我和严秀都是踏实的人，所以没有那么去做。"

争抢？难道不止林焕一家看上莲秀？

司源集团在座众人面面相觑，心里都有些紧张。

俞莲接着道："我们之所以把司源集团放在最有意愿合作的位置，一来是因为司源旗下的美薇一直是我非常喜爱的品牌，如果能和司源合作，也算是满足了我个人的心愿；

第7章 配合演戏

二来,和叶总这么长时间接触下来,我也觉得比较愉快,可是,这不代表我们手中的股份非卖不可……"

此刻,戚屿已经上楼与傅延昇会合,向对方转述刚刚的谈判过程。

傅延昇听完评价道:"她们更想做品牌文化,做情怀,一开始就不该接受投资和上市,资本大都寻求快速变现,而做文化内容则需要很长的周期,这两者本身就是矛盾的。"

"确实。"戚屿又将自己在俞莲身上看到的优点告诉了傅延昇。

一月份他们返回帕市后,傅延昇跟他在家里分析莲秀的独特性,说她们早期代卖大牌商品,每卖一样东西,莲秀都会为那些品牌重新做一份文案,解释这款商品的性价比和优点,有好几款本身并不经典的商品因为莲秀的推广,反而在一段时间内成了爆款。戚屿牢记着这一点,今天才会跟俞莲确认了'每日秀'里随处可见的Slogan是不是她想出来的。

整体对话内容和谈判方向与两人先前讨论相差不大,但傅延昇与戚屿商量的合理报价是1.6亿到1.7亿,他有点好奇:"怎么最后报价还上浮了1000万?"

戚屿解释道:"那俞莲对于莲秀那些客户来说,更像是KOL一般的存在,她可能不是个很好的管理者,但一定是个非常厉害的产品策划人。莲秀能满足那些白领女性的情感需求,我不认为别人随便模仿一下就能复制,它需要意见领袖与客户长期的共情力,如果俞莲离开莲秀,也许我们能找到其他的产品策划,但肯定不是她那种调调,莲秀之前累积的那些客户,可能也会因为俞莲的离开而慢慢流失。所以,在原来报价的基础上,我愿意多出点钱把她留下来,继续为我们维系平台和客户之间的关系。"

傅延昇:"这条件对她来说反而还是好事,我听说她很喜欢美薇这个品牌。"

戚屿:"这不是更好吗?我要的本来就是双赢。"

傅延昇换了个坐姿,问:"那司泽那边你打算怎么交代?"

"我让俞莲找机会向司泽透露林焕也打算收购她们的股票,"戚屿蹙眉,"不过效果怎么样还不好说……"

傅延昇愣了愣:"你把苏竟的消息告诉了俞莲?"

戚屿摇头:"没有,我只是告诉她,司泽很在意林焕,我跟司泽第一次见面时,他在饭桌上就跟我提过林焕,还把对方当成竞争对手。如果司泽知道莲秀除了我们司源集团,还有别的买家,而这个买家正好就是林焕,他心里一急,对价格的态度也许就不会这么强硬。我还告诉她,我会尽快在外面放出一点类似的风声,促成这件事。"

傅延昇挑眉:"所以,如果之后林焕真的联系莲秀,反而能顺水推舟地让她以为这件事是你促成的?"

戚屿:"不错。"

傅延昇笑了笑,又说:"但你别忘了,你的计划是建立在苏竟昨晚透露的信息之上的,

信息并没有进行过确认,林焕也有不对莲秀出手的可能。万一林焕不配合你,你不但会因此得罪司泽,还有可能失信于俞莲。"

戚屿:"只要传出林焕想要收购莲秀的消息,司泽就很难判断是不是真的。"

傅延昇继续引导戚屿:"你就不怕林焕今晚就跳出来插一脚,俞莲临阵倒戈?"

戚屿:"这我也考虑过,我们可以今天就找时间跟她私下签个协议,假设林焕会入局,不管之后莲秀的价格被炒到多高,俞莲和严秀手中那53%的股份最后都只能以1.8亿的价格卖给我们。"

傅延昇:"可以。"

戚屿见傅延昇没有其他问题,看了看时间道:"不知道他们现在聊得怎么样了,我们下去看看吧。"

他走向门口,感觉傅延昇并未跟上来,忍不住扭头,只见对方站在原地望着自己。

"怎么了?"戚屿问。

"那俞莲估计还是头一次碰上帮着收购方演合伙人的甲方。"傅延昇开玩笑道。

"我只是想给她们一个公道的价格……"戚屿走向外头,没看见傅延昇流露出的认可目光。

两人下楼时,碰巧在电梯口遇上了宋溥心。戚屿主动在电梯厅门口与他打招呼:"宋助理。"

不知是不是之前三人在司泽房里有些尴尬,宋溥心有点回避他的视线。但傅延昇明明跟宋溥心私下认识,也不过是向对方微微颔首,表现得相当生疏。

电梯来了,宋溥心先一步进去,抬手摁按钮:"你们也去六楼?"

"嗯。"戚屿留意到,宋溥心手背关节处似乎破了点皮。

三人的目的地都是六楼会议室,他们到的时候,一群人刚从会议室里出来。

戚屿看见司泽红肿的右眼眶,当即联想到了宋溥心手背上的擦伤,心中有所猜测,但仍当着众人的面关心了一句:"司泽,你的眼睛怎么了?"

黄骏文似乎是怕司泽没面子,抢答解释:"司总不小心撞到沙发角了。"

戚屿也不戳穿,看向司泽身后的俞莲和叶钦如,两人正握手道别。

"那我们回头再联系……"俞莲转向戚屿,两人交换了一个眼神,"戚总,我还有些事,先不奉陪了。"

戚屿点点头,等俞莲走后,才问叶钦如:"谈得怎么样?"

叶钦如:"俞总开价1.8亿,我们还要再考虑考虑。"

黄骏文道:"听说林焕也想收购她们,现在跟我们狮子大开口呢。"

戚屿故作惊讶:"是吗?"

司泽一脸烦躁:"横生枝节,真是麻烦……等我让下面的人打听一下情况,过两天我们去司源开会再说。"

第7章 配合演戏

他正要走，忽又顿住脚步，返回来道："对了戚屿，我记得山雨投资的CEO许总是不是和林焕认识？"

戚屿一怔，去年集团大会后聚餐，他们在饭桌上聊过小鸽子和小喜鹊的事，他没想到司泽还记得许敬。

他也不好藏着掖着，承认道："是。"

"我一会儿回城，你帮我约他见个面吧。"司泽道。

这个发展让戚屿始料未及，但他也清楚是激将法奏了效："行，我先给许敬打个电话，等安排好了再跟你说。"

两拨人分开后，戚屿立即叫上叶钦如返回楼上的房间。

叶钦如还不知道戚屿跟俞莲私下的计划，悄声问："戚总跟俞莲说了些什么，怎么俞莲上来后整个人气势都不一样了？"

戚屿托傅延昇与叶钦如解释，自己去卧室里间给许敬打电话。

套房的会客厅里，叶钦如听完傅延昇的话后连声惊叹："老天，戚总居然想跟俞莲联手演司总？"

"刺激不？"傅延昇掏出烟盒，笑问，"来一根？"

叶钦如急道："你还说笑！我们这可是在搞内部分裂啊！万一司总知道了，我们怎么收场？"

傅延昇把烟盒放在茶几上，兀自点了根烟，架起腿道："对了，还有一件事没告诉你，苏竟已经把红妆卖给林焕了。"

叶钦如："已经卖了？什么时候的事？"

"应该就是前几日吧，昨晚他约戚总见了个面，"傅延昇吐出一口烟，道，"还跟戚总透露了林焕对莲秀也有企图。"

叶钦如听完震惊得足有十来秒没说出话："所……所以戚总这是……自导自演？"

傅延昇纠正他："错了，是将计就计。"

叶钦如简直不知道该笑还是该哭，但想到红妆被收购，大概还是更想哭："没想到林焕已经抢走了红妆，司总知道估计又要发飙了……"

戚屿打完电话出来了，刚好听见这句话，便说："等红妆被收购的正式消息公开出来，我去跟司泽解释吧。"

"没事没事，谁说都一样，"叶钦如扼腕道，"反正莲秀是不能再丢了。"

"方舟投资手里一共有莲秀多少的股份？"戚屿忽然问。

"公开信息里能查到的只有25%。"叶钦如道。

"他们那边谈得怎么样了？"戚屿问。

"方舟投资一直是司总的人在对接，听说第一次接触的时候他们报了1个亿，也在观望，估计是想等我们司源集团先收购俞莲和严秀的股份，再要高价，但莲秀的股价一直在下降，他们也有点摇摆不定，前天问了黄秘书，说已经谈到了7500万，司泽似乎还想往下压。"叶钦如道。

"25%，7500万，我觉得差不多了。"戚屿看向傅延昇，见傅延昇点头认可，便对叶钦如道，"你回头联系一下黄秘书，问问他们最近能不能先拿下方舟投资那25%的股份，以免夜长梦多。"

"我知道了。"叶钦如道。

戚屿的手机振动了一下，他对傅延昇道："傅老师，我跟许敬说好了，他和司泽见面我也会到场。演戏演全套，你们代我在这里跟俞总把买断协议签了，然后让俞莲回去跟方舟投资的人透个风声，说司源集团不打算买她们手中的股份了，她们仍打算自己经营，接下来的日子让她们只管和方舟那边的管理人对着干，最好做出破罐子破摔、准备玩死公司的架势来。"

傅延昇明白戚屿的意思："那你自己小心，回头电话联系。"

待戚屿离开，叶钦如才低声问傅延昇："戚总是不是才二十一岁？"

傅延昇缓缓吐出一口烟，"嗯"了一声。

叶钦如不住咂舌："我二十一岁还是个渴望爱情的愣头青呢，你说他才这么点大，肚子里怎么这么多弯弯绕绕？亏我之前还以为他是个单纯的小孩！真人不露相啊，露相不是人啊……你刚认识他的时候他就有这么聪明吗？还是说太子爷都这么早熟？"

"好像没有，"傅延昇一脸怀念，"刚认识的时候，他还比较单纯。"

"那他现在是怎么回事……"

傅延昇想了想，自言自语道："可能是被我教的？"

叶钦如："？？？"

傅延昇把烟摁灭在烟灰缸里，起身道："行了，别多想了，小老板刚刚都发布任务了，咱们赶紧干活去吧。"

叶钦如："……"

戚屿回到市中心后，并没有立即去见许敬，而是让王猛先带自己去了丰贸附近的一家英式茶馆，他在那里约见了唐伟烨。

"戚屿！"唐伟烨看见他立即站起来，热情似火地朝他招手。

"等多久了？"戚屿走过去坐下。

"给你发消息的时候就在了，"唐伟烨搓着手道，"我刚点了壶大红袍……"

戚屿见他今天穿着一身笔挺的衬衫和西裤，打着领结，头发也是新烫的，整个人骚包得仿佛要去参加婚礼。

"你想跟我打听司航什么事？你跟他关系不是挺好吗，怎么不直接问他？"唐伟烨问。

"司航那家伙要面子，我怕我直接问他他不好意思说。"

第7章 配合演戏

"这倒是……"

"他那个游戏公司不是说今年要上市么，有准信了吗？"

"有了，今年七月IPO。"

"现在是谁在给他处理公司上市这些事？"

"他哥那边的人吧，反正他不管事，就坐等收钱。"

"你觉得能赚？"

"肯定能，"唐伟烨信誓旦旦，"上回不都说了吗，司航他哥认识上边的人，我们稳赚。"

"他认识上边什么人？靠谱吗？"戚屿表现得有些怀疑。

"怎么可能不靠谱？他们家人脉广着呢……"唐伟烨凑到戚屿跟前，神神秘秘地说了两个机构名字和官名，又道，"司航他爸还认识明泰证券的董事长，据说明泰已经给司航的游戏公司投了五千万，他现在钱多得都花不完！"

"明泰证券？"戚屿微微一怔，那不是傅延昇之前任职的公司吗？

"嗯，明泰是有国资背景的，非常有钱。"

戚屿故作了然道："那你打算投多少？"

"最多两百万吧。"

"就这么点？"

唐伟烨面上一热："我爸妈又没让我管事，我能拿出两百万零花钱来投资他很不错了好吧，朱麟他们全是月光族，一百万都拿不出来！"

戚屿笑着给他斟了点茶："跟你开玩笑，看把你急得。"

唐伟烨嘴角一抽："你这……"

"我记得司航他家跟你们唐启一汽好像也有合作？"戚屿问。

"嗯，司氏有我们唐启一汽的股份，也算个小股东。"

"你都这么大了，怎么还成天游手好闲的，你爸妈不让你管事吗？"

"我爸、我叔伯，还有我二哥，他们都会管，"唐伟烨耸肩道，"我大学都没毕业呢，什么都不懂，能管什么？"

"你跟司航他哥关系怎么样？"

"我们年纪差了一截，不怎么一块玩，但我二哥和司航他哥玩得蛮好的，他们搞了个跑车俱乐部，还一起投资了几个公司，常常聚一块，"唐伟烨想起来，道，"哦对，那个真人跑跑卡丁车场就是我哥投资建的，我去年叫你去，你都没去。"

戚屿没接这话茬，只问："你二哥这么厉害，你怎么没让他也给你整个公司？就像司航那个游戏公司那样，自己当总裁，锻炼锻炼。"

唐伟烨"哧"了一声："锻炼个屁，你看司航那笨蛋会个什么？有徐一舟在，他连平时的作业都叫徐一舟给他写！他就是想玩游戏才让他哥给他弄这个公司，天天在我们面前嘚瑟呢，我哥才不会这么惯着我。"

两人聊了大半个小时，戚屿手机响了起来，是傅延昇的电话，说他们已经和俞莲谈妥了，正准备回市中心。

戚屿接完电话对唐伟烨道："我还有点事，得走了。"

唐伟烨站起来道："啊？这么快？"

"真赶时间，我这还是见缝插针出来跟你见个面。"戚屿取了外套披上，叮嘱他道，"对了，我今天单独找你这事，你可别告诉司航，他这么要面子一个人，知道我还背着他跟你打听消息，这朋友就没得做了。"

"放心，我肯定不说。"唐伟烨看上去有些失落，还亲自送戚屿到了门口，等戚屿准备上车，才眼巴巴地说了一句，"你以后多回一回我消息啊？"

戚屿停下脚步看向唐伟烨，半晌才道："你要不搞点正经事做，我跟你还真没什么共同话题。"

唐伟烨一噎，下意识地问："正经事？"

戚屿："唐伟烨，你总不能靠零花钱过一辈子。"

顾不上唐伟烨的反应，戚屿转身上了车。路上，他琢磨着唐伟烨方才透露的信息，感觉有更多的线索被串在一起。

司泽约见许敬的地点在丰贸附近的一间商务会所，戚屿到时有些晚了。

"抱歉，路上有点堵车。"戚屿道。

"没事，坐吧，我和司总都聊得差不多了。"许敬说。

戚屿见司泽的右眼看上去比下午更肿一点，颜色也有点发青了，看起来有点滑稽。他又关心了一句："司泽，你眼睛好点了吗？"

司泽被他一提醒，气得没受伤的那只丹凤眼吊得老高："你说能好吗？我这只眼睛都快睁不开了！"

许敬笑说："我刚也还说，司总你怎么不小心点，还好我们这是坐包厢，要是在酒吧见面，被人看见还以为是我打的你。"

说者无心听者有心，许敬这玩笑简直是揭了司泽的伤疤，让对方的脸色难看至极。司泽拿出手机开了前置摄像头，打量了一番自己现在的模样，暗骂了一声。

"还是去医院看看吧。"戚屿建议道。

"对，现在的私人医院都有很高端的医疗仪器，做个冷喷和消肿，会好得快一些。"许敬附和。

司泽低哼一声："好吧，既然该说的都说完了，我就不多坐了。"

许敬："放心，有什么消息我立即告诉您。"

司泽走后，许敬重新点了些热菜，一边招呼戚屿吃，一边问："你们那个收购案现在什么情况？怎么半年过去了还没有进展？"

第7章 配合演戏

刚刚电话里戚屿没解释太多，这会儿包厢里只剩下两人，他才准备将事情慢慢说给许敬听。

"红妆我们没拿下，苏竟选择了林焕……"戚屿用这句话做了开端。

"我早跟你说了，"许敬叹了口气，显得毫不意外，"说起来，我当时去燕城出差，还顺便跟那苏竟见过一面……"

"是吗？你觉得苏竟怎么样？"戚屿很好奇许敬对苏竟的看法。

"说话太直接，情商又低，难怪以前一副好牌打成那样子……"许敬摇摇头，依然对这人很不认同，"反正我没看出他有什么地方值得你去挖掘。"

戚屿垮了肩膀，本打算告诉许敬林焕想要收购莲秀的事正是苏竟透露给自己的，可听到许敬的点评，一时又不知道该不该说了。

他讪讪地喝了口清酒，打算先说回今天与莲秀的谈判过程。

但戚屿万万想不到，才说了几句就让许敬皱起了眉头："你们简直太胡闹了，和司泽在价格上有分歧，可以再协商，怎么能背着他私下跟莲秀的人把价格先定下？"

戚屿解释："不是我们不想好好协商，是司泽太固执，根本不听我们的意见……你是不知道，叶总今天刚把司泽的心理价格报给莲秀时，俞莲都快翻脸了，我们内部也进行过几轮评估，我认为1.8亿给到她们是合理的价格。"

许敬："你接触这些事才多久，怎么知道是不是合理？不过是底下的人跟你说什么你就信什么。司氏是司源集团的第二大股东，科技部虽然是你爸爸让你练手的，但也是集团的重点发展板块，这叶钦如磨蹭了小半年，连个莲秀都没拿下，到底有没有一点本事？"

叶钦如是傅延昇替他招的人，许敬质疑叶钦如，也就是质疑傅延昇，更是在质疑自己看人的眼光。

戚屿想到叶钦如这段时间的难处，替对方辩解道："我们先不认同司泽的行事作风。"

"司泽什么行事作风？"

"他操控股市，故意做低莲秀的价格……"

"这有什么问题？"许敬反问。

"恶意操控股价不是问题？"戚屿完全不敢相信，他敬佩多年的敬哥会理直气壮地问出这种话。

许敬又问："你有什么证据证明他在控制股价？"

戚屿当然不能把自己查到的那些线索告诉许敬，许敬一开始就反感他和傅延昇走得近，要再知道傅延昇有可能是个什么机构的卧底，岂不是更加不信任自己的判断能力？何况，他现在查到的那些东西也不足以说明傅延昇他们真的是在调查司氏的违规行为……

许敬见他答不上来，又咄咄逼人道："既然没有证据，说什么操控？再说，就算他真做了，那又如何？现在的市场，哪个玩资本的不控制股价？谁不想尽力压低对手的价格？做生意就是出最少的钱赚取最大的利益，司泽如果有能力做低价格，对司源集团难道不

是好事?"

戚屿被许敬的流氓逻辑彻底激怒了,他急道:"可你认为这样就是对的吗?"

许敬斩钉截铁道:"这不是对与错的问题,这就是现实,你现在还小,我能理解你习惯性地用学校里教的那套东西对标现实中的问题,但现实要比你想象中复杂多了,你得学着去适应这些潜规则。"

戚屿气得在桌下攥紧了拳头:"如果我不想去适应呢?"

许敬:"那你就很难生存下去!"

戚屿再次体会了那种无法言说的憋屈感,他下意识用起了自己的身份特权,试图压制许敬的气焰:"敬哥,既然科技部是爸爸让我练手的,那我有权力决定我想怎么做吧?!"

许敬睁大眼睛,也被戚屿这难得展现出来的霸道惊了惊,但他并没有冷静,反而因此激动起来。

"你是有权力决定这么做,但你想过后果吗?"许敬用指关节叩着桌子,"这一次司泽让我打听林焕的事,说明他对你还毫无戒备,可你有没有想过万一他知道你在联合外人对付他呢?到时候别说你和他的合作,可能连司家和戚家今后的合作都会受到影响!"

没有预想中的理解,甚至无法达成心平气和的交流,从开始到现在,许敬就一直在否定他、质疑他,被打击的骄傲使戚屿失去理智:"我知道这种做法有一点任性,但我并不是在胡作非为!我有自己想坚守的从事理念,如果我真错了,我愿意一个人承担后果,我可以退出科技部,或是今后不参与集团相关的任何决策工作!"

许敬额上青筋直跳:"我都不知道你什么时候变得这么倔了,你爸前几天才打电话给我,让我多支持你,可你这样子我怎么支持你?"

戚屿的心情也是跌宕起伏,但他丝毫没有因为许敬的态度而动摇自己的决定。

剑拔弩张的气氛在包厢里弥漫了许久,谁都想不通好好的谈话怎么会演变成现在这个样子。

最终还是许敬先偏开视线,他的声音里带上了不知道是失望还是失意的情绪:"算了,随便你吧。"

第8章
收购莲秀

两人分开时已经是晚上十点了，戚屿只觉得身心俱疲。车窗外霓虹闪烁，手机再次振动起来，他过了几秒才拿起来接听："喂？"

"回来了吗？"电话那头传来熟悉的嗓音。

"嗯……"戚屿看了眼路标，"马上就到。"

车子拐过一个红绿灯，不一会儿就驶上了酒店入口的坡道，戚屿收起手机，下车上楼。

傅延昇在房间里等他："怎么聊了这么久？都说了些什么？还顺利吗？"

戚屿直接往沙发座上一靠，懒得回答，也懒得动弹。

傅延昇烧了壶热水，泡了点戚屿之前送他的柏子仁茶。

"累？"他主动起身走到戚屿身后，道，"帮你按按？"

戚屿正想拒绝，傅延昇的手指已经抚上了他的脑袋。指尖穿过发隙，或轻或重地按摩着他的头皮，大脑的酸涨一下子得到了舒缓。

戚屿绷起的身子不由自主地放松下来，疲倦地开口："你的烟呢？"

傅延昇一愣："嗯？"

戚屿："我想抽根烟。"

傅延昇也没多问，从兜里掏出烟盒，抽出一根递给戚屿，还主动替他点燃。

这一次戚屿没再呛着，他抽了两口，和傅延昇在一起久了，也像是耳濡目染，无论是抬手夹烟的动作和吐烟的神态都学得极像。

"这玩意儿真能解压？"他问。

"因人而异，"傅延昇在他对面坐下，道，"不习惯就别强抽，有压力可以跟我倾诉。"

戚屿想起刚刚和许敬的争执，想起从唐伟烨口中问到的"明泰证券"，想到很可能已经被一起盯上的司泽，只觉得心乱如麻。

"不想说……"他慢吞吞地吐出一口烟。

"那我来猜？"傅延昇道。

"行，你猜。"戚屿看向对方。

"是不是跟许敬吵起来了？"傅延昇把烟灰缸推到他跟前，"许敬反对你跟司泽对着干？"

戚屿被问笑了，为什么傅延昇总能猜对？

"那你怎么不反对？"他问。

傅延昇看着他那双漂亮的眼眸,里面已经没有过去那种纯粹的崇拜,反而多出一分审视。

"因为你是个成年人了,"傅延昇嗓音微沉,"你自己的决定,我反对又有什么意义?"

"可我现在想听听你的看法,"戚屿伸手抖落烟灰,望着傅延昇道,"你觉得我做的是对还是错?"

傅延昇思索片刻,道:"从原则上看,我比较支持你,但我觉得你处理这件事的方式还不够圆融。"

"你是说和俞莲联手做戏的方式?"

"嗯。"

"那如果是你,你会怎么做?"

"价格上和司泽谈不拢,我会在私底下向俞莲表示我和司泽意见不同,并告诉她我想抬价的意愿,但我不会这么快就向俞莲亮出我的底牌,也不会这么快就和她联手去对付司泽,毕竟我和她也算不上有多熟,万一判断错了,就很容易让自己陷入被动。"

戚屿边听边反思,傅延昇的分析不无道理,他的确是有些冲动了。

昨晚从苏竟口中得知的消息让他产生了危机感,而今天司泽的表现又让他大失所望,所以在跟俞莲谈判时,他情愿把赌注放在一个外人身上……

傅延昇继续道:"不得不说,你有些感情用事,在更需要理性思维的商业谈判中,这可能是个缺点,但从人格魅力角度来看,却是个优点……也许俞莲就吃你这一套呢?"

戚屿听完傅延昇的话,道:"傅老师,你想得确实比我周全。"

傅延昇笑了笑:"再周全的人也不可能做到面面俱到,你才二十一岁,做事情不那么成熟也很正常。"

戚屿灭了烟,想起今晚和许敬的争执,又一次心生沮丧。

如果许敬当时能用这种方式跟自己谈,他们也不会闹得那样不愉快……

但他转念一想,又觉得不可能,他和许敬从原则上就存在分歧。

傅延昇替他倒了点热茶,安慰他道:"别给自己太大压力,这前前后后我不是都帮你看着吗?有什么疏漏,我难道不会提醒你?你今天的表现已经很不错了。"

的确,就是因为事前事后都有傅延昇在分析、提点,有傅延昇帮忙梳理他的思绪,戚屿才敢放手去做。

他看向对方,情不自禁地问出一句话:"那你会一直在吗?"

傅延昇忽然停顿了两秒:"也许哪一天,你就不再需要我了。"

戚屿心说,他需要。就算知道傅延昇是因为别的目的接近自己,他也不得不承认,自己已经离不开这位良师了……

可是,傅延昇刚刚的回答已经透露了答案——傅延昇没有拒绝他,却把拒绝的权利交到了他的手里,这可以理解为对他的尊重,也可以体现出傅延昇的退缩。

第8章 收购莲秀

戚屿仿佛已经预见了他们的结局，心中一阵酸涩。

次日，戚屿和傅延昇去科技部，几人又谈了谈事情的进展。

昨天他让许敬假意去林焕处试探消息，不久后果然得到了些消息，让司泽确信了林焕对莲秀有企图。

司泽让黄骏文代为传话，让叶钦如将原本的报价从1.4亿提高到了1.6亿，但戚屿知道这点让步是不够的。

方舟投资那25%的股份倒是听说已经被黄骏文他们以7000万的价格谈下了，签了预购合同，不过司泽还压着，说要等拿下俞莲她们手中53%的股份后才付款。

隔日，叶钦如给俞莲打电话，假意沟通价格，意外得知林焕跟莲秀取得了联络，叶钦如惊喜不已。

俞莲以为这事是戚屿在背后操作所致，还没有决定要不要跟对方见面。

戚屿听了叶钦如的转述，道："你让她去见见，看林焕愿意出什么条件，但让她别透露跟我们签了买断协议的事。"

叶钦如："好。"

俞莲在戚屿的授意下去见了林焕，回来后给叶钦如打电话，提到了一个让所有人都瞠目结舌的细节——林焕在见到俞莲后表示，无论司源集团出什么价格，他都愿意以130%的价格购买她和严秀手中的股份。

她还在电话里开玩笑："林总怎么不早点来找我？想起当初被你们司源集团压价压得气都喘不出来，我看见他简直像是看见了财神爷……"

叶钦如跟戚屿转述此事，暗自庆幸："这林焕出手也太阔绰了，还好我们提前签了买断合同，否则俞总要真见钱眼开把莲秀卖给林焕，我们的损失就大了。"

边上的傅延昇疑惑道："林焕真说了以130%的价格给莲秀？"

叶钦如"嗯"了一声，戚屿问："怎么了，你觉得哪里有问题？"

傅延昇："你算算，1.4亿的130%是多少？"

戚屿的数学可没有傅延昇好，他还特地打开手机计算器摁了一下，跳出来的数字是"1.82"，几乎就是戚屿后来和俞莲商定的价格。

看见这个数字，戚屿也愣了愣，但又不明白这个巧合代表什么意思。

傅延昇提醒道："如果林焕真是个精明的商人，绝对不会第一次跟人见面就这么豪爽地给出价格。"

戚屿想起苏竟说过的话，问道："你的意思是说，林焕也觉得俞莲和严秀手中的股票值1.8亿？"

傅延昇道："嗯，但因为司泽一直在压价，他现在跳出来给这个条件，莲秀绝对没有拒绝的可能……我甚至还有一点怀疑，会不会是有人在提供司氏内部的情报给林焕。"

戚屿："为什么是司氏内部？"

傅延昇看向戚屿："因为你是个意外，如果我们仍然按照司泽的想法报价，林焕没准已经把莲秀拿下了，他现在去找俞莲，说明他对你跟俞莲私下的协议一无所知。"

戚屿仔细琢磨了一番，确定道："苏竟没有骗我。"

傅延昇："确实，但这才是个开端，既然林焕收了红妆，今后也会是司源集团科技发展部的主要竞争对手，你肯定还要面对他。"

戚屿想起司泽对林焕的评价，问傅延昇："你觉得林焕这个人怎么样？"

傅延昇："从我听过的和他相关的几件事来推测，他是个商业布局能力很强的人，对出手时机的把握也很精准，不动则已，动则奔着一击必中去做，在这方面，你没有足够的历练，也许会不如他。"

戚屿："是吗？"

傅延昇知道戚屿心里必定有些不服，笑着鼓励他："不过，你现在有一个林焕没有的优势。"

戚屿："什么优势？"

傅延昇："你收服了苏竟的心。"

戚屿想起苏竟说的"不想让林焕得逞"，不由得笑了笑。

没过几日，红妆被林和资本收购的消息也被走漏，此事让戚屿想起自己还欠司泽一个"交代"，便抽时间去了趟司氏——除了司源集团科技部，司泽同时还管着自家集团旗下投资部，那里是司泽的主要办公地点。

戚屿在行政秘书的带领下来到了司泽的办公室，见几个西装革履的男人从里头出来，他面熟的只有黄骏文一个，也只有黄骏文在门口跟他打了声招呼："戚总，你来找司总？"

"嗯，我跟他打过招呼了，他在忙？"

"不忙，我们刚开完会。"黄骏文朝着办公室比了个"请进"的手势就先离开了。

十天过去，司泽的眼睛已好了，只见他仰头坐在会议区的真皮沙发上，看上去心情不太好。莲秀的事脱离掌控，似乎终于让这个眼高于顶、玩世不恭的大少爷认真起来了。

和司泽认识这大半年，戚屿与他接触不算多，也是难得看见对方这副样子。

对于自己联手俞莲演戏的事，戚屿心中并非没有愧意，但就如傅延昇所说，一个人选择了什么，就要付出相应的代价。自打戚屿知道司泽在背后操控股价起，他就明白他们注定不是一路人了。

戚屿叩了叩半开的门，脸上挂着得体的微笑："司泽。"

"戚屿？进来坐吧，"等戚屿坐下，司泽问他，"俞莲那边怎么说，价格还能谈吗？"

戚屿摇头："她咬定了要1.8亿。"

司泽烦躁地拿起玻璃矮桌上的雪茄盒。

戚屿缓了口气，接着说："我今天来，是想为红妆的事跟你道个歉。听叶总说，你之前已经在找其他法子，如果不是我年前跟苏竟见面，拖了这两个月时间，也不会被林焕抢占先机。"

那雪茄盒是铁皮制的，司泽单手翻了两下，没能打开盖子，忽然一把拍在了茶几上，发出"哐当"一声。

戚屿以为司泽要朝自己发火，没想到司泽把手肘抵在膝盖上，咬牙切齿道："又是林焕……"

许是顾着戚家和司家的关系，司泽并没有迁怒戚屿，而且莲秀和红妆的事恰好撞在一起，反让他下意识地把仇恨都转移到了林焕身上。

"我早就听底下的人说过苏竟在跟林焕接触……你年纪小，连我都不是那林焕的对手，你以为苏竟会把你放在眼里？"

司泽看了戚屿一眼，又"哼"了一声："那个苏竟也不是什么善茬，之前几次见面都对我们爱答不理的，说不定早就跟林焕搭上了！"

戚屿："林焕真有这么厉害？"

司泽冷笑："多少人盯着红妆那块肉，你看他一个人神不知鬼不觉地就拿下了，还有莲秀，如果不是上次严秀和俞莲争执时说漏嘴，我们还不知道他私下有动作呢！"

戚屿趁这个机会道："我听叶总说，林焕最近也约见俞莲了，她们并没有在诈我们……其实1.8亿我们也不是出不起，憋着这一口气，万一又失手，就得不偿失了。"

司泽面部紧绷，沉思半晌后问："你觉得1.8亿值？"

戚屿道："一件商品放在路边，如果问都没人问，价格肯定不会高，但若有两个人在那里抢，卖家就会坐地起价。1.8亿是比我们之前预想得稍微高了点，但也在我们能够承担的范围之内。"

司泽看向他："是叶钦如让你来跟我说这些话的？"

戚屿摇头："这事我打电话问了我爸，我爸说，司源集团一旦收购莲秀，莲秀的股价也会回升，怎么都不会亏。我们是奔着发展去的，不是为了收购她们来捞一笔，差不多就可以了。"

戚屿一把爸爸搬出来，司泽就没话说了："那你爸现在什么意思？让我们接受莲秀的报价？"

戚屿："他说还是让我们自己决定，叶总建议是先接受，比如签个预购合同把俞莲和严秀稳住了，毕竟我们已经失去红妆，不能再失去莲秀了。"

司泽重新捡起那只雪茄盒，不无怀疑道："我真觉得叶总是中了那俞莲的美人计了，这么向着她们……"

戚屿已察觉出司泽被说动了，适当地放缓谈话的进度。

他环顾一圈，问："最近怎么没见宋助理？"

"不听话，被我关起来了。"司泽成功取出一支烟，削了边缘，点燃了放在嘴里抽。

关起来了？戚屿心中一惊。

"上次在深坑酒店,我就看你们关系好像不大好……"戚屿不动声色地试探道,"宋助理是不是做错什么事了?"

"他是个骗子,"司泽吐出一口烟,讥笑道,"以前我很信任他,什么事都交给他做,有一次开会时,我发现他偷偷录音,被我一逼问,才知道,这家伙为了赚点外快,一边给我当秘书一边搞小动作……"

"哪方面的小动作?"

"比如收集一点我们的商业资料,卖给那些想针对司家的对手公司。司氏这么多年屹立不倒,树大招风,有的是对手公司想买这些东西,"司泽冷哼一声,"但他又不想丢这个饭碗,所以每次只卖一点边角料,聪明反被聪明误……"

"宋助理很缺钱?"

"他妈妈得了烧钱的病……"司泽说了一句就及时停了口,看向戚屿,道,"你那个一直跟着你的秘书呢?"

"你是说傅延昇吗?"戚屿道,"他跟叶总在公司商谈莲秀收购方面的事。"

司泽有些不耐烦:"行了,1.8亿就1.8亿吧,让他们赶紧敲定,这个事搞得我现在头疼……"

"嗯,"戚屿见好就收,转而问道,"对了司泽,我这次回来要在国内待两三个月,你平时有什么活动,也带我去见见世面,不然我爸老说我身上一股书生气。"

司泽疲惫地笑了一声:"我听司航说你不大喜欢出来玩,加上你每次回国都匆匆忙忙,就没怎么叫你……以后我留意一下吧。"

有了林焕的助力,莲秀的收购案在短短几天内快速推进。三月底,司源集团以2.5亿的总价成功收下了俞莲、严秀和方舟科技手中共计78%的股票,成为莲秀的绝对控制人,也让科技部的工作彻底顺利进入到了下一阶段。

事后,戚屿还特地给苏竟打了一通电话,向他表达了感谢。

"行了,你身边那几个人也不是吃素的,就算我不透露,你们也未必会把这案子谈崩吧,"苏竟客气了几句,忽然想起什么,语气一变,"对了,你发给我的那个软件,我帮你看了。"

戚屿心中一紧:"怎么样?"

苏竟:"做这东西的是一家实力雄厚的信息安全公司,据我所知,他们做的软件几乎只提供给某些特定机构使用,并且这些机构的名单都是严格保密的……"

戚屿追问道:"你是怎么查出来的?"

苏竟:"我自然有我的办法,而且我告诉你,它里边有个防破解的信息监测回传程序,会在该软件受到暴力破解时通知发布源。"

戚屿浑身一僵:"你的意思,如果我动了这个软件,安装软件的人会知道?"

"发布源只负责收集被攻击的信息,安装的人知不知道取决于发布源有没有把这些信

第8章 收购莲秀

息汇报给他。如果汇报了,他就有可能知道。虽然以我的经验来看,大部分安全程序在运行过程中或多或少都会受到一些攻击,但不见得每一次攻击记录下来的数据都会引起重视,毕竟除了安全框架之外,它只是个功能很普通的反监测软件……但是,你找我破解它的话,还是有一定的暴露风险。"

苏竟说了一堆,戚屿只听明白了一点——傅延昇很有可能知道他已经发现了这个软件并在尝试破解它,却什么都没说。

结束和苏竟的通话后,戚屿有好几天都处在一种茫然又有些惊慌的状态。

他悄悄地打量傅延昇,在心里揣测这人到底知道不知道自己在调查他,如果知道,傅延昇心里又是怎么想的?他怎么还能这样波澜不惊地继续跟自己玩角色扮演游戏?

这天早上,戚屿被一阵手机振动声唤醒:"喂?妈妈?"

"还在睡?我没吵到你吧?"姜莹的声音从电话那头传来。

"没,我正打算起来了……"

"你什么时候有空回家一趟?妈妈有一件重要的事要跟你和小枫说。"

"什么重要的事?"戚屿抹了把脸,"要么今晚?小枫也回去?"

"嗯……你比较忙,我先跟你确定时间,一会儿再给他打电话。"

"我没问题,那晚上见。"

傍晚,戚屿让王猛开车送自己回家,在家门口碰上戚枫。戚枫还有些意外:"你怎么也回来了?"

"妈妈不是说有重要的事要跟我们说?"戚屿脱了鞋,兄弟俩一前一后进了客厅。

"你猜妈妈要说什么?"戚屿在沙发上坐下,拿茶几上的玻璃水壶给自己倒了杯水。

戚枫抢过水杯先喝了起来:"我哪猜得到?"

戚屿提醒他:"我猜妈妈是打算跟我们说她和爸爸的事,你最好有点心理准备。"

戚枫一口水差点喷出来:"不是吧!我还以为你上次跟我开玩笑呢!"

正说着,玄关处传来一阵声响——姜莹说要见他们,自己却姗姗来迟,看见俩儿子,她还愣了一下:"你们到得还挺早。"

因为戚屿刚刚那句话,戚枫紧张得不行,看见姜莹就问:"妈,你要跟我们说什么?"

姜莹捋了一下头发,有些不自然地偏开视线:"先吃饭再说吧。"

"妈妈!"戚枫一脸严肃,"你现在就说。"

姜莹望着他们兄弟俩,鼓起勇气走到两人对面坐下,郑重道:"戚屿,小枫,我和你们的爸爸,重新在一起了。"

在她说完那句话后的几秒内,整个客厅沉浸在一种诡异的氛围中——戚屿一脸淡定,戚枫神情纠结。

可能是两人的反应有些出乎姜莹的意料,这个在职场上说一不二、无所畏惧的女人

尴尬地调整了一下坐姿，一时居然不知道怎么往下说了。

当年和戚源诚分开，她说是不愿为对方放弃自己的事业，但不可否认，两人走到离婚那一步也有她的傲气在作祟。她气那个男人不能为自己妥协，以离婚激将，哪想到表现太过，让戚源诚也心灰意冷。两人谁都不肯低头，就这样切断了婚姻关系。

当年她年轻气盛，觉得分就分了，没什么大不了。可现在孩子们都成年了，她不能再像十一年前那样任性地做出一个决定，逼着他们去接受现实。

她渴望得到他们的理解、祝福，也希望通过自己的努力重新把这个破碎的家粘起来。

但姜莹知道，当年的离婚不但让这对兄弟承受了那个年纪不该承受的分离之苦，也让戚枫对他爸爸产生了极大的偏见，十一年的隔阂恐怕难以在一夕之间消除……

至于戚屿，虽然表面上看起来更稳重，但这孩子内心的细腻和敏感程度一点不亚于戚枫，年幼时母亲的缺席让他过早地成熟起来，喜欢把什么事都藏在心里。对方现在怎么想，她也有点拿不准。

就在姜莹忐忑之际，戚枫忽然舒出一口气，抬手捂住脸道："啊，你们搞什么啊……"

戚屿瞥了戚枫一眼，露出一副"果然被我猜对了"的表情："我都说了吧。"

姜莹错愕道："你们都知道了？"

戚屿执起自己的那个水杯喝了一口，从容道："过年的时候爸爸和我聊起过一次。"

戚枫气闷不已："不，哥哥去年圣诞来见我的时候就暗示过我，他早就知道了！"

戚屿解释："我那天本想回家，妈妈说在外面，刚好爸爸那天在海城……"

戚枫打断他："这样你就能猜到爸妈要在一起？"

戚屿："当然还有其他细节，懒得说了。"

戚枫："你是名侦探柯南吗？"

戚屿斜眼："小孩子才要做名侦探柯南，请叫我'福尔摩斯'。"

姜莹啼笑皆非，她以为俩孩子什么都不知道，还为此忐忑不安呢，哪想到他们就坐在这里等着自己开口。

"那你们……支持爸爸妈妈重新在一起吗？"她心情激动道。

戚屿想都不想就说："当然，只要你和爸爸决定了，我完全没问题。"

戚枫却虎着脸不吱声。姜莹的一颗心又提了起来，正要说点什么，戚屿先一步开了口："我已经问过小枫了，他说只要爸爸不干涉他做什么，他就能接受。"

戚枫扭头瞪着他哥："谁说我只有这一个条件？我还没提其他要求呢！"

戚屿斜眼："你还有什么条件？"

戚枫："我还没想好！"

看着这一幕，姜莹如释重负地笑了起来："小枫，你放心，有妈妈在，绝对不会让你爸勉强你做不想做的事，有其他想法，你也可以告诉妈妈。"

戚枫："……"

第8章 收购莲秀

看他们这边的气氛轻松了不少,保姆柳姨顺势过来道:"太太,饭菜都好了,要不先趁热吃?"

"好,"姜莹起身招呼他们,"过来吃饭。"

兄弟俩跟着站起来,戚枫用手肘顶了他哥一下,小声嘀咕:"你这叛徒,你肯定是爸爸的帮凶!"

戚屿反顶回去:"你幼稚不幼稚?"

到餐桌边坐下,戚枫想想不甘心,又问姜莹:"妈妈,这次是爸爸主动的吗?是不是他主动要求你跟他复合?"

姜莹亲自为他盛了一碗开胃的莲藕排骨汤,道:"是我主动的。"

戚枫不可置信道:"为什么?"

姜莹:"我跟你爸爸分开这么多年,都没能忘记他,你爸也一样,那我们之间总得有人先迈出这一步。"

戚枫拿调羹搅拌着碗里的汤,郁闷道:"可你这样,我这几年就白替你生气了。"

姜莹奇怪:"你为什么要替我生气?"

瓷调羹把碗壁碰得"叮叮"作响,凸显着戚枫此刻焦躁的心情:"当初是爸爸不要我们啊,他悄悄带走哥哥,还骗我说一年内来接我,让我们换地方生活,其实就是不要我们了!"

姜莹和戚屿听了这句话,表情都有些古怪,戚屿问他:"谁告诉你的?"

戚枫:"小时候那个秦阿姨说的,她还说爸爸就是因为太有钱了,心里装不下这个家,才要跟妈妈离婚去国外。"

因为姜莹和戚源诚工作都忙,当年家里请了两个阿姨,一个是育儿嫂,负责照顾兄弟俩的生活起居,另一个是家里的保姆,负责做饭和卫生清洁,戚枫说的秦阿姨就是后者。

戚屿回忆了一番,记得那个阿姨一有空就会坐下来看婆媳婚恋剧,还经常被电视剧里狗血的情节感动或是气得泪流满面。

后来戚屿跟着戚源诚出了国,也不知道那个秦阿姨什么时候离开的,等再次回来时,家里就换了现在这个柳姨。

他一脸同情地看着弟弟:"你这些年赌气不跟爸爸打电话,见了爸爸也不打招呼,不会就是听信了那个秦阿姨说的话吧?"

戚枫:"难道不是这样子?"

姜莹放下筷子,心中既好笑又觉得内疚:"小枫,对不起……"

戚枫"啪嗒"松开了手里的调羹,后知后觉地反应过来:"我是被骗了吗?"

戚屿解释:"离婚是妈妈先提的,爸爸从来没想过不要妈妈和你,他们只是都不想放弃自己的事业。"

戚枫彻底傻眼了,他当年对秦阿姨说的话深信不疑,也不敢说出来怕惹妈妈伤心,

一个人气了爸爸这么久，到头来竟然只是一场误会?!

姜莹的眼眶有点泛红："是我的错，妈妈之前总把你当小孩，没有及时跟你解释，也没有做出好的表率，才造成你对爸爸的误解……"

"啊……！"戚枫仰头感叹了一句，"怎么会这样，我好傻，和雪姐一样傻！"

戚屿笑了笑："认清自我是一件好事，以后学聪明点。"

戚枫急道："你又是怎么知道的？"

戚屿耸肩："我自己问妈妈的。"

戚枫："那你知道为什么不早告诉我？"

戚屿："我一在你面前提爸爸你就炸，我干吗自讨苦吃？再说，爸妈离婚也是事实，谁知道你误会这么大？"

姜莹悄悄抹了一下眼角，笑道："好了，现在说开了就好。话说回来，本来我也没想着这么快告诉你们，但你爸爸今年情人节跟我求婚了……"

戚枫刚拿起来的调羹又掉了回去："求婚？"

戚屿也愣一下，没想到他除夕夜才跟爸爸聊完，半个月后他爸就行动了，真有效率。

姜莹点头："嗯，我考虑了一个月，决定答应他。如果你们都能接受，今年七月份，我们就打算在国外举办一个简单的婚礼。"

戚枫崩溃道："我去，婚礼时间都想好了？你们的速度也太快了吧！"

戚屿倒是比戚枫淡定多了："爸妈都快五十了，还有几年能耽误？快点不是挺好？"

戚枫闷声道："不是，我跟爸都这么多年没见了，你们忽然要复合，要办婚礼，我连个缓冲时间都没有……"

姜莹忙说："没关系，如果你一时接受不了，我跟你爸讲一下，我们推迟一点也不碍事。回头让你爸找时间跟你来见几次面，重新培养一下父子感情。"

戚枫听得头皮发麻，抬手道："别！别了！你们还是直接结婚吧！"还培养父子感情呢，太尴尬了，要跟爸爸结婚的是妈妈，他有什么好培养的。

姜莹："……"

戚枫闷头吃饭，消化了一会儿现实，又好奇地追问起来："那你们复婚后怎么过日子？爸爸要回来住吗？"

姜莹："看情况，你爸爸有意把事业重心转回国内，我在电视台这么多年，该追求都追求过了，没有什么遗憾了，今后也考虑做点其他自由的工作，到时候去哪里都行。"

戚枫狐疑道："你不会是想跟爸爸去国外吧？"

姜莹："也没什么不好。"

戚枫："妈妈你以前不是这个样子的！"

姜莹："人都是会改变的……"

戚枫吃了两口饭，又问："那你们办婚礼，我能带凌可一起去参加吗？"

第8章 收购莲秀

姜莹:"当然,他不是你最好的朋友吗?"

戚枫喜上眉梢:"那我一会儿就给他打电话!啊,早知道今天叫他翘了社团活动一起来了。"

戚屿在边上听着暗自好笑,什么没有缓冲时间,这不就缓冲完了吗?

饭后,戚枫迫不及待地找地方去跟凌可"报喜",戚屿对姜莹道:"妈,你别担心小枫,他就嘴上说说,其实心里比谁都高兴。"

"我知道……"姜莹不见岁月痕迹的面庞上洋溢着温柔的笑意,那是被爱情滋润的女人特有的幸福味。

饭桌上只剩下姜莹和戚屿二人,姜莹看向戚屿,关心道:"你现在一边念书,一边还要帮你爸做集团里的工作,应该很辛苦吧?"

戚屿低声道:"还好。"

姜莹:"别说什么'还好',瞧瞧戚枫,再瞧瞧你,我生你们俩的时候你只比戚枫早出来十分钟,可你现在给我感觉像比戚枫大了十几岁。"

戚屿:"有这么夸张吗……"

"你说呢?"姜莹叹了口气,"你已经比同龄人成熟太多太多了,妈妈做主持这么多年,形形色色的人也都见过,知道这个社会的复杂和黑暗,尤其是被金钱环绕的商界,你年纪轻轻就成天和那些人打交道,不可能没有压力,但人的承压能力是有限的,有时候也需要想办法去排解。你看你爸,他在外面多么少言寡语的一个人,现在我们在一起,他每天都跟我有说不完的事,好像恨不得把过去十年受的委屈都一口气都说完……"

戚屿猝不及防地吃了口爸妈的狗粮,慢下吃饭的动作道:"妈,我明白,有压力我自己会排解的。"

姜莹:"好了,妈妈也不多唠叨了,我只是觉得你这些年和你爸生活,他可能会给你不少压力。但从今以后,妈妈希望能做你的避风港,无论你碰上什么困难,有什么心事,都可以来跟妈妈倾诉,妈妈会是你坚强的后盾。"

这一番话听得戚屿心中一阵酸涩,他想起最近的压力和苦闷,想起对傅延昇的怀疑,似乎真的找到了一个宣泄口。

但是,早已养成的独立性格又让他反复提醒自己,他已经长大了,他可以自己解决。

戚屿压下倾诉的冲动道:"我知道了,谢谢妈妈。"

虽然什么都没说,但今晚得到的喜讯和母亲的一席话让戚屿从中汲取到了力量,返回酒店路上,他觉得自己心情好了许多。

爸爸和妈妈复婚,他又何尝不感到高兴呢?

作为戚家的长子,守护自己的家人便是他这一生最重要的责任。

第9章 私人派对

在戚屿拜托司泽带自己"见世面"后,司泽邀请他参加了一次圈子内的聚会。到场的大都是与他们身份、年纪差不多的富二代。

由于殷实的家境和帅气的长相,戚屿毫无压力地融入其中,还成了那日聚会的焦点。

没隔几日,司泽又给戚屿打了电话,说荣少为庆祝自己女朋友的生日举办派对,邀请他们前去参加。

那位"荣少"是在荣氏地产的太子爷荣柯,为人很是热情,之前见戚屿独身参加派对,还说要给他介绍女伴。

如今的戚屿早已不是刚认识司航时那个喜恶分明的青年,既然是他自己主动要求司泽带他入圈,就对自己要妥协什么有清楚的认知。

他没有拒绝荣柯的好意,也在电话里答应了司泽今晚会前往,但那个圈子聚会有个规矩,除了伴侣什么人都不能带,上回戚屿是一个人去的,这次亦然。

他提前跟傅延昇打招呼,傅延昇闻言却皱起了眉头:"上礼拜才去过,怎么又有聚会?"

戚屿:"我爸要把事业重心转移回国,我总得在这里多认识点人。"

傅延昇追问:"你上次去都认识了什么人?"

"荣氏的荣柯,唐伟烨的二哥,还有个银行行长的儿子,姓汪,叫什么我忘了……上次接触得不多,我跟他们还不怎么熟。"戚屿留意到,自己提起那个行长时,傅延昇泄露出一丝罕见的紧张。

这位银行行长就是前不久唐伟烨跟自己提起过的"大人物",能在上次的聚会上碰上对方的长子,戚屿也有点意外。

"你跟那些人熟了干什么?"傅延昇看上去有点不高兴,"虽然你现在是在国内,但别忘了你五月底还要回学校考试,有几门课没学完呢。"

"一次聚会而已,又耽误不了太多时间。"戚屿故作漫不经心。

"有第一次就有第二次,就怕你陷进去……"

"行了我知道分寸,但我总得有社交吧。"

傅延昇盯着他看了两秒,眼中似有忧色:"几点的派对?在什么地方举办?"

戚屿走到立身镜前,边系领带边说:"八点,在腾云大厦。"

傅延昇:"要我送你吗?"

"你又不是我的司机，这么殷勤？"戚屿戏谑了一句，道，"行了，我有王猛送，你原来在海城也有自己的朋友圈吧，有时间也去见见你的朋友？。"

傅延昇一噎，显然是被戚屿这句话给气着了。

戚屿却没工夫理会他，看了眼时间就带上手机打算出门，不料他才往前迈了两步，就被傅延昇拽住了手腕。

"戚屿。"傅延昇严肃地叫他的名字。

"干什么？"戚屿回视，眼底似有什么情绪在翻腾涌动。

傅延昇望着他，慢慢松开他的手，这举动让戚屿心中压抑更甚。

正想不管不顾地抽身离去，傅延昇却先他一步往前拉开门："我送你。"

戚屿："我都说了有王猛……"

傅延昇立在门边："既然你雇了我，我也有保护你的责任，否则你出了事，我怎么跟你爸爸交代？"

戚屿心里烦躁："能出什么事？我又不是小孩了。"

傅延昇："八月底那次呢？"

"那回只是由于美薇状况紧张导致的意外情况。"戚屿赌气地往外走。

"意外情况？"傅延昇皱着眉头道，"你现在是什么身份？你能承受得了几次意外？再说，那次绑架连幕后指使的人都没查出来，不是吗？你怎么就确认跟美薇有关联？"

戚屿无言以对。确实，当初警察只查到有一个中间机构出赏金让他们来绑架自己，再往下查，就什么都没查到了。

傅延昇像是在看小孩子闹脾气似的，无奈地跟上去。

也不知道是不是两人都在生气，一路无话。直到途径临渊公寓，戚屿看着车窗外熟悉的场景，才想起来，问："你原来住的那公寓，现在就这么空着吗？"

"借给一个朋友住了。"

"借出去了……那你以后怎么办？"

"什么以后？"

"你不是说，你最多在我身边两年吗？现在已经过去七个月了，以后呢，你要回来的吧？还是说，你打算再换个城市、换个地方工作？"

傅延昇握着方向盘的手一僵："先把眼前的工作做好，以后的事以后再说。"

"你上回说，以后我可能就不需要你了，我后来仔细一想，也是，你再厉害，又不能教我一辈子，等我把你知道的都学会了，还强留着你干什么呢……"

傅延昇专注地看着前方的路，没有再回答他，像是默认了他说的话。

戚屿自嘲地笑了笑，偏头看向窗外，感觉心里像是被扎了一根针，心跳一下，那里就疼一下。

腾云大厦和傅延昇之前工作的丰贸大厦隔江相望，过了跨江大桥，不一会儿就到了，

第9章 私人派对

戚屿指示傅延昇把车开到负三层，那儿有个贵宾停车区，电梯直通顶层。

车子在电梯厅前停下，戚屿解开副驾座的安全带，伸手开门，却发现车门还锁着。

戚屿摆了下把手："开门。"

傅延昇沉默片刻，忽然开口："不许喝太多酒，保持理智和清醒。"

戚屿不耐烦："你怎么管这么宽……"

傅延昇看向他，厉声道："我跟你的合同是怎么签的？作为你的老师，我这都不能管你了？"

戚屿不自然地偏头看向窗外，一道车灯光从后头射来，跑车特有的引擎低鸣声由远及近。

傅延昇看了眼手表："现在八点，时限四小时，我就在这里等着，十二点你不下来我就上去找你。"

"——咔哒。"车门随着傅延昇这句话的结束应声而开。

戚屿郁闷，正想反驳，可刚刚那辆跑车已经开到了他们后头，忽然加重的引擎声提醒着他们赶紧下客。

戚屿下了车就听见有人叫自己的名字。身后座驾上的人一见是他，兴奋地降下车窗跟他打招呼，正是唐伟烨的二哥唐伟崇。

许是唐伟烨跟他哥提过戚屿，上次见面，唐伟崇是最先跟戚屿熟络起来的一个人。

"我停个车，一块上去。"唐伟崇驾驶着跑车擦过戚屿身边。

戚屿也趁机环视一圈，只见傅延昇已经绕了一圈，把车子倒入电梯厅正对面隔了两排的一个空位上。

停好车，他一抬眼就跟戚屿隔空对上了视线。

戚屿转身面向电梯入口，不一会儿，唐伟崇就带着漂亮的女伴过来了，他环着对方的腰走到电梯门口，对戚屿道："上去吧。"

等电梯隔绝了傅延昇的视线，戚屿才稍稍松了口气。

"听司泽说，你从小就去国外念书了，最近才回来？"唐伟崇问。

"我之前放假也常回国，我妈和我弟都在这边生活，只不过去年开始帮我爸做事，在国内停留的时间才多了些。"

"哦，难怪……"唐伟崇点头道。

"难怪什么？"戚屿问。

"难怪看着这么单纯，"唐伟崇笑了笑，"司泽跟我们说，你爸把你保护得特好，从小没接触过什么乱七八糟的事，让我们别欺负了你。"

"呃，他这么说的？"

"可不是吗，上次咱们聚会，司泽就提前跟我们打过招呼了……"唐伟崇看向他道，"你们两家人关系应该很不错吧？司家家大业大，投资的产业遍布全国，但资金收收放放特别多,唯独给你们家集团投的钱这么多年都没动过。"

戚屿听了这话,心里忽然有种说不上来的滋味。

唐伟崇挨过来,亲切道:"既然司泽带你过来了,哥哥们都会罩着你的,你也放开些,别拘着,想玩什么只管说,国内的生活肯定比你在外边有趣得多。"

电梯到了顶层,三人一起穿过由粉色玫瑰装饰的圆形拱门,走进宴会厅。

只见里头顶彩灯闪烁,鲜花环绕,已到场的俊男靓女们在布置得当的宴会厅里谈天说笑。舞台上有DJ现场打碟,放着浪漫的韩语情歌,身边的侍者端着香槟美酒来来往往。

荣柯见到来人,热情地迎上来:"欢迎欢迎!"

他身边还跟着个面若桃李的美女,松松盘起的发顶戴着一个小巧的钻石皇冠,看这装扮,估计是今天宴会的主角。

果不其然,荣柯紧接着就揽着她道:"戚屿,给你介绍一下,这我女朋友李欣欣。"

戚屿总觉得这个女人看着有些眼熟,这时,唐伟崇带来的女伴先惊喜地欢呼起来:"李欣欣!我好喜欢你的,我最近还在追你主演的电视剧呢!"

戚屿了然,原来是明星,估计是什么广告上见过。

"李小姐生日快乐。"戚屿彬彬有礼伸出手。

"谢谢,"李欣欣甜甜一笑,对荣柯道,"荣少,你说让我介绍个背景不错的姐妹给你朋友,不会就是给他吧?"

荣柯:"是啊,今天跟你来的朋友里有没有合适的?"

李欣欣打量着戚屿,毫不掩饰眼中的欣羡:"有是有,但这么帅的小哥哥,还用得着我介绍吗?你让他往台上一站,想主动追他的姑娘估计能排队到底下停车场去……"

戚屿就想到在停车场等着自己的傅延昇,心里又浮起一股焦躁感。

几人说笑着,又有人到了。

"诶,司泽来了!"荣柯朝他招招手,讶异道,"你怎么也一个人?"

"一个人怎么了?我不带炮友是不能来参加你派对了?"司泽今天穿了一身黑衬衫黑西裤,荣柯刚刚的问题似乎让他不高兴了,整个人散发着一股戾气。

荣柯也给他面子,忙道:"我就随便问一句嘛,不带就不带,人来就好,谢谢捧场。"

司泽招呼他们道:"走,喝两杯酒去。"

他们在大厅正中间的沙发坐下,有侍者端着满盘的酒靠近,司泽随手取了杯伏特加。那杯子里搁着个大冰块,这种烈酒一杯量不多,大都是混着冰水慢慢喝的,可司泽居然直接拿起来一饮而尽,把仅剩冰块的空杯重重放在酒桌上。

唐伟崇见状愣道:"怎么了司泽,心情不好啊?"

荣柯:"我说怎么一进来就冲我开火……"

司泽皮笑肉不笑地说:"没什么大事,喝两杯就好。"

唐伟崇像是见惯了他这种状态,吆喝道:"来来来,喝酒!叫他们再上几杯伏特加,

第9章 私人派对

给司总摆满！"

现场的气氛随着唐伟崇这句话重新得到缓和，众人笑着端起酒杯，边喝边说起了圈子里的事。

"云海基金老总被他秘书实名举报这事儿你们听说了吗？"

"云海基金的老总，你说的是黄毅凡吗？"

"没错，就是他！"

"听说了，最近的大瓜啊！"

"他被他秘书举报什么？贪污受贿还是内幕交易？"

"都不是，他秘书举报他和女下属长期姘居通奸！"

"操，这些基金公司的高管老总哪个不在外面找二奶，这算什么事儿？"

"我们看来当然不算什么事儿，但他秘书是实名举报啊，据说写了邮件群发公司，细数黄总和那个女下属通奸的点点滴滴和嚣张行径，啧啧，举报信的内容圈子里都传遍了，他一个堂堂国资企业老总，管着上千亿的资金，这么一闹，前途都毁了。"

唐伟崇问："司泽，你们家跟云海基金是不是也有点关系啊？"

司泽冷哼道："别提了，这黄毅凡现在到处求人帮忙，都求到我外公头上去了，但照我看，他这次就算是求天皇老子也没用，搞出这么大动静，上面不查不可能。"

"就怕一查，拔出萝卜带出泥，黄总在云海基金这么多年，跟各家关系也深，万一被查出点什么，连带着给我们找麻烦。"

司泽不在乎地笑笑："要等人查了再怕还来得及？这种事前期做得做干净了，合作手续都正正规规的，那些人能查到个屁。"

"司泽，你心情不好不会是为了这事儿吧？"

司泽又端起一杯酒，什么都没说。

几人又七嘴八舌聊着，不知不觉就有不少人围到了他们身边，相互交换着圈子里的信息。

这派对名义上是为庆祝荣柯女朋友的生日，但焦点依然是司泽身边这几个人，再大的明星，再漂亮的女伴，也只是男人身边的陪衬。

戚屿正听着他们说话，一个长相灵动的姑娘就在李欣欣的授意下坐了过来。

"你好……"她朝戚屿笑了笑，自我介绍道，"我叫夏晗。"

戚屿从容地对那姑娘点点头："你好，我叫戚屿。"

夏晗给戚屿递了杯酒，道："你长得真帅，要不是欣姐跟我说你是荣总他们的朋友，我还以为你跟我同行呢。"

戚屿好奇："你也是明星？"

夏晗摇头道："我不是，我还在戏剧学院念书，去年跟欣姐搭过一次戏，演她的妹妹，演完戏我们就成了朋友，但我名气根本没欣姐这么大，现在顶多算个十八线小演员。"

戚屿点点头,问:"演戏好玩吗?"

"好玩,我很喜欢……"夏晗跟戚屿解释起来,还当场演了几个练习过的角色。

戚屿发现,这姑娘在聊专业相关的话题时,眼睛里有一股别样的光彩,不知不觉就听她说了许久。

中途戚屿放下酒杯上洗手间,发现傅延昇给自己发了两条消息。

一条是晚上十点十五分发的。

F1S:"别喝太多酒知道吗?"

还有一条是晚上十一点零三分发的。

F1S:"提醒你一下,还有一个小时。"

戚屿"切"了一声,无语地把手机塞回裤兜。从洗手间出来,他意外发现夏晗靠在外边的墙边。

"你也来上洗手间?"他随口问。

"不是,我在等你……"夏晗垂下眼睫,看上去有些害羞。

戚屿僵了一下身子,坦白说,他挺喜欢这个姑娘的。当然,不是那种意义上的喜欢,他只是不希望对方产生什么误会。

"抱歉,夏晗,"戚屿坦诚道,"有一句话可能会伤害到你,但还是想提前声明一下,我现在并没有开始一段恋情的打算。"

夏晗张了张嘴,眼中闪过一丝失落,但她像是很快清醒过来,忙不迭点头道:"我知道的,我没妄想过跟你谈恋爱,你长得那么好,还那么绅士那么有礼貌,跟他们都不大一样……啊,我是说,你们的身份都很不一般,我只过是个普通大学生,我们这一行机会有限,只靠自己很难出头……欣姐今天带我过来,不过是来让我见见世面……"她有些语无伦次,越说脸越红,"我的意思是,如果我能帮上什么忙……"

戚屿叹了口气:"好吧,我有时候可能需要你陪我出席一些场合,做做戏,好让我回避被更多人搭讪的麻烦……"

夏晗立即抬起头,两眼发亮:"我可以的,我没问题!"

就在这时,两人忽然听见宴会厅的方向传来一阵吵闹声。戚屿一怔,快步走过去,只见他们刚坐的位置四周全是摔碎的玻璃碴,司泽坐在中间发脾气:"给他打电话,让他马上给我过来!"

戚屿皱眉问唐伟崇:"出什么事了?"

唐伟崇小声道:"林东刚说了句话,不知道哪里刺激到他了。"

戚屿:"说了什么话?"

唐伟崇:"不就是讨论那个云海基金黄总的事嘛,司泽今天情绪不大好,刚刚一个人坐着喝了很多闷酒,听到林东说这件事,忽然就砸了个酒杯,现在又一直说要那个谁过来。"

荣柯在边上劝司泽:"哎呦我的祖宗,你到底想让谁来,你倒是说啊!"

第9章 私人派对

司泽喘了几口粗气，忽然捶桌道："宋溥心，我要立刻见到他！"

几个人脸色都有些古怪，看似都知道宋溥心的存在。

荣柯哄道："行行行，你把手机给我，我帮你打电话给他，让他来接你，成不？"

司泽被荣柯一提醒，才从裤兜里拿出手机，兀自拨通了一个号码，还开了免提，一群人全看着他，整个宴会厅能听见司泽手机里传出来的呼叫声。

一声接着一声，却一直没有人接听。司泽额上青筋直跳，眼看又要发火了，电话终于通了。

"喂……"那头有个清雅声音传来。

司泽却抓着手机没有说话，只见他暴戾的眼神在那一瞬间又浮上一层深沉的痛苦与哀伤。就在大家等着司泽说点什么时，他忽然把电话挂了，赤红着眼狠踹了一脚眼前的桌子。

一群人都看得胆战心惊，荣柯打圆场道："好了好了，别闹了啊，大好日子你也得给我个面子！"

一番闹腾，时间已临近十二点，李欣欣扯了扯荣柯的胳膊，面上有些焦急。

荣柯这才想起来今天是为了给女友庆生举办的派对，赶紧让唐伟崇等人帮忙看着司泽，自己上台去调节气氛。

"今天是我女朋友李欣欣二十五周岁的生日，感谢各位朋友到场祝福，刚刚出了点小插曲，不碍事，都是自己人，大家睁只眼闭只眼，哈哈，该喝酒喝酒，该跳舞跳舞……接下来让我亲爱的小甜心上台切个蛋糕，来为大家献唱一首，你们说好不好啊？"

"好——！"现场发出了如雷鸣般的掌声和口哨声。

切完蛋糕，唱完歌，荣柯又送了李欣欣一条钻石项链，在台上亲自为她戴上，两人在灯光下拥吻，把现场的气氛推向了高潮。

零点降临，在这段甜蜜浪漫的作秀结束后，荣柯匆匆说了几句话，聚会便结束了。

戚屿的手机也在这一刻准时响起，他扫了一眼，没接，跟荣柯等人打了声招呼，便随着人群下了楼去。

傅延昇果然在下面等他，待戚屿上了车，还挑了下眉毛："电话都不接？"

戚屿闷声道："上面吵，没听见。"

傅延昇看了他两秒，没再说什么，开车驶离地下车库。

戚屿看着窗外的夜景，脑海里又浮现出司泽方才失态的模样，一面为司泽今后的处境感到担忧，一面推己及人地为自己的现状而情绪低落。

根据之前他听到的话，司泽应该还不知道宋溥心的真实身份，如果知道了，他不会还放任宋溥心在他身边。

可不管怎样，司泽也曾视对方为心腹，付出过十足的信任，才会为对方的背叛感到痛心。

总有一天，宋溥心会离开他，就像有一天，傅延昇也会离开自己。

区别只是司泽还执迷不悟，他们今天聊的关于云海基金老总的事，没准哪一天就会发生在司泽的身上……

次日一早，戚屿和傅延昇一起下楼吃早餐。

"我一会儿要去一趟美薇，"戚屿在饭桌上说，"费总给我打电话让我去开个临时董事会，汇报一下公司这半年的情况。"

他现在是美薇的股东之一，虽然没有在那里工作，但也不能像以前那样做个什么事都不过问的二世祖，搬出来当作理由再合适不过。

傅延昇道："正好，我也要出去见个朋友。"

戚屿下意识问："什么朋友？"

傅延昇表现得很坦然："啄石调查的江总，你知道的。"

戚屿是知道，那是他和傅延昇签的第一份陪聊合同里的代表人，当初他调查美薇服装厂，傅延昇也是拜托这个江总给自己找了帮手，估计这两人的关系非同一般。

但自从推测出傅延昇的真实来历，戚屿就把对方的人脉网全怀疑上了，总觉得那个江晓来历也不简单。

他不想暴露太多，既然两人相互知会了彼此去处，吃完饭便各自出了门。

到了美薇，戚屿问费总："人都到了吗？"

费总说："都来了，在会议室等着呢。"

戚屿跟着费总进了会议室，见里边已坐着两个中年人，一男一女，见了戚屿纷纷起身，戚屿示意他们坐下。

戴黑框眼镜的中年男人把眼前一沓厚厚的文件和一个U盘推向戚屿，恭敬道："戚总，司源集团及旗下所有控股公司近五年的财务报表以及重大决策文件都在这里了。"

此人正是司源集团的监事会秘书董闵，早在这次回国之前，戚屿就已经通过爸爸让对方替自己备好资料，借着"美薇临时董事会"的名义把人约到此处，打算深入了解一下集团现状。

戚屿翻了翻文件，只拿了上面的那个U盘，把那沓资料推了回去："我看纸质文件不大方便，电子版的就行了。"

董闵点头道："戚董交代了，您有什么需要了解的尽管跟我们说。"

戚屿道了谢，问道："集团现在资金状况还可以吗？"

董闵边上的中年女人是集团财务部的审计，她简单介绍道："去年八月至今，集团出了两件大事，一件是美薇高管职务侵占开A货店被曝光，另一件是司源集团在美股东黑猫基金撤资，这两件事让司源在NSDK的市值有所下降，所以总体来说，集团的资金情况相对前两年还是比较紧张的。"

第9章 私人派对

费总插嘴道:"美薇今年的财报也不大理想,去年九月开始,公关和售后支出翻倍,今年净利润同比下降了40%,现金流吃紧,乐观预计还需要至少一年才会好转。"

美薇的经营收入一向是司源集团的盈利大头,但去年那件事的影响显然比戚屿想象中严重得多。

戚屿皱起眉头,问他们道:"如果近期集团有其他股东撤资,或者说,其他股东出了什么事故,导致司源集团股价再下跌,会对我们产生什么危机吗?"

董闵纳闷道:"事故?什么事故?"

戚屿:"我只是做个假设。"

董闵想了想道:"除了美薇、雪莲和Lovme珠宝,司源旗下其他公司大都是集团及银行贷款养着,包括目前正在大力拓展的莲秀科技……万一出什么事,我们首先可能会面临银行撤资问题,资金链一断,很多项目就会停摆,集团可能会陷入一定的资金危机,遭到外部的并购和收购,导致股权结构发生变化……"

戚屿心中骇然,但董闵安慰他道:"不过司源集团的股权稳定多年了,黑猫基金去年套现离场主要是政治原因,只要您父亲和司氏两大股东稳住,您说的这种假设不大可能发生。"

戚屿暗道:没准出事的就是司氏呢?他又向两人了解了集团和美薇的运营情况,就带着U盘心事重重地返回了酒店。

傅延昇还没回来,戚屿把U盘里的文档导入电脑,设置了加密浏览,专注地看了起来。

司源集团旗下除了美薇,还有两家主要的盈利型企业,分别是雪莲美妆和Lovme珠宝首饰,同时还有六家包含设计、文化创意、生物化学技术等后端支持型公司以及一家投资公司,但山雨投资只是表面上属于司源集团,其投资的盈利大部分还是流入了戚源诚以及自己的口袋。

戚屿倏地想起傅延昇之前在帕市跟他打听过自己能动用山雨投资多少资金,猛地反应过来——难不成傅延昇那时起就在提醒他未雨绸缪了?!

他又查看了一下司源集团最近一年的财报……

当初爸爸告诉他,他能动用山雨投资六个亿的资金,他还觉得很多,现在一看才发现,这六个亿相对于在NSDK市值超十亿美元的司源集团来说只是九牛一毛,万一真出了他预想中那种事,这六亿又能做些什么?

戚屿内心充斥着巨大的不安,他不知道这颗雷哪一天会爆,也不知道到那个时候,傅延昇还会不会在他身边帮他。

根据宋溥心来到司泽身边的时间推算,他们这些人已经潜伏在司氏及其关联合作方很久了,傅延昇甚至从两年前就开始有目的地接近自己,可他们至今没有一点动作,司泽都已经发现宋溥心的欺骗了……为什么?缺乏关键证据?还是他们在等待什么时机?

就在这时,手机响了,戚屿一看,是唐伟烨的二哥唐伟崇,他接通电话:"喂?"

"戚屿,忙吗?晚上有没有时间,哥哥带你出去玩赛车啊。"

"昨晚不才聚过吗?"

"呵,找乐子还得凑初一十五不成?想出来就出来呗,这不是昨晚出了点事,大伙儿都不尽兴吗,哥们儿几个撺掇着再搞个活动,带司总一起出来散散心,荣少、汪笙都来,你也来吧。"

戚屿听到"汪笙"这个名字,心中一动,此人正是唐伟烨提起过的那个汪行长的长子。

昨晚在派对上他没见着汪笙,对这人和司泽等人的关系十分好奇,戚屿心中一动,答应道:"行,在什么地方?"

"你给我个地址,我晚点开车去接你。"

戚屿报了酒店名和位置,没一会儿又收到了唐伟崇的消息:"记得换一身方便活动的衣服,还有,把你昨晚看上的那小美女也一块儿叫上,可能留宿呢。"

戚屿皱了下眉头,留宿是不可能留宿的,但为了尽快融入那个圈子,表面功夫还是要做。

他先给夏晗发了条消息,让她提前来酒店,之后才给傅延昇留言,告知他自己晚上还要外出。

傅延昇当即给他回了个电话:"又要上哪儿?"

戚屿如实说了,傅延昇听了这话沉默了几秒,居然没有阻挠他,而是问:"在什么地方赛车,你会吗?"

"还不知道,我就去凑个热闹,估计不会亲自上阵。"

"那随你吧,既然你晚上要出去,我就不回去跟你吃饭了。我再跟江总聊会儿,一会儿直接去你玩的地方找你,记得发我定位。"

戚屿含糊地"嗯"了一声,挂了电话。

第10章 惊险赛车

　　唐伟崇是晚上七点来接他的,开了辆四座跑车,副驾坐着昨晚那个女伴。戚屿和夏晗上了后排,唐伟崇说了声"坐好了",一踩油门,跑车便咆哮着朝海城北郊驶去。

　　路上,唐伟崇给他们介绍那个赛车场的情况。原来那地方也是唐家投资建的,附近连着高尔夫球场和山景会所,吃喝玩乐样样不缺。

　　车开了一个多小时才到那地方,只见场外的停车坪上已停满了十余辆豪车,纷纷开着引擎,亮着大灯,把入口处照得像是演唱会现场。

　　美女们倚在车边自拍,富有的车主看着她们抽烟调笑,一派奢靡浪荡之风。

　　戚屿对这种场合实在是喜欢不起来,但为了自己的目的,仍强打着精神跟众人周旋。

　　荣柯见到他身边的夏晗,朝着他俩吹了声口哨,今天李欣欣不在,他身边换了个陌生的女伴。

　　"司泽呢?"戚屿走过去问。

　　"快到了,专门让林东去接的,"荣柯笑着摇摇头,"以他现在这状态估计开不了车。"

　　说曹操曹操到,两人正聊着,一辆黑色的保时捷911就飞快地驶入停车坪,一个急刹停在他们面前,车头都差点蹭到了荣柯的腿。

　　"我去!"荣柯笑骂着往后跳,"怎么开车的你!"

　　透过车窗玻璃,戚屿见司泽面色沉沉地坐在驾驶座,浑身上下透着一股戾气。

　　车没熄火,林东先一步从副驾下来,见了荣柯就吐槽:"早知道就不去接了!这家伙真是疯了,高架上开一百八十码!回头超速罚单全他妈开我头上!"

　　荣柯:"知道他疯你还让他开?"

　　林东大叫:"他要开我拦得住嘛?!"

　　唐伟崇笑道:"行了,一会儿让他上里头疯个够!"

　　司泽还坐在车里,拉着手刹空踩油门,把跑车的引擎燃得隆隆作响,看他那架势,不少人都下意识地避开了些,生怕司泽下一秒就要上演"速度与激情",殃及无辜。

　　荣柯绕到驾驶座窗外,对着里头的司泽道:"你在这儿踩什么油门?吓人呢?"

　　结果下一秒,轮胎就与地面发出一声刺耳的摩擦声,那黑色的车火箭似的朝赛道入口处冲了过去。

　　"我操!"荣柯惊叫一声,眼睁睁地看着司泽驱车撞开前方的一排雪糕筒,直接闯进

了赛车场。

围观的车主们被司泽"勇猛"的表现震惊得连声起哄，纷纷坐进车里，尾随入场。

"装备都没换，他不要命了吗！"唐伟崇立即拿起电话对赛场的工作人员下指示道，"场内灯光打起来！安全车立即到位！跑一圈就把他拦下来！"

戚屿跟着唐伟崇等人来到赛道边，只见司泽开着林东那辆保时捷在赛道上飞驰，速度快得像一道闪电。

他绕过一个又一个弯，众人也发出了一声高过一声的欢呼，看到后来，连原先紧张司泽安危的唐伟崇、荣柯等人也激动起来，融入了狂欢的队伍，一个个血脉偾张、心潮澎湃。

戚屿看着那辆黑色的保时捷左突右冲，失控疾驰，也不自觉地有些心跳加速，担心司泽下一秒就会撞在什么地方，或是直接把自己抛到空中，连人带车灰飞烟灭。

……感觉这根本不是在找什么乐子，像是在作死。

开了一圈，司泽终于发泄够了，缓缓停下了车子，有惊无险。

众人像是迎接凯旋的英雄一般涌上去，恭维道："牛啊！刚刚是不是有两百五十码了？"

"兄弟，爽不爽？我都感觉你要上天了！"

司泽下了车，面上已经没有刚刚那种像是要炸了什么一样的躁郁之气，但眼神还是黑沉沉的。

"走走走，上去坐会儿……"荣柯走过去揽住他的肩膀，"真是，这两天丧心病狂了你。"

戚屿跟着他们一起到了贵宾看台，这里有着整个赛车场最好的视野。专业车手们已在司泽那两圈热场后，陆续入场，争相追逐。

戚屿坐在他们边上，听荣柯问司泽："心情好点没有？昨晚回去后怎么样了？没打起来吧？"

司泽冷笑："打起来？我打他？他没打我算不错了。"

荣柯一脸匪夷所思，问："你说那个宋溥心打你？就那一阵风能吹走的身子骨？他打得过你？"

司泽指了下自己的右眼："你还别不信，上个月你们叫我出来玩，我一周都没出来，这眼睛肿得跟个球似的，就是他揍的。"

"不是……"荣柯正身看他，"你怎么想的啊？他打你你为啥不挡？"

司泽坐在那里沉默了几秒，似乎也是被问住了，许久才没头没尾地说了一句："我潜意识里信任他过头了……"

荣柯听得一头雾水："什么意思？你不是气他骗了你吗？这就原谅他了？"

"没原谅，但我也不想再这样下去了，"司泽的语气里透着一丝疲惫，"我越生气，越折磨他，他离我越远……这不是我想要的，我希望我们能回到他没有背叛我之前那种状态……你能理解吗？"

荣柯被司泽这几句话刺激得不轻,嘴巴张得像是吞了个鸡蛋,过了好一会儿才道:"不就一个秘书吗,难道你还找不到比他更好用的了?"

"他不一样,他是第一个……曾让我以为会真心追随我的人,不是因为我是司厉的儿子,而是因为我自己,可没想到……"司泽颠三倒四道,"其实回想起来,他也不算背叛我,他只是犯了个小错误,我可以对他更加宽容点的……"

荣柯还从来没见过司泽这副样子,瞪着他道:"你爸知道姓宋的之前做过什么事吧,还允许你留着他?"

司泽叹了口气:"我留着他,不过就是多出份工资的事,不重用便是了……反正司家早晚是我的,我爸不会管这些。"

这时汪笙上来了,司泽不想继续刚刚那个话题,瞅见他道:"汪笙,来,哥有点事跟你说。"

"诶。"汪笙应了一声。

司泽朝荣柯摆摆手:"你一边去。"

荣柯无奈地给人让了位置,摇着头一脸费解地走了。

汪笙落座后,司泽便低声对他道:"我弟有个游戏公司七月份要上市,选了明泰证券做承销方,等上市后我们一起给他做个庄,还是老样子,咱们把股价抬一抬。"

汪笙皱眉道:"小航那游戏公司开不下去了?"

司泽:"他又不懂怎么管理公司,找了个年薪百万的秘书,天天使唤人给自己写作业,平时花天酒地的开销还是从公司里走的账,能翻腾出花来我才觉得怪了。但这两年给他烧了这么多钱,总不能看着他直接把公司玩死了,现在正花钱造势营销,等上市后就套现离场。"

汪笙闻言道:"行,回头我组个盘,让他们提前把资金备好。"

两人又聊了聊该找那些人,具体的操作,聊完才发现戚屿坐在边上,正专注地观看着赛场里的车况,也不知听没听见他们的对话。

汪笙警惕地瞟了他一眼,司泽介绍道:"我家十几年合作方的小孩,没事。"又偏头看向戚屿,问,"戚屿,看了这么久,不自己下去开两圈?"

戚屿故作才反应过来,谦虚道:"我一次都没开过,看看就成了。"

坐在后头的唐伟崇闻言立即起身:"看看哪能过瘾?走,下去让工作人员领你换身装备,开两圈试试。"

见戚屿犹豫,司泽又劝他道:"一回生二回熟,没什么可怕的。"

唐伟崇:"就是,男人别说不行啊!人家小美女还看着呢,赶紧去换衣服!"

周围的人闻言一阵笑,夏晗也一脸期待地望着他,戚屿只能被赶鸭子上架似的站起来,跟着唐伟崇下楼。

唐伟崇下楼就吆喝:"老洪呢?我这兄弟第一次玩,老洪来带一下他。"

很快就有个年近四十的男人从里头出来，恭敬地叫了声"唐总"。

这人是场内的教练，听说戚屿是第一次开车，很耐心地指导他穿上了阻燃赛车服、手套、鞋子，戴头盔前还跟他说了些注意事项，安抚他道："你要是紧张，开慢点也没关系，安全第一。"

很少有男人反感这种热血竞技活动，戚屿只是想起刚刚那些人群魔乱舞的状态，本能地不想入局，但他既已深入局中，也不得不配合。

戚屿挑了辆迈凯伦600LT，老洪和他一起坐了进去，打算先带他开一圈熟悉熟悉。一切准备妥当，戚屿深吸了一口气，放下手刹驶入赛道——进了这里，就可以无视一切交通规则。

初始段是直道，戚屿毫无压力地把车提速到了一百五十码，这个速度已经远远超马路上的车速，但这时，他身边一黑一白两辆车子呼啸而过，转眼把他甩在了后头。

戚屿似乎感觉到了看台上那些人的视线，自尊心驱使着他奋起直追，刹车、换挡、油门……开着开着，他就兴奋起来。

高速驾驶确实有一种解压的感觉，戚屿一边开一边回想着司泽刚刚说的那些话，想着傅延昇对自己的不坦诚，想着司源集团可能面临的危机，理智与冲动在脑海里拉锯……

一百八十码、两百码、两百二十码……速度越来越快，这车像是要载着他冲破牢笼，甩掉一切的烦闷与迷茫。

老洪适时在边上提醒他何时变速、操作，还一路夸奖鼓励他，就像玩游戏过程中系统那一声声"Amazing""Wonderful"……

成就感和虚荣心让戚屿逐渐失智，一圈、两圈，他觉得自己再快一些似乎就能反超刚刚那两个嚣张的家伙了。

就在这一刻，他看见了傅延昇！

男人熟悉的身影出现在场边，在自己的视线中一闪而过，但对方近乎审判的目光却一直追随着自己，在戚屿亟欲放飞的灵魂上套上了枷锁，强行将他束缚回理智的躯壳。

戚屿下意识地放松了踩油门的脚，慢下速度，拐弯、绕圈、再拐弯，等回到原来的位置，定睛一看，那里又空空如也。

他把车停下来，喘着气，感觉自己手心里全是汗。

"怎么不开了？"老洪看向他道，"你开得挺好的，特别稳。"

戚屿抓着方向盘，低声说："差不多了。"

老洪一脸欣赏道："老板自制力不错啊，新手第一次开这个，大都会上头，不把车开到草坪上去都不肯下来。不想开了就去换衣服吧，我去帮你停车。"

戚屿道了声谢，下车后摘了头盔，恍恍惚惚地往休息厅走，结果没走两步，就真看见傅延昇出现在自己眼前！

跟在傅延昇身后的工作人员向他解释道："戚先生，这位傅先生说是来找您的。"

第10章 惊险赛车

傅延昇手上还抓着车钥匙，望着他道："你刚上场了？"

戚屿呼吸一室，像是做坏事被大人抓了个正着，心虚地不敢直视对方。

"就开了两圈。"他说。

"我看到了，"傅延昇说，"速度还挺快。"

他的语气毫无起伏，戚屿却感觉对方像是在批评自己……一种不服被管教的叛逆之心又开始蠢蠢欲动。

"我去换衣服。"他逃避似的说了一句话，就往更衣室走。

傅延昇跟上他的步伐，到了里间，看着戚屿放下头盔，摘掉手套，脱掉阻燃服……全程一言不发。

戚屿被看得越来越烦躁，被强行缚住的灵魂不甘心地在那枷锁里冲撞，企图重获自由。

他又想起刚在赛道上驰骋的那一刻，那爽快的感觉让他血液沸腾，可在傅延昇的注视下，他什么都不敢做，不敢逾矩，亦不敢放肆。

这些自我克制并非出于他的本意，而是源于他对另外一个男人本能的敬畏之心。

简直像个傻子。

戚屿用力把脱下来的赛车服甩在长凳上，看向傅延昇。

傅延昇还是维持着刚刚的姿势，银丝眼镜背后的目光冷静得像是中世纪无心无情的神职者。

戚屿想到司泽和汪笙那些密谋，想到随时有可能陷入危机的司源集团，想到对此还一无所知的爸爸，想到自己要面临的抉择，他猛地抓起架子上的头盔，用力往地上掷去！

开车的时候没失控，刚见到傅延昇时也没失控，但这一刻他莫名其妙地失控了。

他瞪着傅延昇，重复了一遍："我就开了两圈！！"

傅延昇有些错愕，像是不知道他为什么这么生气，但就是这样的表现，让戚屿更加烦闷。

这个别有用心的骗子！

"你来干什么？等结束了我自己就会回去！我已经是个成年人了！你为什么要一直盯着我！"戚屿厉声质问傅延昇。

傅延昇的面色随着戚屿这句话一沉，眼神也变得有些凌厉。

两人对峙了几秒，戚屿崩溃地追问："你在想什么？你到底想从我这里得到什么？说话！"他的声音不重，可那语气尖锐得像是要刺穿傅延昇的胸膛，逼他露出除冷静以外的其他表情。

傅延昇还是未发一言，他望着戚屿，像是把他彻底看透了。

对方的沉默让戚屿不安，亦让戚屿恐惧。

"傅延昇，"他紧握着拳头，无意识地说着违心的话，"你知不知道我现在一点都不想看见你？！"

然而这句话话音未落，傅延昇就上前一步，抓住了戚屿的手臂。

"……放手!!"戚屿奋力挣扎。

傅延昇的力气更大，他揽住戚屿，安抚性地拍着他的后背，在他耳边轻声道："嘘，没事……"

微微颤抖的嗓音和起伏的胸膛似乎在向戚屿传达这人心中同样的隐忍与煎熬。

仅仅听到这三个字，正在抵抗的戚屿就奇迹般地安静下来，他如同一只被驯服的兽，在驯兽师手下渐渐收起了浑身的逆鳞。

戚屿伏在傅延昇肩上，眼眶酸涩，但想到自己对傅延昇发自内心的信服，他又涌起一股认命般的无力感。

"……你在这里干什么？"

门外传来的声响让戚屿回过神来，他听见唐伟崇问："戚屿呢？"

"戚屿在里面换衣服……"夏晗说。

"他换衣服你在外面给他守门？"唐伟崇戏谑道，"你这丫头会不会把握机会啊？"

戚屿拉开门时，瞥了一眼进退两难的夏晗，对唐伟崇道："我秘书来找我，有些公司方面的事跟我说。"

唐伟崇哭笑不得，看了看站在他身后的傅延昇，道："我说你怎么才开两圈就不开了。"

戚屿将手揣进兜里："体验过就好了，挺爽的，以后有机会再开吧。"

唐伟崇："再上去坐会儿？司泽他们说玩桥牌呢，你会吗？"

戚屿偏头看向傅延昇，傅延昇伸手轻抚了一下他的肩膀，低声说："你去玩吧，我在车里等你。"说完朝唐伟崇点了下头，就自觉地离开了。

唐伟崇带着戚屿重新上楼，感慨道："你还真是认真敬业啊，这大晚上的还有秘书找你聊公事？有事让底下的人去处理不行？"

戚屿解释道："我才刚开始帮爸爸处理公司方面的事，多上点心他们才服我。"

"也是，"唐伟崇忽然想起来什么，嘀咕道，"对了，我弟这阵子天天跟家里说想上班，想锻炼自己，不会就是受你的影响吧？"

戚屿怔道："想上班？"

"嗯，他之前混得很，天天跟小航他们泡吧、把妹，可最近跟转了性似的。今天来这边，我跟他提了一句你也在，问他要不要一起来玩，没想到他当没听见似的，捧着从我叔那儿要来的汽配零件产品目录回房间研究去了，"唐伟崇摇头道，"也不知道这傻小子能鸡血几天，不过我爸看着倒是挺高兴的……哎哟，他们已经开局了！"

戚屿听了唐伟崇的话，心里还有些讶异。

他和夏晗找了两个挨着的位置坐下，等唐伟崇把注意力放在了牌桌上，才低声问："你刚在外面站了多久？"

第10章 惊险赛车

夏晗耳根发红，显得有点尴尬："没有多久……"

她在看台上见戚屿下车时就下来了，在楼梯口瞄见戚屿和傅延昇进更衣室，就走了过去，结果才走到门口，就听见戚屿在和傅延昇吵架。

她感到意外，尽管跟戚屿才见过一次，但她以为戚屿是个安静温润的谦谦君子，年纪那么轻，可能都没谈过恋爱，她若想点办法接近，也许能拿下对方……

可当她透过门缝窥见那一幕时，她一下子醒悟过来。这才是真正的戚屿，一个有气势、有手腕，与她出身截然不同的贵胄之子，他们之间隔着一道不可跨越的鸿沟。

她收敛了自己之前的那些小心思，失意地坐在一旁。

戚屿没再与她搭话，他看司泽他们玩了会儿牌，也亲自陪着玩了两局，等临近午夜才起身欲走。

唐伟崇见状道："隔壁就是会所，五星级酒店的规格，不在这儿过夜啊？"

戚屿笑说："不了，谢谢伟崇哥招待，明天公司还有些事，我秘书还在楼下等我，你们想玩接着玩啊，别因为我扫了兴。"

没想到司泽闻言放下牌道："我也走了。"

唐伟崇瞪大眼睛："你也走？才十二点，你走啥？"

荣柯甩出两张牌，低声道："他最近走火入魔了，你甭理他，让他走吧。"

戚屿看向夏晗："我送你回去？"

夏晗在戚屿起身的那一刻也已经跟着站了起来，但她想起方才那个戴眼镜的男人，问道："方便吗？"

戚屿颔首："一起下去吧。"

司泽走过来道："欸，戚屿，你车上没别人了吧？也捎我一程。"

他来的时候开的是林东的车，林东还在玩，他也不想再跟人借车。

"行。"戚屿应了一声。

唐伟崇送他们三人下楼，一出门就见傅延昇把那辆奔驰S级商务车停在场外的空地上。

驾驶座的车窗没关，在门口就依稀可见车内男人的侧影和他面前一点猩红的火光。他在抽烟。

待几人走近后，司泽才认出人，笑了一下："戚屿说秘书，我还当是哪个秘书呢，原来是傅总啊。"

傅延昇一愣，忙把烟灭了，一边跟司泽打招呼，一边用眼角余光瞟了戚屿一眼。

戚屿解释道："他们跟我们一起回市中心，送一下吧。"

司泽估计是默认戚屿和夏晗在一块儿了，兀自绕过去开副驾座的门，把后排留给了他们两个小青年。

上了车，司泽又忍不住皱眉："你这是抽了多少烟？一车的烟味，烟瘾还挺重啊。"

"不好意思了，等久了犯困，"傅延昇边说边开了车载导航，问，"司总上哪儿？"

"浦江区槐安路66号,时代公寓。"

傅延昇直接开语音识别输入地址,又问:"槐安路……这是您自己的住所?"

"算是吧。"司泽说。

傅延昇落下车窗,开了空气净化,放下手刹,启程出发。

司泽坐了一会儿,主动找话题道:"如果我没记错,傅总之前好像是在明泰证券工作?"

傅延昇:"嗯……"

司泽回忆道:"我还记得咱们当时第一次在司源集团战略大会上见面,我手底下几个人都对你赞不绝口,你当时还说,是戚屿费了很大的心思,请了你很久,你才愿意去他身边。"

傅延昇笑笑:"司总记性不错。"

司泽调侃他:"怎么,这才一年,傅总就从商务顾问降职成守夜的司机了?"

傅延昇淡然道:"还不是咱们戚屿厉害,之前一直跟我扮猪吃老虎,我现在算是被他治得服服帖帖,他让我在这儿等着,三更五鼓我也得等。"

司泽揶揄道:"戚屿,想不到你驭人还能力挺强,我都想跟你取取经了。"

戚屿:"你听他瞎说,他不过是怕没照看好我不好跟我爸交代罢了。"

司泽笑了笑:"这理由我听着还像样一点。"

几人在车上有一搭没一搭地聊了几句,就慢慢陷入了沉默。除了专注开车的傅延昇,每个人都看着窗外,各怀心思。

半夜路况好,仅半个小时就到了市中心,傅延昇先把司泽送到了槐安路,又将夏晗送到了她在戏剧学院附近租的房子。

等夏晗离开后,傅延昇指示戚屿道:"坐前面来。"

戚屿不知道傅延昇这么说是想干什么,没差几公里就到酒店了,他懒得挪座,便没有吭声。

可傅延昇见他不动,也不开车,两人就这么僵持了一分钟。戚屿才有些烦躁地拉开车门,坐到了副驾。

两人一路沉默着回到酒店,到了停车场,傅延昇停好车,熄了火,也没有打算下车的动作。

车门还锁着,戚屿预感对方有话要说,呼吸不自觉地急促起来。但等了足足十分钟,傅延昇还没有开口,也没有看他。

戚屿忍无可忍道:"傅延昇……"

就在他念出这个名字的下一秒,傅延昇忽然抓住了他的手腕。

"戚屿,别问……"傅延昇用近乎艰涩的语气说了这么四个字,透着恳求与隐忍,叫戚屿心中发堵。

戚屿忍了忍,深吸了一口气,尽量用平静的语气道:"不能告诉我,是吗?"

第10章 惊险赛车

傅延昇目视前方，又沉默了几分钟，才道："我发誓，我会陪你渡过这一切。"

回答他这句话，又像是费尽了这个男人浑身的力气。

戚屿心头发酸，终于，他没有继续逼对方。他挣开傅延昇的手，迟疑片刻后询问："需要我帮你做些什么吗？"

傅延昇一脸诧异地看向他，戚屿移开视线，不愿与他对视。

"不需要，"傅延昇的语气忽然又变得郑重起来，像是在警告他，"什么都别做。"

戚屿一时无语，他解了安全带，轻叩了一下车门："开门。"

傅延昇蹙了下眉头，开了锁，和戚屿一前一后下了车，又亦步亦趋地跟在对方身后。进了房间，他下意识地去抓戚屿的胳膊，想跟对方再谈谈。

"傅老师，"戚屿做了个保持距离的动作，认真道，"我想一个人静一静。"

傅延昇在原地踟蹰着，明明表情也没多大变化，但那模样却让戚屿瞧出几分可怜。见戚屿坚持，傅延昇才妥协道："好。"

等傅延昇离开，戚屿一下子瘫坐在沙发上，用手捂住了酸涩的眼睛。

他坐在那里一动不动地沉思了数个小时，等外头天都快蒙蒙亮了，才走到床边倒头睡下。

一觉又睡到了临近中午，戚屿醒来时，心里还有点空落落的。

他轻叹了口气，认命似的爬起来，快速冲了个澡，穿上衣服，而后拿出手机给傅延昇打电话。

听见"对方已关机"的系统提示声，戚屿心中一紧，抓着手机直接去敲隔壁的门。

门很快就开了，只见傅延昇身上还穿着昨天那件衬衫，眼睛里有不少红血丝，浑身透着一股烟味。

"怎么回事？"戚屿松了口气，皱着眉头道，"你晚上没睡？"

傅延昇怔怔地望着他，嗓音有些沙哑："你不生气了。"

戚屿冷笑一声："生气有用吗？你又不让我问。"

傅延昇："……"

戚屿架起手臂，上下打量着他："本来想叫你陪我去吃中饭，不过看你这样子，要不先睡会儿？"

"等我十分钟。"傅延昇说完，立即走进洗手间，洗了把脸，剃了胡子，出来后换了身衣服，不到十分钟就把自己重新拾掇得人模狗样——除了那双依然透着憔悴的眼睛。

两人一起下楼，傅延昇在电梯里问他："想去哪里吃？"

戚屿："直接上酒店餐厅吃点吧，吃完回房间……该补课了。"

傅延昇："好。"

戚屿点了两笼生煎包，一碗鱼蛋粉丝汤，问傅延昇："你要点什么？"

"和你一样就行。"傅延昇一直在看他，直到生煎包和粉丝汤上来，眼睛都没移开，

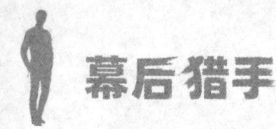

像是在探究他此时的心情。

戚屿被他看得浑身不自在:"老盯着我干什么?"

傅延昇微微启唇,却又欲言而止。

戚屿讥诮地一笑:"放心,我什么都不会做,我就看看你到底要给我玩什么花样。"

看傅延昇被堵得说不上话来似乎成了现在最能让戚屿消气的事,他逞了口舌之快后,又低头捡了个生煎包丢进傅延昇碗里,说:"吃吧。"

吃过饭,两人回戚屿房间,戚屿还真拿着笔记本电脑坐到了沙发上,准备学习。

傅延昇给他讲了几分钟专业方面的内容,戚屿不耐烦道:"我先自己看会儿,你休息吧,嗓子哑得都快不能听了,"他指了指自己的床道,"睡这儿,有问题了我还要叫你。"

傅延昇确实是累了,听了戚屿的话,也没回嘴,更没像平时一样反击,而是乖乖地配合躺下。

戚屿看他差不多睡熟了,才在笔记本电脑里找出董闵之前给他的集团财报和相关信息,专注地看了起来。

第11章 敬畏之心

秒针滴答，日渐向西，戚屿丝毫没有察觉到时间的流逝，整整一下午都在浏览集团旗下每一家公司的资金流、负债表，分析它们的留存价值。等他抬起头来，才发现窗外已天光昏黄。

傅延昇还躺在他床上沉睡，仿佛累极了，从躺下到现在都没怎么换过姿势。

戚屿将自己陷在沙发里，注视着傅延昇，听着对方呼吸间少有的微鼾，只觉得一颗心沉甸甸的。

"嗡……"突如其来的手机振动声打断了他的思绪，戚屿立即接了起来，但没来得及，傅延昇身形一动，似乎被吵到了。

戚屿压着声线"喂"了一声，有些不大高兴地起身走向卫生间接听。

电话是叶钦如打来的，他问道："戚总，你见过司泽那个助理没有？"

戚屿有点不明白他这句话的意思："司泽的助理？您说宋溥心？"

叶钦如："对，就是宋助理，听说他人找不到了。"

戚屿纳闷："找不到了？"

叶钦如："今天一早我接到司泽身边那位黄秘书的电话，说宋助理好像是昨天半夜不见的。他们一群人凌晨五点被司总叫起来开始找人，到现在都没找着，怕他出什么事，黄秘书拜托我跟身边所有认识宋助理的人都打一通电话，问问有没有见过他。"

戚屿："我没见过……"

叶钦如无奈道："我也觉得你没见过，那助理跟我们又不熟，他们找不到人跟我们打听有什么用？……行了，也没什么别的事，那我先挂了。"

戚屿感觉有点诡异，如果他没记错，那槐安路的公寓就是宋溥心住的地方，司泽前天晚上在电话里还让黄骏文把人从那里带去腾云大厦，昨晚傅延昇也是送司泽回的槐安路。叶钦如说宋溥心找不到了，是宋溥心那会儿已经不在公寓里了，还是跟司泽见过面以后消失的？

他返回床边，傅延昇已经坐了起来："谁的电话？"

"叶总的，说宋助理找不到了。"戚屿看着他道。

傅延昇听到这话，并没有太大的反应，戚屿心一跳，一瞬间有点怀疑这件事会不会和傅延昇有关。

就在这时，手机又振动起来，戚屿一看，这一次是黄骏文本人，他语气焦急地请求戚屿帮忙留意一下宋溥心的消息。

戚屿也趁机询问了自己刚刚好奇的问题，黄骏文告诉他，司泽昨晚回去的时候宋溥心还在，因为平时他外出都有保镖在那个地方守着，宋溥心走不掉，是今天早上司泽起来的时候才发现宋溥心消失的。

他们查了小区监控，发现宋溥心在清晨六点左右离开了时代公寓，之后不知所踪，电话打不通，所有熟人都问遍了，没见过。

戚屿下意识瞥了傅延昇一眼，又问黄骏文："司泽现在还好吗？"

黄骏文道："他都快疯了，发动了所有的关系网找人，董事长那边也都知道了，估计少不了一番折腾……哎，总之你要有宋溥心的消息，就及时联系我！"

"好……"等挂了电话，戚屿才把刚刚叶钦如和黄骏文说的事复述给傅延昇，边说还边观察傅延昇的表情。

傅延昇听完却评价道："谁都能看出来司泽对宋溥心不好，兔子急了都会咬人，何况宋溥心这么个大活人，被人压迫久了，想走也很正常。"

看到傅延昇这副冷静的模样，戚屿犹豫一瞬，忍不住问道："你昨晚一直待在自己房间里吗？"

傅延昇面不改色道："一直在。"

戚屿没有继续追问，看时间不早，两人一起出去吃了个晚饭，回来后又学了点专业课的内容，等十点左右就准备睡觉。

戚屿上了床却仍睡不着，他想，宋溥心的消失会不会是他们任务结束的一个信号？

戚屿浑身一抖，赶紧思索起接下来的对策。

次日，戚屿去丰贸找了一趟许敬。距离上次他来找许敬帮忙已经过去一个半月了，林焕的事情解决后，两人就打过一次电话，之后一直没怎么联系。

许敬见了他之后直接问："你又来找我帮你做什么事？"

戚屿故意道："你怎么知道我是来找你帮忙的？我就不能来看看你？"

许敬笑道："算了吧，从去年暑假到现在，你哪次来找我只是单纯来看看我的？"

戚屿被说得心虚，摸了摸鼻子。

许敬道："行了，我知道你现在忙，不是以前那个无所事事总找我打发时间的小弟弟了，其实我也落得轻松。直接说吧，什么事？"

戚屿："我这次来，是想来跟你了解一下山雨的投资项目详情和现在的资金状况。"

山雨不是上市公司，查不到公开的资金信息，他昨天看了董闵发的那些资料后，发现集团那边也没有山雨近几年的详细投资报告。

许敬闻言，"呵"了一声，挑眉道："来查我的账啊？"

第11章 敬畏之心

戚屿尴尬道："没有……"

许敬叹息了一声："你真是长大了。"

对方的叹息中似乎夹杂着些许落寞，但许敬始终还是没让戚屿为难，他起身走到玻璃书柜边，从里头找出几个厚厚的大型文件夹，返身递给戚屿："都在这里，要给你复印一份吗？"

"不用，我就在这里看。"戚屿坐在沙发上直接翻看起来。

山雨投资是四年前成立的，也就是他在国外念高二那年，注册资金仅两千万，不过公司成立后，爸爸就以他的名义投资了三个亿，许敬也是在那一年接任山雨的CEO，替他代持了50%的股份。

经过这四年，山雨投资的资产规模已经达到了十七亿，包含司源集团的另外50%在内，翻了将近三倍。

虽然许敬在管理过程中离不开戚源诚的监督与指点，但这成绩也足以证明对方独到的商业眼光和投资能力。

戚屿扫了一眼山雨投资的项目，投资额超一亿的仅三家，都是业界知名的绩优上市公司，一亿往下一千万以上的最多，林林总总加起来差不多几十家，几乎遍布各个领域，爸爸上回说他能动用的六个亿，只是山雨尚未启用的流动资金。

戚屿边看边询问许敬那些大型项目的投资时长，是否能随时撤资。

"投资年限一般都是五年，不管盈亏，只要投了，五年后才能收回，除非转卖或是转让投资的股权，"许敬一边回答，一边又有些好奇，"你问这些干什么？"

戚屿一门心思都在司源集团可能遭遇的危机上，他想着司氏万一出了事，股价一跌，要是再发生股东撤资或是司氏资产被冻结的情况，他们手上必须要有足够的现钱来应对外部收购、并购等困难。

他下意识道："敬哥，我们能不能在短期内把山雨的投资款全都收回来？"

许敬面色一僵："你说什么？"

戚屿："我是说，把资金都撤回来，能收的收，能卖的卖，保证手中的流动资产越多越好。"

许敬的眼神瞬间变得凌厉起来："这是你的意思？还是你爸的？"

戚屿："是我的。"

许敬忽然被气笑了："戚屿，我为你苦心经营这么多年，这些不仅仅是投资项目，每一个项目背后都有你今后可能用到的利益网、人脉网，你说一句收回来就收回来？"

戚屿慌道："敬哥，我不是那个意思。"

他猜许敬是误会了。确实，自己这么没头没脑的一句话简直像是在质疑许敬这些年的付出，而收回那些投资款对许敬来说也像是在抹杀他的功绩，可戚屿亦有自己的难言之隐。

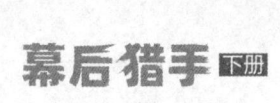

许敬见他说不出个所以然来，一脸失望，以往如同看自己弟弟般的亲切温和的眼神，不知何时开始被满目的质疑和不认同取代。

戚屿心如刀绞，这种情感的流失比对方的批评数落更让戚屿难以忍受，他攥紧那些资料，低声说："我再想想……"

但那两句话的伤害和误会已经造成，许敬并没有为戚屿这句话而重新恢复笑颜。他叹了口气，道："林焕收购红妆的事，我上个月就听说了，如果你早按照我的方法去做，没准现在拿下红妆的就是司源集团了，可你不听……戚屿，我早劝过你清醒一些，可我不知道你现在到底是怎么了，也不知道你每天都在想什么……"

他看着戚屿，尖锐道："我就想问一句，你这些变化，是不是都跟傅延昇有关？"

戚屿被许敬问得心重重一跳，他当然不能正面回答这个问题，若答了，许敬肯定会把这一切粗暴地归咎于傅延昇的"错误教导"。

他们两人的观念和处世原则差别太大，可谁都没有逼过他，是他遵从自己的本性与内心，选择想成为什么样的人。

"敬哥，"戚屿尽量让自己看上去理智一些，"我刚刚的要求对你来说确实有些唐突，但我没有否定你、针对你的意思，这里边有其他原因，我现在还不能解释……"

许敬看着他的视线有些逼人："什么原因？连我都不能说？"

听到这个熟悉的问句，戚屿恍惚想起前天半夜自己在酒店停车场对傅延昇问出的那句话——不能告诉我，是吗？

同样的困境，但问话的人从自己变成了许敬。

这一刻，戚屿似乎理解了傅延昇当时的心情——因为有想保护的人，所以不能感情用事。

戚屿艰难地出声："敬哥，对不起。"

他在心里祈祷：看在我们这么多年交情的份上，希望你能理解我，等这一切都过去，你便会明白……

可许敬的眸色却渐渐黯淡下来，他垂眼道："行，你有你自己的想法和坚持，不想告诉我便不告诉我，但不管你是以什么原因提出刚刚的要求，我现在既然还是山雨投资的CEO，就要对这个公司负责。如果真想要我撤资，等你拿到你爸的指示，再来找我吧。"

戚屿："……"

其实就算许敬不提，戚屿也会尽快找机会跟爸爸说这件事，毕竟他现在想动的不只是六个亿的资金，这么大的动作，不可能不让他爸知道。

只是，戚屿原以为许敬是自己可以仰仗的兄长，所以直接来找他，打算先跟他通个气，也希望能从这里得到一些精神上的安慰。可听了对方刚刚这些话，戚屿才知道自己太想当然了。

他点头道："好。"

第11章 敬畏之心

既然现在谈不成，戚屿也不再逗留。许敬起身送他，走到门口戚屿才想起来，道："对了，敬哥，我爸妈决定今年七月在美国办复婚典礼。"

许敬惊讶："真复合了？这么快？"

戚屿淡笑着道："嗯，到时候你一起去参加吗？"

许敬说："再看吧，还不一定抽得出时间呢。"

戚屿心里有些低落，年前他们说起这事，许敬还主动提过想去参加他爸妈的婚礼，也不知道对方现在的推托是不是因为在生自己的气。

等戚屿离开，许敬独自返回办公室，收拾着戚屿刚刚看过的那些文件。收着收着，他忽然把那些文件丢在桌上，抬手揉起了眉心。

这时，办公桌上的手机响了起来，许敬立即起身去接。

"林总，"他接起电话叫了一声，握着手机面向窗外，电话那头的人不知在说什么，他看着矗立在丰贸正对面的金融大厦，一直安静地听着，过了好一会儿，才低声说，"您上回说的事，我决定考虑一下。"

戚屿离开丰贸后没多耽搁，在车上就给戚源诚打了通电话，问他最近是否有回国的安排。

"正打算这周末回去，在海城跟你妈妈先把证重新领了，"戚源诚语调微扬，话里透着一股说不出的幸福，交代完又问，"莲秀的收购不是结束了吗？你还没回学校？"

"没回，我有一些重要的事要跟你商量。"

戚源诚听出他语气郑重，不由问："什么事？"

戚屿实在不忍打扰爸爸此时愉悦的心情，便道："等你回来，当面说吧。"

和戚源诚结束通话后，戚屿返回了酒店，他去找许敬的事没有隐瞒傅延昇，傅延昇也没问他具体是去干什么。自那晚过后，两人似乎都对彼此的"隐私"保持着心照不宣的状态。

之后几日，戚屿一直待在酒店补课。司泽找宋溥心这事闹得满城风雨，荣柯还特地拉了个微信群，时不时在群里跟他们八卦讨论。

"都快四天了，人还没找到？"

"没，拜托局子里的朋友都一起找了，暂时没什么线索。"

"没准是闹脾气，故意躲几天叫司泽着急呢。"

"司泽说宋不是那种人，他还担心宋有轻生的念头。"

"啥？轻生？"

"说是什么抑郁症吧，没诊断过，但司泽跟认识的医生打听过了，说看症状有点像，半年前开始宋就经常自己把自己关在房间里，一天到头都不怎么说话。"

"司泽对他不是挺好的,他抑郁什么?"

"好个屁,我昨天才知道,宋的妈妈前年患了血癌,家里一直很缺钱,这厮查到后找了个法子给他妈妈转到自家投资的一家私人医院去了,姓宋的之前不还差点背叛司泽么,司泽也留了证据,抓着这些把柄拿捏着他呢。"

"不愧是阿泽!宋一个无权无势的书生,怎么斗得过他啊。"

"但我觉着司泽也真是想不开,人心都不在这儿了,还强留着干啥?"

"那宋现在走了,连他妈妈也不管了吗?"

"据说他妈妈前几天身子好了些,打算回家休息两天,司泽派人去找了,也不见了。"

"这是有预谋的出逃啊!"

……

其实戚屿觉得宋溥心应该没出什么大事,否则傅延昇不可能那么镇定,所以一直没太为此上心。只是看到他们聊这些细节,他总觉得心有戚戚。

周末,戚屿得知爸爸已经到了海城,特地去他住的酒店找人。尽管这几天看上去风平浪静,但他总预感这是暴风雨来临前的宁静。

戚源诚仍住在威斯汀的套房,戚屿是傍晚过去找人的,到后敲了门,过了好一会儿戚源诚才来开。

戚屿见他爸身上还穿着背心,只在外面披了件衬衫,扣子都没扣上,不由得一愣:"爸,你还在休息?"

"起了,进来吧。"戚源诚边扣扣子边往里走。

戚屿带上门,径直走到沙发边坐下,为接下来要说的话打着腹稿。

戚源诚拎着水壶过来,瞅了他一眼道:"怎么了,皱着个眉头,碰上什么麻烦事了?"

戚屿迟疑道:"你先把衣服穿好我再说吧。"

戚源诚失笑,把衬衫剩下的扣子扣好:"行了吧?跟你爸说话还这么磨磨蹭蹭的,到底要说什么?"

戚屿问:"爸爸,你还记得我之前跟你提过司泽在私底下操纵股票的事吗?"

戚源诚又正了正领口,道:"嗯,怎么?"

戚屿:"你查到过确切的证据吗?"

戚源诚给戚屿倒了杯水,说:"我上回不是在电话里跟你说明白了?你司伯伯一家背景雄厚,司泽会做那种事也很正常,但证据是不可能查得到的,他们都谨慎得很……"

戚源诚一抬眼,却惊讶地发现儿子用一种近乎审视的眼神望着自己。

"爸爸,你跟司伯伯认识这么多年,有没有用过他的人脉?我是说那些不合规的人脉,比如内幕交易什么的……"

戚源诚被戚屿这副样子震住了,一时竟不知道怎么回答他这句话。

戚屿盯着他,眼神越发凌厉,面上甚至浮现出焦虑之色。

第11章 敬畏之心

"爸爸……"他催了一声,搁在膝盖上的双手也松松地握起了拳头,凸显着他此刻的紧张。

戚源诚放下水壶,壶底与玻璃茶几接触时轻微的"哒"声在静谧的房间里显得尤为沉重,像锤子落在戚屿心上。

而伴随着这个声响的,是戚源诚斩钉截铁的回答:"没有。"

戚屿像个被勒紧了脖子的人忽然找回了呼吸,整个人放松下来,就刚刚那三四秒,他都紧张得出了一手汗。

"没有就好。"他低喃了两遍,仿佛获得了什么救赎,眼睛里重新燃起了希望。

戚源诚定定地看着他,皱眉道:"你到底怎么了?是司泽跟你说什么了?"

戚屿缓了两口气,像是怕惊到什么似的低声说:"爸,司家可能要出事了。"

戚源诚的面色忽然冷峻下来:"出什么事?"

戚屿摇摇头:"具体我不知道,但有人在查他们,而且已经查很久了。"

戚源诚忽然站了起来,在边上来回踱步,面色凝重得可怕。

过了一会儿,他好像有了猜测,看向戚屿,厉声问:"是小傅在查?"

戚屿瞳孔一缩,不可置信地望着爸爸:"你怎么知道?"

戚源诚没有回答,忽然返身到茶几边拿起手机。戚屿似乎预感到戚源诚想做什么,猛地站起来,抓住对方的胳膊阻拦道:"爸爸,别问他!"

戚源诚严厉地望着戚屿,周身的温度猛然下降。

戚屿颤声道:"也别告诉任何人,求您了!"

戚源诚看着儿子这副样子,心中莫名升起一股比集团危机更深的不安,但他不知道这不安到底是什么。

久经世故的男人快速冷静下来,重新坐回沙发,质问戚屿道:"你什么时候开始怀疑傅延昇在查司氏的?"

"去年圣诞左右,我们一起回国跟莲秀谈判,当时在竹海庄园,我无意间听见他和司泽身边那个助理说话,吐露出一点信息……"

戚屿把自己发现的线索和推测一五一十地告诉了父亲,包括傅延昇是如何先通过徐一舟认识自己,他又是从什么时候开始怀疑对方是调查机构的人,丝毫不敢隐瞒。

听完戚屿的话,戚源诚也在懊恼自己的疏忽,更为傅延昇对他们父子的欺骗感到愤怒——不管对方是出于什么目的。

戚屿看不透父亲在想什么,只觉得自己一颗心像是在油锅里煎着。

"爸……"他又叫了一声。

戚源诚回过神来,对上戚屿担忧的眼神,一瞬间似乎抓到了自己心中那一抹不安的根源。

他神色复杂地望着儿子,迟疑又不解地问:"戚屿,你就这么向着傅延昇?"

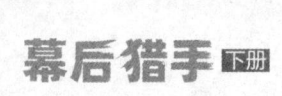

戚屿性格骄傲，最讨厌别人欺骗，可从傅延昇出现起，儿子像是完全被这个人收服了，每一次提起，眼神、语气总是满溢着对对方的欣赏与崇拜。

戚源诚得知傅延昇的存在后，亲自去跟他见了面，托人查了对方的背景，费尽心思让他留在儿子身边——他做了这么多，并不是因为傅延昇真有多非凡的能力，说到底，还不是因为戚屿想要？

可现在，傅延昇的身份已经明显存在问题，这人接近戚屿的动机也不再如他之前表述的那样冠冕堂皇，戚源诚不明白戚屿为什么还愿意相信对方。

在父亲的逼视下，戚屿不由得伸手摁住自己的膝盖，缓声道："爸，我认识他快两年了，从网上聊天到这一年的陪读，他不但教了我很多知识，还告诉了我许多为人与从商之道。他让我更深刻地理解这个世界，也引导我坚定了自己想遵循的处世原则，对我来说，他不只是一个老师，也是约束我的一条绳……"

戚屿想起那天在唐家的赛车场上，自己在濒临失控之际看见傅延昇，不由自主地回归了理智。

被约束的瞬间是不舒服的，他大叫着想挣脱、想要自由，可冷静下来一反省，戚屿又觉得庆幸——因为那约束也是他的保护伞。

"您从小还教过我，做人要有敬畏之心，以前我不大懂这句话的意思，现在懂了，这敬畏不是敬畏神明，敬畏某个人，而是敬畏自己心中的道。如果没有傅老师，我跟着司泽做事，可能会慢慢受他影响，变成和他一样目无法纪的人……我不想那样，所以我明知道傅延昇接近我是为了借机调查司氏，还是愿意帮他……"

青年提琴般温醇的嗓音在客厅里飘荡，他看向戚源诚，目光坚定，道："不是向着他，而是向着他心中的正义和原则。"

戚源诚完全没想到戚屿能说出这样一番话来，他心中震颤，久久不能平静。

戚屿又说："我知道您和司伯伯多年来交情匪浅，恐怕不忍看他们就此遭殃，可是，傅老师和他的同伴们已经潜伏在司氏周围很久了，我这边只是其中一条眼线，就算您想干涉，可能也已经来不及了……"

戚源诚低吟道："戚屿，你先回去，让爸爸想一想。"

戚屿："爸……"

戚源诚抬手打断他，肃然道："别说了，我答应你，现在谁都不会告诉，但这毕竟不是一件小事，我需要时间思考，你也先回去。"

戚屿哑然，尽管心中焦急，但也不敢再忤逆父亲，只得起身，三步一回头地走出房间。

待戚屿离开后，一个窈窕的身影才从卧室里缓缓走出来。

不是别人，正是姜莹。

戚源诚抬头，疲惫道："你都听到了吧？"

姜莹："嗯。"

第11章 敬畏之心

戚源诚："刚刚怎么不出来？"

姜莹："你下午才回国，我晚上就跟你在一起睡觉，让孩子看见了，以为他妈妈多不矜持。"

戚源诚苦笑："老夫老妻了，你还不好意思。"

姜莹走到戚源诚对面坐下，想起戚屿刚刚说那番话的语气，眉心微蹙："那个傅延昇，就是你给戚屿找的陪读？"

戚源诚摇头："是他自己找的，他刚刚不是说了，一开始是在网上认识的。"

姜莹端起戚屿那杯水，道："以你的谨慎程度，应该不会随随便便让人待在他身边吧？"

戚源诚叹了口气："我不是没查过他，但如果他真是有预谋的，那他的信息估计全都是伪造的，我能查得出来吗？……对了，你可知道我查到的资料上写着他的父亲是谁？"

姜莹："谁？"

戚源诚："傅闲，就是戚屿小时候被绑架，那个救过他的数学老师。"

姜莹目露惊异之色："这么巧？"

戚源诚："可不是。当时就因为看到这个，我想起那位傅先生，对他的戒备一下减少了很多，现在想想，真是大意了……"

姜莹："大意什么，他不是把你儿子教得挺好的吗？"

戚源诚一噎，瞪着妻子道："可他是来查我们的！万一我和司厉做过点什么事，他们能放得过我？何况覆巢之下无完卵，司氏一倒，对司源集团也会造成巨大的打击！"他越说越急，猛地抓起杯子喝了口水，面上愁云密布。

姜莹："源诚，你还记得你当时为什么出国吗？"

爱人突然的反问让戚源诚不由得一怔。姜莹自问自答道："菲亚恶意竞争，在美薇即将争取到海河实业的投资时绑架了戚屿，还趁美薇在国内上市前借官方人员对美薇进行打压。你恨透了章家官商相护的行为，在接受司厉的注资后，司厉也曾说他有能力让美薇立即上市，但你知道了他的某些背景，不愿那么做，宁可孤身赴美拓展海外市场，生生把美薇在国内的上市推迟了四年……源诚，你跟司厉从来不是一种人，这也是你身上最吸引我的特质，孩子随你，他刚刚会说出那番话，我一点都不意外。"

戚源诚怔怔地望着爱妻，又听她道："我在电视台做财经新闻这么多年，也见过各色各样的财经界名流，可现在回头看看，那些曾经风光一时的人可能有一半都进去了……如果戚屿说的是真的，看来司家的时运是到头了，你阻止不了，也不要在这个时候混淆人情与法的界限。"

戚源诚被妻子这几句话说得心中一阵起伏，他低喃着："让我想想，我再想想……"

姜莹握住他的手，柔声道："没事，我陪着你。"

第12章 尽我所能

戚屿出来后并没有立即离开,而是在门口站了很久。他彷徨无措地抓着手机,期待着爸爸能尽快想开,尽快给自己打电话。可他等啊等,没等来爸爸的电话,却先等来了傅延昇的电话。

"还在你爸那儿?"

"嗯……"

两人对着手机沉默无言,过了一会儿,傅延昇听出戚屿身边没人,才低声道:"我就在威斯汀酒店楼下等你,什么时候结束了就下来吧。"

"……好。"戚屿又倚在墙上站了半个小时,始终没等到爸爸的电话,终于叹了口气,心情低落地坐电梯下楼。

透过酒店大堂的玻璃墙,他看见傅延昇穿着一身黑色的风衣站在外头,点着一根烟,棱角分明的脸上浮现着一层淡淡的寂寥,不过在看见戚屿的一瞬间,男人面上的寂寥就收敛起来。

"说完了?"傅延昇没问戚屿跟他爸聊了什么,直接把烟摁在酒店门口的灭烟砂里,低声道,"走吧。"

他们住的酒店和威斯汀仅隔了一条马路,所以傅延昇没开车来。

两人步行返回酒店,才进房间,戚屿手机就响了。戚屿瞄了一眼来电显示,赶紧拿起手机接听:"爸爸!"

戚源诚在电话那头沉声道:"明天一早到我这儿来。"

戚屿:"几点?"

"八点以后吧,"戚源诚顿了顿,"对了,把傅延昇一起带上。"

戚屿紧张道:"你要见他?"

戚源诚:"是你妈妈想见见他。"

戚屿一怔,妈妈?

戚源诚:"行了,先不说了,早些休息吧。"

挂了电话,戚屿一阵茫然,妈妈怎么知道傅延昇的?爸爸刚刚不是说要想想吗,难道给妈妈打电话了?

傅延昇低声问:"怎么了?"

戚屿收回思绪，一脸古怪地望着傅延昇："我爸让我们明天一早去见他，还说我妈想见见你。"

傅延昇也有点愣然："你妈妈想见我？"

戚屿忍不住提醒他："你明天见到她表现得镇定一点，知道吗？"

傅延昇："知道了，少爷……"

第二天，戚屿很早就醒了，早饭也没吃就带傅延昇去了威斯汀酒店。抵达酒店时才七点半，两人坐在大堂里数着时间，等到八点差两分，戚屿立即起身去按电梯。

到了戚源诚房门口，戚屿还不确定地给他爸发了条消息："爸，你起床了吗？我到了。"

戚源诚很快来给他开了门，傅延昇毕恭毕敬地道了声"戚董"，戚源诚剜了他一眼，看向戚屿道："进来吧。"

两人一前一后走进去，戚屿见姜莹正端着一杯水站在沙发边慢慢啜饮。看这样子，不像是早上才来，而像是昨晚就留宿在这里。

"妈妈？"戚屿唤道。

姜莹朝他点了下头，笑吟吟地看向跟在他身后的傅延昇："这位就是你昨天提到的傅老师？"

戚屿一头雾水，他昨天和爸爸聊天的时候妈妈也在？

傅延昇走过去跟姜莹握了下手，先做了自我介绍："您好，我是傅延昇。"眼前的女人看上去太年轻，他犹豫了一秒，不知该怎么称呼对方。

姜莹客气道："你好小傅，叫我姜阿姨就行。"

傅延昇颔首："姜阿姨。"

姜莹应了一声，看向戚屿，问："你们吃早饭了吗？"

戚屿："没有。"

"那好，我先跟小傅下去吃早饭，你跟你爸就在这儿聊吧。"姜莹说完又意味深长地瞥了戚源诚一眼，带着傅延昇先行离开了。

戚屿也不知道妈妈葫芦里卖的是什么药，人都走了，他还望着他们离开的方向沉思。

"过来坐。"戚源诚一句话让他回过神来。

戚屿走到沙发边坐下，低声问："爸爸，昨天我来找你的时候，妈妈也在？"

戚源诚"嗯"了一声，解除了戚屿第一个疑惑。

戚屿忐忑道："妈妈为什么想见傅老师？"

戚源诚冷笑："她说有点好奇这傅延昇到底是个什么样的人，能把我们父子俩都骗得团团转。"

戚屿被戚源诚说得无地自容，又忧虑着爸爸对昨天那事的态度。

见戚源诚眼底有些发青，他知道爸爸昨晚恐怕也没休息好，不敢直接问对方想好了

第12章 尽我所能

没有，只能迂回道："我昨天说有人在查司氏，爸爸为什么会第一时间猜是傅老师？"

戚源诚："他刚来你身边时跟我要过司源集团的内部资料，还询问过我和几大股东之间的私人关系，我那会儿只当他是为了更好地辅佐你做事，加上之前也查过他的背景，所以没有太防备。"

戚屿忽然想起自己在帕市看见的那张复印纸。

"还有，去年九月份，美薇因为邱如松的事情股价大跌，我原想趁着这个机会收回一部分股份，却发现背后有除我之外的人在拉抬美薇的股价，傅延昇当时问过我对此知不知情，现在想来，那应该也是他在试探我吧。"

没错，去年那个时候，傅延昇确实在电话里跟戚屿提过美薇股价有点不正常。戚屿追问道："所以美薇的股价到底是怎么回事？和司伯伯有关吗？"

"当然没有关系！"戚源诚瞪他，"你那个姓章的同学不是告诉了你了吗？方振国把股票卖给了章家人，所以那件事应该是章家人从中作梗，是他们在大肆收购美薇的散股，两方角力，才导致美薇的股票出现不正常的回升。"

戚屿听了如释重负，戚源诚看他这副样子，心里又一阵郁结。

戚屿担忧道："爸，去年回收美薇的股份，我们花了不少钱吧？如果司氏真的出问题，我们还有没有余力收回股份？"

这也是戚源诚昨晚忧虑了一晚上的事，司源集团怎么说都还是个盈利可观的实业型集团，万一司家出事，无力支撑，也会有其他人接手他们的股票，只不过，股权结构变动必然会对集团内部的稳定产生巨大影响。

"会怎么样都不好说，"戚源诚叹了口气，问戚屿，"傅延昇还有没有跟你说什么？"

戚屿想起傅延昇当初提到的山雨，说道："我去找过许敬一趟，想让他收回一些山雨投资的项目资金，好为可能到来的危机做准备，但我没告诉他具体是什么原因，他也没答应，说要你的指示才行。"

戚源诚轻哼一声："你什么都不解释，他要答应你才是昏了头了。"

戚屿心虚不已，片刻后才听戚源诚道："昨天的事，你妈妈也劝了我很久，她倒是被你说的那几句话打动了，这不，她说要见见傅延昇，也是想亲自替你考察考察，看这姓傅的值不值得我们一家子冒这个险。"

戚屿简直不敢相信："真的？"

戚源诚点点头，肃然道："我答应你，这件事我不会告诉任何人，但在司氏事发之前，小傅不能再跟着你了。"

戚屿的表情有一瞬的僵硬："你要辞退他吗？"

"不会，我会把他留在我身边，让他做点别的。"戚源诚看向戚屿，"司家的事你处理不了，也不要再想了，这几天收拾一下，早点回学校去吧。"

这已是戚屿能预想到的最好的结果，他绝不敢再提什么要求，垂眼应了声："嗯……"

另一边,姜莹把傅延昇带到了酒店的粤菜馆里,点了些经典的茶点,又叫了一壶茉莉花茶,对傅延昇道:"我们就随便聊聊,你别有什么压力。"

"嗯,阿姨有什么想说的,请说。"

"我昨晚跟戚屿他爸爸打听了很多关于你们的事。"

"……我们?"

"就是你来给戚屿当家教前前后后发生的事,"姜莹话锋一转,道,"你应该知道我和戚屿他爸爸很多年前就离婚了吧?"

"嗯,不过也听说你们快复婚了,恭喜。"

"谢谢,"姜莹笑了笑,继续道,"戚屿十岁那年就跟他爸爸去国外生活了,这么多年没在他身边,我一直有些遗憾,现在重新跟他爸爸走到一起,我也想多了解一些戚屿的事。听源诚说,戚屿很钦佩你,一开始跟你在网上认识了一年,他爸第一次问起的时候,他为了护着你还跟他爸吵了一架。"

傅延昇愣了愣,是前年圣诞戚屿半夜打电话给他那次吧?

"源诚见他这么信任你,特地代他先来见你,还说他开百万年薪请你,你都没答应,非要戚屿亲自跟你谈条件,"姜莹好奇道,"所以,戚屿当时是开了什么条件,你才答应留下来的?"

傅延昇用拳头抵了下嘴唇,道:"也没什么特别的条件,他本来就很优秀,我那样做其实就是为了锻炼他自己的事自己拿主意。"

"是吗?你觉得他哪里优秀?"

"聪明、好学,有责任心,虽然有一点骄傲,但又很知人善用……"傅延昇说着说着,眼里便流露出一抹无法自抑的欣赏。

"你很认可他?"姜莹问。

"他这样聪慧懂事,没有谁不认可的。"傅延昇道。

服务员上了茶,姜莹提起茶壶想给傅延昇斟茶,傅延昇忙伸手道:"阿姨,我自己来。"

姜莹把壶柄转向他,问:"你们在加州住一起吗?"

傅延昇手一顿:"嗯,戚屿在加州租了个两室一厅的公寓。"

给两人都斟完茶后,傅延昇看向姜莹,说:"戚屿跟您长得比较像。"

姜莹垂眸喝茶:"他性格倒是有些随他爸,要强,不肯服输。"

傅延昇淡笑:"他偶尔还是有点孩子气的,我刚认识他的时候,他每天缠着我问这问那,不过这一年倒是成熟了很多。"

姜莹:"我也觉得。"

傅延昇:"以他的身份地位,不尽快成长,以后要吃苦头。"

姜莹点点头:"你很为他做长远考虑。"

傅延昇:"我只是把我知道的东西告诉他,他很有悟性,一点就透。"

第12章 尽我所能

这时,服务员又来上菜,珍珠虾饺、糯米烧卖和鲜竹卷等经典的粤式点心一一摆上了桌。姜莹比了个手势,示意傅延昇开动,又问:"你以后什么打算?"

傅延昇闻言,刚拿起筷子的手又是一顿。

"听说你跟戚屿的合同只签了两年,以后你想一直辅佐他吗?"

"等他再成熟一点,可能就不需要我的辅佐了……"

姜莹吃了口点心,忽然转移话题:"戚屿有个双胞胎弟弟,叫戚枫,你知道吗?"

"去年假期见过。"

"我还记得,他们两个小时候抢着要跟我睡觉,戚枫每次都会大声嚷嚷着'我要和妈妈睡',然后扑过来抢占最佳位置,戚屿表面不说什么,还总对他弟弟的表现一脸嫌弃,可是等快睡着了,他又会像小猫一样凑过来,比他弟弟还黏着我……"姜莹说这些话时,笑得一脸温柔,她拿公筷给傅延昇搛了个虾饺,抬眼说,"其实,戚屿表现得再成熟,本质上还是个极度缺乏安全感的孩子。"

就这么轻描淡写的几句话,便让傅延昇听明白了姜莹的意思,这位母亲在替自己的儿子挽留他。

"不过,就如你所说,戚屿是个骄傲的孩子,他也不是跟谁都愿意亲近的,就连对我,他也不见得什么都说,什么都愿意倾诉……"姜莹轻叹了一口气,接着道,"身为母亲,可能跟父亲对他寄托的希望有所不同吧,我只希望,自己的孩子可以幸福快乐,别像我和他父亲一样。"

"阿姨……"望着眼前这个充满智慧的女人,傅延昇心中无比动容,他感觉那些谈判技巧和话术像是彻底失了灵,心里那道坚固的防线也随着对方这些话出现了裂痕,"谢谢您跟我说这些,如果戚屿需要,我……"

就在这时,戚屿出现在餐厅门口,傅延昇远远地瞥见对方,声音也更加坚定起来:"我会一直辅佐他,守护着他。"

低沉的嗓音飘散在空中,只有姜莹听见了。

戚屿走近后,直接问道:"你们在聊什么呢?"

姜莹笑了笑:"聊你的傅老师怎么看待你。"

戚屿拉开椅子坐下,有点不自在。

"光顾着聊,都没怎么动筷子,快吃吧……"姜莹招呼服务员过来给戚屿添杯子和碗筷,又加点了几笼点心,之后偏头问戚屿,"你爸爸呢?"

"他在跟韩律师打电话,让我先下来。"

"算了,他一打电话准没完,一会儿我吃完直接给他打包点粥上去吧。"

戚屿悄悄瞥了傅延昇一眼,说:"爸爸还说,让傅老师吃完饭上去找他。"

傅延昇应了一声,快速扒完一碗粥,放下筷子道:"阿姨,你们慢慢吃,我先上去了。"

等傅延昇离开,姜莹才看着戚屿道:"你爸应该答应你了吧,怎么还皱着眉头?"

戚屿想到爸爸提出的那个条件，也不知道对方一会儿跟傅延昇会怎么说，总觉得最近发生的一切都在朝着自己无法掌控的方向行进，让他心烦意乱。

姜莹把新上的点心推到他跟前，柔声劝道："好了，快吃吧，别想太多了。"

戚屿吃了一块蒸排骨，又想起姜莹找傅延昇谈话的目的，忍不住问："妈，你觉得傅老师值得信任吗？"

"这人说话做事眼神不飘，感觉挺稳重的，"姜莹斜了他一眼，"不过，才聊这么几句，我也看不透他，你自己挑的人，值不值得你不是应该比我更清楚？"

被妈妈如此取笑，戚屿不由得面露尴尬，什么叫"他自己挑的人"，听起来像是选对象似的。

姜莹瞧见戚屿的神色，笑着补充道："是个挺好的年轻人。"

戚屿低声问："可傅老师做的事随时可能给我们带来危机，你不怪他吗？"

姜莹看向他，认真道："戚屿，如果他真如你所说是来调查司源集团和司家的，那这危机并不是他带来的，而是原本就潜伏在司源集团当中的，不是吗？"

母亲的这份通透让戚屿哑然。

"孩子，世事无常，没有一劳永逸的工作，也没有恒定不变的财富，你没必要把这些无常的压力都揽在自己身上。你爸爸创业至今近二十年，经历过无数的大风大浪，你要相信他有应对风险和危机的能力。当然，也庆幸你爸爸自己行得正坐得直，只要他人没事，再大的困难对我们一家人来说都不是困难。"

一家人……

听到这三个字，戚屿心中又涌起了一股力量。

"嗯，谢谢妈妈。"

饭后戚屿没再上去找爸爸，他兀自在酒店公共休憩厅等了一会儿，等傅延昇下来才起身，打听道："我爸跟你说了什么？"

"他让我这阵子待在他身边，"傅延昇说，"分析司源集团的未来局势，出个整顿方案。"

啥？他爸让一个调查机构的人给集团做危机整顿方案？这是什么骚操作？

"那你能做吗？"戚屿紧张道。

"能。"

"……？？？"既然能，那他之前还自己偷偷摸摸看什么集团资料？！

"走吧，"傅延昇打断他的思绪，"我们先回去，今天我再帮你理一下你这学期几门课的重点，然后给你订张机票。你爸让你早点回学校去。"

听到这话，戚屿又有些郁闷，他为傅延昇做了这么多，傅延昇怎么就没有一点感激？

返回加州前，戚屿抽空跟司航见了一面。

虽然司泽在背后做了许多他不认同的动作，但不管怎么样，司泽并没有对不起他。

第12章 尽我所能

人都有感性的一面，想到宋溥心的失踪给司泽带来的危机，想到司家即将遭遇的事情，戚屿偶尔也会为自己的"秘而不宣"而心生愧疚。听说司泽这几日状态欠佳，不见任何人，戚屿便约了司航。

自去年圣诞至今，他和司航已有五个月没见，那小子还是老样子，天天沉迷游戏及声色，见了他，酸溜溜地叫他"大学霸"，嘴上说着"你是不是看不起我"，但又热情地招待他吃好喝好。

朱麟和秦寒都在，唐伟烨倒是罕见地不见人影，戚屿问他们："唐伟烨最近还好吗？"

"他不知道哪根筋搭错，还是被他家人逼着干活了，最近一直在他叔叔的汽车销售公司实习呢……"司航翻了个白眼，又揶揄戚屿道，"你怎么关心起他来了？"

"没有，就随便问问。"

有人在远处嚷嚷："司航！你的游戏公司什么时候上市？从听你说要上市开始到现在都快大半年了，你是不是在忽悠我们啊！"

司航大声反驳："忽悠你个大头茄子！七月十五日IPO！准备好钱！少跟我废话！"说罢又用手肘顶戚屿，"你到时候也放假了吧？一起来给我撑场子啊！"

"七月十五日？"戚屿愣了一下，道，"我爸妈复婚，那几天刚好要在国外办婚礼……"

"不是吧，这么巧！"司航很是沮丧。

戚屿忙说："到时候提前告诉我地址，人不到礼到，我会给你送花篮，等上市成功后我再跟投。"

司航哼了一声："这还差不多。"

戚屿想起司泽，又问："对了，你哥最近好像心情不大好，你去看过他吗？"

"我知道，听说宋溥心失踪了，他天天待在公寓里自闭。前天我去看他，还给他带了个Switch，想让他玩游戏解解压，分散一下注意力，结果他一见我就直接把我轰出来了！"司航气得直骂，"靠，我闲着没事儿才去触他霉头！"

戚屿皱眉："那你哥这样，你们没试试别的办法让他尽快振作起来？"

司航耸耸肩："他不会一直这样下去的，家里公司一堆事情呢，我爸前两天还发了一通火，说他不知分寸，还限他三天内必须去公司上班。"

戚屿看司航这副"事不关己高高挂起"的样子，想了想又问："司航，你今年也大三了，唐伟烨都开始实习了，你还这么不务正业吗？"

"我的公司不是快上市了吗？！"

"那公司上市都是你哥在操作，你自己什么都不懂，以后怎么办？"

"还有徐一舟啊！"

他这样理直气壮，戚屿也不再说什么了。两人又闲扯了几句，戚屿便找借口推脱说要走了，正好司航的女伴过来缠着他上去唱歌，司航朝着包厢一角喊道："徐一舟，替我送送戚屿！"

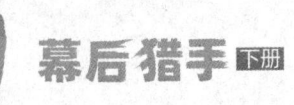

徐一舟起身过来,恭敬道:"戚屿,你怎么走?"

戚屿:"保镖在停车场等我。"

徐一舟颔首:"我送你下去。"

两人坐电梯下楼,出了电梯,戚屿忍不住道:"徐秘书,你太惯着司航了……其实他本性不坏,好好引导一下,也许不会这么堕落。"

徐一舟微微一愣,笑着看向他,道:"戚屿,并不是每个人都像傅延昇这么有耐心的……"

戚屿心头一颤,又听徐一舟缓声说:"也不是每个富二代都跟你一样值得栽培。"

他说得很温和,戚屿却仿佛在他温文儒雅的面庞背后瞥见了一丝决然的冷酷。

戚屿一时无言,又深深地看了他一眼,转身上了车。

返程那日,傅延昇亲自去机场送戚屿。到了机场,王猛去办行李托运,傅延昇陪着戚屿到了安检口,两人立在那里,似有什么话要说,但又不知道能说什么。

以往能言善辩的傅延昇最近在戚屿面前像是被人下了噤声咒,彻底成了个闷葫芦。

最终还是戚屿先开口,没头没尾地问了四个字:"什么时候?"

傅延昇没搭腔,戚屿又问:"你之前说没事,会没事的,对吗?"

傅延昇叹了口气,望着戚屿,低声说:"我会尽我所能……"

戚屿迟疑片刻,从裤兜里掏出一个U盘塞给傅延昇。那里头有他约见唐伟烨、参加司泽友人聚会时拿手机录下来的一部分关键信息。从唐伟烨向他透露司泽和汪行长的关系,到司泽委托汪行长之子汪笙组盘运作游戏公司的上市,这些都能作为司家勾结相关部门操纵股市、破坏市场经济秩序的证据。

没等傅延昇反应过来,戚屿低声说了句"我走了",快速转身走向安检处。

傅延昇一阵愕然,过了几秒才意识到这可能是什么东西。他看着戚屿离开的背影,眸色蓦然一沉,将那U盘紧紧地攥在了手里。

飞机冲上九千米的高空,戚屿靠在宽大的头等舱座位上,闭着眼睛回想和傅延昇从认识至今发生的点点滴滴,回想他这两年的取与舍、得与失。尽管仍为傅延昇的欺瞒感到意难平,但至少,自己没有做违背本心的事。

他又想起那日去找许敬时对方的态度,也不知道爸爸之后会不会做出跟自己一样的决定。怕许敬多想,戚屿取出手机打算写两句话,等飞机降落后发给对方。可是想了好久,写了删,删了写,都没写出几句合适的,他想着索性等司家事发后再跟许敬解释这前因后果,遂作罢。

第13章 录音证据

回到帕市，戚屿没让自己消沉太久，休息了一天就投入了紧张的期末复习阶段。这学期他缺课比上学期还多，加上论文、小组作业，每天忙得连轴转，也没时间去关心傅延昇到底在帮爸爸做什么。

傅延昇几乎每天会给他发消息，道早晚安，也会问他复习得怎么样，尽管隔着距离和时差，但这个"老师"仍当得尽心尽力，就是一句都没提那U盘里的内容。

六月一晃而过，戚屿结束考试，离校前，章承宣又约他出来吃饭。

去年他出钱投资创业实践课的项目后，章承宣独自带着小团队把他们的租衣APP搞得有声有色。之前两人各自忙复习，没怎么单独见面聊过，现在考完试放松下来，章承宣特地约他出来给他汇报项目的发展情况。

戚屿没想到章承宣会这么负责，心中满意，又问他："你妈妈身体好点了吗？"

章承宣："托你的福，我这一年定期从这个项目里支取工资，省下一笔钱，加上我爸断断续续给我的，刚在国内老家按揭买了套房，挂了我妈妈的名字，她现在有自己的房产了，心情也好了很多。"

戚屿颔首："挺好。"

章承宣顿了顿，问戚屿："你们现在是不是在做自己的时尚科技平台？"

司源集团成功收购"莲秀"之后，更名为"美薇·莲秀"，已经在国内进行全平台推广上线。叶钦如这几个月花了很大的精力做平台运营和技术方面的研发拓展，章承宣会知道这些，戚屿也不意外，他颔首道："嗯，怎么了？"

章承宣犹豫了一瞬，问："那你知道红妆吗？"

"知道。"戚屿忽然有种不好的预感。

"我上个月听我爸说，菲亚打算和红妆合作推出自己旗下的时尚科技公司，大概和你们的美薇·莲秀差不多。"章承宣透露道。

戚屿闻言一愣，他之前还奇怪林焕没有服装美妆相关企业背景，怎么偏要跟他们抢红妆，难不成早就和立早集团勾搭上了？

……也对，菲亚和美薇本就是同类型的竞争对手，美薇有什么举动，菲亚肯定不会坐以待毙。

如果菲亚和红妆真的合作，对他们的威胁就大了，毕竟司源集团还面临着一场不知

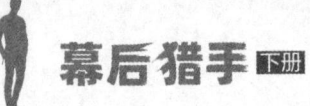

道什么时候会爆发的危机，而且莲秀的技术目前还落后于红妆……

戚屿皱眉道："你们菲亚的这个平台打算什么时候上线？"

"听说是今年八月份。"

"这么快？"戚屿心中紧张，脸上却不敢露出什么声色。

章承宣"嗯"了一声，又问戚屿："对了，邱如松的案子还没开庭吗？"

戚屿还在想科技公司的事，听章承宣冷不丁转移话题，愣了一下，摇头道："没有。"

章承宣："是什么原因？"

戚屿："我不知道，我爸没再让我插手了。"

章承宣眸光一闪，问道："戚屿，我去年提过的，我三哥跟邱如松合谋的证据，你真不要吗？"

戚屿瞅了他两秒，好奇道："你确信这证据有用？"

章承宣点头："确信。"

戚屿："那你不怕把这东西给我会给你自己招惹麻烦吗？"

章承宣："只要你不说出去，我就不会有太大的麻烦。"

戚屿又看了他一会儿，终于伸出手道："行，你给我吧。"

章承宣果然早有准备，他掏出那个熟悉的U盘放在戚屿跟前，道："只有跟我三哥有关的，其他我都删了。"

戚屿自知这好处不能白拿，问他："你想要什么？"

"我们去年在这里吃饭的时候，你不就说过了？"章承宣低笑一声，眼眸里又露出去年他跟戚屿倾诉自身遭遇时的那种恨意，"你要是能替我扳倒我三哥，就是给我的最大的人情。"

戚屿带着那个U盘回到公寓，心情有些微妙。

章承宣这人给他的感觉很复杂，他有时觉得对方有点可怜，有时候又觉得对方的心思让他害怕。这人看上去对自己这么个不太亲密的大学同学"掏心掏肺"，可是对他那个有血缘关系的三哥却恨不能诛之而后快……虽然戚屿知道，他那个三哥待他也不算太好。相较而言，苏竟也背叛过老东家，也被人说成狼心狗肺、不可轻信，但戚屿亲自和苏竟接触后，感受到的是苏竟的"爱憎分明"。

苏竟说话、行事会让他觉得跟这人的真实性格相符合，但章承宣不一样，章承宣身上有一种他理解不了的矛盾感。

他一面说"我想跟你交朋友"，一面又表露出与之相悖的"野心"。就拿今天这件事来说，如果章承宣从始至终就想借自己之力解决掉他三哥，一旦他达到目的，很可能会取代他三哥成为菲亚的掌控者。到时候，章承宣会是站在自己对立面的那个人。

他们不可能成为朋友。既然注定不可能成为朋友，那章承宣现在表现出来的真诚与亲近都只能称为"虚情假意"，只是为了达成自己的目的在做戏。

第13章 录音证据

戚屿把U盘拿在手里,怕这东西里头有什么对自己的电脑产生威胁的病毒,特地让王猛去买一台备用的笔记本电脑送过来。

等待的间隙,戚屿又想起章承宣说到的他们菲亚和红妆合作的事,心中一阵不安。他看了一眼时间,现在是国内的凌晨,不方便给叶钦如打电话,而爸爸最近恐怕在忙着安排应对集团危机的事,戚屿也不好直接拿这种模棱两可的信息打扰对方。

戚屿在房间里走了两圈,拿出手机给苏竟发了条微信消息:"苏大哥,听说红妆要跟菲亚合作?"

苏竟居然秒回了:"你消息还挺灵通?"

戚屿:"你们是什么时候决定和菲亚合作的?"

苏竟:"戚屿,咱们马上就是竞争对手了,你这么问我,让我很为难啊。"

戚屿:"……"

戚屿:"你怎么还没睡?"

苏竟:"技术人员没有夜晚……你怎么也没睡?"

戚屿:"我回学校了,现在才下午两点。"

苏竟:"哦。"

戚屿:"真不能告诉我吗?"

苏竟:"我以什么身份告诉你?"

戚屿:"朋友,或是未来的合作伙伴,你自己选一个。"

苏竟:"啊哈?"

戚屿:"我是认真的,苏竟,我不甘心你选择林焕。"

戚屿:"从你来海城告诉我那个消息开始,我就一直在想怎么挖你。"

苏竟:"……"

戚屿:"红妆已经被林焕收了,你不是说你随时能离开吗?"

戚屿想起有可能发生的事,忍不住道:"你之前说,科技发展部不是我一个人说了算,但是很快,我会让它变成我一个人说了算的,当初给你的承诺,我也会努力去兑现。"

这句话一发出去,戚屿才觉得自己失言,赶紧撤回。

他也不知道自己怎么了,忽然间这么冲动……

戚屿深吸了一口气,想让自己冷静下来,就在这时,苏竟回复了。

苏竟:"靠!我还在感动呢!你就撤回……"

戚屿有些尴尬,赶紧回了一句:"话虽撤回了,但承诺有效,你看见了就好……考虑一下,苏竟,司源需要你。"

发完后,戚屿也没再逼问苏竟红妆和菲亚的合作计划,他放下手机,想着如果苏竟不答应,他该怎么和叶钦如商量接下来的应对方案。

约一个小时后,王猛把新电脑给他送了过来。戚屿将章承宣给自己的U盘插上去,打

开一看,发现里头东西还挺多,有三段录音、两张照片和一个文档。

戚屿先点开那文档扫了一眼,发现是一份收入统计,时间是从四年前开始的,持续了两年。

但戚屿看不懂这收入统计是什么意思,因为那上面的数据不像是邱如松那家艾薇店铺的收入。听顾朔说,根据经侦警察后续的调查,邱如松通过艾薇在那三年里总共获利八千万左右,但这份表格里只记录了一千多万。

戚屿又打开那两张照片,其中一张是邱如松和陌生男子在酒吧里喝酒的照片,估计是几年前拍的,上头的邱如松比戚屿去年见到的那个社会气十足的男人青葱许多。

另一个人似乎就是章承欢,只见对方身材高大肥硕,与邱如松相比有过之而无不及,眉眼依稀可见章承宣的影子,但气质形象远不如章承宣。

第二张照片是一份被拍下来的"协议"。

戚屿仔细一看,发现这是一份章承欢和邱如松合开"艾薇"的分账协议,上面写明了章承欢的前期投入、在艾薇所占的股份,甚至还写了几条远期合作方式。

他明白了,刚刚那份统计表,是邱如松给章承欢分的钱。

但戚屿又感到奇怪,邱如松虽然承认了是受章家人的怂恿才开了这家艾薇店,可既然有这么一份协议存在,为什么他当时没有供出来当证据?

最后,戚屿打开那三段录音。录音也是按照时间命名排序的,最早的那个是在四年半前,点开后,戚屿在嘈杂的背景声中听到了一个熟悉的声音——虽然只见过一次面,但他很快分辨出来,这是邱如松。

"……美薇当年的工厂和生产线都是我爸一个人跑出来的,他戚源诚会什么?除了结交权贵,会说两几句英语,底下什么事情都不管!当年戚源诚拉到司氏的投资,成立司源集团,居然只给我爸分了美薇8%的股份,妈的,他那两个不干事儿的儿子加起来的股份都比我爸这个陪他打天下的元老多……"

"那不是很正常嘛,前人栽树后人乘凉……"说这话的估计就是章承欢了,"不过他就两个儿子?那他俩儿子挺幸福啊,不像我们家,本来都不够分了,我爸还到处生私生子,靠,前不久我三叔又认了个野种回来呢……"

"听我爸说,戚源诚离婚了,和他老婆一人带一个儿子,最后继承家产的就一个,现在还在国外念高中呢……这么大的一个集团,光吃分红,几辈子也吃不完,真是羡慕死我了!"

"羡慕有什么用,有本事去抢啊!"

"怎么抢?我爸也真够蠢,当初戚源诚组建司源集团,他居然没想着在集团里要一点股份。看看现在,戚源诚成了司源集团的董事长,身家数十亿,我爸呢?给人打大半辈子工,还只管着美薇一个生产部……为了买套别墅,他还得先卖掉一点手上的股份才买得起,真是操蛋……"

第13章 录音证据

"呵呵,管着生产线不就是管着美薇的钱袋子吗?这么好的赚钱机会,你们自己不知道把握?"

"怎么把握?"

"美薇的收入主要是哪里来的?是不是卖衣服赚来的?"

"嗯……"

"那衣服是哪里来的?"

"工厂生产的?"

"不错,你们家管着工厂、仓库和物流,就相当于掐着美薇的命脉,只要你稍稍动点手脚,那钱不就都往你家流了?"

"你再跟我说清楚一点?怎么动手脚?"

"我都说这么明白了,你还不懂?哎,我看你们邱家还真是只能替人打工一辈子了!"

"章大哥!你就别奚落我了,我这不是跟你取经来了嘛!"

"嘿……"章承欢的声音轻了些,像是刻意压着说,"你去开一家盗版美薇的A货店,把美薇每个季度的衣服设计稍微改一改,专挑那种畅销款的,自己挂到网上去卖……"

"就这?你这法子我试过,卖不出什么名堂的!不瞒你说,我还偷过美薇的样衣出去卖呢,撑死了赚个几万块钱,人还累死累活的……再说,美薇的服装卖得好,除了设计之外,也跟它的质量有关,比如有几个防风衣啊什么的,那织布印染工艺都是有专利的,小厂子根本做不了,只能在原厂做,但是原厂的机器全都排满了,不是轻易能给人用的,我怎么仿都出不来正版的味道。"

"你还说你爸傻,我看你也是傻,你爸这生产部主管白当的啊?我跟你讲,权就是钱,只要你爸一句话,这机子做谁的衣服还不是你们说了算?你就用美薇的原材料做你自己想卖的衣服,然后找织布厂生产一批次品材料,送过去让他们做美薇的,一开始不要做太多,差不多有个5%-10%就得了……"

"……"

和邱如松被查时所述的一致,这段录音里都是章承欢教他"合法"开A货店的细节,从如何成立他自己的公司,到打通美薇的各个关节,巨细靡遗。

戚屿又打开了第二段录音,邱如松得知开这么一间店前期要投入这么多,有些犯难。按着时间推算,他那会儿也还是个二十出头的大学生,自己没什么积蓄,一下子不敢背着他爸爸做这么大动作,于是又跟章承欢求助。

章承欢表示他可以出钱投资,但要提前签协议,赚了钱要三七分。

邱如松震惊道:"这么多?"

章承欢道:"我不但支招儿、出钱,以后还有法子让你把整个美薇都变成你们邱家的,要你30%你还嫌多?"

邱如松闻言立即对"把美薇变成邱家的"这句话产生了强烈的兴趣,跟章承欢打听。

- 127 -

　　章承欢道："戚源诚在司源集团也就34%的股份，算下来，戚家对美薇的控制权不足30%吧？你放心，我们立早集团在司源也有一点股份，你把公司开起来以后好好做，等时间一长，美薇质量问题被爆出来，口碑、股价肯定都会下跌，相对的，你开的那家公司肯定会大爆。到时候你们拿赚来的钱趁机收购美薇的散股，只要持股比例超过戚源诚，那美薇不就成你们邱家的了？"

　　邱如松听了大喜，对章承欢的计谋连连称赞。

　　……

　　刚刚戚屿看见的那份协议估计就是他们当时签的，但他有点疑惑，他们分赃怎么只分了两年？

　　戚屿点开最后一段录音，很快在里面听到了答案。

　　第三段录音依然是邱如松和章承欢的对话，但对话的气氛显然没有之前那么好，两人还起了争执——

　　邱如松："章大哥，我开公司的事我爸都知道了，明人不说暗话，你当初给我支招儿，其实就是想让我去搅混美薇的水吧？"

　　章承欢："你什么意思？"

　　邱如松："你还问我什么意思？我爸都跟我分析过了，搞垮美薇只会便宜你们菲亚，对我们邱家根本没什么好处！"

　　章承欢："呵呵，你爸被戚源诚使唤了一辈子，还乐意给人当狗呢？"

　　"放屁！我爸怎么样轮不着你说三道四！"说着便听到撕纸的声音，邱如松接着道，"两年前我们签的协议在这里，这两年我给你分了那么多钱，也算是仁至义尽了，从现在开始，我一分钱都不会再给你！"

　　章承欢大骂："邱如松，你别不知好歹！"

　　邱如松："到底谁不知好歹？呵，姓章的，我们是想得到美薇，但怎么也轮不到你们菲亚觊觎！"

　　章承欢："你撕了协议有个屁用？我这儿还有一份，你就不怕我去告你？"

　　邱如松："公司是我找人开的，跟你有什么关系？我找律师问过了，这协议合法不合法还不知道呢！你想告就去告，别忘了你从我这里分了多少赃钱，你敢去告吗？只要说出去，你也得完！"

　　章承欢："你……！"

　　——录音至此就彻底结束了，过了好几秒，戚屿才虚脱似的靠在椅背上。

　　原来是邱如松亲自把那份协议撕了，失去了可以把章承欢拖下水的证据。

　　但录音明显说明邱明阳早在两年前就知道了邱如松的所作所为，但他并没有阻止，反而成为儿子的庇护伞，纵容儿子变本加厉——这大概也是最让戚源诚寒心的吧。

　　可戚屿有一点想不明白，当年邱如松不是给章承欢打过钱吗，只要有打钱的证据，

第13章 录音证据

不就能证明这件事是邱如松和章承欢合谋的?

戚屿直起身子,重新点开了那份收入统计,仔细看了一遍,在末尾看到了一个收款账号。

戚屿琢磨了一会儿,先给何秘书发了消息,询问爸爸现在身在何处。

何秘书回复:"戚董还在国内。"

戚屿:"等我爸起了,你让他赶紧给我打个电话,就说我有重要的事情找他。"

何秘书答应后,戚屿又等了足足一个小时,才等到父亲的回电。

戚源诚在手机那头问:"小何说你有重要的事找我?"

"嗯,章承宣今天给了我一份东西……"戚屿将自己从U盘里总结到的信息告诉了爸爸。其实他还有些问题想不明白,录下这些对话的人到底是谁?是章承欢?章承宣?还是另有其人?

如果是章承宣本人,这事就有点细思极恐了——这说明章承宣至少从四年前就开始监听、监视他三哥,并在想办法收集可致对方于死地的"证据"。但那时他还根本不认识自己。

如果是别人录的,那对方录下这些东西的目的是什么?章承宣又是在什么情况下取得这些东西的?

戚源诚闻言,沉声道:"你把那些东西发给小何,我看了之后再斟酌怎么处理。"

"好,"这事有爸爸接手,戚屿就轻松多了,他顿了顿,又问,"傅老师还好吗?"

"他很忙,这几天都通宵帮我干活呢。"

"……"

"好了,一会儿我还要去开会,先不多说了,"戚源诚问,"你考完试了吗?考完就早点回家去吧,还有半个月我就要跟你妈妈办婚礼,小枫会提前去纽城,还会带上他那个朋友,你早点回去接待一下他们。"

"凌可也去?"

"嗯,你妈妈邀请他了。"

"好,我知道了。"

挂了电话之后,戚屿拿出手机分别给姜莹和戚枫发了消息,询问弟弟来美国的具体时间。

姜莹回他:"你爸本打算让我早点过去,不过我倒是想在这边多陪他几天,可能跟他一道走。"

戚屿一边嚼着"父母牌狗粮",一边盯着这句话反复看了几遍,内心也不住感慨这段"黄昏恋"让妈妈产生的变化。

戚枫估计还在睡懒觉,过了许久才回复:"爸爸的秘书已经帮我们订好机票了,后天来!"说完还发了个"两只小猫转圈圈"的表情。

戚屿嘴角一抽："航班号发我，到时候我让司机去接你们。"

次日，戚屿收拾了一下行李，就带着王猛返回了纽城。

戚源诚找了专业的婚礼策划团队筹备他和姜莹的婚礼，那些事无须戚屿操心。他回家后，只吩咐Anne提前收拾好戚枫的卧室和一间客房让"两个弟弟"住，之后又代爸爸给孟叔叔和齐伯伯打了电话，询问他们七月十五日那天一共到场几人，是否需要特殊的安排。

戚源诚虽然事业成功，交友广泛，但在海外往来频繁的就齐、孟两家，加上姜莹又是知名主持人，为了不引发公众关注，两人这次的婚礼办得极其低调。

几天后，戚枫和凌可抵达纽城，戚屿那日无事，还是亲自开车去机场接了他们。三人一见面，戚枫就一脸紧张地问："爸爸在家吗？"

虽然戚枫已经明白自己对爸爸的偏见是因为一个误会，但父子俩多年的隔阂也不是说消就能消，他生怕见了面尴尬。

戚屿替两人把行李放进后备厢，说："不在。"

戚枫松了口气，又竖眉道："还有一个礼拜他就要跟妈妈办婚礼了，不会还在忙工作吧？妈妈都为他请了半个月假！"

戚屿斜了他一眼："妈妈没跟你说？"

戚枫茫然道："说什么？"

戚屿也不知道怎么跟戚枫解释集团的事，觉得就算解释了戚枫也未必能理解，便随便找了个借口忽悠他："爸妈度蜜月去了，等办婚礼前两天会回来的。"

"啊哈？哪有人结婚之前去度蜜月的……"戚枫嘴上吐槽，但脸色已明显变得轻松愉悦起来。

戚屿带两人到了家，戚枫兴奋地拉着目瞪口呆的凌可进门逛了一圈，仗着戚源诚不在，这小子放肆得如入无人之境。

戚屿跟在他俩后头，只听凌可忐忑地问戚枫："戚枫，你爸爸这么有钱的吗？"

戚枫："有吗？"

凌可刻意压着声音："刚刚你哥开的车……是玛莎拉蒂吧？还有这个房子，这地段，这装修，这面积……很贵吧？"

戚枫挠挠头："还好吧，我也不知道贵不贵。"

凌可内心一阵抓狂，虽然知道戚枫出身优渥，可来到这里他才更清晰地认识到自己和戚枫之间的贫富差距，他嘴角微微抽搐着，怀疑人生道："我这是认识了个豪门大少爷吗……"

戚枫小声纠正他："是二少爷。"

凌可："……"

第13章 录音证据

多年没来,戚枫还是熟门熟路地找到自己的房间,推门进去一看:"咦,这房间之前一直没人住过吗?"

戚屿架着手臂倚在门边,笑道:"你想让谁来住?家里有两间客房,有客人来也是住客房。"

戚枫:"这可是美国啊,你不在家里办Party请你的高中同学大学同学过来乐乐吗?"

戚屿:"我可不像你那么爱热闹,也不喜欢把人带到家里来。"

戚枫嗤笑道:"切,你喜欢在外面搞就直说嘛!"

戚屿:"……"这小子不杠他两句不痛快是怎么的?

虽然有点头疼,但戚枫的到来让这安静的豪宅有了人气,光是听他回嘴,戚屿心中积压的愁绪就被冲淡了不少。

戚屿让Anne为凌可准备的房间没用上,因为戚枫要凌可跟自己住一间。

半夜戚屿口渴,下楼去厨房找水喝,路过戚枫房间还隔着房门听见他俩在里头玩游戏玩得嗷嗷叫。他忍不住摇头感叹,弟弟真是过着和自己截然不同的生活啊。

第二天一早,戚屿准点起床,吃过早饭打算上楼叫两人起床,结果刚走到门口,就看见凌可打开房门要出来。

凌可似乎有点不好意思,垂着头不敢直视他。

戚屿:"小枫呢?"

凌可:"他还在洗澡……"

戚屿见他已拾掇妥当,便道:"下来吧,阿姨已经把早饭准备好了,吃点东西,我带你们出去转转。"

戚屿领他到了餐厅,桌上已经摆着Anne煎好的培根鸡蛋,是经典的欧式早餐。待两人坐下,戚屿又让Anne给自己和凌可分别倒了杯果汁,陪着他吃。

"吃得惯这些吗?吃不惯可以再等等,锅里煲着粥,也可以让Anne给你煮点面条。"

"吃得惯。"凌可忙说。

"小枫吃不惯这些,他好像有点挑食。"

"有吗?"凌可有点意外,"我感觉他爱吃的东西还挺杂的。"

"哦?他喜欢吃什么?"

"酸菜鱼、小龙虾、生煎包子、麻辣香锅……"凌可报了一串,提到和戚枫相关的,他的表情语气自然多了,"我们周末偶尔一起出去玩,汉堡三明治他也吃的。"

戚屿笑看着他,问:"小枫是不是很不成熟?"

凌可:"呃……还好。"

正聊着,戚枫的声音就在楼梯口响起:"可可!你怎么不等我就下来了?"

阳光帅气的青年快步跑下来,刚洗完澡,头发都没吹干,穿着一身清爽的白色T恤,那衣服正面大喇喇印着"I 爱 China"的红色字样,中间那个"爱"还是一个爱心的图标。

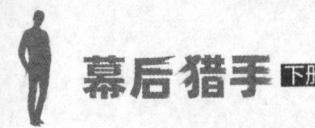

凌可嘴角一抽:"你怎么穿了这件?"

戚枫低头瞅了一眼,龇牙笑道:"帅吧?我记得我们有一样的啊,你也带了吧?一会儿去换上啊!"

"这样出去会不会有点招摇?"

"有什么招摇的?这种衣服就该在国外穿啊。"戚枫拉开椅子正对着戚屿坐下,还炫耀地朝着他哥挺了挺胸膛。

戚屿无语地偏开视线。

第14章 人各有志

接下来几天，戚屿开车载着两人在纽城四处游玩，这期间充当他们的司机兼摄影师。

"哥！你这是什么直男拍照技术？"戚枫又嚷嚷着把手机拿了过来，"把我俩的脸都拍糊了，再拍一次！"

戚屿黑着脸道："你差不多行了！"

"不行不行，这可是凌可第一次来美国，我要给他留下美好的回忆！给我们拍得帅一点嘛！"

戚屿无奈地接过他的手机，正想拍摄，忽见屏幕顶端弹出一条微信提示。他眉头紧蹙，等戚枫过来，他反手把手机屏幕对向弟弟，沉声问："你怎么会有傅延昇的微信？"

戚枫面上泄露出一丝慌乱，试图狡辩："不是他，你认错了……"

戚屿冷声道："打开。"

虽然习惯跟哥哥斗嘴，但如果对方真生气了，戚枫是绝对不敢忤逆的，他当即可怜巴巴地把微信打开来让对方过目，讪讪地想说点什么。

戚屿一看，果然是傅延昇，他手指一划，粗略扫了一眼两人最近的聊天记录——

傅大哥："到你哥那边了吗？"

戚枫："嗯，我们现在在外面玩呢！"还附了一张图片，那是戚枫对着戚屿偷拍的侧影照。照片里，戚屿看着远处，不知在想什么。

傅大哥："他心情还好吗？"

戚枫："感觉是有点游离。"

傅大哥："帮我多照看他一下，希望他能开心点。"

戚枫："你就放心吧。"

傅大哥："谢谢。"

戚屿看向戚枫，目光森然："你给我解释一下，为什么你会背着我跟他联系？"

都这样了，戚枫自然不敢再隐瞒，忙解释道："我还在国内的时候，傅大哥给我打了一通电话，他说他因为一些事惹你不高兴了，不知道你会不会原谅他。我问他是什么事，他也没告诉我，只说这是他和你之间的问题，他会自己努力去解决……"

戚屿挑了下眉毛，示意戚枫继续说。

戚枫："我就问他有什么我能帮上忙的，他让我来这儿以后多陪陪你，哄你开心。"

戚屿想到戚枫跟傅延昇串通一气，不由来气："你是我弟还是他弟？一个才见过几次面的外人，你什么时候这么古道热肠了？"

戚枫感觉很憋屈："我只是觉得傅大哥那么关心你，所以才想帮他一下嘛。"

戚屿把手机丢还给弟弟，转身就走，戚枫见状赶紧叫了凌可一声，快步跟上去。

尽管生气，但戚屿并没有丢下他们，他只不过有些心烦意乱。

三人逛着中央公园，戚屿跟他们保持着一段距离。戚枫看着他哥孑然孤傲的背影，像个犯了错的小媳妇儿似的，悄声对凌可道："怎么办，我哥好像很生气……"

走着走着，眼前出现了一大片草坪，凌可指了指不远处的便利亭建议道："买点吃的休息会儿吧，跟你哥再好好聊聊。"

戚枫闻言犹豫了一瞬，朝着戚屿喊了一声："哥，凌可想休息一下！"

戚屿果然停住脚步，转身看了他们一眼，一言不发地找了个空地坐下。

戚枫忙跑去便利亭买了三瓶饮料，给了凌可一瓶，接着走到戚屿边上："给……"

戚屿见他坐在自己身边，没好气地问："你不去陪你朋友，坐这干什么？"

戚枫讨饶道："这次就算我多管闲事，你别生气了。"

戚屿接过他递来的饮料，继续看远处的人工湖，眸色深沉，也不知道在想什么。

戚枫鼓起勇气问："所以，你跟傅大哥到底出什么事了啊？"

戚屿旋开瓶盖喝了一口饮料，过了好一会儿才低声道："他欺骗了我。"

戚枫愣了一下，伸手拍拍戚屿的肩膀，道："哥，朋友之间说点谎话也很正常嘛，我看他这么紧张，不像是真要骗你。你平时也不跟别人交心，难得有傅大哥这么一个得力助手，如果不是什么大事，睁只眼闭只眼就算啦，也许他是有什么苦衷呢？"

戚枫见他不答，又道："如果你不想再信任他，也没什么关系，以前你只有爸爸，但现在不一样了，你还有妈妈，有我，反正家人是绝对不会背叛你的，"他顿了顿，咕哝道，"你有什么需要帮忙的，我也会帮你的。"

戚屿斜眼："那你毕业来爸爸公司上班吗？"

戚枫一脸为难道："可是，我想跟凌可去电视台工作……"

戚屿站起来踹了一下他的屁股："那你还说什么！"

戚枫爬起来："我是说我们会在精神上支持你啊！"

虽然对弟弟动了粗，但戚屿周身那种凌人的气势已经随着刚刚的对话消散了不少。

戚枫见他哥面色稍霁，也放肆起来："哥，我们接下来去哪里玩啊？能让我开开你的车吗？"

戚屿："你有驾照吗你？"

戚枫："有啊，让我开一下嘛……"

……

三个人一直玩到晚上九点才回家，待戚屿返回自己的房间，才打开手机微信里傅延

第14章 人各有志

昇的对话框。

对方最后一条留言是今早六点发的"早安",戚屿没有回复。

他已经很久没有理会对方了,戚枫白天劝他的那些话,他又何尝不理解?可关键是,傅延昇从没给过他什么解释,他也不知道对方会不会给自己解释。

想到这段时间自己内心所受的煎熬,戚屿怎么都没法原谅对方。

距离戚源诚和姜莹的婚礼仅剩一天,这对"复婚"夫妇终于抵达了纽城。

当天晚上,戚源诚就把戚屿叫去了书房,与他聊了些公事:"你给小何发的那些证据我看了。"

戚屿问:"能派上用场吗?"

戚源诚点头:"邱如松的案子之前确实遇到了一些困境,因为我们要先打艾薇的侵权官司,确认它的设计、品牌等从主观上侵权,美薇才能给邱如松定后面的罪,但你还记不记得,邱如松那家公司名义上是谁的?"

戚屿:"他女朋友柳美玲的?"

戚源诚:"不错,原本根据邱如松交代,他跟柳美玲签了代持协议,艾薇的公司法人代表是柳美玲,实际拥有人是他,但邱如松提供不了那份协议,柳美玲被捕后也拒不承认这公司是邱如松的。她说这家公司是她自己的,邱如松只不过是货物提供方,她对邱如松如何盗用美薇的设计和原材料毫不知情。因为是情侣,她把公司的收入都打给邱如松,让邱如松管理使用。如此一来,侵权官司就变得很难打,邱如松在美薇只能算是犯了职务侵占以及行贿罪,跟艾薇一点关系都没有……我们怀疑,柳美玲早就被章家的人买通了,这从头到尾都是一个局。"

戚屿:"那现在呢?"

戚源诚:"律师说,有了那几段录音和那张协议,柳美玲的话就能被推翻,但我们还需要彻查一下分账收款人李豪杰和章承欢到底是什么关系,如果查出来关系不大,也很难对章承欢实行抓捕,他可以说他没有收到任何钱,或是直接把李豪杰推出来顶罪。"

戚屿皱眉:"就算章承欢被抓,对立早集团或是菲亚也不会产生太大的影响吧?"

戚源诚:"是,章承欢顶多算是菲亚的一个管理层以及小股东,坐几年牢也就出去了,反倒是他们怂恿邱如松开假货店这件事让我们美薇元气大伤。"

戚屿想起章承宣说的红妆与菲亚合作的事,也趁这个机会告诉了爸爸。

戚源诚叹气道:"真是个多事之秋啊,也不晓得司家什么时候会出事,这傅延昇倒是个谨慎至极的人,我这两个月叫他做了这么多事,不止一次试探他,他愣是什么都没透露。"

戚屿:"……"

戚源诚又抬眼看戚屿:"好了,能做的准备爸爸都已经做了,事已至此,我们只能走一步看一步,你妈妈已经数落过我好几次,说我给了你太多压力,这几天你也好好放松

放松,不要想太多了。"

戚屿点点头:"傅老师还在国内吗?"

戚源诚"嗯"了一声:"我让他临时担任司源集团监事会秘书,和董闵一起共事,监察集团内部的大小事务,有什么情况他会直接跟我汇报。"

戚屿又问:"对了爸爸,你有没有邀请敬哥来参加你和妈妈的婚礼?"

戚源诚迟疑了两秒,看着他缓声道:"许敬没有跟你说吗?他辞职了。"

"辞职?"戚屿一脸不可置信,"为什么辞职?"

戚源诚:"我让傅延昇做了一份司源集团的未来形势预判与整顿方案,他跟你一样,在方案里也提到撤回山雨的一部分投资以作不时之需……去年为收回美薇的股份,我花了不少钱,现在手头上除了一些固定资产,已经没有太多流动资金可以动用,这状况对我们后续掌控司源来说确实有很大风险,我就让傅延昇去找了一趟许敬,看看山雨有哪一些投资项目是可以撤回的。"

戚屿大惊:"你让傅老师去找了敬哥?!"

"怎么?"戚源诚反倒被戚屿这反应弄愣了,"先不论傅延昇的其他身份,他本人是学数学和经济出身,又在证券公司工作多年,对公司财务、风险投资都有着极其丰富的经验和判断力,让他去做这件事是最高效的。"

戚屿想到许敬当初对自己的质问,只觉得眼前发黑,嗓音都开始不自禁地发颤:"所以敬哥辞职了?"

"他确实是在那之后跟我递的辞呈,但这两件事有什么因果联系?就因为我让傅延昇去审他投资过的项目?"戚源诚似乎对许敬辞职的事也有点恼火,眸中透着一股幽冷的寒意,"戚屿,许敬绝非冲动之人,他会在这个时候辞职,说明他想这件事已经很久了。"

戚屿还是无法相信,尽管他已经知道自己和许敬三观不合,尽管他们这两年的距离确实有些变远,但他从来没想过许敬有一天会离开他……

司源集团这么大,除了董事长,爸爸应该愿意给许敬对方想要的任何职位。

戚屿看向父亲,迫切道:"你问过敬哥为什么要走吗?"

戚源诚:"当然问过,他给我递辞呈的时候,我就问他是不是对之前的工作有什么不满意,他说没有什么不满意,只是私人原因,他觉得没法再继续做下去。我也问过他有没有跟你说要走,他说他会找机会跟你讲,我还以为他已经告诉你了……"

"没有。"戚屿说了两个字,心中一阵黯然。

"枉我栽培他这么多年,还想着让他今后辅佐你接手我的工作,"戚源诚看向他,叹息道,"既然他去意已决,你也不要强求了,这么多年,我们戚家也没亏待他,如果他真是因为容不下你身边有别的人,我倒觉得还是走了好,这种性格留下来对你也不见得是好事。人各有志,何求同归?以他现在的资历,你不用愁他没有好的去处。"

"爸爸,别说了……"戚屿在身侧握紧了拳头,垂着眼眸颤声道,"我去给敬哥打个电

第14章 人各有志

话。"说完便转身离开书房,快步往楼上去了。

回到自己的卧室,戚屿迫不及待地拿出手机,找出许敬的号码,正想拨打,又犹豫了一瞬。

电话接通后他要说什么?要不要挽留?怎么挽留?他能给对方什么承诺?如果挽留不了,要不要问他接下来去哪里?

戚屿咬咬牙,按下了拨打键。

"嘟……嘟……"

听着耳边的忙音,戚屿脑海里像走马灯似的回放着两年来和许敬相处的点点滴滴,搜寻着一切昭示对方可能会离开的线索。

——"敬哥,你最近忙吗?"

——"忙啊,忙着给你打天下呢。"

……

——"你不是说今晚有事吗?就是来见他?"

……

——"敬哥,你是不是在生我的气?"

——"是啊,你这小子以前和我都是无话不谈的,结果才一年,就自己上网找了个朋友……哎,我现在是能理解那些游戏玩家练了个满级号却被盗走的心情了,感觉就像是从小看着长大的弟弟跟别人跑了,心酸哟。"

……

——"小鸽子和小喜鹊这事不但让林焕在圈内名声更盛,也让大家知道了山雨这个投资公司,不能说许总不厉害……"

——"都是为了'太子爷'打天下,虚名而已……"

……

——"你还是少年心性,没见识过社会的险恶,并不是每个人都像你想象中那样重情重义,也不像你想象中那样至善纯良,在生意场上,对他人的仁慈就是对自己的残忍,如果你一直这样,早晚会被人吃得骨头都不剩!"

……

——"戚屿,我不知道你现在到底是怎么了,也不知道你每天都在想什么……我就想问一句,你这些变化,是不是都跟傅延昇有关?"

……

"喂?"许敬的声音响起。

戚屿瞬间收回思绪,叫了声:"敬哥。"

电话那头似有雨声,淅淅沥沥的,透着一种说不出的压抑感。

许敬的语调温柔缓和,就像多年前陪在戚屿身边教他学英文、数学,陪他天南地北

- 137 -

聊天一样。但这一次，对方说出口的话却是："抱歉，戚屿……"

戚屿只觉得大脑一片空白，刚刚想说的话一句都说不上来，本能地问了一句："你要走了？"

许敬毫不犹豫地"嗯"了一声。

"是因为……因为傅老师？"戚屿揣测着。

"不是。"

"那是……"戚屿顿住了，他始终没有问出那句"为什么"，因为他怕许敬说是因为他没做好。

可即便再来一遍，他可能还是会认识傅延昇，被傅延昇的性格和三观所吸引，然后和许敬渐行渐远。

他可以给许敬地位、名利，在情感上把对方当他的亲哥哥看待，但他再不可能像小时候那样，给予许敬全身心的信任与依赖。

戚屿觉得很受伤，不是被背叛、被欺骗的受伤，而是一种被抛弃的孤独感，可他的骄傲又不允许他展现被抛弃的脆弱与痛苦。他眨了眨酸涩的眼睛，故作镇定地问："真的决定了？"

"嗯……"

"你没有什么其他想跟我说的吗？"

"你爸爸妈妈过两天要结婚了吧？我记得你十四岁生日的时候跟我说，希望一家人可以重新生活在一起，你的妈妈和弟弟都能在你身边……我原本想陪你见证这一幕，可惜，我现在的身份已经不适合出现在那里，"许敬轻叹了一口气，说，"我就在电话里祝福你今后都能幸福无忧吧。"

"……谢谢，也祝你今后一切顺利。"戚屿强忍着情绪，用平静的语调说完这句就立即挂了电话。

他什么都不想问了，许敬这几句话已经彻底击垮了他。

戚屿急促地喘了两口气，压着嗓子里的哽咽声，慢慢滑坐在地上。

纽城没有下雨，可刚刚电话那头的雨却像是落在他耳边，落在地毯上，落在他的心里。

一天后，戚源诚和姜莹的复婚典礼在纽城如期举行。

当天纽城晴空万里，戚屿一大早走出房门就闻见满屋子的百合香。昨天婚礼策划团队已经前来装饰了他们的家，在四处摆上了鲜花，挂上应景的画，家门口至婚房那一段路甚至全部由粉色、白色和香槟色的玫瑰花瓣铺成。

戚屿小心绕开铺满花瓣的地毯走下楼，见父亲坐在客厅里，化妆师正为他整理仪容。婚礼在纽城郊外一处庄园举行，戚屿和戚枫作为戚源诚的伴郎，一早就要跟车前往现场迎宾。

第14章 人各有志

"爸爸，好了吗？"戚屿问。

"好了，"戚源诚起身面向他，笑问，"怎么样，还不错吧？"

只见戚源诚穿着一身得体的定制西装，自律的生活和健康的饮食习惯让他看上去才四十出头，相当儒睿俊雅。

戚屿颔首道："很好。"

化妆师拿着一朵黄玫瑰提醒道："先生，这个还没戴。"

戚源诚接过后直接往自己西装口袋上一插："这样可以了吗？"

戚屿走过去拨了一下："歪了。"

戚源诚瞅了一眼，满意道："小枫呢？出发了。"

戚枫估计还不大好意思跟他爸说话，虽比戚屿先一步下来了，却不在客厅，戚屿走出去才看见他一个人蹲在花园里玩手机。

"你蹲这儿啃泥巴呢？"戚屿招呼他，"走了。"

"哥，你看你看你看！"戚枫跳起来，兴奋地把手机屏幕凑向他，一脸炫耀地说，"凌可穿白西装，帅吧？"

为了遵守一些约定俗成的东西，昨晚姜莹和戚源诚不住一处，而是住在他们家附近的四季酒店。凌可被姜莹叫去帮忙，也住在那里。

戚屿见戚枫傻乎乎的模样，无语地偏开头走到车边，他隐约感觉附近有什么人在看自己，环视了一圈，却又什么都没见着。

父子三人分坐两辆车，上了车，戚枫又激动道："凌可悄悄拍了妈妈的照片给我，你看你看，妈妈这是在脸上涂了防腐剂了吧？我怎么感觉她和以前都没什么变化？太美了！"

戚屿瞅了两眼，说："妈妈常年做保养吧？"

"我得跟她取取经，让她教我保养的法子，"戚枫用拇指和食指托着下巴，畅想道，"希望过了二十年，我也能维持现在这个样子……"

戚屿嘴角抽搐："你一个男的这么在乎外表还有没有一点出息？"

戚枫挺起胸膛："我怎么没有出息了？我凭自己的能力考上F大！凭颜值当上F大校草，还结交了无数的朋友，我又没本末倒置，在乎外表有错吗……"

听着弟弟在边上叽叽咕咕，戚屿忍不住抬起手掌把对方的脸按到一边去。他将视线移向窗外，又想起自己身处的环境与面临的压力，只觉得烦闷不已。

九点不到，父子三人便随车抵达了婚礼现场，只见园内的草坪上已架起了鲜花拱门和午宴餐台。

金色的地毯一路铺至小教堂深处的仪式台前，数排白色长椅整整齐齐地列在下方，正等待着宾客入席。工作人员还在忙里忙外地做各项设备的最终调试，负责人见了戚源诚，立即来与他对婚礼的具体流程。

不消片刻，便有参加婚礼的宾客陆陆续续抵达。戚屿带着戚枫一起站在迎宾处接应，

快到十点时,即有工作人员前来通知他们,新娘的婚车已到了庄园外,让他们返回戚源诚身边。

戚枫理了理自己的领口,小声道:"我好紧张……"

戚屿斜眼:"该紧张的是爸爸,你紧张什么?"

戚枫:"我替爸爸紧张不行啊?"

戚屿:"……"

十点十分,一袭白纱的姜莹在凌可的陪伴下出现在了礼堂门口,现场当即响起了宾客的掌声,浪漫的婚礼乐曲也随之响起。

戚屿和戚枫一左一右地站在父亲身边,看着母亲缓缓走到他们跟前。

戚源诚稳稳地接过姜莹的手,两人转身上了台。戚屿随即领着两个弟弟坐在了第一排的预留位置,见证父母的成婚仪式。

主婚人是戚源诚的好友齐世峰,他简单介绍了戚源诚和姜莹这二十年来的风雨离合,对二人破镜重圆的婚姻表达了一番感慨,随后看向戚源诚道:"我的老朋友,新郎戚源诚先生,请问您是否愿意重新娶姜莹女士为妻,无论顺境或是逆境,富裕或是贫穷,健康或是疾病,快乐或是忧愁,都承诺永远爱着她,珍惜她,不离不弃,从今时直到永远?"

戚源诚望着自己的妻子,一边为她戴上戒指,一边深情道:"是的,我愿意。"

齐世峰又看向姜莹,将那段话重复了一遍,姜莹也柔情似水地望着戚源诚,执着他的手,真挚道:"我愿意。"

齐世峰看向众人:"我宣布,戚源诚先生和姜莹女士正式成婚,现在,新郎可以亲吻新娘了。"

无论顺境逆境,富裕贫穷……不离不弃……

从今时直到永远……

——多么浪漫隽永的誓词。

戚屿听着那些话,看着父母在亲友的祝福声中轻轻拥吻,虽然也同样为见证家人的幸福感到高兴,可不知怎么,心里还是觉得空落落的。

不过,今天是一个值得高兴的日子,戚屿淡淡笑着,尽量不让自己表现出心里的失意。

随着仪式的结束,宾客们在主持人的指引下从礼堂鱼贯而出,来到庄园内的草坪上享用自助午宴。

起身时,戚屿又感觉有人在看自己,他警觉地朝那个方向看去,却只见到一群陌生的宾客。他收回视线,觉得自己最近大概是有点神经质了。

虽然来客不多,戚屿仍要帮着爸爸在现场与客人们周旋,丝毫没有工夫休息。

婚礼策划那边安排了专业的团队在现场演奏,浪漫的乐曲一首接着一首。戚屿正与一位伯伯交谈,忽听主持人道:"一个小惊喜,刚刚戚先生和姜女士的儿子戚枫告诉我,他想携他的友人凌可一起上台演奏一首即兴的钢琴曲,送给他的父母和在场的宾客,我

第14章 人各有志

们掌声有请!"

戚屿意外地看向演奏台,只见弟弟已经与凌可坐在钢琴前。戚枫大方地朝着一众宾客的方向招了个手,然后对着琴前的话筒道:"谢谢主持人和帅气的乐队哥哥们给我们这个机会,一首《梦中的婚礼》,送给所有人!"

琴声响起,欢快的节奏又让戚屿一愣。

《梦中的婚礼》本是一首舒缓的钢琴曲,但戚枫和凌可显然没有按照原本的节奏来,四手联弹,一个负责高音,一个负责低音,起起伏伏居然弹出了舞曲的味道。

现场的气氛一下子热烈起来,宾客们听着听着便随着音乐摆动起身子。

戚屿也稍得了空,他倚在花廊边,一手端着长脚酒杯,一手揣兜。

就在这时,手机振动起来,戚屿立即取出来,扫了眼来电显示,怔了片刻,接通后道:"喂?司航?"

"哎呦我去!你那边好热闹!干什么呢?"

"不都说了我爸妈结婚吗……你怎么样?"

"我的游戏公司上市审核过啦!明天早上九点半在S交易所敲钟!下午在腾云大厦开party祝贺!"

"恭喜啊,腾云大厦哪个厅?我让人给你订花篮……"

"花篮送不送不要紧,但你别忘了给我买股票啊,航帆科技,代码60××××,明早九点半开始发行。我哥说了,开头半个小时最好价格都是绿的,否则会不大好看。"

"九点半?好,没问题,我记着……"

台上的戚枫和凌可刚好结束了一曲演奏,众人还不尽兴,欢呼着叫他们再来一曲。

戚枫环视一周,在人群中看见他,随即偏头跟乐队的人说了什么,借了其中一人的小提琴,便抓着话筒喊戚屿上台:"哥,一起上来!"

戚屿收起手机,暗骂了一声"真能闹腾",便把酒杯交给边上的侍应,迈步走上台去。

很快,场上又响起了夹杂着小提琴伴奏音的钢琴曲,欢愉的气氛在四周蔓延。

天主教堂的时针指向了十二点,钟声震动屋檐,一群停在屋顶上看热闹的白鸽终于被惊得呼啦啦地飞上高空。

第15章 一个交代

七月的海城。初伏已过，大暑未至。

周一清晨八点，地铁里挤满了无精打采的上班族，但这样的日子对在S交易所上班的普通交易员小李来说，和任何一个周一都没有什么不同。非要说的话，就是海城已经三天没出太阳了。

盛暑季节，连着三日阴天，偶尔落几滴毛毛雨，空气潮湿沉闷得让人感觉肺里都挤满了水蒸气。

出了地铁，外头也是灰蒙蒙一片，天空似乎比前两日还沉了一些。

小李刚走两步，忽闻空中传来隐隐一阵轰隆声。

"打雷了，不会是要下雷雨了吧……"

正赶着上班的路人们低声说着，朝着各自的大楼跑去，小李也不由自主地加快了脚步，心里却巴不得下一场雷阵雨。

快步走到S交易所门口，只见公司门口已停了一溜豪车，几个西装革履的青年正从车里出来，一个个矜贵傲气，在一群人的簇拥下走向大门。

小李想从人群中挤进去，却被保安拦住了："今天司氏旗下一个公司上市，理事会的领导都在门口接，你们从后门走吧。"

小李瞪大了眼睛，匪夷所思地看了一眼附近那几个跟自己年纪差不多的青年，心中震惊：司氏？海城首富司氏？

小李无奈地拎着公文包跑向后门，一路上又看见一两个身穿黑西服的人在附近徘徊，一个个眼神跟鹰隼似的。

小李暗啐了一声：靠，S交易所他们司家开的啊！

九点，只听窗外闷雷声不断，天空越发阴沉。小李一到办公室就听同组的同事在讨论刚刚的事："你们看见司氏的大公子了吗？长得蛮帅的啊……"

"今天上市的航远科技是他的吗？"

"不是，是他弟弟的，就是FTD战队的老板，叫司航，隔三岔五上电竞版块的热门新闻，我一个小侄子还是他战队的粉丝，据说这人今年才二十二岁。"

"二十二岁就能当上市公司老总了？真是了不得！"

"呵，还不是出身好……"

"现在已经开始举办上市仪式了吧？九点半挂牌上市，还有十几分钟，大家准备开工……"

九点半，随着S交易所仪式大厅的宝钟响起，外头的天空也终于落下了雨滴。

可能积压了太多天，一下就有倾盆之势，豆大的雨滴噼里啪啦砸在地上，地面不到几秒就浸湿成了黑色，几个路人仓皇地跑向各个建筑的雨棚下躲雨。

证交所大楼附近一处办公楼的停车场上，停着几辆不起眼的黑色轿车，此刻，有几个身穿黑色便衣的男子正坐在车里，凝眉看着窗外的雨幕，似乎在等待着什么。

九点四十分，其中一人的手机响起。那人接听后应了一声，立即对其余人下了行动指令，只半分钟时间，就有七八辆车从四面八方驶出，团团围住了S交易所前后所有入口。

保安冲上来，冒着大雨嚷嚷："哎哎，你们干什么？这里不能停车！"

车里下来的黑衣人一脸肃然地朝那保安出示了证件："公安局的！配合我们立即封锁前后入口，我们要从这里带两个人走！"

那保安面如土色地倒退了两步，再不敢说一句话。

与此同时，汇明银行海城市分行的地下停车场，一辆商务车驶入了停车处A001号的专属车位。

车停后，从后排下来一个眉宇宽阔、英武高大的男人，他正准备在秘书的陪同下走向电梯厅，就被不知从哪里冒出来的几个黑衣人拦住了。

为首那人朝他出示了特殊证件，正色道："汪行长，麻烦您跟我们走一趟。"

……

纽城，晚上九点。

孟家的酒楼外，戚源诚和姜莹正与热情的老友们道别。

"今天谢谢大家……"

"谢什么，咱们十几年的老朋友了，这么多年看你一直孤身一人，给你介绍什么人都看不上，原来一直惦记着前妻，现在你重新把老婆追回来了，我们为你高兴还来不及！"

"瞧你们这一家子，现在美满得都叫人羡慕了！"

"行了，忙了一天，早点回去休息吧！"

从小教堂到设宴的庄园，再到孟家的酒楼，戚源诚一家人终于结束了喜庆的一天，返程回家。

两辆轿车停在了别墅花园的前门，四周亮着梦幻的彩灯，等待他们的归来。

姜莹在戚源诚的搀扶下下车踏上了那条铺满玫瑰花瓣的地毯，她感慨了一句："从今天开始咱们一家人就正式住在一起咯……"

戚枫正要拉着凌可往里走，忽然想起什么，转身对戚屿道："哥，你来一下！"

"嗯？"戚屿看向他。

"这个……"戚枫从衣兜里掏出一个小小的信封道，"刚有个司机给的，我看上面写着

第15章 一个交代

你的名字,他估计是认错人了。"

戚屿一脸纳闷地接过信封,只见上面写着一行字——请将此信封转交戚屿,F。

是傅延昇的字迹!

戚屿环顾四周,抬眼看向戚枫,冷声问:"哪个司机?"

戚枫看了一圈,指了指还未离去的候相车。戚屿径直走过去,拿着手上的东西问那个坐在副驾驶座的司机:"这东西是你给我弟的?"

开车的司机是个洋人,婚庆团队安排的,身份早就审查过,没有什么问题。他道:"今天早上一个中国男人给我的,让我在婚礼结束后把这个交给您,其他什么都没说。"

戚屿眉心微蹙,待戚枫和凌可进了家门,他才拆了信,借着花园里彩灯的灯光,从里边取出了一张牛皮纸,里头似乎还裹着什么东西。

戚屿翻开一看,竟然是一张酒店房卡。

牛皮纸上写着:"今晚九点以后,我在四季酒店1608等你。——F1S。"

傅延昇来了?他真的在纽城?!

但他不知道傅延昇到底在玩什么花招,来都来了,为什么不现身?为什么不给他打电话,而非要用这种方式约见自己?

四季酒店就是姜莹昨晚住的地方,距离他们家仅两公里远,戚屿给王猛打了个电话,让他开车送自己过去。

一路上,他捻着那张房卡,反复拿出手机想给傅延昇打个电话确认一下,但始终没打。他倒想看看,傅延昇到底要给他什么"惊喜"。

几分钟的路,开车一会儿就到了。戚屿直接上楼,到了1608门口,拿出房卡一划,房门应声而开,然而房间里却是漆黑一片,连廊灯都没开。

进门后,戚屿才后知后觉地开始警惕,后悔没带王猛一起上来——他是什么身份?身边这么多危机,怎么能这么没头没脑地冲过来?正反省着,忽听一人唤道:"戚屿……"

是傅延昇的声音。

"怎么不开灯?"戚屿松了口气,故作镇定地关上房门,去摸墙上的开关。

灯亮了,只见傅延昇站在房间尽头,脸上有些憔悴。

戚屿问道:"你什么时候到纽城的?"

傅延昇:"凌晨五点到的机场,七点左右就到你家附近了。"

戚屿:"所以白天你一直悄悄跟着我们?"

傅延昇:"嗯,我去看了你父母的婚礼仪式,不过中午就回来了。"

原来之前不是错觉,可戚屿又觉得奇怪:"我爸妈的婚礼有严格的安保团队,你没有请柬,怎么混进来的?"

傅延昇:"你妈妈邀请我了。"

戚屿一愣:"什么时候?"

傅延昇："在国内，她约我吃早茶那次就邀请过我了，不过她没给我请柬，只跟婚礼团队的负责人打了声招呼，说如果我想参加，可以直接跟负责人联系，报名字就行。"

戚屿："为什么不光明正大地出现？"

傅延昇苦笑："你爸没请我，也没允许我来，我怕我贸然出现，会让他不高兴，也会给你带来一些不必要的麻烦。"

戚屿晃了晃手中的房卡："那你约我到这里来，又是想干什么？"

傅延昇沉默了两秒，说："我来给你个交代。"

就在此时，戚屿裤兜里的手机急促地响了起来，他毫不犹豫地按掉了来电提醒，盯着傅延昇，等着他先给自己解释。

傅延昇："在这之前，有一份保密文件在我随身的行李包里，你能先帮我签了它吗？"

戚屿抿了下唇，看来傅延昇这次真的是有备而来。但这句话非但没冒犯戚屿，反而让戚屿觉得自己被信任了。

"你拿过来吧。"戚屿径自走向房间内的茶桌，坐在了沙发上。

片刻后，傅延昇取了那文件递给他，戚屿瞄了一眼上方那个他素有耳闻却从未真正见过的机构名，心脏一跳，看都没看上面的内容就大笔一挥，在右下角签了自己的名字。

两公里外的戚家别墅，戚源诚的手机也正叮铃作响。他脱掉精致的定制西装，接起电话"喂"了一声，不知电话那头的人说了什么，叫戚源诚闻之面色大变。

他晃了下身子，后退了一小步。姜莹刚好洗漱完从浴室出来，看见丈夫凝重的表情，似乎猜到什么，低声问："出什么事了？"

"司厉……一家人都被抓了……"戚源诚放下手机，缓缓地坐下，面上浮现出不忍、惋惜之情。

姜莹仿佛完全能理解对方此刻的心情，早年拉过戚家一把的司氏，他们合作信任多年的事业伙伴，戚源诚但凡还是个有感情的人，绝不可能眼睁睁地看着他们一家身陷囹圄而无动于衷……

可如果戚屿当初推测的事是真的，姜莹也绝不会允许丈夫插手。她猜她的丈夫并不是没有心存过侥幸，这两个月，她帮儿子一起看着他，不断地提醒他，有一些底线不能去碰。

终于，在他们复婚之日，这一柄达摩克利斯之剑还是落了下来。

今晚注定是个不眠夜……

姜莹走近，搂住丈夫的肩膀，柔声道："源诚，我陪着你。"

四季酒店1608房间。

傅延昇已被戚屿要求坐在距离自己一米远处的床沿。

戚屿刚向对方要了烟，点燃后夹在指间，另一手将刚签完的保密文件压在自己手掌

第15章 一个交代

下,像审罪人似的望着眼前的人:"所以,你是为了调查司氏才接近我的?"

房内只亮着一盏顶灯,幽暗的灯光微微照亮了傅延昇半张脸。

"不完全是,"他坦荡地回视着戚屿,"两年前在Skyline遇见你时,我还没接到任务。"

戚屿推断道:"那么,财报分析那次才是刻意安排?"

傅延昇颔首:"是。"

戚屿眯起眼睛:"可你怎么知道我要做财报分析,还会遇上问题?万一我当时自己找到解决办法了呢?"

傅延昇:"我只能说,我们很有缘分。"

戚屿嗤笑了一声:"你接触我后,如果发现我和司泽他们一样,是不是我也会和司泽一个下场?"

傅延昇:"你跟他们不一样。"

戚屿:"我是说如果。在那之前你并不了解我。"

傅延昇蹙了下眉:"我会根据我了解到的情况秉公处理。"

虽然知道这就是傅延昇会做的事,但戚屿听到这句话,还是气得想拿起桌上的烟灰缸砸过去。

傅延昇察觉出他的情绪,忙说:"但我若觉得你是可造之材,还是会好好教你,再等你出来……"

戚屿狠狠地抽了一口烟,心说谁稀罕你教!他慢慢地吐出烟雾,平复了一下自己的心情,又问:"宋溥心、徐一舟都是你们的人?"

傅延昇:"还有吴双。"

戚屿气笑了,关于吴双的身份,他当时还问过傅延昇,傅延昇瞒得可真好。

傅延昇补充道:"但吴双不算很核心的人,知道的内情没这么多。"

戚屿弹了下烟灰:"你跟我签的那个合同,说什么两年以后看我表现再决定要不要留下,也是在骗我?"

傅延昇沉默片刻,说了一句:"抱歉……"

戚屿抬眼:"你们都会走,是吗?"

傅延昇低低地"嗯"了一声,又解释道:"但我们能继续保持联系,如果你需要,我可以随时为你提供一些原则范围内可提供的帮助……"

戚屿猜得没错,这个人只属于他来的那个地方。

他们对话的时候,戚屿的手机一直断断续续地振动着——有人给他发消息,但他都无视了,直到屏幕上显示"妈妈"的来电提醒,他才接起来。

"喂?"戚屿放下烟,心里有些紧张。

"戚屿,我刚去敲你房门了,你不在房间里?"姜莹问。

"我有点事出来了,现在在四季酒店……"

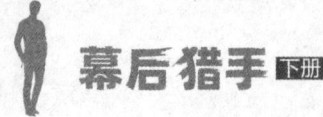

"是小傅来了？"

"嗯……"戚屿瞥了傅延昇一眼，问，"有什么事吗？"

"司家出事了，你知道了吗？"姜莹低声道。

戚屿心中一惊："什么时候？"

"刚刚，"姜莹说，"你爸刚让何秘书订了机票，让你明天一早跟我们一起回国。"

"这么急？"

"是，你要是晚上不回来，记得明天早点回来收拾东西，是九点的飞机。"

"我知道了……"

挂断后，戚屿见荣柯和唐伟崇都给他打了电话，他没接到，想起刚刚的信息提示，他又点进微信，只见之前司泽拉他进去的几个富二代群里已经积累了不少未读消息。

戚屿扫了一眼，脸色渐白。

——我去！大新闻！刚刚司泽和他弟弟在S交易所门口被人带走了！

——我刚也听我家老头子说了！司家出事了！司泽他爸也联系不上了！

——那腾云大厦这边的派对还办吗？我们人都等着呢！

——办个屁！航帆科技上市十分钟直接停牌了！

——被带走的不止他们……

没错，同一时间被带走的还有汇明银行海城分行的行长汪勇国与其子汪笙，以及明泰证券董事长张某。

这些信息虽然尚未在官方媒体公开，但已经在司泽平时混迹的富二代圈子传了个遍，几乎所有人都意识到，司家要出大事了。

戚屿没有给任何人回电话，也没有在群里吱声。他抬头看向傅延昇，现在终于知道对方为什么要在这时候跑来交代。

因为都是算好的，这个时候一切都已尘埃落定。

"你选择这个时间点来见我，是算准了司家已回天乏力？"戚屿问道。

傅延昇苦笑："他们的确打算在今天行动，但我能来这里也是向上司申请过的。包括我能告诉你的这些事，也是因为我上报了你给我的那个U盘里的录音，向他们表达了你的立场……"

戚屿眼皮微低，迟疑道："那东西……用上了吗？"

傅延昇摇头："我们已经收集到了足够的证据，你提供的东西可以算是一部分佐证，但最终不会在法庭上使用。"

戚屿："为什么？"

傅延昇："为了保护你的安全。司家人犯的是经济罪，但不是死罪，也不是进去后就不能跟外界沟通了，如果你提供证据致使他们被捕的事为圈子里的其他商人所知，对你和你父亲绝对不是一件好事。"

第15章 一个交代

戚屿了然,难怪傅延昇之前什么都不让他做。"我爸应该不会有什么事吧?"戚屿问。

"暂时不会。"傅延昇说。

"暂时是什么意思?"戚屿目光一凛。

"我们没查到跟你爸爸有关的犯罪行为,但接下来要看司厉和司泽在审讯过程中怎么交代。"

戚屿想起爸爸曾说过没有跟司家同流合污,当时虽松了口气,但也不完全放心,不是他不相信爸爸,而是怕爸爸被卷入其中而不自知,毕竟他们跟司家合作这么多年,爸爸和司伯伯关系又这么好……

一支烟很快燃尽了,戚屿把烟蒂摁在烟灰缸里,才道:"刚刚是我妈妈的电话。"

傅延昇:"我听出来了。"

戚屿:"她说我爸让何秘书订了明天一早回国的机票,你呢?"

傅延昇:"我也是明早的票,总得赶在你爸之前回去。"

戚屿扬了下眉毛,今天凌晨才到,明天一早就要走,这么仓促就是为了第一时间跟他解释之前的"背叛"?

戚屿承认,对方这一次的举动表现得诚意十足,但他想到傅延昇别有用心的接近,想到对方这么长时间的隐瞒,如果自己因为这几句解释就轻易地原谅对方,似乎仍心有不甘。

"行了……"戚屿故作淡然道,"既然你都交代完了,我就走了。"

"戚屿!"傅延昇自然看得出他尚未解气,猛地拉住他的胳膊,急切道,"别走,我还有话要说……"

戚屿心中一动:"你还想说什么?"

"我承认我是欺骗了你,戚屿,我很抱歉,但我从没想过为Skyline的那杯酒而报复你,我是在那之后才接到调查司氏关联企业的任务。接触你之后,我也一点点被你身上的聪慧和真性情所吸引,到后来答应陪读、更深入地教导你,都是因为你自身的魅力……知道你们家跟司家并没有真正牵扯在一起的时候,我比你还如释重负,因为这样一来,你就不会恨我了……"傅延昇一股脑地往下说,"其实你从去年圣诞节就开始怀疑了吧?是不是半夜听到我和宋溥心说话了?我也是后来才反推出这个原因。春节的时候,我发现你动了电脑里的软件,那时就已经做好了你要把我赶走的准备……可你没有,年后那晚返回帕市,我见你喝醉了,猜到你是因为我的欺瞒而难受,我内疚极了。对不起,这么长时间来只能让你一个人承受,也谢谢你一直没让我为难……以你的性格,我很怕你不会再信任我,但我舍不得,也不甘心,我怕我再找不到像你一样优秀的学生,我更不想失去你这个朋友……"

听着傅延昇的独白,戚屿只觉得心如鸣鼓,无法言喻的欣慰与满足像潮水一样席卷了他,将他那颗被伤害的心浸在其中,而曾经所受的委屈也在这一刻慢慢消散。

傅延昇眉心微蹙:"所以戚屿，能不能原谅我，我保证我今后不再欺骗你……"

这些独白让戚屿意识到，傅延昇并不想在这件事结束以后就跟自己切断关系。

从对方按着他的手用恳求的语气说出那句"别问"，到在机场说"我会尽我所能"，再到今天……这个人的表现已不像之前那样运筹帷幄、气定神闲，他一点点流露出一个普通人会有的忐忑、痛苦与挣扎。

戚屿知道，自己做到了。

他用自己的方式和自己的实力征服了傅延昇。

"傅老师……"戚屿叹了口气，望着傅延昇，"我原谅你了。"

傅延昇只愣了一秒便抬起微垂的眼睫，眸中流露出一股喜悦:"戚屿……"

明知道明天还有狂风暴雨等着他们，但此时此刻，戚屿只觉得庆幸，庆幸傅延昇还在这里。

第16章 人人自危

清晨六点，戚屿被闹铃叫醒时整个人还有些恍惚。

昨晚和傅延昇聊到太晚，他回家时已是凌晨了，躺下到现在才睡了不到四个小时。

戚屿揉着鼻梁看了眼昨晚发到自己手机上的航班信息，忽想起一件事，忙给傅延昇打了个电话："你几点的飞机？哪个航班？"

"……九点，没记错的话应该是UA8X，"傅延昇迷迷糊糊地答了一句，也反应过来，"怎么了？同一班？"

"嗯……"纽城直飞海城的航班本来就没多少。

"没事，我跟你们分不同时间段上飞机。"

"你想个理由吧，万一碰上我爸，好有个交代。"

"知道了……晚点微信联系。"

戚屿挂了电话快速收拾好行李，一出房门就瞧见戚枫和凌可也推着行李箱从房间里出来："你们也回？"

戚枫："妈妈说你跟他们今天都回去，我和凌可在这里人生地不熟的，留着也没意思……"

戚屿："你可以带凌可去别的城市玩啊。"

戚枫："算了，这半个月已经玩得很开心了，听妈妈说，爸爸的公司好像出了点事，你们要急着赶回去处理，是吗？"

戚屿："嗯。"

戚枫挠了下头："家里出了事，我和凌可也没什么心思玩，跟你一起回去，没准还能帮上点忙。"

戚屿："你又不懂那些，能帮上什么忙？"

"去年暑假我帮你上了十天班不算帮忙？"戚枫不服气道，"帮不上忙我们也可以在精神上表示支持啊！"

三人下了楼，戚源诚和姜莹已经在楼下用早餐。因为昨晚发生的事，戚源诚的面色不太好，不过，戚枫和凌可在，他也没在饭桌上多说什么。

一家人简单吃了点东西，七点整准时出发前往机场。

到了机场，何秘书来取他们的护照去打机票。

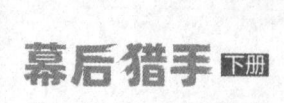

"戚枫，凌可，我给你俩订的是商务舱，一会儿你们跟着我吧。"

戚屿正跟傅延昇发消息，闻言立即走过去："等等，你们三个都是商务舱？"

何秘书："嗯，昨晚临时订机票，头等舱只剩三个位置，给戚董、戚太太和你了。"

戚屿轻咳了一声："我跟你换个票吧，我和我弟弟他们一起。"

何秘书点点头："也行。"

戚屿说完见傅延昇给自己发了消息："我看见你们了。"

戚屿："你在哪儿？"

傅延昇："五点钟方向的咖啡馆。"

戚屿转过身，远远地看见傅延昇就坐在COSTA沿窗的位置，正隔着玻璃望着自己，他赶紧收回视线，提醒道："你注意点，别让我爸看见了……"

傅延昇："我知道。"

戚屿："值机了吗？几号座位？"

傅延昇："BC-24E。"说完还发了张机票照片过来。

戚屿又给何秘书发消息："帮我们看一下商务舱24E附近的位置，最好让值机人员排这附近。"

何秘书："好。"

领机票、安检、出关一系列流程走完，八点半总算登机了，戚枫和凌可跟着哥哥到了商务舱，找到位置，舒舒服服地坐下。

两人叽里咕噜不知说了些什么体己话，等飞机快关闭登机通道了，戚枫才问："哥，飞回去几个小时啊？"

戚屿看了一眼通道入口处："十五个小时左右。"

戚枫瘫在宽大的座椅上打了个哈欠，懒懒地说："正好补个觉……"又瞥了眼戚屿边上的空位，刚想问"你边上怎么没人"，结果一抬眼，就看见一个身高腿长、长相斯文的男子出现在他们面前。

戚枫眼眸微眯，呆呆地"啊"了一声，瞌睡虫都吓跑了。

傅延昇跟他们打了声招呼："嗨。"

八目相对，一阵错愕，过了好几秒，戚枫才憋出一句："傅大哥！！"

傅延昇朝他俩淡笑了一下，把随身行李箱塞进上方的柜子，就从容地在戚屿边上坐下。

戚屿打发了弟弟，对傅延昇道："昨晚叶钦如给我打电话，我还没回他。"

傅延昇："我估计他就是来告诉你司家的事，今早我在酒店给他回过电话了，这事对你们科技公司暂时不会有太大影响。"

戚屿："为什么这么说？"

傅延昇："科技部在收下莲秀后，已经在技术开发和营销上投入了一笔资金，至少能撑三个月到半年，如果不出什么意外，三个月后，局势差不多也就稳定了。"

第16章 人人自危

戚屿忽然想起自己还有一件事没跟傅延昇说，忙道："对了，章承宣告诉我，菲亚打算在今年八月份和红妆合作推出他们的时尚分享平台。"

傅延昇眉头一皱："菲亚和红妆？你怎么不早说？"

戚屿："我也是两周前才得知，还给苏竟发了消息，希望他能来司源集团。"

傅延昇一愣："你想挖他？"

戚屿："嗯，但他没给我回复。"

傅延昇颔首道："他如果能来，对你们司源集团倒是很大的助力。"

飞机起飞不久后，空姐便送了菜单来让他们点餐。

戚枫刚听哥哥和傅延昇聊公事，趁机打听道："哥，爸爸的公司到底出了什么事？"

戚屿："一个大股东被抓了。"

戚枫惊道："股东被抓？我们要回去救人吗？"

戚屿冷声道："救不了，他犯法了。"

戚枫："哦，那这件事对我们会有什么影响？爸爸会破产吗？"

戚屿气道："怎么每次一说出事你就问会不会破产，你能不能想点好的？"

戚枫被哥哥怼得有些委屈，心里着急想知道，但他对戚源诚公司方面的事又确实不大了解，也不知道该怎么问。

戚屿也是有心呛他，要不是之前每次想让弟弟帮忙看点公司方面的资料，对方都避之不及，他也不会这么对牛弹琴。

戚屿不耐烦地垂眼看菜单，伸出手指点了点傅延昇座位前的桌板："你跟他解释。"

傅延昇见戚屿把皮球踢给自己，无奈地笑了一下，看向戚枫，问道："你爸爸做董事长的那家公司叫司源集团，你知道吗？"

戚枫不自觉地咽了口口水："知道啊。"

傅延昇："司源集团有很多股东，你爸是最大的股东，第二大股东姓司，是海城的首富司氏。"

戚枫和凌可："……"

"当然，司氏也有他们自己的集团和产业，司源集团只是他们投资的上市公司之一。"似乎是怕他们不懂，傅延昇补充了一句，"上市公司就是对社会公开售卖股票的公司。"

戚枫对这个还是有概念的，点头表示知道。

刚好空姐送来一些餐前点心，里头有一小包盐焗杏仁，傅延昇拆开倒在小桌板上，用食指和中指将杏仁分成三部分，继续道："假设这些股份分别是戚家、司家和社会公众的，只是，现在司家几位重要的掌权者犯了经济罪，悉数被捕，还需要接受惩罚。"

戚枫问："什么惩罚？"

"剥夺一段时间的政治权利，国家还会对他们之前所犯的罪行处以高额罚款，这些罚款可能是数十亿，也可能是上百亿，甚至直接没收所有家产，"傅延昇点了点其中一部分

杏仁，说，"现在这些股份还是他们的，等处罚下来，这部分可能会被拍卖，到时候谁来接手，甚至有没有人接手，都不确定。"

戚枫盯着自家的那几颗杏仁道："但我们家的股份不是还在吗？"

"目前看上去是这样没错，"傅延昇又指了指属于公众的那些杏仁，道，"但是，公众最初买司源集团的股份，是对公司进行了综合的评估，确认买了能保值，能赚钱，现在第二股东出事，可能会有不少人因为这个动荡产生危机感，争相把这些股份卖掉，你知道股价的高低是什么决定的吗？"

戚枫还没反应过来，边上的凌可已经说道："供求。"

傅延昇："不错，如果一样东西，大家都抢着抛售、丢弃，它就会贬值。绝大部分上市公司的运转都需要仰仗银行的借款、基金公司的投资等等，万一这动荡导致股民撤资，公司资产缩水，银行和投资者见势也会尽快套现，到时候资金链一断裂，正在进行的项目无力推进，无力回款盈利，公司破产也不是没有可能。"

听傅延昇说到这里，戚屿"哼"了一声，凉飕飕地来了一句："要真破产了，你就等着割头谢罪吧。"

戚枫和凌可："……"

傅延昇轻咳了一声，忙道："司源集团有实业支撑，不像一些本就漏洞百出的空壳公司，只要及时回去应对，并努力维持现有的股权结构，就能把集团的损失降到最低。"

戚枫和凌可闻言都松了口气。

而且，傅延昇刚刚这几句解释居然让戚枫这个平时对公司事务毫无兴趣的人产生了好奇心，又围绕这个领域问了傅延昇不少问题。

空姐送正餐上来了，三人边吃边聊，戚屿却因为傅延昇刚刚那句"漏洞百出的空壳公司"走了神。

他想起自己当初是因为研究美薇的财报问题才加了傅延昇好友，如果不是傅延昇提醒自己叫爸爸调查处理，并在一年前收回美薇的股票，那美薇还真有可能在这一次司氏危机中更名易主……

戚屿觉得心有余悸，瞟了一眼傅延昇，只见他还在为傻弟弟解答"什么是股本""什么是基金公司"这种小白问题，又不由得回想起自己第一次请教傅延昇。

此刻，见傅延昇被弟弟左右"刁难"，有些问题连他这个当亲哥的都没耐心解释，傅延昇却丝毫没有不耐烦。虽然偶尔也会微微蹙眉，似乎在思考怎么回答"1+1=2"，可想清楚后就开始不急不缓地讲解，为了让戚枫更好地理解相关概念，还说了些行业里的小故事，就像当初给自己讲解一样。

直到一顿饭吃完，戚枫才意犹未尽地结束了询问，还小声对凌可嘀咕："感觉做生意开公司好像也挺好玩的。"

戚屿若有所思地看了傅延昇一眼："你还真适合当老师。"

第16章 人人自危

傅延昇把刀叉放回托盘，问："是吗？"

"嗯……"戚屿想起一事，"上回离开海城前，我去见司航的时候，问了徐一舟一句话。"

傅延昇："什么？"

戚屿："我问他为什么不好好教一下司航。其实司航对他哥所行之事的真相不大了解，不算什么罪无可恕的人，但你知道徐一舟当时是怎么回答我的吗？"

傅延昇："……怎么回答的？"

戚屿："他说，并不是所有人都像你这么有耐心。"

傅延昇一愣："我也不是对谁都这么有耐心。"

戚屿愣了一下，笑了笑，他抓起毯子往傅延昇怀里一塞，垂眼道："睡会儿吧。"

安静下来后，四人都有些昏昏欲睡，之后很长时间都没再像刚开始那样一起聊天，因为有人醒的时候总有人还睡着。

戚枫几次起来，都见他哥还躺在舱位里酣眠，像是累极了。

一次饭点，空姐来问他们要吃点什么，傅延昇还朝人比了个噤声的手势，叫她莫打扰戚屿睡觉。

飞机航程过了大半，戚屿才睁开眼睛，醒了也不起，懒洋洋地瘫着。

戚枫看见傅延昇帮他按铃叫空姐送水送咖啡，忍不住推了推边上的凌可："哎，凌可……"

凌可正在看电影，摘下耳机问："嗯？"

戚枫低声问："如果我是总裁，你会来当我的秘书吗？"

凌可："？？？"

戚枫一脸向往道："好羡慕我哥有秘书啊……"

凌可："……"

十五个小时后，飞机缓缓降落在海城国际机场。

手机一开机，叮叮咚咚涌进来一堆消息，戚屿点开微信扫了一眼，看见还有苏竟的留言。

苏竟："司家出事了！"

苏竟："你？上次？"

苏竟："出来聊聊？"

戚屿赶紧回复对方："我刚到海城，有时间吗，见个面说？"

消息才发出去，苏竟就打了电话过来："你回来了？在哪儿见？"

戚屿："海城吧，司家出了事，我最近走不开，你方便过来吗？"

苏竟："方便，我订了机票跟你说。"

戚屿没想到苏竟会回应得这么快，心觉挖人有望，挂了电话赶紧将这事告诉傅延昇，傅延昇也笑说："这人还自己送上门来了。"

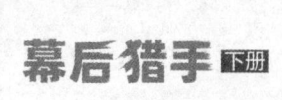

头顶传来空姐提示下飞机的声音,几人相继起身,就在这时,傅延昇的手机也响了。他看了一眼来电提示,给戚屿使了个眼色才接听电话:"喂?戚董……好的,我在,知道了……"

"你爸问我在不在公司,说一会儿要跟我见个面。"傅延昇替戚屿把随身行李包拿下来,说,"你们先下去,我晚点再走。"

戚屿皱眉:"来得及吗?"

傅延昇:"你帮忙拖几分钟,来得及。"

戚屿"嗯"了一声,低声道:"一会儿见。"

等傅延昇走后,戚屿才叮嘱身后的弟弟:"一会儿见了爸爸,千万别说傅延昇跟我们一起回国的,知道吗?"

戚枫傻乎乎道:"啊?为什么?"

戚屿给了他一个眼神:"别多问,照做就是了。"

戚枫:"……"

戚屿跟父母、何秘书在行李处会合,出了机场,只见地面潮湿、遍布水渍。

何秘书提前安排了公司的车来接他们,姜莹也早跟家里的司机打过招呼,带上戚枫和凌可先回家,戚屿跟戚源诚坐专车去公司。

几人放好行李,正要上车出发,戚屿忽道:"爸,我想上个洗手间……"

戚源诚心思全在公事上,丝毫未起疑,边打电话边摆手道:"去吧。"

在洗手间磨蹭了一刻钟,戚屿确认傅延昇已经先他们一步上了车,才返回车座。戚源诚还在车里跟集团的其他股东打电话,瞥了他一眼,似乎在疑惑他去洗手间这么久,但也没工夫说什么。

等车上了高架,戚源诚挂断电话,才叹气道:"本来还想趁着这次婚礼叫你轻松两天,没想到说出事就出事……"

父子俩其实都知道这事不可避免,但车里还有别人在,只能心照不宣。

戚屿问:"爸爸,现在形势怎么样了?"

戚源诚:"司源集团是国外的上市公司,虽说司家出事的音讯暂时传不到海外,也没这么快波及股价,但集团百分之六十的股份还是华人持有。你司伯伯被抓,大家听说后都人心惶惶,我刚跟你王叔叔打电话,也是在安慰他,让他不用担心司源集团的情况,顺便打探了一下,如果司氏在司源集团的股权被法院强制执行,他那边有多大的接收能力……"

戚源诚提到的人是司源集团的另一位股东,名叫王臻栋。他和他妻子在国内开一家医疗防护用品公司,和美薇的纺织工业有深度合作。早年戚源诚投资过他们,两人成了朋友,后来王臻栋赚了钱,也在不断地买入司源集团的股份,目前已经是除戚源诚、司氏和海外基金券商外最大的华人股东。

第16章 人人自危

戚源诚又皱着眉头问戚屿："我记得你跟司航关系不错是吧，他那家游戏公司是怎么一回事？"

戚屿："他那个公司叫航帆科技，昨天上市，那家公司各方面的经营本来就不大正规，听说一直在对外虚假宣传营收，司航前一日还给我打电话，让我买他公司的股票，结果昨晚就听说他和司泽在S交易所被带走了……"

说话间又有电话进来，戚源诚忙拿起手机接听。

戚屿坐在戚源诚身边，一边听着爸爸讲电话，一边浏览自己手机里的未读消息。

只见唐伟烨从事发起足足给他发了四十多条，昨夜戚屿和傅延昇深谈了半宿，今天一天飞机上又没信号，对方的头像都被沉到了最底部。

戚屿点开扫了一眼——

唐伟烨："戚屿！司航的公司马上上市了，我打算买他十万股，你买吗？"

唐伟烨："我去！我刚刚花了一百多万，结果才买入他公司的股票，他那公司就被停牌了！"

唐伟烨："我去！我去！戚屿！出大事了！"

唐伟烨："司航被抓了！"

唐伟烨："他哥也被抓了！"

唐伟烨："刚听说他爸妈也被抓了！！！"

唐伟烨："啊啊啊啊！！怎么办！他们会不会来抓我！"

唐伟烨："我好害怕！戚屿！[大哭][大哭]"

……

戚屿刚想回复，就见戚源诚挂了电话，扭头对他说："刚刚你司伯伯一个律师给我打电话，说司航牵扯不深，他那个游戏公司对外宣称是他的，但登记的公司法人代表、董事长全都不是他，虽然他跟着去S交易所敲了钟，但其实就是去凑个热闹。你司伯伯的妻子也不怎么参与公司事务，纯粹是一起带过去问话，那律师交了点钱，今天一早已经把他们母子俩保释出来了。"

"所以司航没事了？"

"不好说，在司家的问题被彻查清楚之前，他们也只能待在家里等候审问，毕竟他们母子和司厉、司泽是关系最亲的人，知道的肯定最多。"

"那司泽呢？"

"司泽估计很难保出来了，我听那律师说，他们怀疑司泽身边有个姓宋的助理是间谍……"说到此处，戚源诚忽然顿了顿。

戚屿知道爸爸在想什么，当初他跟爸爸交代傅延昇的可疑身份时，也提过傅延昇与宋溥心以及徐一舟的关系。

戚源诚沉吟片刻，不动声色地继续："这人之前跟着他们参与过不少项目，不过，司

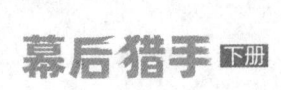

泽似乎对他信任过了头,你司伯伯一直颇有微词,说过很多次。从去年起,司泽就不怎么让他接触实务了,今年五月份,听说这个姓宋的助理失踪了,当时也没有人在意,现在东窗事发,律师才觉得有点蹊跷。"

"宋助理参与过什么项目?"戚屿问。

"就跟司航这次出事的游戏公司差不多,伪造上市公司材料,通过内幕消息操纵股市,还不止一起……上了法庭,性质相当严重。"戚源诚一阵摇头叹气。

"那司伯伯被抓又是因为什么?"

"司泽用的人脉都是你司伯伯的人脉,包括明泰证券公司的董事长、S交易所的理事、汇明银行海城分行的汪行长……他们这种人不会无故帮忙,既然出了手,必然是在背后收了好处,也说明司泽所做的事都是他爸爸默许的,现在被查,你司伯伯自然一起落网。"

戚源诚的电话再次作响。虽然媒体尚未报道这次事件,但昨天司厉被抓,几乎整个商圈都被惊动了,所有人都在争分夺秒地互通消息,想了解这背后的真实情况。

戚源诚接通电话,叫了声"莹莹",随后不知听到了什么,面色一沉:"是吗?……确切?……好,我知道了……"

见爸爸挂断电话,戚屿立即追问:"是妈妈?她说什么了?"

正好车子到了司源集团海城分部的办公楼前,戚源诚面色凝重地下了车,道:"她说她打听到一件事,在司家出事前一晚,C市的市委书记就被秘密带走了,那人是司泽他外公曾经的下属……看来这已经不是单纯的经济案件了。"走了两步,戚源诚又嘀咕了一句,"傅延昇的来头不小啊……"

戚屿跟在戚源诚身后,看了眼前方的天空。

昨天下了一天的暴雨,天居然还未放晴,阴沉沉的像是预兆着他们即将面对的风雨。

一行人坐电梯到了董监办所在层,一进会议室,就见董闵携众集团高层在内等候,傅延昇也在其中,丝毫看不出是刚从机场赶回来。

戚屿和傅延昇交换了一个眼神,便跟随父亲坐下。戚源诚在会上又跟众下属了解了一下目前的情况,以图在最短的时间内做出正确的应对决策。

昨日司家出事,司源集团最先遭受波及的是美薇,毕竟美薇是司源集团旗下唯一的上市公司,当日美薇股价跌了三个点,虽未跌停,但众人都已肉眼可见这起事件带来的影响。

这只是个开始,司氏业大根深,牵一动百,除了司源集团,国内还有唐伟烨家的唐启一汽、荣柯家的荣氏地产等司氏投资过的大企业,当日关联公司的股价惨绿一片,人人自危。

戚源诚听着众人发言,不时往傅延昇的方向瞄扫一眼,等会议结束,他才对傅延昇道:"你来一下我办公室。"

戚源诚平时在纽城办公,虽然不怎么回海城,但董事长办公室也常年有人清理打扫,

第16章 人人自危

整洁气派。

两人进去后,何秘书很快给戚源诚重新泡了杯茶来。戚源诚挥手让何秘书离开,只留下傅延昇,而后抱着茶杯在对方面前转了两圈,才盯着他问:"现在这事,你怎么看?"

傅延昇:"戚董,我觉得按您刚刚在会议结束时说的那样做,就挺好的。"

刚刚戚源诚决定明日再召开一个临时董事会,把国内的股东们召集起来,稳定内部军心。

傅延昇又补充道:"这期间也得随时关注股价,司家虽然出事了,但要让股民相信美薇和司源集团的股价下滑只是暂时的,没了司家,司源集团也有足够的能力长久发展。"

戚源诚又凑近他一点,低声问:"后面应该不会再出什么大事了吧?"

傅延昇垂眸道:"戚董,我也不能判断之后的情况,只能先做好眼前的事。"

戚源诚板着脸缩回身子:"行了,你出去吧……"

傅延昇正想走,又被戚源诚叫住了:"你等等。"

傅延昇回过身,听戚源诚道:"山雨投资的CEO许敬半个月前给我递了辞职信,说是这个月底走,戚屿还有一年才毕业,我看了一圈,身边急需用人,暂时找不出特别适合接替他的,正好你之前了解过山雨的情况,就帮忙去代管一阵子,不用投什么项目,帮忙盯着美薇的股价就行。"

傅延昇一愣:"许总辞职了?"

戚源诚:"是。"

傅延昇皱眉道:"戚屿知道吗?"

"他知道,"戚源诚又交代了几句,就打发他道,"你帮我把戚屿叫进来,我还有话跟他说。"

傅延昇出了门,见戚屿等在外头,便转达了戚源诚的话。

戚屿见他神色复杂,心中忐忑,进去后问:"爸,你跟傅老师说什么?"

戚源诚冷哼一声:"随便问两句而已,这小子说了等于白说……真是滴水不漏。"

戚屿:"……"

戚源诚气鼓鼓地背过身去,道:"许敬这个月底离职,我让傅延昇去代管一阵子山雨,你最近有空也去看看他,好聚好散。另外,既然司泽出了事,科技部你就多留点心,上次听你那个章姓同学说红妆和菲亚合作,你跟叶钦如讨论讨论,看他有什么策略,到时来跟我汇报。"

戚屿听了爸爸的话,明白了傅延昇那复杂的眼神是什么意思,等从戚源诚办公室里退出来,果然听傅延昇问:"你知道许敬要离职了?"

戚屿"嗯"了一声,却不知道该怎么跟傅延昇聊这事。

"怎么之前没听你说起?"傅延昇问。

"我以为你会比我早知道,我爸之前不是让你去评估过山雨的那些投资项目吗?"

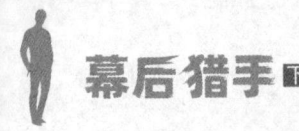

傅延昇沉声道："我不知道他要走。"

戚屿隐约感觉到许敬对傅延昇有些敌意，闻言也有一点奇怪："他没跟你说什么？"

傅延昇："没有，我去山雨的时候，他待我挺客气，还亲自跟我解释那些项目的情况，工作做得很细致。"

听了这话，戚屿更加难受，是不是许敬那时候就已经决定走了？所以不在乎、不计较了？

他恍惚又想起跟许敬打电话那晚，心里那种空落落的孤寂感，说不上来是生气、委屈还是苦涩，只想大叫大骂再大哭一场。

可他的身份却叫他生生地把那些情绪都压在心里，不得不以坚强、平静之态示人。

沉默片刻，戚屿才故作淡然道："既然我爸让你帮忙代管山雨一阵子，那你就去吧。我一会儿先去科技部见叶总，我们回头再说。"

两人一起进了电梯，戚屿在抵达科技部所在楼层时离开，傅延昇看着他的背影，眉心微蹙，若有所思。

第17章 慧极必伤

叶钦如和吴双也一早就收到了戚屿要来的消息,在这里候着。

几人一见面,先聊起司家的情况,戚屿将刚刚会上听闻的情况跟他们一一说了。

"哎,怎么会忽然出这种事……"叶钦如感慨了一句,不安道,"也不知道司家出事对我们科技部会不会有什么大影响。"

戚屿趁机把红妆可能和菲亚合作推出竞争平台的消息告诉了叶钦如,说:"不管集团股权层面会有什么样的变化,眼下我们得先想办法应对这个对手。"

叶钦如闻言只觉得头大如斗,确实,红妆一个不可怕,如果红妆和菲亚联手,那对美薇·莲秀的发展绝对是巨大的威胁。

戚屿没有迟疑,很快将自己打算挖苏竟来美薇·莲秀的计划告诉他。

叶钦如一惊:"把苏竟从红妆挖过来?"

戚屿:"嗯,我们从打算收购莲秀开始,就知道技术是莲秀的一大短板,虽然莲秀当时已经上市,但平台的远期竞争力是不如红妆的,你们也替我分析过,苏竟的技术团队是红妆的核心价值,如果我们能把苏竟和他的整个团队都挖过来,红妆和菲亚就不足为惧了。"

叶钦如皱眉道:"可苏竟愿意来吗?"

戚屿:"苏竟当初拒绝跟我们司源集团合作,有一个主要原因,就是他觉得我在科技部做不了主,兑现不了给他的承诺,现在司家出事,他这个顾虑已经不存在了,而且,他当时会把林焕也想收购莲秀的信息透露给我们,还说不想让林焕得逞,说明他和林焕也不是很和睦。"

叶钦如担忧道:"但现在司氏出了这么大的事,外面的人也不知道司源集团接下来会不会受牵连,要说服苏竟在这个节骨眼上带着团队来投奔司源集团,难度也太大了……"

戚屿这才道:"不瞒你们说,半个月前我就给苏竟递了橄榄枝,苏竟当时没有回应我,但昨天司家出事,他反倒第一时间给我发了消息,还答应与我见一面。"

叶钦如眼前一亮:"真的?"

苏竟这个态度给了戚屿很大的信心,戚屿颔首道:"但在我正式邀请他之前,想先征求一下你的意见。"

叶钦如:"什么?"

戚屿看着叶钦如说:"苏竟在外面的风评不大好,如果有人不喜欢他,我也能够理解,但叶总您是科技公司的首席战略官,苏竟要是真愿意来,我会给他跟您同等的权利,您能接受吗?"

叶钦如笑了笑:"我早说过,那家伙的技术在圈子里是数一数二的,有他在,别说搞个时尚美妆平台,就是转做别的也不在话下。虽然这个人是有点耿直,有时候说出来的话也让人生气,但是为了公司的发展,我当然会举手欢迎,再说,他做技术,我做运营,我们权利相当,又不冲突。"

有叶钦如这句话,戚屿心里最后一块石头也放下了。

他听叶钦如仔细汇报了一番美薇·莲秀的发展现状,七七八八地又说了一个多小时,正好姜莹打了电话过来,说家里保姆做了饭,问他回不回去吃。

"你爸已经到家了,我刚问他你怎么没一起回来,他说你去了科技部,可能还在开会,这么晚还没结束?"姜莹在电话里问。

"快结束了,我没留意时间,"戚屿看了眼手机,发现都快晚上七点了,"不过我现在赶回去太迟了,既然爸爸已经到家,你们先吃饭吧,不用等我,我和公司这边的人一起吃一点。"

"真是你爸教出来的,忙起来就什么都顾不上……"姜莹叹了口气,道,"好吧,那我们不等了,不过晚上回家睡吧?不要再去酒店了,我让柳姨给你收拾房间。"

"好……"

挂电话前,戚屿隐约听见妈妈在电话那头埋怨爸爸什么,苦笑了一下,收起手机对叶钦如道:"叫上吴双,晚上一起吃个饭吧。"

几人就近找了间餐馆,打算随便吃些。饭桌上又聊了些司家的事,叶钦如感慨道:"上周我还跟司总去会所泡澡,当时聊了司家未来的投资战略,听说他们家老爷子今年打算投新能源,没想到这一眨眼,人全都进去了!哎,真是世事难料!"

吴双撇嘴道:"司家官商勾结这么多年,司泽行事又那么嚣张放肆,现在被抓起来,也没什么难料的。"

叶钦如一愣:"可现在这个环境,从商的哪个不在灰色地带走?真正能说自己清白的又有几个?"

吴双义正词严道:"即便是这样,你也不能认为那是对的,还反过头去感慨世事难料啊!法律既为法律,便是为了维护公平和正义存在的,司家如果真被抓了,不过是给那些被资本欺诈已久的民众一个交代,也能借机给那些和司家一样心存侥幸,甚至渐渐认为这种事是常态的人一些警示。"

叶钦如看向他:"没想到你这小家伙还挺有正义感啊?"

吴双无语道:"你别总是'小家伙'、'小家伙'地叫我,我都二十四了!"

叶钦如"嘿嘿"一笑,意味深长地看了吴双一眼。

第17章 慧极必伤

饭后吴双要赶地铁,先一步走了。叶钦如陪戚屿去停车场,路上对他道:"戚总,我琢磨着要不给吴双升个职,你觉得怎样?"

戚屿好奇:"为什么想给他升职?"

叶钦如摸摸下巴:"他蛮不错的,平时看报告,做分析,要想法有想法,要效率有效率,虽然没硕士学历,但好歹拿了T大的双学位,这样的人才,只做行政助理我感觉有些大材小用。"

戚屿笑说:"这种小事你看着办就好了,怎么还问我?"

叶钦如看向他道:"吴双本来不是你的人吗?他那行政助理的位置也是你给安排的,我以为要你答应才行。"

戚屿:"那你想让他做什么?"

叶钦如:"运营经理吧,算我的直属下级,让他自己招两个人,带个小团队,好好栽培一下,这小家伙还是很有前途。"

戚屿想起傅延昇前日跟他坦白的那些话,知道吴双也早晚要走,但顾及那个保密协议,他没有告诉叶钦如,只是垂眼道:"你觉得行就安排吧。"

跟叶钦如道了别,上了车,戚屿给傅延昇打了个电话:"你还在山雨吗?"

傅延昇:"嗯,在跟许总吃饭,顺便聊交接的事,你过来吗?"

戚屿:"不了,你们吃吧,我回去了。"

傅延昇沉默了一会儿,说:"好,那晚点电话联系。"

挂了电话,戚屿便指示王猛回自家别墅,路上看着窗外的暮色和霓虹,想着傅延昇不知道会跟许敬说什么,觉得心乱如麻。

他又拿出手机来,回复之前那些没来得及看的消息来转移注意力。

苏竟已经给他留言,说订了明天的机票,约他明晚见面,戚屿转发信息给叶钦如,让他给苏竟订酒店,安排餐馆。

之后又给唐伟烨回了消息,那小子一看到就秒回:"啊!戚屿!你终于回复我了!你没事吧?!"

"我没事,今天刚赶回海城。"

"什么?你回来了?你真不怕死啊?!"

戚屿莫名其妙:"什么不怕死?"

"我和我身边的朋友们都计划着收拾东西逃到国外去避避风头呢,你不在国外好好待着,居然还回来了!"

"为什么想去避风头?你们都犯法了?"

"谁知道我们有没有犯法啊![大哭]"

戚屿简直哭笑不得,又问唐伟烨知不知道都有哪些人给司航的科技公司投了钱,那些人现在都怎么样了。

唐伟烨支支吾吾，不知在忌讳什么，只说想跟戚屿见一面，当面再说。

戚屿应了，跟他约了后天中午在市中心一家西餐厅见。

到家后，戚屿见戚枫和凌可在客厅里逗雪妞，问道："爸妈呢？"

"在楼上书房吧，"戚枫答了一句，问他，"你怎么现在才回来？"

戚屿："忙工作的事。"

戚枫嘀咕道："你比爸爸还忙……"

戚屿上楼，打算和爸爸商量商量挖苏竟来司源的事。

到了书房门口，却见房门并未关上，戚源诚的声音透过虚掩的门缝传了出来："内幕交易是仅凭几通电话就可以被证监所断定出来的……他们好几个人，潜伏了这么长时间，调查范围也不仅限于企业经营和股市情况……今天听你说是上头那个人出事，我算是知道了，司家的案子涉及面远比我想象的要大……"

"这么看来，傅延昇这人确实不简单。"姜莹道。

"不错，这么看来，等这件事一结束，傅延昇就得走了。"

"应该是的，他来司源只是为了调查，总不可能为了戚屿留下来。"

"哎，人家要走，咱们也强求不了，我就怕戚屿难受。你别看这孩子表面沉稳淡定，其实心里比谁都重情义。就说许敬好了，戚屿把他当大哥，对他很是敬重，这人也算是我一手提拔起来的，总想着他今后能帮着戚屿做事，我也会慢慢给他一些股权，结果呢，戚屿都没毕业呢，他就要走了……这几天我跟戚屿提到许敬，这孩子就皱眉头……一个这样，别说两个，我看他对他那个老师的感情比对许敬更深，这次司家的事，我当初要是不依着他帮傅延昇打掩护，估计他连我这个当爸爸的都要恨上了！"

"哎，小屿聪明，慧极必伤，只希望他今后能看开点，"姜莹沉默片刻，又说，"不过，上次和小傅吃饭，我试探过他，他承诺过，如果戚屿需要，他今后也会为戚屿提供帮助。"

戚源诚哼了一声："我给儿子找人，什么样的人才找不到，还稀罕他帮助？"

姜莹："他们干那行的人，能说出这种话也算是给了重诺了，戚屿以后要帮你经营这么大一个企业，有一个懂行业底线的人为他把关，总比没有好……"

……

戚屿轻声从书房门口离开，返回自己的房间，只觉得自己的心情如海浪中的扁舟，起伏不断。

他坐了一会儿，手机响了，拿出一瞧，来电者正是刚刚父母讨论的主人公。

"到家了吗？给我发个你家的定位。"傅延昇在电话那头说。

"我家定位？你干什么？"

"去找你。"

戚屿看了一眼时间，皱眉道："已经十点了。"

"我有事想跟你聊聊。"傅延昇说。

第17章 慧极必伤

戚屿蹙了下眉，把定位发过去，又在房间里呆坐了十来分钟，想起傅延昇要是来了，物业通知柳姨应门时怕是要惊着父母，赶紧下楼去，兀自出了门，步行到别墅区外等着。

这别墅是戚源诚和姜莹没离婚前买下的，位处海城南郊，当年买在这个地段就是图这儿环境清幽，不过随着城市规划扩展，十余年来，附近的楼盘、商城也渐渐开发起来，就只这一片别墅区以植物为屏障，成了远近闻名闹中取静的富人区。

不一会儿，戚屿就看见一辆黑色的奔驰远远驶来，车子直接在他身边停下了，傅延昇从后排下来，问他："怎么在这儿等？"

戚屿双手揣兜："那不然呢？这个点你来我家，难不成还要我爸妈下楼接待你？"他转身道，"里头有个小花园，走走吧……"

傅延昇跟着他进了安保森严的小区，两人绕到了别墅后头的人工园林，只见左面假山绿树，右面人工河渠，蛐声吱吱，流水潺潺，在这夏日的夜晚，还别有一番情调。

七月炎热，尽管夜间温度略有下降，但这个点也甚少有人出来散步。

戚屿问道："你特地过来是有什么事要说？"

"没有，"傅延昇瞥了他一眼，道，"就感觉分开前你心情不是很好，过来陪你聊聊。"

戚屿想起爸爸妈妈说的那些话，忍不住蹙眉："出了这么多事，我心情能好？"

傅延昇直接点明："是因为许敬要走？"

戚屿心说，这人怎么一开口就净提他不爱听的？他停住脚步道："你能不能不说许敬。"

傅延昇看着他问："你在逃避什么？"

"逃避？"戚屿气急，"是他一声不吭说要走，要弃我而去，你是指望我巴巴地求他留下来？还是指望我欢欣雀跃地去送他？"

"为什么不去找他，把你这些心情告诉他听？"

最近屡遭不顺，戚屿积压已久的怨念被傅延昇这句话激得全涌了上来，他厉声道："告诉他有什么用？难道我说让他留下来，他就能留下来？"

"如果会呢？"

"可我不愿意那么做！"

傅延昇定定地望着他："因为不想服软？"见戚屿一脸倔强，他又缓声道，"那告诉我好不好？"

戚屿逃脱不开，只得硬着头皮道："我先问你，你今天跟许敬见面吃饭，有没有问他为什么要走？"

傅延昇："问了。"

戚屿："他怎么说？"

傅延昇脑海中浮现出两个小时前，他和许敬在丰贸Skyline的对话，那是他们第一次那样面对面、心平气和地聊天。

他问许敬："你要离开山雨，是因为我的存在让你有压力了吗？"

许敬笑了笑，反问他："你觉得呢？"

傅延昇："不是我故作大度，但你真不用担心我跟你争什么，记不记得我们去年在司源集团的战略会上见面时说过的话？我只是以老师的身份出现在戚屿身边一段时间，但不会一直留在司源集团，这句话至今依然有效。"

许敬："你当时让我不要像母鸡护小鸡一样护着他，怀疑所有接近他的人都居心不良，你还说戚屿个性很强，如果他自己不喜欢，很难有人改变得了他，他一辈子还有很长的路要走，这段时间愿意亲近谁，跟谁学习，应该让他自己选……呵，我现在不得不承认，是我输了，我陪了他七年，你只用两年时间就打败了我。"

傅延昇蹙眉："输赢有这么重要？我和你不都是为了让戚屿成为更好、更强大的人？"

许敬垂眸道："我丝毫不怀疑他会变得更好，但输了就是输了，当我意识到，他现在的这些改变都跟我没什么关系的时候，我就知道，我该走了。"

"戚屿心里一直把你当成自己的哥哥来敬重，他情感上恐怕无法接受你的离开，何况，现在司家出事，戚屿身边也正需人手……"

"如果他亲自来求我留下，我可能会心软吧。"许敬盯着杯中的酒，低笑道，"但他不会这样做的，小王子一样骄傲的人，从小就不懂服软……罢了，我知道我这辞职信递得不是时候，但事已至此，我再对司源做出不舍的姿态也不合适……"

……

傅延昇收回思绪，面对戚屿的诘问，只答了一句："他说，他在山雨有点累了，想换个环境。"

戚屿眸光闪烁："所以，在得知司家出事后，他还是决定要走，是吗？"

傅延昇沉默两秒，才"嗯"了一声，但很快道："看得出来，他心里有一点放不下你，所以我想，如果你能亲自挽留他，他也许会留下来。"

戚屿听了这话，心里越发酸涩。他自嘲地笑了笑，努力让自己看上去冷静一点："傅老师，在我猜到司家可能会出事的时候，我去找过许敬一趟，希望他收回一部分山雨的投资为集团可能遭遇的危机做准备，但由于我不能告诉他这么做的理由，他当时听了很生气。我想着，等司家真出事了，他就能理解我，到时候我再跟他说……可是没想到，他这么快就跟我爸提出了离职。

"我爸告诉我他要走的时候，我完全无法接受，我当时也以为是我没有做好，让许敬不高兴了，他想离开山雨是在跟我赌气，我第一时间给他打过电话，想听听他怎么说，就算他在电话里数落我、骂我，我也会高兴，那至少代表他还对我抱有期待。可是电话接通的时候，他只跟我说了一句'抱歉'，你知道这句话意味着什么吗？"

"……什么？"

"意味着他不想再陪我走下去了，"戚屿背过身去，嗓音微颤，"傅老师，许敬不是在赌气，他是对我彻底失望了。"

第17章 慧极必伤

傅延昇浑身一震,面色复杂地望着戚屿。

戚屿接着道:"我开始接触科技部的工作后,有几次找许敬求助,也发现自己跟他做事的观念有些不一样。我不是没想过挽留他,可我反省了所有事,觉得再来一次,我还是会按照我的想法去做。有些事情,我还是无法满足到他,他也不够信任我……既然给不了任何承诺,我还能拿什么东西去挽留他呢?我爸说,许敬不是一个冲动的人,他如果想离开司源集团,肯定是考虑这件事很久了……

"你还记不记得,我去年回国那次约你在Skyline见面,我们聊起许敬,你曾让我认清自己与他的关系,还说不希望我有一天被情感所束缚——傅老师,我现在正在用你教我的道理贯彻自己的言行,我不想被自己对他的感情绑架,也不希望他被我对他的敬重与依赖绑架,他如果留下来,我只会让他越来越失望,因为我永远成不了他希望我成为的那种样子……

"许敬二十五岁硕士毕业那年来到司源集团,如今满打满算八年了,虽然当年是我爸提拔了他,给了他很多机会,但不可否认,他自身也非常优秀,这样的人,无论到哪里都会成功的。他是说过会一直陪着我,但人的想法不是一成不变的,他食言了,我很难过,很生气,但冷静下来一想,许敬是一个人,不是我们家的一条狗,他肯定也有自己的追求,我不能把他留在我身边当成理所当然的事。以前他总说给我打天下,其实比起让他来成就我,我也希望我能成就他,如果他觉得去别的地方更能实现他的理想抱负,我也更应该说服自己放他走,不是吗?"

戚屿重新转过身来,眼眶是红的,但没有哭,嗓音甚至比之前更平静了:"傅老师,我没有逃避,我只是需要一些时间,来消化这个事实。"

明明戚屿说的是许敬,可傅延昇听着,却又觉得对方每一句话都在说给自己听,他无意识地低喃着:"好,我知道了,我知道了……"

想着有朝一日自己也会离开,戚屿可能也会一样痛苦难受,傅延昇就觉得心如刀绞。

戚屿偏开视线,又说:"傅老师,你还记不记得你曾说,许敬希望我做个小孩,但你希望我快快长大。"

傅延昇:"嗯……"

戚屿感慨道:"当小孩好容易,只要撒个娇,就有人宠着,当大人却好累……"

明知这是一个男人成长蜕变所必须经历的伤痛,但这一刻傅延昇却觉得如此不忍,他稀里糊涂道:"如果不想长大,那就先不长大了。"

戚屿嘴角浮起一个苦涩的笑:"但我总要长大的,我也希望我能快点长大……我现在不想见许敬,不想挽留他,说没有置气的成分也是假的。希望有朝一日,我能以一个成年人的姿态重新吸引他的关注,等那时候,只要他想回来,我也随时欢迎他回来。"

傅延昇见他眸中仍有伤痛,道:"我现在做点什么,你能好受一些?"

戚屿心说:我想要你一直在我身边帮我,你能答应吗?

可这话在嘴里绕了一圈,终究还是没有说出口,因为这也是小孩子才会提的任性要求。成年人的情谊不是剥夺与索取,而是相互成全。

戚屿转身面向眼前的人工河,低声道:"谢谢你听我倾诉,我已经好多了。"

他深吸了一口气,转移话题道:"苏竟明天就过来了,跟我约了晚上见面吃饭,你要想让我开心,明天就努力帮我拿下他吧。"

傅延昇:"这有何难?"

刚听他说了四个字,戚屿就说:"傅老师,你很有信心啊?"

傅延昇以拳抵唇:"我只是觉得,目前种种迹象都表明他已经有来投奔你的意愿了。"

戚屿:"也有可能是仗着我对他的青睐,来为林焕打探消息呢?"

傅延昇:"不会,据我所知,当初林焕拿下红妆确实是耍了些不入流的手段,你曾猜测苏竟跟林焕不合,这是个事实。"

"你怎么知道?"戚屿开玩笑道,"你们在燕城林氏不会也有眼线吧?"

傅延昇看着他,没说话。

戚屿心里止不住地猜想了片刻,也越发期待起明天和苏竟的会面。

两人又逛了一会儿,戚屿便催傅延昇回去了。他将对方送到别墅区门口,目送着傅延昇坐车离开,又在原地站了十来秒,才转身回家。

姜莹在厨房泡完茶,刚要上楼,见戚屿从门外进来,讶异道:"听小枫说你九点就回来了,还以为你在楼上洗澡,怎么在外面?"

"刚出去散了个步,你还没休息?"

"在飞机上睡了一路,现在反而不大困了,我刚给你爸泡了壶柏子仁茶,你也喝点。"姜莹返回厨房,单独取了个玻璃杯,把第一泡茶全倒给了他。

戚屿问:"爸爸也没睡?"

姜莹"嗯"了一声,提醒他道:"有些烫,凉些再喝。"

戚屿接过杯子说:"我上去找他。"

姜莹连忙给他使了个眼色:"今晚算了,有什么事明天早上再说吧。"

戚屿忽然想起刚偷听到爸妈谈论的话题,心中了然:"也行,那我先回房了。"

第18章 北鹤南飞

次日一早，戚屿才将他们欲招揽苏竟的想法告诉戚源诚，戚源诚赞成了他们的计划，又交代了他几句谈判过程中的注意事项，等戚屿要离开时，他不知是不是想起昨晚和姜莹的交谈，忽然开口道："戚屿，小傅他有没有跟你说过……"

戚屿顿住脚步，等着爸爸往下说，可戚源诚却欲言又止地摆摆手道："没什么，去吧。"

傍晚六点左右，戚屿率叶钦如、傅延昇和吴双三人前往约见苏竟的餐厅。叶钦如听说苏竟是湖北籍的，特地选了家楚菜馆。

四个人提前到了，傅延昇问叶钦如："你跟他约的几点？"

"六点半，"叶钦如打开手机看了一眼地图导航，说，"快到了，还有一公里。"

吴双小声问："你还能看见他到哪里了？"

叶钦如："这是我给他订的专车，我当然知道他到哪里。"

又等了几分钟，吴双问："叶总，我要下去接一下他吗？"

叶钦如笑看着吴双："说你机灵你是真机灵，但说你笨你有时候也挺笨的……你想想，那苏竟是谁的人？是林焕。如果林焕和菲亚合作，那就是我们最大的竞争对手，我们现在想挖他过来，能这么明目张胆地跟他见面吗？在这等着吧，我已经告诉他包厢位置了。"

吴双面无表情地恭维一句："还是叶总心思缜密。"

不消片刻，包厢门就被推开了，只见苏竟穿着一身松垮垮的T恤和破牛仔裤走进来。他扫了众人一眼，纳闷道："我约的是戚屿，你们怎么都来了？"

叶钦如嘴角一抽："安排给你接机的人是我，给你订酒店的人是我，你还不准让我来跟你吃个饭？"

苏竟笑了："原来是你安排的啊，我说怎么来接机的司机还戴个黑眼镜，住的酒店都不登记我的身份证，搞得我来一次海城像来跟特务接头似的……"

叶钦如："……"

戚屿笑道："苏大哥，坐，这几位都是我的亲信，不用拘束。"

苏竟在戚屿身边的空位坐下，打量了他们一会儿，道："傅总和叶总上次见过，这个小家伙又是谁？"

叶钦如开玩笑说："这是我的小粉丝。"

吴双："苏总您好，我是吴双。"

戚屿介绍："吴双是科技部的行政助理，兼任叶总的秘书。"

苏竟朝他点了下头，又对着叶钦如翻了个白眼："你来跟我吃饭还带个粉丝，怎么着？想证明你微博那三百五十万粉不是假粉？"

叶钦如："……"

苏竟端起眼前的小杯荞麦茶，一口干了，接着问戚屿："我特地飞过来，也不想跟你绕圈子，就是想问一问，司氏到底怎么回事？"

叶钦如打断他："你这人怎么这么性急！都没点菜呢，先把菜点了。"

苏竟翻开菜单，愣道："湖北菜？"

叶钦如大手一挥："对，你是湖北人吧？挑你喜欢的点，今天让你体会一把宾至如归的感觉。"

苏竟失笑："我爸是湖北人，但我姥姥是福建的，我从小在家基本都吃她老人家做的闽南菜，十五岁上了中大少年班，在学校也是吃粤菜居多。"

叶钦如嘴角又是一抽，抢过菜单没好气道："算了算了，我来吧，"他翻了两页菜单，又嘀咕道，"这家也不是纯正风味的湖北菜，我看有好几个是粤菜。"

"我不挑食，你随便点。"苏竟交代完，又看向戚屿，兴味盎然道，"你们叶总挺热情啊，怎么，搞这么大阵仗，还真想挖我？"

"苏总，我的意思两个月前就表达给你听过了，今天不说什么漂亮话，我叫亲近的几个下属过来，就是想让他们也跟你聊聊。"

"苏总喝酒吗？"傅延昇顺势道。

"都吃湖北菜了，能不喝酒吗？来点白的吧。"

"茅台？"傅延昇问。

"有没有黄鹤楼？"

叶钦如瞄了一眼酒单，说："不但有'黄鹤楼'，还有'白云边'呢，'黄鹤一去不复返，白云千载空悠悠'……嗯，这酒名很符合'北鹤南飞，来而不返'的意思啊，就来一瓶黄鹤楼，再来一瓶白云边，怎么样？"

苏竟一头黑线："你咋什么都能借题发挥……"

叶钦如笑笑，偏头对边上的吴双道："去叫服务员，点菜。"

服务员进来，叶钦如点了清蒸武昌鱼、东坡肉、豆腐皮、排骨藕汤等十余道菜，又贴心地吩咐厨师少放点辣。

等酒菜上来，几人喝了一轮，才回归正题。

傅延昇知道司氏出事是苏竟来司源的最大顾虑，他替人斟了杯酒，就主动解释道："苏总，司氏这次出状况，对司源集团的影响不会很大，反而是个好事。"

苏竟："怎么说？"

傅延昇："戚屿的爸爸虽然是司源集团的第一大股东，但从集团原本的名字上也能看

第18章 北鹤南飞

出来司家在整个集团的地位,司家人之前不在司源集团掌权,一来是司源旗下的美薇在海外的盈利占了集团收入的半壁江山,戚董也一直亲自在负责海外事业部的运营;二来是司氏家业太大,手伸不了那么长。但去年起,司源集团就有意将事业重心转移到国内,其科技部是集团未来发展的核心部门,这个部门一成立,司氏就立即将自己人安插在内,也证明了他们并不想放掉这块肥肉。你当初犹豫是否跟司源合作,应该也是在顾虑司家的势力太大,今后万一做大了,戚屿控制不了科技部吧?"

"不错,当初见了司总人五人六的嚣张模样,好像你们司源集团要收购我红妆是看得起我似的……"苏竟哼笑了一声,"要不是后来跟戚屿见了一面,我对你们司源集团根本没什么好印象。"

傅延昇莞尔:"司家这次出事,恐怕难翻身了,虽然这次事件会对司源集团和旗下上市公司的股价造成一定冲击,但戚董其实也能借这个机会稳固自己在集团内部的独立掌控权。尤其是科技部,没了司泽,今后就是戚屿一个人说了算,所以我才说,这对我们反而是一件好事。"

苏竟好奇:"司源集团难道不会在这件事情中遭受损失?"

傅延昇:"司家投资合作的企业甚广,他们一倒,说没有损失是不可能的,但受损失的不只是司源集团,还有唐启一汽、荣氏地产等国内的大型企业,司源集团有实业支撑,又有50%以上的固定股东,不至于在这次市场洗牌的波折中断了根基。"

苏竟点点头,两人又聊了些商界近期趋势,期间叶钦如和吴双也发表了一些看法,甚至还吐槽了一番司泽之前的行为。

"不瞒你们说,这次司家事发,圈子里还真有不少幸灾乐祸、拍手称快的。"苏竟忽然看向戚屿,压着嗓音问,"你是不是早知道他们会出事?"

戚屿反问道:"我怎么会知道?"

苏竟一脸狐疑地看着他:"那你两个月前给我发的那几条信息是……"

"我只是跟我爸去争取了一下我在这个科技公司的话语权,"戚屿斜了傅延昇一眼,继续道,"说起来,那段时间,我这位傅老师倒是一直跟在我爸身边从事集团监事会的一些工作,可能比我多知道一点?"

苏竟瞥向傅延昇,只见原先还一本正经的傅延昇朝自己神秘一笑,端起酒杯道:"苏总不必在意这些细节,结局对我们来说是好的不就行了?"

苏竟手一顿,赶紧把酒喝了,笑着嘀咕了一句:"有意思。"

戚屿也端起酒杯:"苏大哥,你现在该信了吧,当时在微信里跟你说的那些话,我是真心的。"

苏竟举杯凑向他,问:"戚屿,我一个团队十二个人,都是自己兄弟,来了海城,你包吃包住吗?"

戚屿开玩笑,道:"不但给你们包吃包住,要是有单身的,还可以让叶总负责给你们

找对象。"

苏竟嗤笑了一声:"就他?他自己还单着呢!"

叶钦如:"嘿,你说这话我就不爱听了啊,我单着不代表我没有资源。莲秀的创始人俞莲,知道不?她现在就在我们科技部,负责内容策划,手底下有个策划团队,招了一堆年轻漂亮的气质美女,比林焕身边那堆批量出厂的网红有内涵多了!"

苏竟:"靠……"

叶钦如:"别'靠'了,我们戚总都把话撂这儿了,包吃包住包人生大事,你还不赶紧答应,扭扭捏捏的小心到时候来了他再给你穿小鞋!"

苏竟:"我看想给我穿小鞋的人是你吧?"

叶钦如"哼"了一声,道:"我倒是想给你穿小鞋,可戚总说了,你要是来,就跟我平起平坐,我还没那个权力给你穿呢。"

苏竟一怔,看向戚屿,眼中浮现出一丝感动。

人好话都说到这份上了,他自己都觉得要再不给一个准信就说不过去了。他自饮一杯酒:"行,就冲着你们这番诚意,我答应了!"

众人闻言纷纷面露喜色,戚屿正想举杯,却见傅延昇道:"苏总,既然你说了这话,那有些问题我就直接问了。"

苏竟:"什么问题?"

傅延昇:"林焕是什么时候决定跟菲亚合作的?"

这问题也是戚屿之前在微信里想试探他的,当时苏竟没有回答,但他既已决定倒戈,也不在乎拿这些信息当投名状:"具体什么时候我不知道,林焕也没告诉我。我只知道,他是个纯粹的投资商人,对公司经营、企业管理等内容毫不关心,就是想通过倒买倒卖赚钱,所以,我猜他收购红妆之前就已经找好了下家。"

戚屿问:"你是说他在收购红妆前就已经决定和菲亚合作?"

苏竟抱起手臂:"这是我的猜想,立早集团去年也跟我对接过,还是菲亚的董事长章爱发亲自跟我见的面。但你们也知道,我一开始只接受投资,不接受收购,可能立早集团就是在我这儿碰了壁,才让林焕来对付我。"

……对付?

戚屿想到傅延昇说林焕收购红妆耍了些手段,好奇道:"所以林焕到底是怎么把你的红妆拿下的?"

苏竟:"那厮奸许得很,当初我急需资金发展,找了好几家投资公司,卖了一些股份,结果绕了一圈发现,几家给我投资的公司全是林焕的眼线,已经通过各家投资公司拿到红妆40%的股份了。"

戚屿心想:这手段怎么和当初许敬给他支的招儿差不多?

苏竟看向戚屿,似笑非笑:"还记不记得你当时为表达诚意,让你们山雨投资的许总

第18章 北鹤南飞

给我投了一千万？年后林焕与我见面，却告诉我，山雨投资的许总也是他的朋友，还说，我与其到处求爷爷告奶奶地找人投资，还不如早点认清现实，把公司高价卖了。"

戚屿一惊："我让山雨给你投资的那一千万跟林焕绝对没有关系。"

苏竟："山雨那一千万是纯投资，也不拿股份，我知道这是你的好意，也知道林焕那么说是在给我心理施压。只是，年前跟你聊完后，我心里其实已经有些摇摆。匹夫无罪，怀璧其罪，我又哪里不知道以我一己之力根本保不住红妆？我是真认清现实了，所幸红妆也不是我花大心思创建的，左右都是卖，他既然肯出高价，我就卖给他，但这家公司的价值也仅止于此了。"

叶钦如问："仅止于此是什么意思？"

苏竟扬了扬眉毛，解释道："自从他拿下红妆后，我的团队再没有给红妆做过技术优化，红妆的算法一直维持在原先的水平，我跟我兄弟们这半年就是吃吃闲饭，打打补丁，看上去尽心尽力，其实搞别的研究呢。"

"好家伙……"叶钦如都忍不住想给苏竟竖个大拇指。

傅延昇问："那你和你的团队研究过莲秀吗？你觉得莲秀和红妆差距有多大？"

"当然，我做红妆之前就研究过市面上所有同类型的公司，之前的莲秀在算法架构上毫无特色，它做奢侈品代购的商城类似于传统电商平台，内容推荐全靠人工编辑引导，没有智能学习和推荐，客户增长极慢。但红妆不一样，我从创建红妆之初就采用了社区商城相互融合的闭环模式来设计架构，"苏竟皱了下眉头，"不过这方面的内容，我说了你们也未必懂。"

傅延昇却道："说说吧，不懂可以问嘛。"

苏竟看了他们一眼，见几人都没有不耐烦的表情，才接着说了下去。起初戚屿还勉强听得懂，可当苏竟开始说什么"卷积神经网络""高维空间""文本向量"时，他就有点云里雾里了。

到后来，也只剩下傅延昇还在跟苏竟有来有往地探讨交流，搞得苏竟都有点意外："你对这方面也有研究？敢情还懂得不少。"

傅延昇谦虚道："没什么研究，只是听个大概。"

苏竟颇有兴趣地看着傅延昇，继续说了下去："我不知道你们收购莲秀后有没有招新的大牛进来做算法，如果这方面没有改进，红妆这种社区电商相互融合形成闭环的智能平台对你们几乎是碾压级的，一旦和菲亚联手，只要三个月你们就能看到巨大的差距。"

叶钦如紧张道："有这么夸张吗？"

苏竟："我用过你们的APP，大概能有一些判断，不过，你们也不用太担心，等我来了，翻盘的概率还是很高的。"

叶钦如："多长时间能翻盘？"

苏竟："半年吧。"

叶钦如："半年？听说红妆和菲亚下个月就要搞事了，半年会不会黄花菜都凉了？"

苏竟拿筷子比画了一下："我就是带队来给你一晚上把算法架构全改了，你们也得花时间养用户吧？想快点赶上去，到时候砸钱营销跟上啊！"

叶钦如危机感满满，主动给苏竟倒了杯酒说："对对，广告铺天盖地打起来，怎么都不能输在起跑线上！"

苏竟把酒喝了，笑说："信息时代，大家的喜好变化很快，既然做时尚分享就得与时俱进，我离开红妆，红妆要是找不到更好的架构设计师继续负责原先的算法优化，也是个鸡肋，有什么好怕的。"

戚屿暗想：傅延昇当时说苏竟离开红妆，扭头要再搞个'绿妆'和'黄妆'出来，林焕收了也是白收……现在看来，好像还真是这样。

一顿饭吃了近三个小时，快十点了四人才起身。叶钦如问苏竟："你什么时候能过来？"

苏竟反问他："你希望我什么时候来？"

叶钦如："当然是越快越好！"

苏竟"哈哈"大笑，揶揄他道："刚谁说我急性子？叶总，我看你比我性子更急！"

叶钦如："你都说我急性子了，那好，一会儿我就带法务去你酒店找你！"

苏竟挑眉："带法务去酒店？你想干什么？"

叶钦如："把合同签了！"

苏竟无语道："都这么晚了，你还怕我跑了？！"

傅延昇也说："叶总不忙，今天大家都喝了不少酒，不急这一时，让苏总回去休息一晚上，明早再见面谈正式待遇吧。"

叶钦如总算作罢，叫了车送苏竟回酒店，几人就此分别。

傅延昇也送戚屿回家，戚屿今晚也有些喝多，在车上坐了一会儿，整个人就有点晕。他想起傅延昇在饭桌上跟苏竟交流那些技术，对这男人的知识阈值好奇不已，眯着眼睛问道："傅老师，你真听得懂苏竟说的那些东西？"

"我对人工智能、机器学习这一块没有深入研究过，但他讲那些东西从数学角度来看，有些建模原理是相通的，所以大概懂一些。"傅延昇摸着下巴道，"不过，苏竟能把这么核心的内容都分享出来，也能看出他是诚心想跳槽来投奔你了。"

"你就装吧，"戚屿斜了他一眼，"叶总管这么大一个科技部，平时估计也没少跟技术部的人开会，可我看他听得都有点稀里糊涂的。"

"我在你心里就这么厉害？"傅延昇心里好笑。

"总觉得你还有很多事情瞒着我……"戚屿嘀咕了一句，又说，"对了，明天一早你们和苏总谈待遇，我还有些事，就不过去了。"

"你有什么事？"

"我明天中午和唐伟烨约了一起吃饭，跟他打听一下司航的情况。"

第18章 北鹤南飞

到了南郊别墅，傅延昇把戚屿送到家门口才离开。戚屿回房间后洗了把脸就睡了，次日起来，他给苏竟打了通电话，表示自己今天还有重要的事，待遇方面有什么要求，让对方只管和叶钦如说。这也是一种谈判策略，虽然司源集团肯定不会亏待苏竟，但戚源诚建议戚屿谈这方面问题时不要亲自出面。苏竟客气了两句，两人便挂了电话。

吃早饭时，戚屿碰上戚源诚，在饭桌上跟对方简单汇报了昨晚和苏竟的谈判结果，戚源诚挺满意。

戚屿想起昨晚苏竟透露的红妆技术信息，还提到林焕说自己和许敬是好友，心里有一种不好的预感，问戚源诚道："爸，敬哥离职要签竞业限制协议吗？"

戚源诚："自然要签。"

戚屿刚松了一口气，又听戚源诚道："但他不是技术类人员，这种协议对他的控制幅度非常有限，他以前利用山雨投资积累的人脉去了别处仍然可以用到，今后所做的事会对我们有利还是有害，全看他自己的良心。"

戚屿一颗心又提了起来，他心不在焉地扒了几口粥，就放下了筷子。

临近中午，戚屿跟唐伟烨确认了见面时间和地点，出门时见苏竟给自己发了条消息："你身边那个傅延昇，到底是什么来头？"

戚屿一愣："他怎么了？"

苏竟没有回复，戚屿等了十来分钟，按捺不住问了傅延昇一句："你们跟苏竟谈得怎么样？"

傅延昇倒回得快："妥了。我们先去吃饭，晚点见了面我再跟你说。"

戚屿强忍住心中的好奇，叮嘱了傅延昇一句："替我好好招待苏竟。"

唐伟烨已先他一步到了餐馆，大中午的，那小子在餐馆内还戴着黑色渔夫帽、黑口罩，坐在角落的位置里，看见戚屿也不敢起身，只摘下口罩一边，鬼鬼祟祟地跟他招了招手。

这一幕让戚屿莫名感觉像是苏竟昨天说的"特务接头"，心中无奈又好笑，他走过去落了座，说："怎么跟做贼似的？"

唐伟烨压着声音道："别提了，要不是见你，我都不敢出门……"

戚屿随便点了几个菜便直奔主题："跟我说说事发那天的情况。"

"那天……那天我们几个都在腾云大厦，因为司航的公司早上九点半上市，上市结束他们就会来腾云大厦办庆功宴，我跟我二哥一早就开车过去了……"

"你哥也在？"

"对，除了我们几个和司航玩得好的，还有很多泽哥的朋友，男男女女，六十多人。他们上市敲钟，我们在腾云大厦宴会厅里看直播，边上还有个屏幕是实时股价，原本排了一天的节目，我们正开香槟庆祝，直播就断了，我哥收到消息，说司航和泽哥在S交易所门口被带走，一开始有人不信，以为他们搞恶作剧，可是司航的那个公司在九点四十分就被停牌了，很快也有警察进来，带走了笙哥……"

"笙哥?你说的是汪笙?"

唐伟烨"嗯"了一声,详细描述了一遍汪笙被带走的场景,可能是因为人在现场,亲眼看到同伴被抓,现在他还心有余悸:"那会儿现场很混乱,我也记不清细节了,我哥第一时间给我爸和律师打电话,然后带我回家,之后我就再也没出过门……"

戚屿:"……"

"这几天还有警察陆续给我们打电话了解情况,我哥猜是司航那个公司上市出了点问题,可当时在场的大部分人都投了,不可能都抓起来。我家律师也说,我没用自己的户头,而且不是庄家,不会有什么大问题……"

这话不知是律师教的还是唐伟烨自己为了开脱想出来的说辞,叫戚屿听了一阵头疼。

服务员来上菜,戚屿让对方给自己拿包烟,又听唐伟烨絮絮叨叨、语无伦次地说了一堆。他想到什么,又道:"对了,我爸说主要是司家惹到上面的人了,跟我们关系不大,但是,最近低调点总没错……"

戚屿点了烟,吸了一口,忍无可忍地打断他:"唐伟烨,司航那个公司什么情况,你是真不知道还是装不知道?上回我们见面,你忘了你当时跟我吹嘘过什么了?"

唐伟烨皱眉:"可是大家都这么做啊,一次都没出过事。"

戚屿:"大家都这么做就是对的?司航那个公司你们都知道有问题吧,你还说投资稳赚,可你们有没有想过赚的是谁的钱?是其他被欺骗的股民。他们又凭什么被欺骗?"

唐伟烨张了张嘴:"你当时也没劝我啊……"

"我要是当时就跟你说这样做不对,你们会听?"戚屿冷笑,"坦白讲,你们那会儿怂恿我投资,我宁愿把这些钱直接打司航卡里,也不想投。"

唐伟烨沉默了一会儿:"戚屿,你是不是特看不上我们?"

"是,"戚屿一点也不迂回地承认,"特别是那次在蓉锦轩包厢外听到你们开玩笑说那种话时,我都恨不得把你们一个个拖出来打残了。"

"那……现在呢?"

"现在嘛,觉得你们有点可怜,"戚屿吐出一口烟,淡淡道,"唐伟烨,其实我跟你们,从来不是一路人。"

见对方一脸沮丧,戚屿弹了下烟灰,又敛目道:"好好反省一下吧,有错改过,没准今后还能做朋友。"

"你还愿意跟我做朋友?"唐伟烨苦笑。

戚屿没回答他这个问题,想了想,又问:"听说司航被取保候审了,你去看过他吗?"

取保候审后,只要不离开居住地,司航仍可以和朋友正常联络。

唐伟烨讪讪道:"没有,出了这种事,有谁敢去看他,消息都不敢发一个。"

戚屿:"为什么不敢?"

唐伟烨低声道:"怕惹祸上身呗。"

第18章 北鹤南飞

戚屿皱眉:"别人就算了,你、朱麟和秦寒不都是司航最亲近的朋友?"

唐伟烨惭愧地低下头:"别这么看着我,我是真的怕……等这件事彻底过去,我再去找他。"

戚屿顿了顿,问:"我还一次都没去过司航家,你有他家地址吗?"

唐伟烨猛地抬头:"你要去看他?"

戚屿:"怎么了?"

"没、没什么……"唐伟烨把司航家的地址找出来,转发给戚屿,神情越发惭愧羞赧。

戚屿扫了眼手机,把烟摁灭在烟灰缸里,低声说:"吃饭吧。"

之后一直无话,唐伟烨时不时偷瞄戚屿,戚屿懒得再搭理他,吃了半块牛排,喝了点海鲜汤,就起身离开了。

去找司航之前,戚屿先在车里给他打了通电话,问他在不在家。

司航接了电话,不知道是惊了还是傻了,呆呆地在那头应了一声。

司家的别墅比戚屿家所在的地段更好,直接坐落在市中心,寸土寸金的风水宝地,被层层绿化环绕着。只是,不知道之后司家遭到清算,他们还能不能继续拥有这房子。

戚屿到后摁了门铃,司航开门,亲自将他迎进客厅。这位平时张扬跋扈的司家二少爷此时像霜打的茄子,行止拘束,眼神瑟缩,说话都压着声音。

两人在客厅沙发上坐下,司航低着头不敢看戚屿,坐了两秒才想起来,紧张道:"你要不要喝点什么?"

"不用,就这么聊几句,我一会儿还有点事,就来看看你,"戚屿环视了一圈,见屋子里空荡荡的,问,"你妈妈呢?"

"在楼上卧室……"

"家里没别的人了吗?"

"就一个烧饭的阿姨,"司航停顿了一会儿,支支吾吾地说,"律师每天会过来一趟,跟我们说目前的进展,其他来了都是找麻烦的,我妈不让物业放人进来。"

"你们家公司那边现在谁在打理?"戚屿问。

司厉和司泽是被抓了,但是在判决下来之前,司氏还是得继续经营。

司航茫然道:"爸爸以前的下属……"

"你不去管管?"

"我不知道怎么管……"

戚屿皱眉:"你知道你家到底出什么事了吗?"

司航沉默片刻,说:"知道,尹律师跟我说了,爸爸和哥哥犯了事,推断判刑起码十年,家里还要交很多罚款,公司得卖掉,房子也要卖掉,如果不够还可能申请破产,到时会一无所有……"

戚屿见他一脸生无可恋,忍不住道:"不会的,你家不是还有其他亲戚吗?再说,你

爸也不可能把所有产业都放在司家名下吧?"

像他们这种豪门,大多会设立一些应对危机的海外基金,或是以他人名义购买房产,不可能全无准备。但很明显,这次事件把司航彻底击垮了,他整个人精神状态都不太对劲,除了麻木地转述别人的话,都不知道自己思考。

司航果然没有回答,两人尴尬地坐了片刻,他才问戚屿:"你那天,投钱了吗?"

戚屿:"没来得及……"

司航松了口气,哭丧着脸道:"幸好没有,否则我都不知道怎么还你。"

听了这话,戚屿又动了点恻隐之心,他问:"有什么我能帮你的吗?"

司航摇摇头,过了两秒才想起什么,看向戚屿,空洞的眼睛里闪烁着一丝光:"对了,你能不能、能不能帮我找找徐一舟?"

戚屿一愣:"徐一舟?"

"七月十六日那天,尹律师交了保释金把我带回来,之后我就联系不到徐一舟了。他没有被抓,但是不见了。"司航慌道,"尹律师说宋哥是间谍,徐一舟可能也是,但我不相信。我家出事,所有人都落井下石,尹律师可能也不是好人,他想让我们都听他的……我要见徐一舟,我要他给我解释,只有他不会骗我……"

戚屿望着他,忽又想起徐一舟当初冷漠地对自己说的那两句话,忍不住攥了下拳头,低声对司航道:"司航,徐一舟只是个打工的,他是图你那份工资才留在你身边,现在公司没了,他不会再回来了,你要试着自己坚强起来。"

司航浑身一震,慢慢睁大眼睛,不可置信地瞪着戚屿,眼中满是委屈和痛苦。

他想说什么,却没说出口,而是歪了下嘴角,抖着肩膀呀呀呜呜地哭了起来,边哭边语不成调地说:"他和我签了三年的合同呀,还没到期呢……我可以给钱的,可以继续给他钱,只要他回来……"

戚屿看着他这模样,心里不晓得是什么滋味。

他言语苍白地安慰了司航几句,这时,电话进来,戚屿瞄了一眼,挂断后对他道:"司航,我还有点事。"

司航好不容易平静下来,像被抽了魂似的,更加憔悴无神:"嗯,你去吧,谢谢你来看我……"说完就又耷拉着脑袋坐在那里,连送人的基本礼仪都顾不上了。

戚屿起身拍了拍他的肩膀,劝道:"振作点。"

司航没有应声,戚屿兀自走到门口,不放心地扭头看了一眼,只见司航孤零零地坐在那里,缩着肩膀,好像要把自己深深地封闭起来。

戚屿轻叹了一口气,对他道:"我会帮你找找徐一舟。"

司航这才抬头,哭红的眼眸里似乎又有了一些希冀。

第19章
野草战队

戚屿离开司家，坐上车才给傅延昇回了电话，傅延昇得知他已经结束和唐伟烨的午餐，约他在酒店见面一叙。

苏竟也在半个小时前给他回了消息："之前听说傅延昇是你的商业顾问，我以为他学商管出身的，昨晚饭桌上聊天，他跟我聊机器学习和算法架构，我看他也不像个外行，今天跟叶总谈合同，他把我从红妆离开后可能面临的所有追责问题全考虑到了……啧，这个人还真是全能得无懈可击。"

发完那段，苏竟又补了一句："能让他这样的人留在你身边，你也了不得。行了，我先回燕城了，半个月内带队来跟你报到。"

戚屿回了句"一路平安"，收起手机看向窗外，满脑子还是司航刚刚哀哀哭泣的样子。

半小时后，戚屿到了傅延昇所住的酒店房间。傅延昇给他开了门，问："喝点茶？"

"都行。"戚屿走到房内的小茶桌边坐下。

傅延昇刚烧完一壶水，边泡茶边跟他汇报与苏竟的谈判结果："跟他谈了个人五百万年薪，团队另外十二个人一共一千五百万年薪的底薪加绩效奖，三年内以十元每股的行权价认购期权，认购比例不超过8%，三年后转正式股权。"

除了团队薪资之外，这条件差不多都是昨天他们见苏竟之前讨论好的，但一千五百万也完全在戚屿能接受的范围。

傅延昇泡完茶返回戚屿身边："他昨晚提过包吃住，叶总答应到时候给他们那一团队的人在公司附近租个楼，不出意外，他们下个月一日前就能到岗。"

戚屿接过杯子"嗯"了一声："苏竟跟我说了，还夸你厉害。"

傅延昇挑眉："夸我？"

戚屿淡笑："说你把他从红妆离开后可能面临的所有追责问题全考虑到了……你都考虑了什么？"

"哦，这个啊，"傅延昇漫不经心道，"你还记不记得当年外面传苏竟偷了中达的技术自己成立光神科技？据我所知，那些技术虽然也是他和他自己团队的人研发的，但中达跟他签的是个人约，从法律上讲，苏竟在中达工作期间研发出来的所有技术都属于中达，所以雷宏当年完全是可以告他的，只是不知道为什么没告。昨晚他说他近半年在红妆吃白饭，带着团队私底下搞研究，我担心他在这方面意识不够强，就问了问他跟红妆签的什么合同，把红妆卖给林焕的时候有没有把那个算法架构一块儿卖掉了，如果卖了，那他来了我们这里，原先那些算法架构也不能用，得重新设计一套……"

戚屿看着傅延昇的薄唇开开合合，觉得这人好像永远都这样无所不知，如果能让这样的人留下来为自己卖命一辈子，确实很了不得吧。

可惜，就算傅延昇欣赏他，也不会一直留在他身边……

傅延昇见他出神，问道："怎么了，心不在焉的？"

戚屿喝了口茶掩饰自己内心的波动："你知道徐一舟去哪里了吗？"

"问他干什么？"傅延昇有些意外。

"我刚刚去看司航了，"戚屿沉默片刻，垂眸道，"司航现在的状态很不好，哭着要找徐一舟，在他心里，徐一舟是唯一可信的人，这样一声不吭地消失，对司航打击很大。"

傅延昇搁下茶杯，看着他道："戚屿，墙倒众人推，司家出事，一夜之间消失背弃的人比比皆是，徐一舟不需要给司航什么交代。"

戚屿拧着眉，他也想劝自己说"别多事"，可司航那副样子又让他无法无动于衷。

"你能不能联系上徐一舟？让我跟他说两句，如果他不答应，我也不勉强。"他问。

傅延昇盯着他看了两秒，终于起身走到床边，从枕头下拿出另外一只手机，背着自己发了什么消息，而后折身返回。

不一会儿，戚屿的手机就振动起来。是一串陌生号码，戚屿怔了怔，看向傅延昇，傅延昇示意他接。

"戚屿，听说你找我？"徐一舟温润的嗓音在手机那头响起。

"徐秘书……"

"我已经不是司航的秘书了，你直接叫我名字吧。"

戚屿顿了顿，把司航的状态重新说了一遍，问他能不能去看看司航，或是给司航打个电话，徐一舟的反应和傅延昇几乎一模一样。

"戚屿，我现在没有义务再管司航高兴不高兴了。"

"我知道，你的工作已经结束了，走了也是理所当然，所以我是来请你帮这个忙的。"

"你根本不把司航当朋友，为什么还要我帮他？"

"虽然不是朋友，但他也曾热心待我，你在司航身边两年半，应该比我更懂他，他是有很多缺点，却不是罪大恶极，何况你骗了他这么久，他都信了，应该不介意再骗他一次吧。"

徐一舟笑了笑："你想让我怎么骗他？"

"至少给他一点希望，让他赶紧振作起来，比如跟他说，等他什么时候自己有能力撑起司家了，你就回到他身边去。"

徐一舟显得心情愉悦："行，看在傅延昇的面子上，我帮你这个忙。不过，这人情我不要你还，你让傅延昇记着便是。"

第19章 野草战队

戚屿瞟了傅延昇一眼，正想说什么，又听徐一舟道："你也别再管别人的闲事了，好好珍惜有傅延昇在身边的日子吧，再见。"

等戚屿放下电话，傅延昇就问："他怎么说？"

戚屿放下手机："他答应帮忙，但让你记着他的人情。"

傅延昇摇头低笑："斤斤计较。"

戚屿抬眼："徐一舟知道你把你们的部分背景告诉了我？"

傅延昇："我跟上面递交过关于你的知情权申请，他们多少知道一些。"

戚屿想起一人，问傅延昇："宋助理还好吗？"

傅延昇起身拿了茶壶来，给戚屿添了些水："不大好，他得了很严重的心理疾病。"

戚屿想起那些细节，眉心微蹙："抑郁症？"

傅延昇"嗯"了一声："你也知道，他给司泽工作那段经历对他造成了很严重的伤害，加上他妈妈……"

戚屿接上傅延昇没说完的话："我听说他妈妈得了白血病，现在身体怎么样了？"

傅延昇叹了口气，道："他妈妈已经去世了。"

戚屿一惊："去世了？"

"嗯，就前不久，不过这事跟司泽没什么关系，说起来，在给他妈妈治病这事上面，司泽还帮了他不少……"傅延昇叹了口气，道，"他现在找了个地方休养，有人照顾着他。"

戚屿抓紧杯子，心中百感交集。

两人又聊了会儿，傅延昇要去山雨继续没完成的交接工作，两人就此分开。

次日，戚屿收到司航的短信，对方跟他道了谢，看样子徐一舟已经跟司航联系过了，不知是不是按照他当时在电话里建议的那般说的，听司航的语气，似乎有了些精神。

但没过几日，戚屿又接到了司航的一通求助电话。他那游戏公司在上市过程中因违规操作遭遇停牌处理，公司遭证监所调查后又将面临处罚。因为各方舆论，公司内游戏玩家的名誉也受到了损害，经理见状决定联合玩家起诉航帆科技，要求赔偿和提前解约，好尽快跳槽。

徐一舟一走，公司群龙无首，司航之前就是个甩手掌柜，如今面对这么一个烂摊子，根本没能力应对。

由于肖野仍在电竞圈炙手可热，这几天陆续有其他公司来挖人，其中也包括林焕的俱乐部。尹律师得知此事，为了及时止损，打算把整个俱乐部玩家连人带合同一起转卖，看了一圈，只有林焕的俱乐部愿意打包买，而且出价也最高。但林焕的战队之前一直是司航的死对头，司航听说后死活不愿意。

司航跟戚屿求助的时候，戚屿简直想往他脸上泼一瓢冰水让他清醒一点。

几乎是同一时间，肖野也给戚屿发了消息，问能不能跟他见一面。两人自西城那次

认识后一直有联系方式,不过肖野无事很少打扰戚屿。

戚屿也知道对方是为什么而来,想起先前的承诺,纠结了一番,还是应了。

两人约在一间咖啡馆相见,肖野看着比以前稍微成熟了一些,但因有事相求,表现得相当紧张。

戚屿听他支支吾吾了几分钟都没说到正题,忍不住道:"你们的情况我知道一些,你有什么诉求,直接说吧。"

肖野这才大着胆子说了,他和司航还有一年零三个月的合约,如今航帆科技出事,公司连他们的工资都发不出来,俱乐部里的玩家都闹着要和航帆科技提前解约,但若通过诉讼解约,起码得拖个一年半载,大家想着司家自顾不暇,没准拖到最后连赔偿费用都拿不到。电竞玩家的一年不同于在其他行业的一年,谁都不想被这么消耗,听说林焕想打包买下他们,有人很高兴,肖野却不愿意。

戚屿有些意外,他原以为只有司航这种二愣子这时还拎不清状况,没想到肖野这回居然和司航站在同一条线上。

"听说林焕的俱乐部是你们这款游戏里实力最强的俱乐部,你为什么不愿意去?"

"屿哥,你还记不记得两年前我们在西城聊过,我想成立自己的战队?"

"记得,你还是这么想?"

"嗯,这几年我一直在跟我原先的队友们保持联系,本来想等一年后合约到期就出来自己组建队伍。我和航哥聊过,他告诉我,航帆科技上市后,他也会在一年内把公司卖掉,所以他不介意我走,但我们都没想到现在会变成这样……既然如此,我也不想再耗下去了。你当时跟我说,如果三年后我仍然有这个念头,就让我带着我的团队来找你,虽然现在早了一年,但我还是想争取一下……"

司航可能愿意放肖野走,但负责为他收拾烂摊子的司家团队不愿意,肖野的一年合约还能卖钱,如果肖野想提前解约,不但要自己花钱赎身,还会被要求支付违约金,他要是花了,就没钱组建战队了,如果等着一年后自动解约,耗下来更加得不偿失,要不是进退两难,肖野也不想这时候来找戚屿。

戚屿听他说了这些,终于明白了,肖野不但希望自己买下他,还想让自己投资他成立战队。但戚屿不是司航,不会冲动行事,何况肖野只是个电竞玩家,他也担心对方想组建战队只是一时冲动,根本不懂经营。

戚屿斟酌片刻道:"坦白说,司家这次出事,我家也受到了一些牵连,现在集团各项资金都非常紧张,公司所有的投资项目都停了,董事长指示半年内所有储备资金都用来维持自家企业的股价,作为朋友,我很想帮你,但如果你是找我投资,我就是个商人,商人不做亏钱的买卖……"

肖野以为求助无望,眼神黯淡。

戚屿喝了口咖啡,才话锋一转:"这样,我给你三天时间,你出一个详细的团队组建

第19章 野草战队

方案给我,我要知道你的计划、团队成员、盈利模式,也需要你跟我介绍你们这个游戏的行业现状和远期前景,到时候我会找专业人士进行评估,如果评估下来可行,我就让我名下的山雨出钱投资你。但是,如果投资风险太高,我只能从朋友的立场试着去跟司航聊聊,怎么让你以最小的代价尽快跟航帆科技解约,你觉得如何?"

肖野的眼睛随着戚屿这一席话又亮了起来,他忙不迭地点头道:"好,我马上去做!"

和肖野分开后,戚屿又给司航打了电话沟通此事,司航得知他愿意出手相助,也是喜出望外。

戚屿给肖野三天时间,但肖野只花了一晚上工夫就把方案做完了,他发消息给戚屿说随时可以带团队的人跟他见面。

中午戚屿去丰贸找傅延昇一起吃饭,趁机把这事告诉傅延昇,想让对方来把关。傅延昇闻言一脸不解:"这种时候你还打算投资一个游戏战队?"

戚屿叹了口气:"两年前在西城,我听肖野说了他的故事,一时冲动给了他一个承诺,我也知道这个时机不好,但他既然现在来求了我,我总不能当什么都没发生过……我让他做了个方案,你帮我一起看看,要是觉得不靠谱,就算了。"

傅延昇好笑地看着他:"这种忙也就只有你这种'真性情'的人会帮。"

"真性情"这三个字傅延昇说得极为缓慢,戏谑一般,听得戚屿不爽:"你不支持?"

傅延昇搛了筷鱼肉给他,说:"你想做的事,我哪能不支持?让他们过来吧。"

戚屿给肖野发了消息,让对方晚上七点半带人来丰贸一楼的咖啡馆。

晚上七点十五,肖野他们就在咖啡馆等着了,一共来了七个人,戚屿扫了一圈,看模样都只是十八九岁的小孩,最大的也不过二十出头,其中两个还染着一头颜色显眼的头发,像非主流的中二少年。

几个人恭恭敬敬地叫着"屿哥好""老板好",又挨个儿自我介绍了一番,最年长的那个青年叫柏草,在七个人当中最为稳重,不过面对戚屿时,眼中也难掩忐忑紧张之情。

戚屿带他们上楼,傅延昇听说人来了,从办公室里出来,跟他们一起进了会议室。

助理开了投影仪,屏幕上亮出了肖野他们做的PPT,首页上一个鲜明的绿色标题——野草战队成立方案。

一个小时后,戚屿把肖野他们送出山雨投资,说道:"你们先回去,我和傅经理讨论一下你们的项目,有结果了再告诉你们。"

肖野应了一声,直到电梯门合上前,几个年轻人还一脸希冀地望着戚屿。

戚屿叹了口气,返回会议室,见傅延昇仍皱着眉头在一页页地看他们刚刚放的PPT。

"你觉得怎么样?"戚屿自己都不抱什么信心。

傅延昇轻笑一声:"要不是这个肖野还算是个出了名的电竞选手,我都感觉他们搭了个草台班子骗钱来了。"

戚屿:"……"

傅延昇将视线移回眼前的屏幕，道："那柏草刚说，他们从五年前就认识了，但在肖野被挖去FTD之前，他们这个团队打出的最好成绩是全国第八，肖野一走，这些人的战绩直线下降。柏草算是除了肖野之外实力最强的，这两年进步也很大，已经勉强能够得上一线，但跟肖野这种王牌相比还是差了一个档次。这几年他们拒绝了所有俱乐部的合约，独自支撑，就为了等肖野回来，可以说，这群人是靠肖野赚的钱养着，才能挺到现在，确实是重情重义的一群好友，但是，情义先放一边，他们凭什么认为肖野回去他们就能跻身一流队伍？"

鼠标一滑，页面跳转至野草战队各队员在《英雄战塔》这款游戏中的战绩以及这个赛项一年来的各项赛事和奖金，刚刚主讲人柏草罗列的他们有意夺取奖金的项目，都是超出他们以往的实力的。

"目前能让我看到商业潜力的只有肖野一个，因为肖野已经得到过市场的检验，游戏技术、个人形象、商业能力都没话说。但是，再厉害的明星选手也需要资本的包装，需要足够优秀的队友支撑，否则只会被拖累……"傅延昇皱了下眉头，道，"光看这些根本没说服力，我需要他们拿出实打实的战绩，另外，他们还需要一个专业经纪人。"

"经纪人？"

"不错，一个游戏战队要有经纪人、领队、教练等辅助工作人员，但刚刚他们来的都是游戏选手，如果能有优秀的经纪人挖掘他们每个人身上的商业潜能，规划他们的未来，先不论他们能不能拿冠军，就算只是混个中游也能维持战队的基本运转，但是他们没有，看着就很散乱……"傅延昇左手手指轻扣着桌面，沉吟道，"我这边倒是认识一个人，擅长组织经营，左右逢源，很适合来做经纪人……"

那人姓蒋，是傅延昇在国外念书时认识的同学，也算是个富二代，他在意大利当过球队经纪人，带队夺过冠，还在澳洲卖过房，荣获过金牌中介人。

"我记得他挺爱玩游戏，当年我们在伦敦，他跟我扯电竞行业，说起来头头是道……"傅延昇翻了翻手机，说，"前几天看他朋友圈，见他在H市，闲着，正找事儿干。我问问，如果他肯来，这草台班子还能再搭一搭。"

"他要是不肯来呢？"戚屿问。

"当年他爸公司财务出问题，我还帮忙出谋划策过，他一直欠我一个人情，不来说不过去吧……"傅延昇说着便直接给那蒋旭打电话，沟通了几分钟，对方答应来海城聊聊。

戚屿一听有戏，问道："所以我们决定投资肖野的战队了？"

"不，你爸说了，山雨的资金不能动……"傅延昇食指中指并在一起在桌上轻轻一划，"我只能帮这个肖野组个盘，我们出人、出方案，到时让肖野跟司航签个对赌协议，如果接下来一年内肖野能带着他这支队伍赚到对赌协议内约定的钱，就让司航以肖野的赎身费入股，最多20%，享受持续分红，要是赌约没完成，司航可以要求肖野再按照利息把这笔钱分期偿还给他。"

第19章 野草战队

戚屿愣道:"你的意思是,让司航把他手上持有的肖野剩下的一年零三个月的合约当作一笔投资款?"

傅延昇:"没错,这样一来,你就不用花钱给肖野赎身,肖野有这个压力,也会好好带队努力。"

戚屿:"既然如此,肖野自己就有钱成立战队,还要我们做什么?"

傅延昇挑眉:"我不都说了,我们出人和经营方案,这些至少也得拿50%干股。我估算前期投入最多出一百万,维持日常运转足矣。你既然想帮,你自己掏了就行,对你来说也不多,他们若是真有前途,你赚一笔,也不枉你在他两难之际帮忙,如果亏了,也就亏一百万。"

戚屿琢磨了一番:"只出这点钱就拿50%干股,你这方案对我来说,还真是里外不亏。"

"那当然,"傅延昇点点自己的脑袋,莞尔道,"你老师我卖的可是这个。"

两人正说着,忽听背后"咔"的一声。戚屿扭头看向身后,只见许敬站在那里,手还放在门把上没有放下。

三人见面,一瞬间表情都有些惊异。

"敬哥……"戚屿低喃了一句,立即起身。

许敬快速移开视线,故作镇定地看向傅延昇:"傅经理,我来拿个东西,不知道你们在会议室,我看灯没关,以为是别人。"

傅延昇也站了起来:"拿什么?"

"万诚的案子,晚上走时忘了,"许敬晃了晃手中的文件袋,又扫了戚屿一眼,"先不打扰了,告辞。"

见许敬转身离开,戚屿忙追出去叫住他:"敬哥!"

许敬在山雨门口停住脚步,头也没回:"有事?"

想不到避了整整一个月,会在这里碰上许敬,戚屿心中千言万语,不知从哪里说起。他挣扎了一会儿,最终只问出一句:"你走后,是不是打算去林焕那儿?"

许敬抓着文件袋的手指蓦地收紧了,他收回视线,背对着戚屿说了一句"跟你无关",就大步朝着电梯厅走去。

戚屿攥紧拳头,眸中浮起一缕哀伤与不甘。

尾随而来的傅延昇站在戚屿身后,抬手轻轻搭上戚屿的肩,他似乎能体会戚屿此刻的心情,叹息了一声。但能言善辩如他,这会儿也不知道该怎么安慰人。

那位蒋先生两天后就来了海城,傅延昇轻而易举地将人谈了下来。戚屿得知对方答应留下带队,心下高兴,主动提议请对方吃个饭。

傅延昇一愣:"你想见他?"

"虽然是卖你的人情,但他既然是为我的事情而来的,我也应该亲自见面请人吃顿饭

吧，"戚屿在电话里说，"怎么，不方便见？"

傅延昇听他这么说，当然没理由回绝，便安排三人在丰贸的日料店吃晚饭。

见面相互做了介绍，蒋旭笑问傅延昇："你老板这么年轻？"

"那是，大学都还没毕业呢。"傅延昇语气里有一股掩饰不住的骄傲。

几人喝了点酒，蒋旭很喜欢戚屿的性格，兴致一来便向他吹嘘起自己这些年的风流韵事。

戚屿听了笑说："看来蒋先生有过不少露水姻缘？"

蒋旭潇洒道："人生如戏，如果每到一个地方都能在当地逢场作戏一番，岂不美哉？"

傅延昇用筷子轻轻拨着跟前的寿司，埋汰他道："都三十好几的油腻中年男性了，还'美哉'呢，再这么混下去，我看除了图你钱的，还有谁乐意跟你做戏。"

"嘿，别仗着你比我早念两年大学就多年轻似的，你不也差一年就迈过三十的槛了？下午你跟我说过阵子可能还要去深城，"蒋旭意有所指地瞥了眼戚屿，"怎么，对现在这工作不满意吗？"

戚屿闻言眉心一跳，爸爸让傅延昇管着山雨，可不知道傅延昇目前有去深城的需要。

只见傅延昇筷子一抖，终于拨翻了那只无辜的寿司，原先堆在上头的猩红鱼子洒了一盘子，像是给那鱼形的盘子开膛破肚一般。

饭桌上的气氛忽然间变得有些凝重，蒋旭却还在叨叨："你也别说我。听Steven说，当年你在桓盛的时候，有不少豪门千金追求过你，我就不信你这么多年都没跟别人逢场作戏……"

傅延昇挥了下筷子，眉心微蹙："胡说什么，赶紧吃你的饭……"

之后半顿饭，只听蒋旭在桌上胡吹海侃，一人挑台唱戏，傅延昇有一搭没一搭地应付着他，明显有些心不在焉。

待蒋旭走后，傅延昇问戚屿接下来的安排，戚屿说："我有点累，想先回家了。"

傅延昇打算送他，戚屿没有拒绝，上了车还道："今天这事谢谢你了。"

傅延昇道："举手之劳，你不用跟我这么生分。"

路上，戚屿终于问："你要走了？"两人都知道蒋旭刚在饭桌上说漏嘴的那句话意味着什么，不可能当什么都没发生。

傅延昇见瞒不过，索性坦白："刚接到了通知，还没最终确认。"

戚屿："什么时候？"

傅延昇："下个月底……"

戚屿点点头："我知道了。"

……真好，许敬这个月底，傅延昇下个月底。

戚屿表现得相当平静，然而他越平静，傅延昇越不安。

"戚屿，你别不高兴，我还在跟上面申请推迟几个月换岗。"

第19章 野草战队

"没关系,过了八月我也要回斯泰福,既然你不跟我回去,在海城还是在别的地方,又有什么区别?"

傅延昇一时无言以对,车子很快到了南郊别墅,戚屿让司机把车停在别墅区外,傅延昇却跟着下了车,想直接送戚屿到家门口。

戚屿往前走了两步,想到一事,又说:"我就是有点好奇,如果我至今都没猜到你的真实身份,你是不是会用别的理由离开?比如说,对我的表现不满意,不能继续留在我身边,或者干脆像宋溥心和徐一舟一样,忽然消失?"

傅延昇忙说:"我不会的。"

"那你还是像这样实话实说,我更容易接受,我不喜欢别人骗我,"戚屿停了下来,看向傅延昇,道,"行了,就送到这儿吧,等走之前,一起吃个饭,好聚好散。"说完头也不回地进了家门。

等门一关,戚屿脸上才流露出一股忧伤难舍之情。

他在玄关处呆立了数秒才换鞋上楼,进了房间,疲惫地扯松领带,正想瘫坐下来,忽然想到什么,踱步到窗边。

拉开窗帘往下一看,果然见傅延昇还站在楼下,衔着半截烟,望着这栋别墅。

戚屿感觉一股热意涌出胸腔,直冲大脑和眼眶。他心中默念:傅老师,你不是最冷静了么,既然来的时候就想到过有这一天,现在这样又是干什么?

第20章 战争打响

蒋旭接手野草战队经纪人的工作后，短短几天内就出了一份既完整又专业的经营方案，其中包括为战队成员聘请教练、挑选住宿场所、启动日常训练等事项，面面俱到，细致靡遗，肖野组建战队的计划就在傅延昇的一手安排下顺利推进下去。

七月底，许敬正式离职，不知去向。

八月初，苏竟带队抵达海城，加入美薇·莲秀。当晚，戚屿在润丰公馆设宴为他们接风洗尘，科技部已从集团脱离出来并入美薇·莲秀科技公司，公司高管级别的重要人员全都列席了当日的晚宴，包括叶钦如、俞莲等人。

席间苏竟取出一个盒子，说要给他们送见面礼。戚屿就坐在他边上，瞄了一眼子，只见盒子里是一堆苏竟之前送他的那个有定位功能的手机形状小挂件。

戚屿无语，他还以为之前苏竟送的那个小挂件有多珍贵，原来是批量生产的。发到他时，他拒绝道："我不用了吧，你之前不是送过我一个了？"

苏竟还是给他塞了一个："我上次送你的那个是试用打样产品，根据我兄弟使用后的反馈，偶尔会有些延迟，这个是改良版的，定位更精确，录音更清晰……"

盛情难却，戚屿只得收了。

八月中旬，菲亚·红妆平台正式上线，菲亚在当天召开记者发布会，宣称正式进军电商及科技领域。在被记者问到怎么看待同类型平台"美薇·莲秀"时，菲亚董事长章爱发表示，既然做了，菲亚就是奔着行业龙头去的，此言一发，算是打响了菲亚与美薇在电商科技领域竞争的第一枪。

发布会那天，红妆的拥有者林焕也在现场。身为燕城首富之子，林焕一向是各大媒体的焦点，原本乏人关注的商界新闻在他的流量加持下勉强上了热搜。

与此同时，又有记者透露出红妆算法架构师苏竟临时倒戈加入美薇的新闻，不知哪个记者偷拍到了苏竟和戚屿双双出入科技公司的照片，照片被发到了网上，戚屿帅气的形象引发了不少关注，他神秘的背景也首次曝光在公众视野中。

一时之间，商业新闻里竟四处散播起戚屿与林焕这两大商业巨子水火不容、南北对立的八卦新闻。

戚屿行事越发低调，而就在这戏剧般跌宕起伏的假期里，傅延昇即将离开山雨的那一天也快到了。

在这之前，戚屿已将傅延昇打算离开的事告诉了戚源诚，戚源诚早有心理准备，没太意外。

虽说傅延昇接近戚家是别有目的，但到底没害他们，在司氏这次风波中，他还很好地护住了戚屿，避免他卷入是非，也算是功过相抵。

只是此刻又得再找个接管山雨的人，戚屿和爸爸商量后，决定亲自扛起这个重任。有了傅延昇两年的教导，加上去年一年在科技部的实战经验，兼管一家投资公司对戚屿来说已经不算太难。只要戚源诚帮他在国内找个代理管理人，让对方实时向自己汇报各项事务，并让他定夺重要事项即可。

戚源诚在身边精心挑选了一番，最终选了一位年轻踏实的下属来做这个代理管理人。

傅延昇离开海城前一晚，戚屿约他去了之前那家纯鲜斑鱼府吃饭。

同样的位置，同样的冰镇鱼片。鲜汤石锅，慢火烹煮。

傅延昇隔着袅袅蒸汽望着戚屿，歉疚道："对不起，我原本以为至少还能在司源集团待上半年的，没想到这么急。不过你放心，就算我去了别的地方，也会随时关注司源集团的情况。"

戚屿拨了两片鱼肉涮煮，开玩笑似的说："别关注出不好的情况就行。"

傅延昇："……"

戚屿问："你去深城什么地方？做什么？"

傅延昇抿了口杯中的竹叶青，说道："深城万祺证券，老行当。"

戚屿好奇："证券公司是你的'固定岗位'吗？"

傅延昇："算是吧，里边能接触各种各样的公司，各种各样的人，还有讯息。"

戚屿抬了下眼皮："你这种人哪天要是出了什么事，肯定是因为知道的太多了。"

傅延昇目不转睛地望着戚屿，忍不住问："戚屿，你以后会跟我保持联系吗？"

戚屿放下筷子说："傅延昇，你真觉得你走了，我们还能像以前一样无话不谈？"

傅延昇握紧酒杯，面色发沉。他也知道，无论是因为戚屿的身份地位，还是因为自己的工作性质，这一走之后，他们都不可能像他待在戚屿身边时那样亲近了。

戚屿："我也想继续把你当老师，像以前那样时刻都请教你，但可能我今后碰到的困难再也不是两年前在线上问你的小白问题了，在我需要帮助的时候，你也不可能第一时间出现在我身边……我们都会有各自需要保守的秘密，一旦分开，今后只会渐行渐远。"

傅延昇望着他："你为什么不要求我留下来？"

"傅老师，不用勉强，你从没有承诺过我什么，也不曾亏欠我什么。你还记不记得，去年也是在这个地方，我问你，我要怎么做你才愿意来我身边，你说，如果从你嘴里说出要求，就有可能变成勉强……这话，我现在也想对你说。"戚屿看向傅延昇，嘴角噙着一抹若有似无的笑，"如果你不得不走，那便走，如果你想留下，就留下，我要的也是你

第20章 战争打响

的心甘情愿。"

他这番话说得从容不迫,和当初在临渊公寓故意刺激傅延昇,在假日酒店激将傅延昇都不同。

他没有赌气,没有抱怨,他坦坦荡荡,他真心诚意。

傅延昇回想了一番过去,再看看戚屿如今潇洒的姿态,算是彻底明白了什么叫自食其果。

他抓着酒杯,说了一个字:"好。"

不舍之情在心头泛滥,傅延昇抬手将杯中的竹叶青一饮而尽,酒入愁肠如饮鸩止渴,不解忧愁反叫人愈加心酸。

——好一个心甘情愿。

饭后戚屿主动买了单,两人一起走出餐馆。戚屿正想给王猛打电话,傅延昇却叫住了他,说:"你的手机呢?借我一下。"

戚屿一愣:"干什么?"但仍掏出手机,解锁后递给傅延昇。

傅延昇搜索下载了一个软件,戚屿看了一眼,正是苏竟送他们的那个定位小挂件的绑定APP。只见傅延昇一边往里输入一串代码,一边说道:"这是苏竟给我的那个挂件,我会随身带着,无论我今后在哪里,你都能看见;你有任何想问的问题,随时可以问。我会尽量每天帮你解答问题,每周给你打一通电话,除了工作岗位不能变,你的需求在我这边就是第一位。这次不签合同,但你记住我的承诺,如果你需要,我就第一时间出现。"

戚屿心中一阵感激。

戚屿返回家中,原以为这个点家里没人,没想到一进门就见戚源诚在客厅里喝茶。

戚屿唤了一声"爸",进门换了鞋,说:"我订了明天下午回帕市的机票。"

戚源诚点点头,说:"之后三个月,你就好好地待在学校,平时出门都让保镖跟着,无论国内公司出什么情况,都别回来了。"

戚屿眉头一拧:"要出什么事了吗?"

戚源诚慢慢端起桌上的茶杯:"你那个章姓同学给的东西,我让律师都调查了。那个神秘账号是章承欢姐夫的,这人也是他的秘书,可以说,邱如松开艾薇的前三年,章家不少人都是受益者。前几天律师又见了一次柳美玲,给她看了这些证据,她已经招了,说之前是受章家人的指使才撒谎。柳美玲还有一个弟弟和一个妹妹在念大学,她知道自己扯进这起经济案,肯定自身难保,想给弟弟妹妹留条后路。章承欢威胁过她,如果不按照他说的做,就会对她弟弟妹妹不客气。现在证据确凿,警方随时能对章承欢及其他涉事人员实施抓捕,侵权案也正在审理,等确定了艾薇对美薇造成的实际损失,很快就会开庭。"

"那章承欢现在被抓了吗?"

"快了，"戚源诚喝了口茶，冷声道，"菲亚现在不正叫嚣着要跟美薇争行业龙头吗？我倒是要看看，等章家干的腌臜事曝光，他们还怎么争。"

如今两家公司为争抢用户打得如火如荼——今日美薇送代金券，明日菲亚全场七折，今日美薇请了某知名明星来做代言，明日菲亚找了带货王来现场直播……

虽说戚屿已将红妆的核心技术团队挖了过来，但用户的习性是需要时间来培养的，就如苏竟所说，即便他在一夜之间改了美薇·莲秀背后的算法架构，也要一段时间让用户适应这个软件，并让他们养成日常使用的习惯。

何况，苏竟还不能照搬之前他给红妆设计的架构，他得在原来的基础上有所革新，保证美薇能在长远层面上逐步以实质性的用户体验感取胜。

而眼下，美薇·莲秀正因之前的技术落后而吃亏，加上司氏刚刚出事，司源集团上上下下风声鹤唳，对科技公司的发展资金投入不像立早集团那么大手大脚、肆无忌惮，所以短时间呈现出一些落后趋势。

戚源诚纵横商场二十年，甚少树敌，唯独对章家人恨之入骨。从他们早年绑架戚屿，美薇国内上市期间恶意竞争，再到近两年的A货店事件，新仇旧恨加在一起，他纵是再大度都不可能咽下这口气。

美薇·莲秀以及菲亚·红妆虽然只是两家新的科技公司，但它们的发展也能反映两家集团未来的发展趋势。如今双方开打，不但要比拼企业本身提供的商品质量、服务档次以及呈现的技术水平，更要打舆论战，打民心战，以赢得更大的知名度和群众好感。

所以，戚源诚刚刚那番话绝不是一时气话，这个时候抓捕章承欢并公开他联合邱如松的所作所为，的确是最好的时机。

"我知道了，"戚屿了然道，"接下来几个月我会注意安全的。"

戚源诚放下杯子，又偏头看他，这才问了一句："傅延昇走了？"

戚屿一怔，"嗯"了一声。

连着走了两员精心栽培的大将，戚源诚也不可能完全没有失意。他见这半月来戚屿时常沉闷不语，知道儿子内心肯定比自己更不好受。

然而，戚源诚每次试图找戚屿谈心，戚屿又都表现得十分淡然。

从戚屿傲然挺直的脊背上，隐忍坚毅的目光里，戚源诚仿佛第一次深切地感受到，儿子长大了。

戚源诚安慰他道："走了就走了吧，这世上优秀的人多得是，等爸爸忙完这一阵再给你物色几个出色的人才，先替你栽培着。你安心学习，先争取明年顺利毕业。"

戚屿应了声"好"，没有反驳。

次日，戚屿去科技公司见了叶钦如，又去山雨投资见了爸爸为自己找的代理经理，交代了一番，便坐飞机返回帕市。

双人公寓里只剩下了戚屿一个人，显得有点空荡荡的。戚屿上次回来时，还幻想着

第20章 战争打响

等司家的事过去,傅延昇会回来陪自己念完大学,至少把他们两年的合同履行完,可世事难料,一转眼他们已经各奔东西,各自为营。

房间里还有两人一起看过的书,用过的物件,傅延昇的衣服裤子也还挂在对方房间衣柜里没有收拾……

戚屿看着有些心烦意乱,抽空全取下来,找了个箱子胡乱塞进去,想着找时间给傅延昇寄回去。

没过几日就开学了,大学最后一年,课程和事项比往年都多。傅延昇刚去深城,也是忙得脚不着地,两人除了每天发微信打打招呼,也没什么其他好说的。

九月和十月是多事之秋——章承欢被捕,艾薇侵权案和邱如松职务侵占案开庭,邱如松和章承欢分别被判了九年和七年有期徒刑。

戚源诚在国内安排媒体大肆宣扬章家对美薇所做的恶事,舆论沸沸扬扬,美薇与菲亚的战火进一步升级。

为这件事,章承宣还特地请戚屿吃了一顿饭,跟戚屿道谢。

戚屿问他:"你三哥进去了,你毕业后回菲亚就能掌权?"

章承宣:"我爸已经跟我说了,让我毕业就去菲亚帮忙。"

戚屿垂眸道:"我们只把章承欢送进去七年,等他出来,你不是还得屈居其下?"

章承宣笑笑:"七年足矣,等他出来,菲亚不会是他的菲亚了。"

戚屿挑眉:"这么有把握?"

章承宣扫了四周一眼,道:"这么多年书,总不能白读了。"

戚屿想了想,终于说出了他之前的疑惑:"你也知道现在菲亚和美薇的竞争关系,等你接手菲亚,我们恐怕就会是对手。"

章承宣看向他道:"不错,但我仍希望跟你成为朋友。"

戚屿摇头:"我觉得可能性不大。"

章承宣又说:"至少比起章承欢,我会努力成为一个可敬的对手。"

这话戚屿听着舒服多了,他举起酒杯,笑道:"那么,敬未来的对手。"

章承宣眼眸一亮:"干杯。"

和章承宣分开后,戚屿回家洗了个澡,刚从浴室出来,手机就响了,是傅延昇的视频电话。

戚屿按下接听键,把手机立在桌上,回身去浴室拿了块干毛巾,边擦头发边出来,手机屏幕里已显示出傅延昇的脸。

"你刚洗完澡?"傅延昇问。

戚屿"嗯"了一声,又出去取了瓶水,才返回写字台前坐下:"你怎么这个点给我打电话?"

他们有十五个小时的时差,傅延昇这个时间一般都在工作,这一个多月,戚屿依稀

感觉他们像是回到了第一年线上教学的时候。

"今天休息。"傅延昇说。

"今天不是周四吗，怎么就休息了？两个小时前我还见你在眺月酒楼吃饭。"

傅延昇一愣，明白过来是戚屿看了他的定位，笑了笑："我应酬呢。"

"跟谁应酬？"戚屿边问边继续擦头发。

"富商A，富二代B，高官C。"

戚屿一听这ABC脑壳就疼，手一顿，问："说不来？"

傅延昇无奈地"嗯"了一声，戚屿也不强求，这样的状况已经是两人对话时的常态。

傅延昇接着道："原本打算跟他们聊一下午，结果组局的人临时有事，先走了，我们就提前散了。公司那边刚安顿完，下属们也都有事在做，我就提前回了。"

戚屿翻了个白眼："你那不叫休息，叫翘班。"

"行，你说什么便是什么，"傅延昇问他，"你呢，最近忙不忙？"

"忙，最后一年要修的学分最多，除了两门考试，要写两篇小论文，一篇大论文，"戚屿放下毛巾，调整了一下坐姿，让自己陷在座椅里，似有些困惑，"总觉得如果把时间花在这上头，有点浪费……"

正说着，傅延昇忽问他道："戚屿，你觉得你写论文是为了什么？"

戚屿下意识想回答"学分""毕业"，但这回答好像太功利了。

傅延昇解释道："从教学的角度来看，写论文是为了培养学生的思辨能力。因为一个学生在确定论题、找相关资料、对比不同的观点、总结自己的观点这一系列过程中，能够形成系统的逻辑思维能力，而思辨能力也是教授判定一个学生是否有能力拿到学士学位的标准，而非此人搜集了多少资料，背出了多少数据……"

听着傅延昇这一番解释，戚屿似有不少启发。他也清楚傅延昇比自己厉害，但想起苏竟当初对对方的夸赞，又忍不住想确认一下对方到底有多厉害："我什么时候能达到你的能力水准？"

傅延昇："呃……"

"呃"是什么意思？戚屿竖起眉毛："你觉得我比不过你？"

"应该很难，"这话说得太直接，傅延昇忙解释说，"我本科学了六个专业，绩点都是满的，也许是我孤陋寡闻，但我至今确实还没遇上过在学习方面比我厉害的。"

戚屿惊道："你不是说你本科学的是数学吗？！"

傅延昇："我确实被录在数学系，但那会儿精力丰富，导师帮我申请，让我多学了几个专业，而且我也都通过考试了。"

戚屿被傅延昇不经意间流露的狂妄自大彻底刺激到了，心里一阵起伏，继续追问："除了数学，你还学了什么？"

"经济、金融管理、信息学、心理学、政治学……"傅延昇说完，又说，"你真没必

第20章 战争打响

要跟我比，我那会儿也是年轻气盛，觉得考试写论文比较容易，学多了还能跟同行显摆，但其实他们未必喜欢我，我现在已经收敛了许多。"

戚屿两眼一黑……

考试、写论文容易，学多了显摆，收敛……

很好，他甘拜下风！

傅延昇正滔滔不绝，却见屏幕一黑，视频被挂断了。

戚屿把毛巾挂了回去，喝了口水，见傅延昇又给自己发了条语音消息："好了好了，今天跟你视频，主要是想跟你说个正事。"

戚屿回复："什么？"

傅延昇："司家的事马上就有定论了。"

戚屿一惊："这么快？"

他们美薇和邱如松的官司，为收集详细证据拖了整整一年才开庭，可司泽他们从被抓到现在，才过了三个月。

傅延昇："嗯，你有空提醒一下你爸，让他做好准备。"

翌日，戚屿抽空给爸爸打电话，旁敲侧击地问了问司源集团对司氏股份转卖的情况是否准备充分。

戚源诚道："我已经知会过一些股东和之前关系融洽的合作方接收司家的股份，但不到关键时刻，谁都无法确认他们是否真的会照做，毕竟钱在人家口袋里，商人重利，这种情况，大部分人不落井下石就已经算是有良心了。"

戚屿感慨了一番世态炎凉，顺便关心了一句："妈妈和弟弟最近还好吗？"

戚源诚沉默了两秒，道："让你妈妈自己跟你说吧。"

自从司家出事，他们返回海城，戚源诚和姜莹就一直留在国内，现在唯有戚屿一人因学业待在美国。戚屿听出爸爸方才欲言又止，以为出了什么事，一听到姜莹声音就急着问："妈妈，家里都还好吧？"

"都挺好的，"姜莹心情似乎不错，与他说了两句家常，才笑着说，"戚屿啊，你和小枫可能要有小弟弟或小妹妹了。"

小弟弟或者小妹妹？戚屿愣了两秒才反应过来："妈妈，你怀孕了？"

姜莹"嗯"了一声，语气里满溢着幸福。戚屿又惊又喜，但喜悦只是一瞬的，他很快又紧张起来："你都这个年纪了，再生个宝宝身体会不会吃不消？"

姜莹嗔道："你跟你爸还真是父子俩，他刚听说这件事也跟你一样的反应……虽然是高龄，但我问过医生，现在医疗水平先进，只要孕期好好调理，定期产检，遵从医嘱，不会有太大问题。"

戚屿有些忐忑："妈妈……"

姜莹轻叹了一口气，柔声道："戚屿，我跟你爸分开十年再复婚，实属不易，现在的

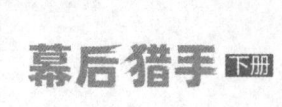

我已经没有当年那么重的事业心，反而想再好好地当一次母亲……这孩子来得正合我的心意，我也希望你们都能支持我。"

戚屿心中思绪万千，他郑重道："妈妈，要不要生孩子，决定权在你，如果你平安生下小宝宝，自然是皆大欢喜。但我想，不管是我、戚枫，还是爸爸，你的健康和安全在我们心里才是最重要的。"

姜莹："妈妈知道你们在担心些什么，你放心，如果医生说有风险，妈妈就拿掉它。"

手机那头又传来了戚源诚的嘀咕声："还没说完？都快十点了，小心累着你的身子……"

姜莹对着电话道："行了，戚屿，妈妈也不多说了，你自己在国外，也要多注意身体。"

戚源诚："等等，手机给我，我再跟儿子说两句。"

转瞬间，手机就重新落到了戚源诚手里："我也劝过你妈妈了，她非要不可，哎，你之后有了空，多给她发发消息，多关心她。医生说了，怀孕的女人激素水平不大稳定，比往常要敏感……"

戚源诚背诵了一堆注意事项，这些分明是他自己要做的事，这样喋喋不休地说给戚屿听，仿佛也在表达他自己的焦虑。

父子俩相依为命十年，对戚屿而言，戚源诚不仅是望之如岳的父亲，也是需要照顾与陪伴的大人，他一一应声，承诺父亲会照做。

挂了电话，戚屿一面为司家判决可能带来的影响担忧，一面也对这个新生命的到来充满了期待。

第21章
危机重重

过了一周,司家的判决果然下来了。

司氏因垄断罪被罚一百二十亿,其股东司厉与司泽因行贿、内幕交易、操纵股市等罪名被罚没个人财产,并分别判处无期徒刑和十年有期徒刑。

与傅延昇当初猜测的一样,银行与国家相关部门在最短的时间内强制执行了司氏在国内的各项资产。隔了一年左右,汪勇国行长及某高官被双规的新闻才报道出来。当然,这已是后话。

司家那边,听说司航被他爸爸与哥哥留下的心腹旧臣扶持着坐上了掌权的位置。经历这次"抄家",司氏的状况急转直下,这次事件带来的负面影响也会对其今后在商业领域的发展形成巨大阻力,恐怕再难重现当年海城首富的风光。

判决下来不久,为补交罚款,狱中的司厉不得已做出了变卖司氏在司源集团20%股份的决定,叫司航等人代为执行。

戚源诚携部分股东、合作方及山雨投资接收了10%,剩余的10%在股价低迷时被其他人瓜分收购,前前后后花了两个月,司源集团的股价才勉强恢复稳定。

然而,就在这焦灼的时刻,又发生了一起突发事件——司源集团大股东王臻栋决定撤资。

彼时,戚屿刚结束一学期的课程,因这个消息打算连夜回国。收拾东西时,他又接到了傅延昇的电话。

傅延昇也得知了这事,问道:"王臻栋要是撤资,司源会有多大的资金缺口?"

戚屿:"4.6%的股份,按照司源集团现在的市值,起码五个亿。"

这不是关键,关键是司源集团的股价才刚稳定,王臻栋的离场对其他新进股东来说无疑是一个危险的信号,若是其他股东见状也决定抽手,带来的连锁反应将不堪设想。

在过去两个月中,受司氏事件影响,圈内已有几家关联公司因司家撤资、股价跳水导致资金周转不灵,甚至直接面临破产,司源集团必然不愿重蹈覆辙。

傅延昇当然也想到了这些,面色凝重道:"是你爸叫你回去的?"

戚屿道:"不是我爸,美薇和章家的官司刚结束,我爸担心我这时候回国不安全,他可能也不觉得这事我能帮上什么忙,打电话只是告诉我一声,让我和叶总他们讨论一下科技公司接下来半年的发展情况,做好最坏的打算。但我总得回去,美薇·莲秀是司源集团发展的重中之重，万一王臻栋撤资，科技公司会受到直接影响，我要是隔着太平洋作壁上观，还当这个CEO干什么？"

傅延昇："你回去后有什么打算？"

戚屿："找找能接手王臻栋股份的人……我爸也在找旧关系，他这几天忙得焦头烂额，正好我放假，回去至少还能替他分担一些应酬的压力。"

傅延昇颔首："那行，你回去看看是否有回旋余地，有什么困难再跟我说，我帮你一起想办法。"

戚屿此时心浮气躁，便说："想什么办法？你还能替我拿出五个亿来不成？"

傅延昇也不着恼，笑道："为什么不成？我不算你的人脉？还是你信不过我的人脉？"

戚屿故意呛他："除了跟你差不多的那些'卧底'，你能有什么人脉？还是说，你跟当年在港城桓盛时逢场作戏的千金大小姐们仍有联系？"

傅延昇："……"

戚屿："行了，不聊了，王猛给我订了三个小时之后的航班，去机场还要一个小时，我收拾完就得出发。"

戚屿挂了电话，连夜飞回海城。

除了王猛，戚源诚又安排了两个保镖来接他，国内还是白天，戚屿上车后没回家，先马不停蹄去了一趟公司。

叶钦如见了他直呼"哎哟妈呀"，拉着他就往会议室走："你可算来了，赶紧开个会，我跟你说说现在的情况！"

迎面碰上吴双，只见他夹着个笔记本，匆匆忙忙跟戚屿打了声招呼就与他错肩而过。戚屿一愣，问叶钦如："吴双没走？"

叶钦如纳闷道："走？去哪儿？"

戚屿心里奇怪，说了句"没什么"，等几人落座，聊了一会儿，吴双才抱着笔记本进来："苏总在忙，说让我们先开会，他晚点再来。"

叶钦如摆摆手道："不管他，我们先说。"

美薇·莲秀从八月和菲亚·红妆"开战"至今，已过去四个月，中间连着经历了几次大的波折。

八月初，苏竟临时离职这事把林焕气得不轻，等美薇·莲秀公开承认苏竟首席技术官的职位后，林焕就发动媒体在各大新闻的商业版块对苏竟进行道德抨击，说他"白眼狼"本性难移，之前背叛雷宏，现在又背叛林氏，早晚有一天也会背叛司源。

恰逢当时司家判决已下，莲秀在算法架构上又存在着先天不足，商圈路人围观后纷纷表示对美薇的前景并不看好，致使与林焕合作的菲亚·红妆先占一城。但之后不久，邱如松案件开庭，戚源诚联合媒体曝出章承欢鼓动美薇高层开A货店导致吃官司坐牢的丑闻，不但为美薇洗白了，还力证商界存在的恶意竞争，抨击章家人性丑恶、道德沦丧，舆论

第21章 危机重重

纷纷倒戈,美薇又扳回一城。

紧接而来的两个月,司源集团更是经历了司氏撤资带来的股市危机、现金流短缺等问题。叶钦如和苏竟的技术团队可谓是扛着内外压力,一边跟菲亚打营销擂台,一边对莲秀的算法架构进行了几轮革新。

最近美薇·莲秀的用户增长、黏性和活跃度大大提升,刚有了赶超菲亚的势头,不料又逢突变。

叶钦如急得像热锅上的蚂蚁:"戚总,资金链无论如何是不能断的,这一断,后面营销推广和发展跟不上,前面的付出会大打折扣。"

沉没成本太高,戚屿又何尝不知道不能退?他说:"你们先别急,我想想办法……"

不想话没说完,苏竟就闯了进来,只见他此时神情憔悴,满眼的红血丝,但面对戚屿却像是开了十级火力的炮筒:"别急?怎么能不急?傅延昇人呢?他当初说什么司氏倒台对司源集团是好事,还说什么司源集团不会断了根基,把我一顿好骗,结果我一来,面对的全是烂摊子!本想安安心心搞技术,前天叶钦如跟我说又有股东撤资,技术都可能搞不了……我都快给你们气秃头了!"

叶钦如知道苏竟耿直,脾气也冲,见他居然敢这么对戚屿说话,也吓了一跳。

担心戚屿觉得没面子,他赶紧让其他人先离开会议室。等人都走光了,叶钦如想打圆场,但看了一眼气急败坏的苏竟,思及当初忽悠苏竟来这里也有自己一份"功劳",怕殃及池鱼,转了个身也撤了,最后只剩下苏竟和戚屿两人在会议室里面面相觑。

戚屿歉疚道:"苏大哥……"

"你别跟我卖惨,没用!"苏竟咬咬牙,瞪着戚屿继续连珠炮似的吼道,"你知道我为你承受了多少压力?从我决定来投奔你,我就知道林焕又要借题发挥,果然,那狗东西找媒体骂了我一个月!他当初就是强取豪夺收购我的红妆,还敢骂我白眼狼,我这些年真是受够那些话了!但为了你,我都忍了,因为你承诺过会让我实现自己的梦想,我信了你!"

戚屿忍不住站起来,想给苏竟一些安慰。可他比苏竟高了大半个头,一站起来就气势逼人,急得苏竟大叫:"你坐下,你坐下!我还没说完呢!"

戚屿只好又坐下了,和声道:"嗯,你说,我听着。"

苏竟刚发泄了一通,情绪缓和了一些,仍满肚子苦水:"我来这里跟我兄弟们每天只睡六个小时改架构,坚持了整整两个月,到现在还分三批人两班倒每天盯着后台,我这么拼死拼活图什么?戚屿,我今年三十七岁了!我跟你不一样,我不能再输第二次了你知不知道!"

"我知道……"戚屿望着他,给了他一句承诺,"你放心,王臻栋撤资后的窟窿,我一定会想办法填上,绝不会断了科技公司的推广和研发。"

有戚屿这句话,苏竟终于被安抚了,刚好他身上的手机响起来,估计是技术部的人找他，苏竟接通后说了两句，就急着要走。

离开前，他还气呼呼地对戚屿道："戚屿，我可把我的未来赌在你身上了，你绝对不能让我失望！"

戚屿"嗯"了一声，起身送他离开会议室。

等两人出了会议室，叶钦如立即从隔壁的办公室出来，问："怎么样？他消气了吗？"

戚屿斜了他一眼："你刚刚溜得倒是快。"

"别提了，你这请来的虽是个天才，但也是个祖宗啊！这公司上上下下谁敢得罪他？你瞧他刚跟你说话的态度，跟老子训儿子似的……哎，跟他共事了这四个月，我算是知道他当年离开中达为什么受了那么多非议都没人帮他说话了，"叶钦如摇摇头，"他这脾气真的容易树敌。"

戚屿拍拍他的肩膀："你受苦了。"

"也没什么，"叶钦如撇撇嘴，补了一句，"他技术是真的不错，我忍了。"

戚屿朝他摆摆手："我回趟家，跟我爸商量一下怎么处理股东那边的事。你去忙吧，别送了。"

戚屿下楼，坐进车里，眉心笼起一股忧愁，虽然口头上给了苏竟承诺，但眼下他能想到的也只有山雨投资。

山雨投资为接收司氏的股份，如今已拿不出一分钱了，可许敬当初利用山雨为他积累过不少人脉，其中不乏知名上市公司，也许去拉拉关系，会有人愿意帮一把。

提起山雨，戚屿又想到许敬当初那些话。想到对方离开时的那句"与你无关"，他心头一揪，下意识攥紧了拳头。

其实，昨天傅延昇在电话里说的话也给了戚屿一些希望，但如果可以，戚屿实在不想欠傅延昇人情。

姜莹怀孕后便彻底卸下了电视台的工作在家休养，她近日早孕反应厉害，戚源诚为陪伴她，也几乎是居家办公。

戚屿到家时，妈妈在客厅里看书，孕态还不明显，人看着反而瘦了些。

戚屿放下随身的行李包迎过去，关心了一番母亲的饮食起居和身体状况。

姜莹道："除了食欲有些不振，其他都挺好，但食欲不好也是早孕期间的正常现象，你不用过于担心。"

戚屿心疼地搂了一下对方，才问："小枫呢？"

"他今天早上和凌可回学校去了，但这半年回来得也很频繁，"姜莹边说边看桌上的花瓶，随手调整了玫瑰的位置，淡笑道，"现在这家是真有一点家的样子了。"

戚源诚也闻声从楼上下来了："回来了？"

他自然而然地走到姜莹身边，嘘寒问暖了一番，惹得姜莹不耐烦道："你一天要问几次？我又不是没生过孩子，怎么你们一个两个都这么紧张？行了，你大老远把儿子叫回来，

第21章 危机重重

该说什么说什么去,别拿我当靶心。"

戚源诚心说"又不是我叫他回来的",但见妻子面有愠色,也不敢狡辩叫屈。

戚屿主动给了台阶:"爸,我们上去说吧。"

父子俩到了楼上书房,戚屿便直奔主题:"王叔叔是真的打算撤资?"

戚源诚背过身道:"是,王臻栋跟我说,他那家医疗防护用品公司近几年的收益本就不好,原本还仗着有司源集团这个靠山,可现在司源这情况,他实在是撑不下去了……该说的话我都说了,该表的态我也表了,没有用,他说最多给我们半个月时间,如果我能找到愿意同等价位收购的,他就优先转卖,如果找不到,他就把手中的股票公开出售。"

戚屿听出爸爸语气中暗含的恼怒,心里也明白。

确实,早不早晚不晚,偏偏这个时候撤资卖股份,而且只给他们半个月时间,不得不让人怀疑他这是受人指使,故意给他们使绊子。

但商场如战场,事已至此,他们也只能硬着头皮去面对了。

戚源诚转过身来,问他道:"你刚去科技公司了?"

戚屿颔首,把刚刚面见叶钦如和苏竟的情况向戚源诚转述了一番。

戚源诚叹气道:"我能用的人脉、能找的关系早在司家一案发生期间就用得差不多了,如果半个月内我们找不出能同等价位接手王臻栋股份的人,除了拆东补西之外,根本没有别的办法。"

所谓拆东补西,就是临时变卖集团旗下其他仍有价值的子公司去支撑科技公司的发展,但变卖资产本就是一个不好的信号,这种行为对司源带来的负面影响丝毫不亚于王臻栋撤资事件。

戚屿拧眉道:"我想想办法吧。"

戚源诚道:"你还是个学生,平时除了学校里的同学,接触的也就科技公司这些人,能有什么办法?"

戚屿眼皮微垂,忽然想到什么,说道:"我去趟山雨。"

戚源诚愣了一下,等反应过来,戚屿已经夺门而出。

冬日天暗得早,姜莹见戚屿这个点还要出门,疑惑道:"都快吃晚饭了,你去哪儿?"

"我去趟公司,你们吃吧,不用管我,我一会儿在外面随便吃一些……"戚屿裹了条围巾就匆匆离去。

姜莹一脸担忧,扭头见戚源诚重新下楼来,横眉一竖:"儿子大老远才回家,都没吃口热饭,你就这么折磨他?"

戚源诚慌里慌张道:"不是我让他去的……"

姜莹气道:"别找借口,你要真不想让他去,为什么不阻止他!"

戚源诚:"……"

戚屿提前给山雨的代理经理打了通电话,让对方找出山雨历年投资的公司档案,在办公室等着自己。

那代理经理姓楚，戚屿到了以后，就立即让楚经理帮忙统计每家公司的资金实力。戚屿急着寻求门路，一工作便有些废寝忘食，也不知过了多久，手机响了，他见是傅延昇，才放下手中的档案："什么事？"

傅延昇问："怎么到海城了都没给我发条消息？你现在在哪儿？做什么？"

戚屿本就被一堆资料搞得头昏脑涨，听傅延昇连着问了三个问题，便有些来气："你都不是我公司的人了，问这么多干什么？"

傅延昇说："我关心一下你也不成？"

戚屿压着嗓音："我现在很忙，你到底什么事？"

傅延昇："你现在在哪儿？山雨投资？"

戚屿愣了一下："你怎么知道。"

"我猜的。"傅延昇说，"司源集团有困难，你现在又监管山雨投资，正常思路都是先想到找山雨的人脉……而且，我刚听见你翻文件的声音了，当然，猜错了就算我没说。"

要不是这句解释，戚屿几乎怀疑傅延昇又在自己身边安插了眼线。

戚屿想起下午见到的吴双，问道："对了，吴双怎么还在我们科技公司？"

"是吗？他不是我们的核心人员，去哪里不归我管。"

"不归你管？那当年是谁让他来我这儿应聘助理的？"

"这次是领导叫他待命。"

"你对我们司源集团的情况还了如指掌吧？"

"多少知道一点……"

戚屿："……"

傅延昇知道戚屿在气头上，安抚他道："好了，吴双留在那边还能帮上不少忙，不也挺好的？我都说了，我会一直关注司源集团的情况……"

"你关注什么？"戚屿咬牙切齿，"关注司源怎么陷入风雨飘摇的境地？"

"我打电话不正是想帮你吗？你在山雨看之前投资的公司档案？看哪一家有可以寻求资助的可能性？"

"嗯哼。"

"我说实话，如今的山雨能让你利用的资源，实在有限。"

"为什么？"

"当初许敬跟我交接工作的时候，我向他了解过当初山雨投资的每一家公司的信息，还给那些公司的老总打过电话，告知他们山雨换人了，但我发现，他们对许敬的看重远大于山雨本身……"

戚屿的眉头又皱了起来："你继续说。"

"会让被投资者产生这种心理，说明投资执行人在投资过程中有过度揽权的嫌疑，夸

第21章 危机重重

大或强调自身能力,甚至给予被投资者资金之外的好处。七月份许敬要走,你心里难受,我也不想在你跟前说他的不是,毕竟每个人都有自己的做事方式。我不否认许敬是个有能力的人,但他的做法的确会导致大部分曾接受过山雨投资的人只认他,不认山雨,他们甚至不知道你是谁,这也会导致你接手山雨之后完全离不开他……"

"你确定?"戚屿抓着手机的手指关节微微泛白,不甘心地问,"但这不代表山雨一个人都用不了吧?"

"如果你真要找,可以联系一下陇鲜食品的瞿总,那是家做速食起家的公司。山雨投资陇鲜食品时,他们总资产不过三个亿,但这几年联合互联网销售网红美食,市值已经二十亿了。还有一家新鸟医美,他们以系统盈利模式把市面上大部分小医美公司都联合了起来,发展势头不可小觑。你这几天可以抽空约见一下他们的CEO或者是掌握核心话语权的人,其他的我觉得没必要再找了……"

听傅延昇在电话那头的分析,戚屿渐渐打起了精神:"陇鲜食品和新鸟医美?行,我知道了。"

傅延昇接着说:"新鸟医美总部在燕城,陇鲜食品在南市,两家都不在海城,现在是你有求于人,必然要自己找上门去,去之前务必确认他们有时间跟你见面。虽然司源集团处于困境中,但你也是个堂堂上市公司老总的儿子,他们不看山雨,也会知道美薇,知道司源。你让楚经理打电话先沟通,如果他们在电话里表现出轻慢之意,那大概率也没戏,不用再去了。"

傅延昇这么说是要他放高姿态,戚屿理解。他记得爸爸也曾说过,企业家的气魄很重要,要穷而不卑,达而不傲。确实,再不济司源还是个上市公司,想要撑下去不难,难的是维持现有的资本和地位。

可如今美薇还在跟菲亚对阵,他当初既然挖了苏竟过来,就该承担这些压力。倘若只有这两家公司有希望伸出援手,纵使他们一时轻慢,他难道还能轻易放弃?

"我先看一下他们的资料,明天跟他们取得联系再说。"

"好,"傅延昇问他,"晚饭吃了吗?"

"呃……"戚屿来丰贸时在楼下买了杯咖啡,后来一直没觉得饿,还真把晚饭给忘了。

"都快十点半了,你不会还没吃晚饭吧?"傅延昇语气严肃起来,"天大地大身体最大,戚屿,你现在给我放下手上的东西,赶紧去吃点东西。"

"知道了知道了。"戚屿含糊地应了两声,就挂了电话。

他吩咐楚经理找到陇鲜食品和新鸟医美的资料,总结一下发他邮箱,便下楼找了家还在营业的日料店,随便吃了点东西填肚子。

次日,楚经理代他与陇鲜食品和新鸟医美的领导人取得了联系,偏巧,那新鸟医美的CEO杨晓雪最近就在海城出差,为节省时间,他们直接定在当天中午见面。

瞿总听闻山雨和戚屿的名字，也给了面子，答应抽时间会见，但他坐镇南市，只能戚屿亲自过去，时间定在三天后的上午。

确定后，戚屿又抓紧时间仔细了解新鸟医美的情况和CEO杨晓雪的经历，想起苏竟曾说日后要做高科医疗，他觉得就算不拉投资，这公司跟美薇·莲秀也有远期合作的可能，于是打电话给吴双，让他立即总结一份美薇·莲秀资料发过来，以备不时之需。

餐馆是戚屿这边订的，在豪生酒店。

临近与杨晓雪见面的时间，戚屿和楚经理提前抵达，又等了杨晓雪半个小时，对方才姗姗来迟。

资料上说此女四十有余，但看模样却和三十岁的楚经理相差无几，一张脸精致靓丽，完全是她所在行业的移动招牌。

"戚总，楚总，路上有些堵，不好意思让你们久等了。"杨晓雪笑吟吟道。

"不碍事，海城路况不好是众所周知，您能百忙之中抽空相见，已经让我们感到万幸了。"楚经理客气道。

"哪里哪里，你们约我见面，我不看司源集团的面子，也得顾着当年山雨投资许总的面子。"杨晓雪坐下后，两只眼睛还直勾勾地盯着戚屿打量，"戚总这模样真是俊，我还记得几年前许总投资新鸟，让我换掉当时我们找的代言明星，我问他为什么，他说，山雨投资背后的老板要是看了这广告，觉得代言人都没自己好看，那你们这个品牌还有什么说服力？今天见了你，我才明白他什么意思。"

戚屿听她三句话不离"许总"，心下一沉，但仍笑着道："杨总过誉了。"

杨晓雪："哪有，我是实话实说，我看你这模样，比电视上当红小生都要亮眼几分。"

两方你来我往地客气了一番，等菜上来，又继续东拉西扯地聊天，每次戚屿用眼神提醒楚经理说正事，那杨总便说别的，一顿饭过去一半，都没扯着正题。

戚屿也知道如今的形势异于往常，他想从人家口袋里掏钱，势必要把人先哄开心了，就像当初俞莲见他们一样，谦虚恭维，做小伏低，那都是应该的。

但戚屿并不是忍辱负重的性格，他现在也没时间跟杨晓雪一直打太极。

饭过三巡，戚屿便道："杨总，我们今天的来意，想必您心里已经有数。山雨和新鸟早年算有一段缘分，虽然执行投资的人不是我，但也是我的亲信，五月份我们预感到一些潜在的风险，临危撤资，实属无奈，现在司源集团面临一些困境，我特地约您见面，就是想冒昧问一问，您能否念着山雨曾经的投资之情，帮我们一把。但这次的帮忙并不是无偿的，美薇·莲秀现在正与菲亚·红妆竞争，医美也是我们平台社区的热门讨论版块，如果新鸟愿意注资司源，后期与美薇·莲秀有极大的合作可能。"

戚屿示意楚经理把美薇·莲秀的资料拿出来，杨晓雪却先一步抬手制止道："戚总，山雨当年投资新鸟，我非常感激，五月份你们撤资后，许总又替我找了别家的投资来，我跟许总至今还维持着相当好的合作关系。你说的合作确实很让我心动，但你我都是商人，

第21章 危机重重

你站在我的立场想一想,美薇·莲秀有的,菲亚·红妆也有,如今这两家公司在明面上不分伯仲,那对我们而言,跟一家股价稳定、资金雄厚的集团合作,不是风险更低?"

戚屿心里"咯噔"一下:"许总又找了其他人投资你们?"

"不错,我知道许敬已经离开山雨了。"杨晓雪望着他,意味深长道,"这话我不该告诉你,但我今天见你,实在是非常喜欢。我们都在一个圈子,我想你早晚也会知道,许敬去了林和资本,山雨撤走的资金,他让林和资本双倍投给了我,林和资本正是林焕的私人投资公司,目前正和你们竞争的菲亚·红妆也有林焕40%的股份。做人要讲良心,我若现在帮了你们,不就是跟林焕对着干吗?"

戚屿一听这话便知,想让新鸟帮忙暂时是没有可能了,他颔首道:"谢谢杨总给我个明白话。"

杨晓雪:"应该的,我今天来见你,也不是要故意给你难堪,而是想着为我们今后留一线。所谓车到山前必有路,柳暗花明又一村,商场变数大,今天是敌人,明天可能就会成为朋友。虽然司源集团现在面临困境,但我相信凭你们的实力仍然能渡过这个难关,若是今后我们不再对立,我必然考虑与你们合作。"

戚屿:"承您吉言。"

之后又说了些客套话,杨晓雪便搁下筷子,称有事要走了。戚屿和楚经理起身相送,等人离开,楚经理便忍不住吐槽:"这女人真厉害,好话坏话都叫她一个人给说了。"

戚屿感慨道:"一个四十岁的女人,没点本事也混不到今天这地位。"

结账后,楚经理又道:"哎,吃了一顿饭,什么都没拿到。"

戚屿黯然道:"也不算什么都没拿到,她至少告诉我许敬去了哪里。"

第22章 陇鲜食品

戚屿约见新鸟CEO的事，戚源诚也有所耳闻，当晚问起此事，戚屿将他与杨晓雪的对话如实相告，戚源诚气得不轻："我真是错看许敬了！他也不想想，没有山雨的资源，他怎么走到今天这一步？我还当他只是因为跟你理念不合才离开你，想不到他早就攀上了高枝，袖手旁观也就罢了，现在居然还成了我们的掣肘！"

他本要再骂许敬忘恩负义，可见戚屿凝眉垂眼，惆怅失意的样子，还是作罢了。

"……算了，那新鸟不过是个市值十来亿的新公司，王臻栋要撤资，他们也不可能一下拿出五个亿来……不帮便不帮吧，"戚源诚看了戚屿一眼，"你早些去休息，别叫你妈妈见了担心。"

戚屿"嗯"了一声，转身离开了书房，戚源诚看着他的背影，又叹了口气。

回卧室后，戚屿躬身坐在床边，抬手捂住了脸。

他偶尔也会想，如果他一直听许敬的话，跟傅延昇保持距离，许敬会不会不走？如果许敬还在山雨，那么今天会不会是另外一番局面？

……不，不对。

就算傅延昇没到他身边，司家还是会出事，甚至没有人提醒他美薇的经营问题，章家人提前钻了空子，会让司源集团受到更大的打击。王臻栋的撤资也是不可预料的突发事件，他不该认为这一切都是自己酿成的错误……

但归根结底，有一项罪责他无法逃避——他没有处理好和许敬的关系。

他们以前明明那么好，明明无话不谈……

然而现实不容他继续自怨自艾，戚屿消沉了片刻，就重新振作起来。

过去的山雨虽然冠着戚家的名，却是许敬的山雨，他已经无法改变过去，但他可以从这一刻起给山雨的未来铺路。

戚屿打开笔记本电脑，一边浏览这几日查到的新鸟的资料，一边给叶钦如打电话，说了他今天面见杨晓雪的结果，让叶钦如尽快出一份美薇·莲秀的招资资料，给杨晓雪发过去。

"招资资料？你想给美薇·莲秀拉投资？"叶钦如问。

"我答应了苏竟科技公司的资金链不会断，既然集团近期内可能拿不出钱，我得想办法从外面拿钱进来。"

叶钦如不解："可她都明说了新鸟现在跟林焕是同一战线，我们给她投招资资料，不是自讨没趣吗？"

"新鸟曾是山雨的客户，那便是山雨和司源集团旗下所有公司的潜在商业伙伴，杨晓雪说对立只是一时的，现在是敌人，今后未必。她可能会因为许敬的人情与林焕暂时交好，但一份人情不可能用一辈子，真正涉及企业发展和公司盈利，我相信她还是会用商人的眼光去对待。司源集团现在的确是状况不断，但美薇·莲秀的发展已经有了赶超菲亚·红妆的势头，如果我们在资金紧绷状态下还能打赢这一仗，能让杨总看到更多与美薇·莲秀合作的好处，这好处甚至大于林焕给她的投资，她肯定会选择我们，何况……"

正说着，一通视频进来了，戚屿瞥了一眼，对叶钦如道："我接个电话，一会儿再说。"

戚屿切了视频，两秒后，傅延昇出现在屏幕中。

傅延昇手持一个淡蓝色的马克杯，对着手机一本正经地问："你今天去见新鸟的CEO了？情况怎么样？"

戚屿已经收拾好了自己的情绪："新鸟的杨晓雪跟我说，许敬去了林和资本，山雨撤资后，许敬让林焕给了她双倍投资，她记的是许敬的人情，而非山雨，所以帮不了我们。"

"林和资本？林焕的投资公司？"傅延昇喝了口水，大概还是烫的，他皱了下眉，就先搁在一边，"我之前没在新鸟的公开资料上看见过林焕的注资。"

戚屿刚刚想跟叶钦如说的就是这件事。

"是，我刚也查了，在山雨撤资后，新鸟的股权名单里只多出了一家叫'野渡'的投资公司，而它所持有的股份也仅是山雨当初所持有的四分之一……我想，如果野渡就是林焕名下的子公司，有没有可能是因为新鸟现在升值了，所以就算是双倍的投资款也拿不到之前的股份？"

"有可能，我看过新鸟前几年的财报，年化投资回报率接近300%，是绝对的绩优公司，他们要是扩大融资，股份绝对有人抢着要，所以还说不准是谁给谁人情。"

戚屿皱眉："你的意思是说，杨总让林焕注资反而是在还许敬人情？"

"不错，投资公司的目的是钱生钱，资金自然要优先选择去盈利可观的地方。我之所以让你去找新鸟和陇鲜，就是因为这两家公司本身就是被资本青睐的优质公司，许敬当初是给了他们投资，但山雨也通过他们赚了钱，本质上来说是就是互利关系，谁也不亏欠谁。但既然合作过，就会有点情分，加上美薇·莲秀又在做美妆平台，对新鸟来说本身就是个潜在合作对象。"

听傅延昇这么一分析，戚屿更确信了自己刚刚的做法。也许杨晓雪今天与他们见面，只是想看看他是个什么样的人，适不适合发展远期的合作关系……

戚屿问傅延昇："你怎么对许敬去了林焕那儿丝毫不感到意外？"

傅延昇重新拿起水杯："我不想打击你，但这的确是商界常态。林氏背景雄厚，我们之前也不是没听说过林焕欣赏许敬的传闻，许敬离开山雨后去投奔他又有什么奇怪，你

第22章 陇鲜食品

自己不也猜到了?"

没错,七月底他们在山雨被许敬撞见到那次,他追出去质问了许敬,但他当时没有确认。今天听见杨晓雪亲口说出这个事实的时候,戚屿的心脏像是被扎了根针一样难受。

……去哪里都行,为什么偏偏是林焕那儿?

许敬肯定知道林焕要和美薇的死对头菲亚合作,他去那里,就真的站到了自己的对立面。

戚屿之前还为许敬找借口,觉得对方不会这么小气,即便另寻他路,也会顾念着司源集团待他的恩情,不至于真和他们对着干。但今天发生的事却一点点打破他的希冀,他现在甚至有点怀疑,许敬是不是在报复自己。

报复他不听话,更报复他轻信傅延昇……

傅延昇问:"怎么,在生他的气?"

戚屿反问:"我不能生气?"

傅延昇淡淡一笑:"能啊,这事换我碰上我也气。你家栽培了他这么多年,你好歹还把他当大哥,他当初借山雨这个平台建立自己的人脉,现在司源集团有难了,他问都不问一句,你求人帮忙,别人居然还说要看他面子,真是过分啊!"

戚屿:"……"

傅延昇像是没看见他阴云密布的脸色,继续往他心头戳刀子:"我觉得你得给他打个电话,好好质问一下。你爸让我去接手山雨那天晚上,我跟他一起吃了顿饭,他表现得也挺伤感的,这说明他也不是真的没心没肺。你去对他进行一番道德谴责,骂他一顿,他说不定会良心发现呢。"

戚屿气得面色一阵青白,他用力捶了一下桌子,骂道:"傅延昇,你用这么轻松的语气在这里说风凉话,是觉得我现在面对的问题在你眼里根本不算是问题吗?!"

傅延昇刚想喝水,被戚屿这一捶吓得手一抖,一口水呛了半脸,还溅得衣襟脖子到处都是。

"咳,不是……"傅延昇赶紧抽了两张纸巾,边擦身上的水珠边道,"戚屿,我之前就说过,如果你需要,我会帮你,但我知道你是个自尊心很强的人,没有你的允许,我不会贸然出手……"

戚屿暗想:说得倒是轻松!

傅延昇:"我也清楚,许敬的事是你的心结,你说你需要时间消化他离开的事,可这都半年了,你一直没消化,不是吗?与其这么憋着,不如跟他敞开了聊聊,我不希望你一直因为这件事难受。"

这时,戚屿才不得不承认,傅延昇还是最懂他的那个人。

他的确不愿轻易接受对方的帮助,言语上的指点和建议都行,但帮忙拉五个亿的投资,这份情太重,他怕自己还不起。

至于许敬，其实在傅延昇激他发火的那一刻，戚屿心中的压抑就缓解了不少，打电话质问这么幼稚的事，他也不屑去做。事已至此，那就只能等着狭路相逢再见招拆招了。

"不是还有个瞿总吗？等我去见过他以后再说。"戚屿不死心道。

"你有没有想过怎么跟瞿总谈？"傅延昇提醒他，"不能光拿人情说事，都是商人，你得让他看到司源可以给他的实际好处。"

"要不跟他签个投资对赌协议？以陇鲜食品的规模，想要全数接收王臻栋的股价，似乎也不大可能，但至少他们能出钱投资美薇·莲秀，帮我们一起渡过这个难关，我可以在协议里定一个让他满意的年限和投资回报数额。"

"能让他获利自然是好事，但万一你满足不了对赌协议里的要求呢？别忘了美薇·莲秀现在还在烧钱，它的发展离不开集团稳定的资金扶持，每个行业只可能存在一个龙头，要是打不过菲亚，情况还可能急转直下。王臻栋紧急撤资这事太过蹊跷，在你们没有调查清楚这人撤资的真实原因之前，你和瞿总签对赌协议就是在危楼上蹦迪，还不如直接跟他借钱呢。"

"可司源集团旗下几乎没有一样产业和美食沾边，我总不能像跟新鸟那边一样拿美薇·莲秀的合作跟他谈吧？"

"不，戚屿，你得换个角度来看这件事。陇鲜食品的瞿总是只有小学文化的土商人，我听说他的公司这几年推出的网红美食，营销策略大都出自他还在日本念大学的女儿。两年前，这家公司对标的还只是十八线小城镇的客户，吃下沉客户虽然收益可观，但档次不足，难登大雅之堂。相对而言，美薇是国内外知名的轻奢服装品牌，司源集团又是NSDK上市公司，虽然一时股价受挫，但陇鲜从品牌知名度和影响力上跟司源、美薇都是天差地别。"

"你是说，让他们借美薇和司源集团提升自己的品牌档次？"

"不错，这是他们可遇不可求的机会，虽然你去找他是有求于他，可在他眼里，大集团董事长之子去他那小地方，没准他还觉得是你纡尊降贵了。"

戚屿暗忖片刻，明白了傅延昇的意思，难怪傅延昇之前叫他放高姿态。

傅延昇见他眉心舒展，也终于放松下来："大少爷，我给你支了这么多招，你就没点表示？"

戚屿笑问："这周末你有空吗？"

傅延昇："周末，圣诞？"

戚屿："嗯，你要有空过来，我就请你吃个饭。"

傅延昇："那我去订机票了？"

戚屿曲着手指轻叩桌面："我帮你订酒店。"

挂了电话，已经十二点多了，戚屿想起刚刚没和叶钦如说完的话，怕这会儿再回电会打扰对方休息，就发了条短信过去："我没有查到林焕在新鸟的持股情况，杨晓雪今天

第22章 陇鲜食品

虽然那么说了,但不见得一定是真的。我们还是不要放弃任何的可能性,直接拿公司实力跟她谈。"

次日清晨收到叶钦如的回复:"你昨晚跟我说完,我就已经想明白了,放心,我会尽力的。"

两天后,戚屿带着楚经理前去南市见了瞿总,在傅延昇的提示下,戚屿这两天又让楚经理替自己找了不少陇鲜食品的资料来调查。

那瞿总全名瞿伟祥,年龄与戚源诚相仿,算是戚屿的长辈。陇鲜食品公司设立在南市一个小县城陇方县,公司算是当地知名的民营企业。

王猛一早六点带他们出发,开车三个半小时,九点半左右抵达了陇鲜食品公司。瞿伟祥接到电话,亲自带着助理下来迎接。

"你就是山雨的戚总?欢迎欢迎!"那瞿总见戚屿年纪这么轻,丝毫没有摆架子,还表现得十分亲切热情,"难为你们大冷天还从海城过来我们这小地方,路上辛苦了!"

傅延昇说得没错,这瞿伟祥不讲究的穿着和用词都能让人察觉出来,对方是个乡土气息十足的商人。他拉着戚屿在厂里参观了一圈,一边介绍公司的业绩,一边夸赞自己的女儿,说公司发展过程中的很多食品创意和营销方法都是他女儿想出来的。

一行人足足参观了一小时,陇方县位处黄河之南,十二月底寒风刺骨,等他们终于抵达办公大楼的时候,戚屿感觉自己整个人都快冻僵了。

瞿伟祥带他们进了大楼,又介绍了一番办公楼的设置,说:"我都跟我女儿说好了,等她毕业,就让她当董事长,我给她打工。"

戚屿笑道:"您真宠女儿。"

瞿伟祥道:"就这么个独生女,能不宠吗?再说,你们大学生还能比我这种小学毕业的大老粗差不成?我现在呀,就是给她铺个路,等她来了,肯定比我做得好!"

瞿伟祥的董事长办公室不过三十来平方米,一半办公一半会客区,会客区里放的也只有两条陈旧的皮质沙发和一个木质茶几。他吩咐助理给他们泡两杯茶来,又说:"戚总看着年纪也不大,估计才毕业不久吧?"

"还有半年才毕业。"戚屿道。

"是吗?这么说来,你比我们家娴娴也才大一岁呀!"瞿伟祥打量着戚屿,瞧这年轻人长得眉眼周正,行止谈吐都是一等一的好,心中满是欣赏之情。

聊到一半,那瞿伟祥忽然又想起什么,说了句"等等",急匆匆跑出去了。

听见瞿伟祥远去的脚步声,楚经理才心情复杂道:"戚总,这陇鲜食品上上下下这么寒碜,我怎么感觉有点不靠谱?"

戚屿环视了一圈,心里也有些忐忑。但爸爸从小就教他人不可貌相,表面上看,那瞿伟祥的确显得有些小家子气,有客远来,待人接物都不周全,但这也能从侧面反映出来,

此人生活拮据简朴。

由俭入奢易,一个堂堂上市公司董事长,家财万贯还能维持这样的吃穿用度,其实也让戚屿隐隐感到惊诧。比起那些把所有财富装饰在门面上的商人来说,瞿总这种人反而更让人觉得踏实务实。

"看看再说。"他道。

瞿伟祥很快就回来了,抹了把额头,笑说:"只顾着带你们参观公司,都忘了快到午饭时间了,我刚去通知食堂大厨给我们做点好吃的,等会儿咱们就下去吃点东西。"

戚屿客气道:"随便吃一些就好,瞿总不必太费心,今天来这里,主要还是跟您谈合作的。"

瞿伟祥忙说:"我知道,我知道,许总给我打过电话了!"

戚屿一怔:"许总?您是说许敬?"

瞿伟祥笑道:"是啊,就昨天才打的。"

戚屿愕然,许敬怎么会知道自己要来找瞿伟祥?

瞿伟祥的助理小王进来,把热茶放在他们面前,等对方出去,戚屿才抬眼问道:"许总跟您说了什么?"

瞿伟祥:"他说,山雨上头的司源集团最近遇到一些困难,你可能会来找我帮忙。许总是我们陇鲜的贵人,当初多亏山雨那笔投资,才让我们扩大生产规模,盈利翻涨,也是他牵线让我认识豫东证券的洪经理,帮我们陇鲜上市,既然现在你们有困难,我理应帮的,不过在这之前,许总希望你能给他打个电话。"

戚屿眼神一凛,在什么之前?瞿伟祥帮他们之前?

许敬什么意思?难道他是想告诉自己,没有他的人情,瞿伟祥也不会出手?

戚屿只觉得胸腔里一股怒气横冲直撞,他起身道:"好,瞿总,能不能借个地方让我打电话?"

瞿伟祥也跟着站了起来,看起来有点局促:"隔壁就有个空的会议室。"

"稍等片刻。"戚屿独自走到会议室,从通讯录里翻出那个熟悉的号码,毫不犹豫地按下了拨打键。

电话很快接通了,许敬的声音在那头响起:"喂?"

"我在陇鲜食品的瞿总这儿,"戚屿眸中暗潮汹涌,语气却是波澜不惊,"你让我打电话给你,是想跟我说什么?"

许敬似乎没料到他会这么平静,沉默片刻才缓声道:"新鸟的CEO杨总告诉我,你几天前约见了她。"

戚屿冷笑:"她传话传得还挺快。"

"司源集团目前的情况,我大概知道一些,也听说了王臻栋打算撤资,我猜你会去找瞿总,昨天提前给他打电话,跟他说了说司源集团的情况,但我不确定他是否能帮忙。"

第22章 陇鲜食品

许敬一顿,道,"你还记不记得当初你要我收回山雨投资的时候,我跟你说过什么?"

听到这话,戚屿算是确认了,许敬还真是来给自己下马威的!

——"戚屿,我为你苦心经营这么多年,这些不仅仅是投资项目,每一个项目背后都有你今后可能用到的利益网、人脉网,你说一句收回来就收回来?"

那句话还言犹在耳,但之后司家事发,戚屿不信许敬没反应过来自己当初要他那么做的意义。

覆巢之下无完卵,倘若司源集团在司家撤资后股价暴跌,濒临退市,山雨再有人脉又有何用?

"记得。我还记得你说我少年心性,没见识过社会的险恶,并不是每个人都像我想象中那样重情重义……"戚屿眼皮微垂,复又掀起,眸中闪过一抹桀骜的怒意,"我知道这是现实,只是没想到,会是你亲自来给我上这一课。"

"如果这样能让你认清……"

"许敬,"戚屿攥紧手机打断他,"如果你让我打这通电话,只是想让我认同你当时说的话,你恐怕要失望了。虽然当初是你给杨晓雪和瞿伟祥投资,但别忘了,你用的是山雨的钱,我今天来找瞿伟祥,并不是一味来求他帮忙,而是来谈合作。合作是有来有往,互利互惠!如果瞿总和你一样分不清主次,那我只能说我们有缘无分,我绝不会因为这点挫折就低声下气看别人的脸色!"

电话那头一下陷入了沉默。

戚屿等了两秒没等到回应,又道:"你若是没有别的话想说,我就说再见了。"

许敬还是没有应声,戚屿一咬牙,直接按下了挂断键。

戚屿收起手机,忽然感觉到一阵无力,他靠在会议室的门上站了十余秒,望着头顶陈旧的日光灯,排风扇……

他没想过许敬会离开自己,也从没想过许敬有朝一日与自己对立,但这些事却在一件件发生。

刚刚与许敬对峙的时候,他也不是没有害怕。

毕竟他深知自己还能底气十足地说出"不看别人脸色",是因为他从小锦衣玉食,前拥后簇,自有意识以来,父亲的事业就在逐步壮大,是他周身的环境让他形成这种观念。

可正如妈妈所言,这世上没有恒定不变的财富,万物盛极必衰。倘若司源集团境况越来越糟,他面临的困境也越来越多,他还能不能做到坚守自己的本心?

戚屿抚了把颓丧的脸,打起精神返回瞿总的办公室。

瞿伟祥抱着个沾满茶垢的玻璃保温杯,正坐在沙发上和楚经理聊天,见戚屿回来,忙招呼他过来喝茶。

戚屿落座后正色道:"瞿总,许敬只是跟我交代了一下他跟你打电话提过司源集团,我猜您也是从他那儿知道我的其他身份的。司源集团最近确实遇到一些问题,有股东想临时撤资，我们不希望这事影响集团的股价，所以正在寻找新的合伙人来接手那位股东的股份。司源集团自十年前在NSDK上市，市值一直稳中有进，集团旗下的服装品牌美薇享誉海内外，在包含中、日、美、澳在内的十一个国家都有办事处以及完整的销售链。我今天来找您，也是在山雨过往的投资对象中经过了一番筛选，发现贵公司这两年发展极佳，资金实力丰厚，如果您愿意在这时候雪中送炭，等我们一起渡过这次危机，司源集团也一定会为陇鲜食品的远期发展保驾护航。但说实话，司源集团并没到走投无路的地步，如果瞿总觉得这忙帮得勉强，我们不会强求。"

戚屿这一番话说得洋洋洒洒、不卑不亢，把瞿伟祥都有些听愣了。

他望着戚屿，脸上起初还有些希冀，听到最后却急着辩驳起来："诶？不是，我刚刚不也说了要帮嘛，许总他……他也没让我不帮呀。"

戚屿皱眉："其实我也不大清楚许总让我打这通电话的目的，他跟您传达了什么意思，您不妨直接跟我说。"

瞿伟祥放下水杯，比画着解释："他跟我说，那山雨原本就是你的，因为你还在念书，他只是帮你代管一阵子，可能是怕我不认你吧。他还说，看着他之前的几分薄面，如果你有什么需要，让我多照顾照顾你。"

戚屿沉默了一瞬："许敬半年前就离开了山雨投资，已经不算是我们司源集团的人了，我不会否定他当年给您的帮助，但如果您是要看他的人情，才决定是否要跟我们谈合作，那也大可不必。"

"哪里哪里，"瞿伟祥摆手道，"我记许总的人情，也记山雨的，毕竟当年那笔钱是山雨出的嘛，没有那笔钱就没有我们陇鲜的今天。其实你来之前我就考虑过这件事了，昨晚我还跟我女儿打过电话，我女儿也是你刚刚那个想法。她说，司源这种上市多年的大集团，一般不会这么轻易倒闭，你们家股市现在波动，是因为司家出事了，等过了这阵子就会好，但如果我们能趁这个机会跟你们深度绑定，以后肯定不愁发展……"

楚经理很是意外，不由得佩服起这瞿总的长远目光。

那瞿伟祥拿起水杯，看起来仍有些紧张："但我也不知道你们要多少，我这边最多只能拿出六个亿。"

楚经理一听"六亿"，简直呆了，没想到这个看着抠抠搜搜的老大爷居然一出手就能拿出六个亿！

瞿伟祥见他们沉默，以为他们嫌钱少，又看向戚屿，搓着杯子解释道："这六个亿，我们本来是想拿来做全国线下连锁店投资的，再多就没有了。"

戚屿轻咳了一声，面上有了笑容："刚刚好，不过您是真打算出六个亿吗？"

瞿伟祥："当然，这么多钱呢，我能拿来开玩笑吗？！"

戚屿："那我先谢过瞿总了。"

瞿伟祥闻言也松了口气："谢什么，我出这钱不是买你们集团的股份嘛，又不是白送。"

第22章 陇鲜食品

戚屿下楼时给爸爸打了电话，把事情的进展告诉戚源诚。戚源诚听说他谈下了瞿伟祥，颇感意外，话里也满是喜意，说立即派集团的人过去跟戚屿他们会合，详聊股份交接方面的事项。

瞿伟祥见戚屿高兴，面色也缓和不少："都十二点了，咱们先下去吃饭吧，再不下去，大厨做的饭菜都快凉了！"

几人跟着瞿伟祥去了食堂，里头还有不少工人在吃饭，那些人见了瞿伟祥也不回避，你一声我一声地喊"瞿老板"，可见这瞿总在这公司里有多得人心。

瞿伟祥带着戚屿他们进了一个包间，厨房的师傅亲自给他们端了菜上来，连王猛一起，才四个人，菜却摆了满满一桌子。那瞿伟祥还道："咱们这地方穷乡僻壤的，条件简陋了些，就一些农家菜，你们别嫌弃。"

"哪里哪里！"楚经理此时哪还敢小瞧人家，从瞿伟祥说要出六个亿开始，她就觉得这老爹像是尊浑身都在散发金光的弥勒佛。

席间，戚屿找话题道："瞿总，您女儿是念什么专业？"

瞿伟祥一听他提起自己的女儿，整个人又容光焕发："她学市场营销，也是跟做生意有关的吧？"

"差不多，"戚屿笑笑，"我刚听您转述您女儿那些话，感觉她大局观不错，还以为她也是学公司金融这一方面的。"

瞿伟祥瞥了戚屿一眼，"嘿嘿"笑道："其实我女儿知道你。"

戚屿愣道："知道我？"

"嗯，她在网上看过你的新闻，说你是什么斯泰福大学的，比她念的那个学校好多了，还说你现在在跟林家的一个太子爷斗，但她觉得你长得帅，又年轻，估计比林家那小子有前途……"

戚屿："……"

"我是不大懂那些东西，但既然她这么说，那你肯定挺厉害，"瞿伟祥想起什么，放下筷子掏出手机道，"哎对了，她昨天听说你要来找我，还叫我问问，能不能加你的微信！"

边上的楚经理没忍住"噗嗤"笑了一声，问道："瞿总，您姑娘还没谈朋友吧？"

瞿伟祥似乎不怎么用微信，眯着眼睛对着手机慢吞吞地戳着，不时瞅戚屿一眼，小声嘀咕："还没呢。"

楚经理意味深长地朝戚屿笑笑，仿佛已把这瞿总的小心思猜得一清二楚。

第23章
中达雷宏

临傍晚时，戚源诚团队的人到了，直接接手了后续的谈判工作。戚屿得空抽身，跟韩律师借了根烟，独自走到走廊尽头透气。

走廊的窗正对西面，县城高楼少，才下午四点半，放眼看去，天边已满是晚霞。

戚屿点了烟，深吸了一口。虽然瞿伟祥已经答应出资，但回想起刚刚和许敬的那通电话，他心里却仍然有一丝愁绪。

戚屿犹豫片刻，再一次拨通了许敬的电话。

电话接通后，这一次是戚屿先开口："你知道瞿总会帮忙的吧？"

许敬问："他答应了吗？"

戚屿："别装傻，你接触过他，不会不知道他是个什么样的人。"

许敬："商场上的事瞬息万变，钱在人家手里，我怎么确认他一定会给你们？"

戚屿轻笑一声，讥诮道："你到底什么意思？你觉得你给瞿总打那通电话我就会记你的人情？还是你觉得你亏欠了我，必须要来多此一举？"

电话那头沉默了好久，许敬才开口说话："小屿，我不过是想看你低个头，认个错，怎么就这么难？"他的声音里没有小人得志的得意，也没有故意使绊的戏谑，反而透着一丝疲惫与压抑。

戚屿眸中燃起的火像是被对方这句话瞬间浇熄了。他愣在那里，直到烟灰掉落差一点灼到他的手指，才惊醒过来。

尽管同样伤感，戚屿的内心却没有一丝摇摆，他低低地叫了声"敬哥"，缓声道："你有你的道理，我也有我的坚持。"

许敬没有再反驳，那一丝疲惫也仿佛是戚屿的错觉。

紧接着，戚屿听许敬稳声道："我从林焕口中得知王臻栋撤资是立早那边的人在搞事，瞿总如果肯出手填上王臻栋的空缺是好，但我怀疑这只是个开端，司源前几个月刚刚多出来的那些小股东都是不确定因素，你们多留意一下吧。"

戚屿弹了烟灰，又问："你不是都去林焕那儿了吗，现在告诉我这些，不怕新东家对你有意见？"

"我在你们父子俩身边七年，你真当我是没有感情的冷血动物？"许敬气急地反问了一句，顿了顿，又平静下来，"但我能告诉你的也只有这么多了，希望你们能顺利渡过这

个难关吧。"说完便立即挂了电话。

戚屿看了眼手机,吐出一口白烟,眯着眼睛望向远处的天空,见那里的晚霞又红了几分。

太阳快下山了。

他反复咀嚼着许敬方才说的那句话,耳边似乎又浮现起傅延昇说的那句"没经过你的许可,我不会贸然出手",一时忍不住,用力捶了一下窗框。

……走便走了,还一个个地逼他低头。

在他失控的那一刻,楚经理正找过来,见戚屿忽然伸手捶窗,吓得一愣:"戚总,你在这里做什么?"

戚屿偏头看向楚经理,眼神沉着得不像是这个年纪会有的样子。

但楚经理可没忘记戚屿刚刚还在生气,和声和气地问:"怎么了,瞿总不是答应出资了吗?"

"没什么,"戚屿灭了烟,问,"他们谈得怎么样了?"

"现在又碰上一个问题,瞿总说的六个亿,只有三分之一是在他们公司账上放着的,另外三分之二叫一家基金公司托管。这钱要从基金公司拿出来还得一段时间,他们现在已经联系了那家基金公司的经理,等明天基金公司的人亲自过来才能继续谈这事要怎么操作,"楚经理凑到戚屿边上,小声道,"韩律师让我过来问问你,要不要今晚直接在南市住下,瞿总好像希望这件事你能一直跟进。"

戚屿颔首:"行,就这么安排吧。"

楚经理想起中午吃饭时的小插曲,又笑着打趣了一句:"我看那瞿总似乎很喜欢你,他今天这么干脆豪爽,不会是相中你给他当女婿了吧?"

戚屿蹙了下眉,吐出一句"别瞎说",转身走向了会议室。

当晚一行人在南市市中心订了酒店住下,戚屿吃过饭后回房间,就拨通了戚源诚的电话。

戚屿向父亲汇报了一下他们会谈的进度,顺便提了楚经理转述的那件事,担心他们可能无法在王臻栋给的限期内完成股权交接。

戚源诚:"既然已有人愿意接收他的股份,后面都好谈,几个亿的股权交割本不可能一时半会儿走完,韩律师会看着跟他们签协议的。"

戚屿放了心,又将许敬在第二通电话里透露的信息告诉了戚源诚:"爸,许敬跟我说,王臻栋撤资是立早在背后搞鬼。"

戚源诚闻言一愣:"你跟许敬联系了?"

"嗯。"虽然戚屿对许敬投奔林焕之事仍感到介怀,但一码归一码,在瞿总这件事上,许敬的确是帮忙说了话。

戚源诚轻哼一声道:"还算那小子有点良心……但这情况我也不是没猜到。你想想,

第23章 中达雷宏

一旦现在司源股价再受波折,谁是最大的受益者?不就是在和美薇打擂台的菲亚吗?这几天我一直在跟王臻栋聊,这么多年的合作关系了,他好端端地忽然说要撤资,没准就是受到了立早那边的挑拨,或者是立早那边给他开了更好的条件。许敬的提醒不无道理,王臻栋撤资有可能引发从众效应,找人填窟窿绝不是长久之计,比起拉几个瞿总这样的投资方,我们现在更需要一个实力强劲大集团来力挺司源,不说非要跟过去的司氏一样,但也至少差不多规模的,投资多少也不重要,重要的是要他们与司源的亲近,能给所有股东和股民一颗定心丸。"

戚屿暗想,这样的大集团大背景,他们要上哪里去找?爸爸自打司源集团上市后一直在海外活动,而司家出事的时候,家里能用的关系也都用上了。

难不成,他真得去寻求傅延昇的帮助?可傅延昇也不过是个常年混迹证券公司的"金融民工",金融圈阶级层次相当分明,傅延昇那样的职位,就算再厉害,平时接触的也大都是瞿总这个等级的"商界新贵"……

正在他苦恼之际,戚源诚忽道:"对了,戚屿,就在两个小时前,有一个意想不到的人联系了我。"

戚屿一怔:"谁?"

戚源诚:"雷宏。"

"雷宏?"戚屿愣了两秒才反应过来,"中达的雷宏?!"

戚源诚语气似有喜意:"不错,但不是他本人联系我的,而是中达集团旗下一家投资公司的总经理给我打的电话,说雷总想跟我们谈合作。"

戚屿好奇:"谈什么合作?"

戚源诚:"具体我还不大清楚,他们约我明天见面,说雷宏本人会到场。"

戚屿:"你答应了吗?"

戚源诚:"当然,不管他们目的是什么,中达的人主动找上来,对所有正在关注司源集团动向的人来说都是一个极好的信号。"

确实,中达如今是世界百强企业,又有国资背景,实力非同小可,雷总不可能平白无故跟父亲取得联系,他们说是谈合作,那一定是好事。

但戚屿想到苏竟和雷宏当年的恩怨,心里却莫名有些不安。

戚源诚又道:"他们跟我约的是明天下午两点,你要是也想见见雷总,明天一早也赶得及回来,我就带你一起过去。"

"我赶不回去了,"戚屿解释道,"那瞿总对公司金融方面的事务一知半解,今天韩律师跟他谈后续操作的时候,他还特地问我明天会不会在,我想这事我还是跟进一下,好让他放心点。雷总那边,他这种大人物既然没点名要见我,我去了恐怕也说不上什么话,爸爸你跟他们谈就好。"

戚源诚:"也好。"

跟戚源诚挂了电话，戚屿便给傅延昇也打了一个视频电话。

"你这电话来得真巧，"傅延昇放下钥匙道，"我才刚到家。"

"你怎么这么晚才回家？"戚屿问。

"应酬呢，才九点，算早的，"傅延昇举着手机到厨房，给自己倒了杯水，这才有工夫瞥屏幕，"你还在南市？"

戚屿"嗯"了一声，靠在沙发上把今天发生的事跟傅延昇仔细说了。

"所以许敬这次是帮了忙啊。"傅延昇道。

"这个瞿总人好得不行，就算没有许敬那通电话，这事也能成。"

"话也不能这么说……"

道理戚屿都懂，他在爸爸面前也是就事论事，但现在面对的是傅延昇，他自然想趁机夸大一下自己的能耐："你怎么不对许敬说的那句话发表想法？"

"你说他让你认错？"

"你觉得我错了吗？"

傅延昇喝了口水，说："许敬今天让你打这通电话，说明你在他心里还是有很重的分量的。"

"分量重？"戚屿冷笑，"那他还走？还去林焕那儿？"

"他也想知道他在你心里是什么分量呗，"傅延昇又拿起杯子喝了口水，对戚屿道，"他要是不去林焕那儿，能引起你这么大的关注，能让你这么不甘心？你说你是不是特别气他抛弃你，背叛你？你跟我说实话，别骗你自己。"

戚屿手指深深地嵌进枕面："不甘心，又能怎样？"

"怎样？"傅延昇挑了下眉，霸气道，"把人抢回来啊！他今天跟你说那些话，在我看来就差没明说'你服个软认个错我就为你赴汤蹈火'了，你还在这儿僵着，还说放飞他的梦想，你是不是傻？人生有几个七年？他跟林焕能有跟你这种情义？你既然相信情义胜过利益，难道就没想过用你的理念去征服他？"

傅延昇这一句句话劈头盖脸朝戚屿砸过去，把戚屿砸得一愣愣的，戚屿原本还觉得不服气，觉得傅延昇站着说话不腰疼，但忽然间，他也不知道被哪句话击中了，点醒了，只觉得整个人如拨云见日，豁然开朗。

戚屿怔了片刻，倏地笑了："傅老师，你真不是个东西啊……"

傅延昇一头问号："你不认同就不认同，怎么还骂人呢？"

"没什么，谢谢你。"戚屿歪了下脑袋，没给傅延昇太多自满的时间，立即转移话题道，"对了，跟你说个事儿。"

"……什么？"

"我爸今天接到中达集团那边的电话，说雷宏想见他，跟他谈合作，"戚屿有些不确定道，"你之前说要帮我，这雷总不会是你说的人脉吧？"

第23章 中达雷宏

"雷宏？"傅延昇笑笑，"不是我，你当我这么大能耐，能请得来中达的董事长？"

戚屿松了口气："我也觉得不是，可既然不是你，雷总怎么会忽然要来见我爸？我们家之前和中达完全没有任何业务或者说是人情上的往来。"

傅延昇随口道："没准是冲着苏竟呢。"

这句话恰恰又说中了戚屿想到却没敢说出口的不安，他问傅延昇："冲着苏竟？为什么？苏竟跟雷宏现在地位天差地别，理论上不是更不可能吗？"

"为什么不可能？"傅延昇似笑非笑道，"传闻当年雷宏把苏竟当亲儿子栽培，所以苏竟年仅二十五岁的时候就当了中达研发部的二把手——正常情况下，再牛的工程师做到那个位置也需要八年、十年。后来苏竟带着自己的技术叛离中达，雷宏其实也能告他，但没告，反而在暗中打击对方的事业，用这种方式逼得苏竟走投无路，再高价收购他的公司，还'不计前嫌'地请他回去……你觉得哪一件事是理论上可能发生的？"

被傅延昇这么一说，戚屿还真觉得这件事微妙起来。

但他又有点想不明白："照你这么说，如果雷宏真是为了苏竟来的，那他想要什么？以中达现在的规模和能力，想要什么人才找不到？"

"你以为雷宏还惦记苏竟的才华？"傅延昇又笑了起来，摇头道，"戚屿，你对人性还是缺乏了解啊。"

戚屿不耻下问："那你替我分析分析？"

傅延昇："我刚都说了，传闻雷宏把苏竟当亲儿子，你看雷宏对苏竟那些手段，哪像是老板对一个叛变的员工？反而像是老子对儿子，下手轻了，怕被反咬一口，下手重了，又担心把人骨头打折，看着他跌到谷底，再给他递橄榄枝……雷宏可能并不恨苏竟，他只是想用这种方式磨掉苏竟的傲气。"

戚屿嘴角一抽："这苏竟……不会真是雷宏的亲生儿子吧？"

傅延昇："没有根据的事，我们先不做猜测，但我们可以从雷宏之前对待苏竟的手段上判断出他对苏竟是何种情感。这世上的确不缺天才，也不缺优秀的技术研发人员，但叫雷宏真心实意投入过感情的天之骄子，可能就只有苏竟这么一个。成功的企业家大都会形成一种古代帝王般的心理，尤其人到晚年，位高权重，性格变得越发执拗，宁可我负他人，不能他人负我，苏竟可是十年来唯一一个让中达陷入危机甚至差点万劫不复的人，你说这样一个人，会不会成为雷总的一块心病？"

戚屿纳闷道："可既然他对苏竟有执念，为什么不在苏竟创建红妆的时候就去找他，为他撑腰，非要等到现在？"

傅延昇："那时的红妆被人争相收购，苏竟虽然也有难处，但算得上是重新冒了头，难免骄傲。可现在司源集团陷入了危机，可能在雷宏看来，苏竟又做了一次错误的选择，没有他，苏竟的人生注定是失败的人生。一个人只有在绝对的困境中才有可能服软认输，雷宏在这个时候来，也最有可能达到他的目的。"

戚屿听傅延昇讲得头头是道,简直找不出任何逻辑漏洞,正要信以为真,却又听傅延昇道:"好了,刚刚这些都是我瞎猜的,没准人家雷总根本没把苏竟当回事儿呢……"

戚屿眼角一抽,简直想抓狂。

傅延昇问:"对了,你爸什么时候跟他见面?"

戚屿:"明天下午。"

傅延昇:"既然明天就见了,等见完面你不就知道他来干什么了?你有这工夫瞎琢磨,不如好好想想怎么跟许敬化敌为友,别当你刚刚转移了话题就能继续逃避这事了。"

戚屿:"……"

这人……真不是个东西啊!

不过,许是傅延昇跟他分析了那些人性,次日,戚屿一直在脑补雷宏和爸爸见面的情景。

白天他跟着瞿总、韩律师谈了一天,当天傍晚一行人就驱车赶回海城。

到家之后,他直接上楼敲门进书房,气都没喘匀就开口问:"爸,雷总跟你见面说了什么?"

戚源诚正坐在办公桌前处理公务,面上不像是有什么喜色,戚屿心里"咯噔"了一下,不是好事?

戚源诚说了声"坐",才悠悠道:"雷宏说他对司家出事有所关注,也知道我们目前的情况,他想以私人名义入股司源集团,也允许我们在外面放出一些受到中达资助的风声,帮助我们渡过这次危机,但他有个条件……"

戚屿喉结滑动:"什么条件?"

戚源诚望着他,道:"他让我们把苏竟交给他。"

戚屿浑身的血液在短暂的凝滞后又加速流淌起来,他反问道:"苏竟是个大活人,虽然和我们签了合约,但那又不是卖身契,我们怎么交给他?"

戚源诚从座椅上站起来,提起桌边的保温壶给自己添了点茶水,接着道:"雷总说,只要我们把他解雇了,他就无处可去了,到时只需要跟苏竟说明理由,苏竟就会心甘情愿地回中达去。"

戚屿惊得倒退了一小步,把他解雇?说明理由?怎么说?说是中达的雷总要他们把他开了?

"雷总一个堂堂百强企业的董事长,为什么要通过这种不入流的手段来要人?"他激动道。

戚源诚皱眉:"什么不入流?不要乱说话,雷宏也没有明确地那么说,我只是总结他的大概意思。"

"有什么区别?雷总如果想让苏竟回中达,大可以亲自来见他,向他发出邀请,苏竟若愿意,也自然会跟他走,他这样做,不是明显的威胁吗?"

第23章 中达雷宏

戚源诚重新坐了下来，面有难色道："话虽如此，但你可知道，雷总能提供的东西对我们司源集团有多大的好处？你和苏竟也不过才认识大半年，你了解他多少，危难时刻，人总要权衡轻重……"

"爸爸！"戚屿气急道，"苏竟也是在司家事发后才来司源集团的！那种时刻，别人走都来不及，他却愿意带着团队义无反顾地来投奔我们，甚至又背负了一次背叛东家的骂名。他来到科技公司后，为了帮我们尽快改架构，带着所有人熬夜熬了整整两个月，他这么拼命帮我们跟菲亚对搞，你觉得他是图什么？图钱？还是图我们会给他好前途？的确，我才认识他大半年，也不清楚雷宏到底跟他有多少恩怨，但他现在是我们司源集团的人，是我这个科技公司的人，冲着他所做的事，冲着他对我的这份信任，我都不能辜负他！"

戚源诚深深地望着他，似乎有所触动，但待戚屿说完，他又移开了视线。

戚屿心中有种不好的预感，慌道："爸爸，你不会已经答应雷总了吧？"

"没有，"戚源诚叹了口气，"你这孩子，从小自己认定的人和事，有哪一件是别人能改变的？"

戚屿大松了一口气："那……"

戚源诚："我今天已经跟雷总说了，这科技公司现在是你一个人管着，里面的人都是你自己招的，我不能替你拿主意，但他还是让我代为转告，说让你考虑考虑。"

戚屿握紧手道："不用考虑了，请你替我答复雷总，我不会答应他的条件。"

戚源诚沉默了两秒，低声道："行，那这件事就让它过去吧。"

戚屿见爸爸答应得这么快，不禁愣了一下，想再汇报一番瞿总那边的情况，戚源诚却朝他摆手道："白天的事，韩律师刚在车上已经打电话跟我说了，你这两天来回奔波也该累了，早点去休息吧。"

戚屿颔首，退出书房前，他见戚源诚坐在书桌前疲惫地用手揉着眉心。

明明爸爸尊重了他的决定，但看见那一幕，戚屿又有一丝不忍。

……是放弃雷总愿意提供给司源的好处，让爸爸感到了遗憾吗？

也对，爸爸从没接触过苏竟，对他而言，这人和其他千千万万司源集团的员工没什么区别，但雷宏的帮助却是千载难逢的机会……

戚屿返回卧室，并没有因为说服爸爸而感到畅快，反而觉得心乱如麻。

他打开手机，看了一眼定位APP，发现傅延昇今天居然在港城，戚屿愣了一下，给对方打了通电话过去。

傅延昇过了一会儿才接，背景声音有些嘈杂，看样子人在外面。

"你在应酬？"戚屿问。

"嗯……"傅延昇压着嗓音道，"一会儿回酒店了打给你？"

戚屿问："什么时候结束？"

"最多再一个小时……"那边传来一阵窸窣声，傅延昇似乎是走到了一个相对安静的

地方,背后的噪音弱了,他问,"怎么了?有什么急事?"

"没,"戚屿强压下心中的烦乱,道,"你先忙,一个小时后再说。"

挂断电话,戚屿瘫在床上出了会儿神,又被手机里不断传来的振动声打断了思绪。他拿起手机一看,见是瞿总的女儿瞿娴给自己发了消息。

因为瞿伟祥不太懂公司金融相关事务,又特别信任和依赖自己的女儿,今天对谈的时候,他特地委托戚屿当场拍了视频和相关文件的照片发给他女儿瞿娴。

瞿娴收了文件,遇到看不懂的地方,便直接来问戚屿。为了让这对父女放心,戚屿也都耐心地为对方解答。

他刚刚在为雷宏的事烦恼,没有及时回复,瞿娴以为他不耐烦,问了一句:"我这些问题在你看来会不会显得很傻?"

戚屿打起精神回复她:"不会,我们这是谈合作,任何条款都要保证双方知情、理解,在签订相关协议之前,你有什么不懂的问题只管问。"

跟瞿伟祥相比,戚屿反倒还觉得跟他女儿解释更轻松一点,那姑娘挺聪明,虽然非专业出身,但面对这些东西的接受力和理解能力都比瞿伟祥强。

不过,瞿娴性格跟她爸一样热情开朗,除了合作相关的问题,偶尔也会插科打诨八卦一下戚屿的学业、现状和今后的打算。

戚屿想起楚经理昨日开的那句玩笑,心里也十分清楚瞿伟祥父女可能对自己抱有的遐思,此时顾着双方的合作,他既要跟这对父女保持良好的关系,也得努力把握着聊天的分寸,避免让人家姑娘多想。

两人一问一答,一个小时后,傅延昇如约给他打了视频电话过来,戚屿赶紧接了。

"我到酒店了……"傅延昇已脱了外套,边说边走到茶桌沙发上坐下,指间夹着一根刚点燃的烟,"刚刚急着找我做什么?"

戚屿从应付瞿娴的状态中抽身过来,舒出一口气,往身后的枕头上一靠,道:"真被你言中了,那雷宏是冲着苏竟来的。"

他将自己刚在书房和爸爸的对话转述给傅延昇,傅延昇听后道:"你就这么当着你爸的面说的?"

"你是不是觉得我那么说有点过了?"戚屿回想起爸爸当时失落的表情,反省道,"我也承认,雷宏提出的条件让我生气,我当时有一点激动。"

"单从利益层面来讲,绝大部分人都会接受雷宏的条件,毕竟这是一次让你们司源集团化险为夷的良机,"傅延昇意味深长地笑了笑,"但你会做出这个决定,我一点也不意外,谁让你真性情呢。"

戚屿心情复杂:"可我做这决定,我爸很失落。"

"有得必有舍,这世上哪来这么多十全十美?你爸应该也清楚,没有苏竟,雷宏未必会关注司源集团,而苏竟这人又恰恰是你招来的,你爸既然要尊重你,就只能接受这个

第23章 中达雷宏

结果,"傅延昇顿了顿,道,"只不过……"

"只不过什么?"

傅延昇感慨道:"你这么豪情万丈的一段话,没当着苏竟的面说,真是有点可惜了。"

戚屿哭笑不得:"这是重点?"

"当然,既然你做了选择,就该把选择的利益最大化,"傅延昇拿烟指向手机屏幕,"要是让苏竟听见你为他付出了什么,放弃了什么,他估计这辈子都能对你死心塌地。"

"难不成还要我当着他的面说一遍?那多虚伪。"

"既然那些话是你真心实意说的,又怎么算是虚伪?你自己不用说,也可以叫别人去带个话嘛。"

戚屿心想,傅老师真是黑到骨子里了……

傅延昇吐出一口烟,看着他道:"怎么,决定都做了,现在皱着个眉头,是怕雷宏恼羞成怒对你们不利啊?"

戚屿一怔:"他这么个大人物,还能因这事恼羞成怒?"

傅延昇:"你可别小看那些大佬。这都亲自找上来了,执念得有多深啊,利诱不成说不定就威胁你们就范了。"

这话把戚屿吓愣了,他想到许敬说的几个月前新进来的小股东才是隐藏的祸患,这雷总不帮忙便罢,万一再踩上一脚,不是雪上加霜?

爸爸坐在书房里落寞的神情还在戚屿脑海里挥之不去,戚屿想起这大半年来,自己让爸爸一次次的伤神,眉心又是一蹙。从某种程度上来说,今天这件事,爸爸又何尝不是在纵容他的"任性"?否则,他大可以无视自己的想法,做出对大局更好的决定。

戚屿知道自己是时候付出选择的代价了,他看向傅延昇,终于开口:"你上次说……"

傅延昇见戚屿神色变幻,心中了然,笑问:"要我帮忙了?"

戚屿自尊心强,好不容易开口求助,听傅延昇这样反问一句,不免有些气急败坏:"给我一句话,到底行不行?"

傅延昇把烟蒂摁在烟灰缸里,无奈道:"求人还这么霸道,这世上也独你一个了。"

戚屿望着眼前这个屡次帮自己渡过难关的人,心里也涌起了感动:"谢了啊。"

"但我先说好了,我找的人可没有雷总这么有来头,你到时别嫌弃。"

"这时能有人帮忙就是万幸了,你觉得我还会挑三拣四?"

"你这么心高气傲,谁知道看不看得上呢……"

"所以你能找到谁?"

"先保密。"

"啧,这都要卖关子……"戚屿想起来,又急道,"哎,不开玩笑了,我们时间有限。"

"我知道,两天内给你准信。"

第24章 意气用事

次日一早，戚屿去了科技公司，将陇鲜食品的瞿总愿出六个亿接手王臻栋手里股份的消息告诉了叶钦如。

叶钦如喜道："这样一来，科技公司这边的资金链是不是不会断了？"

"还不好说，"戚屿虽然开口请了傅延昇帮忙，但也不确定对方能帮到什么程度，眼下只保守道，"瞿总的钱只能暂解燃眉之急，不能从根源上消除集团的危机……对了，你跟杨晓雪那边交流得怎么样？"

"杨总收了我们的招资方案，没说要不要投资，但她对平台合作、资源置换这方面深感兴趣，昨天专门找了新鸟营销部的经理跟我对接，看样子有得谈。"叶钦如道。

戚屿颔首，正要接着说话，手机响了起来，是戚源诚的。

"喂，爸爸？"戚屿当着叶钦如的面接了。

"你在什么地方？现在有空吗？"戚源诚语气严肃。

"在科技公司呢，什么事？"戚屿问。

"雷总想见见你。"戚源诚说。

"什么？"戚屿有些意外。

"我刚给雷总打电话，已经把你的意思传达给他了，但他好像不死心，说要再亲自跟你谈谈，人在海滩酒店，已经让他秘书给我发了具体地址。"戚源诚沉吟道，"毕竟是个大人物，不好怠慢了，你让叶钦如陪你一起过去一趟吧。"

戚屿瞥了叶钦如一眼，面色凝重："知道了。"

叶钦如忙问："怎么了？"

戚屿收起手机，道："有个大人物想见我们。"

"啊？大人物？谁？"叶钦如一脸好奇。

"上车再说。"戚屿打电话让王猛备车。

两人刚出办公室，就迎面碰上了苏竟。苏竟来找叶钦如说事，见两人鬼鬼祟祟地往外走，便问："你俩上哪儿呢？"

叶钦如也没防备，随口道："我跟戚总去见大人物，你要不要一起？"

戚屿忙说："不用叫苏总了，叶总你跟着我就行。"

苏竟本来没什么凑热闹的喜好，听戚屿这说就不乐意了："什么大人物？我堂堂美

薇·莲秀首席技术官,跟叶钦如平起平坐,你不带我是怕我给你丢脸不成?"

叶钦如还在边上不明所以地帮腔:"既然是见大人物,带上苏总也好,都是公司的核心成员,人多比较有排场。"

戚屿叹了口气:"行,那就一起去吧。"

苏竟见戚屿这副不情愿的模样,更不爽了:"小老弟,你什么意思?该不是我上次跟你发了顿脾气,你就差别对待了吧?你当时费尽心机想把我挖过来的时候可不是现在这个态度!"

戚屿神色复杂:"不是我差别对待,而是我一会儿去见的人跟你有关。"

"哈?还跟我有关?那我不是更应该去了吗?"苏竟把手中的文件卷了卷往裤兜里一插,痞笑道,"走着。"

十分钟后,三人上了车,前往海滩酒店,坐在前头的叶钦如好奇道:"戚总,到底是去见谁?"

戚屿瞥了边上的苏竟一眼,抱臂道:"中达的雷总。"

叶钦如:"……"

听到这个人名,苏竟脸上的血色瞬间褪了个干净,整个人像拉开的弓似的紧绷起来。

戚屿道:"雷总昨天找了我爸,说要跟司源集团谈合作,他知道我们集团现在正面临困境,表示能出手帮助,但有个条件,他要我们把苏竟交出去。"

叶钦如纳闷:"交出去,怎么个交法?"

戚屿解释了几句,苏竟偏头看着他,眼中浮现着不解、质疑、愤怒等复杂的情绪,戚屿怕他误会,赶紧说:"但我已经拒绝了。"

"拒……拒绝雷总?"叶钦如都不知道怎么表达自己此刻的心情。

"是,雷总见的是我爸,我爸让我拿主意,我便让他转告雷总,我不接受这个条件。既然拒绝了,本来也没想跟你们说,怕影响你们的心情,但没想到雷总刚又给我爸打电话,说想跟我亲自谈谈。"

叶钦如:"这……"

戚屿想起傅延昇昨天说的话,心中也涌起一股深深的不安。

苏竟闻言后沉默了一会儿,忽然挣扎着要去扳车门:"让我下车,我不去了!"

车子刚上高架,正准备加速,幸好王猛在人上车后就自动锁了车门。但苏竟此举仍然把戚屿吓得不轻,他拉住对方的胳膊道:"你干什么?现在停不了车。"

苏竟扭头瞪他,眼眸中的质疑与愤怒已被惊恐和彷徨所替代。

戚屿皱眉道:"你要是不想见雷总,一会儿就跟王猛在车里等着,我跟叶总去见他。"

见苏竟面色煞白,惊疑不定,戚屿又道:"你放心,无论他说什么,我都不会拿你出去交换,信不信我?"

苏竟看了他几秒,似乎被戚屿坚定的眼神给安抚住了,重新坐正身子,看向车外,

第24章 意气用事

但嘴里仍嘀嘀咕咕骂着什么粗话,显得相当焦虑。

车子很快到了海滩酒店,王猛在地下车库停了车。下车前,戚屿见苏竟缩在车座一角,刚刚插在裤兜里的那一卷文件已经被他掐在手里踩躏得不成样子。

戚屿有点放心不下,吩咐王猛好好看着他。

等他和叶钦如进了电梯,叶钦如才忍不住道:"你早跟我说是去见雷总啊!刚刚也太尴尬了!"

戚屿双手揣兜:"算了,这事跟苏竟有关,也不该瞒着他。"

叶钦如:"哎,刚在车里听你说了那些,我怎么感觉不像是去见什么大人物,倒像是去见一个打算来强取豪夺的恶霸……"

戚屿:"……"

叶钦如想了想,又问:"你真打算拒绝雷总的帮助啊?那可是中达……"

戚屿斜眼:"接受雷总的帮助就要把苏竟卖了,你舍得?"

叶钦如:"呃,他脾气是差了点,但在一起打拼都快半年了,确实有点舍不得。"

戚屿笑笑,垂眸瞄见叶钦如皮带上挂的钥匙串,问道:"苏竟之前送的那个小手机挂件你带着?"

叶钦如捞起来瞅了一眼:"是呢,当钥匙扣用。"

"这玩意儿是不是能录音?"

"嗯,怎么?"

"你把它开了吧,代码告诉苏竟,一会儿录音给他听。"

叶钦如:"……"

上了大堂,戚屿给雷宏的秘书打了电话,不消片刻就有个三十来岁的男人下来,领着他们去了三楼的VIP茶座包间。

进门前,叶钦如还正了正领子,深吸了一口气,握着拳头低声给自己鼓劲:"为了苏竟那混蛋。"

两人进去后,只见雷宏坐在靠窗的雅座上,正偏头望着窗外的海滩美景。

如果戚屿没记错,雷宏的年纪应该比戚源诚还大一些,看对方这模样,确实有点岁数了。雷宏闻声扭过头来,朝他们笑了笑,表情看着温和,但那笑容却遮掩不住上位者身上独有的威严。

戚屿恭敬道:"雷总您好,我是戚屿,这是我们美薇·莲秀的首席战略官叶钦如。"

叶钦如微微欠身:"雷总,久仰。"

雷宏一摆手道:"过来坐吧。"

他们正对着雷宏落了座,雷宏交代秘书沏新的茶来,而后上下打量了戚屿一番:"我昨天跟你父亲已经见过一面,听说你拒绝了我的提议?"

"是,雷总,很感谢您对司源集团的关注,也谢谢您在这时候愿意对我们伸出援手,但是很遗憾，我实在没办法答应您的交换条件。"戚屿十指交叉，真诚地望着对方，努力让自己把对方当成类似父亲这样的角色来缓解压力。

"为什么？"雷宏微眯了一下眼睛，"美薇·莲秀这种平台所需的技术深度，我在中达随便帮你们找一个都能替了苏竟，但我给你们提供的帮助，并不是你们现在随便能求到的，你不觉得你现在的决定只是意气用事？"

戚屿不答反问："既然您说中达随便找个技术人员都比苏总厉害，那您为什么非要他回中达呢？"

雷宏："你应该知道我跟他有一些旧恩怨……"

戚屿："外界都说苏竟背叛过您，这背后的真相我不太清楚。如果传闻是真的，苏竟后来创建公司，跟中达竞争失败，背着一身的骂名沉浮多年，现在来到我们司源集团，几乎是换了个行业，从事的工作跟原本的领域更是毫不相干，再也不会威胁到您，您为什么还执意要他回去，甚至不惜从集团层面向我施压，非要他再次承受事业和心理上的双重打击？雷总，恕我无礼，但无论您是出于什么目的，我觉得这么做都有点欺负人了。"

雷宏眸光一凛，眼睛如鹰隼般注视着戚屿。

戚屿没被吓住，边上的叶钦如已经被吓得冒了身冷汗——这戚屿初生牛犊不怕虎，雷总说一句他能顶十句，还说对方欺负人，简直不要命了！

"呵，到底还是个孩子，"雷宏跟自己的秘书对视了一眼，又看向戚屿，笑道，"商场上，谁有权力，谁的拳头更硬，就是谁说了算。觉得'欺负人'，那是小孩子才有的想法。"

叶钦如怕戚屿再说什么话得罪大佬，赶紧在桌下挨了挨对方的膝盖，提醒他谨言慎行。

可戚屿却恍若未觉，他回想了一番傅延昇的分析，继续对雷宏道："雷总，传闻您曾把苏竟当亲儿子栽培，在您眼里，我们确实都只是不懂事的孩子，可孩子也有孩子的志气与坚持。我既然招了苏竟来我这儿，就要对他负责，如果我连自己的人都护不了，怎么做公司？雷总您经营中达这么大一个企业，应该比我更懂得人心的重要性吧？"

雷宏皮笑肉不笑地问："所以你这是说什么都不答应了？"

戚屿道："您刚说我现在的决定只是意气用事，我也知道，放弃您这次帮助对我们来说是一个遗憾。商场之上，尔虞我诈，瞬息万变，如果司源抵御不过这次危机，可能会资产缩减、节节败退，美薇·莲秀也可能做不到行业第一，但我想，这世上总该有让人宁愿抛弃财富也要守护的东西，比如人的道义、信仰与真情……"

雷宏怔怔地看着他，看着眼前的青年薄唇张合，听着他缓慢却掷地有声地说出最后一句——"雷总，我还年轻，我想意气用事，希望您可以谅解。"

男人的眼神渐渐灰暗下去，他移开视线，整个人像是瞬间苍老了许多。

叶钦如被戚屿刚刚那番话吓得大脑宕机，明明他比戚屿更年长，也比戚屿经验丰富、成熟老到，此刻却像个二愣子一样坐在那里，一句话都说不出来。

双方僵持了数秒，雷宏那秘书见气氛不对，起身给他们各自斟了茶，温言软语地劝道：

第24章 意气用事

"雷总,戚公子年轻气盛,想法跟您老难免有出入,先喝杯热茶,降降火,慢慢聊。"

叶钦如一个激灵回过神来,跟着道:"周秘书说的是!我们戚总说话的确比较直接,但他人是顶顶好的,雷总您大人大量,别跟我们小年轻一般见识……"

他边说还边在桌底下拼命挨戚屿的膝盖,生怕他不服气。

"咦,这普洱茶里是不是加了胎菊?"叶钦如强行转移话题调节气氛。

"是,熟普暖胃,加了胎菊能清火降燥,最适合冬天来饮。"周秘书道。

"我说怎么这茶香气这么特别,唔,味道也很不错!"叶钦如笑着感慨。

两杯茶下肚,茶室里剑拔弩张的气氛缓和了不少。

周秘书看向戚屿,又问:"昨天见了戚公子的父亲,听戚董说,这科技公司是你在管?"

戚屿:"是,爸爸让我管公司也是想早点开始锻炼我,但由于我精力有限,除了核心成员的任用和公司大方向的把控,大部分事务都是叶总和苏总帮我在做。"

周秘书点头道:"这也正常,你还这么年轻,能管这些就很不错了。"

雷宏重新看向戚屿:"昨天听你父亲说,他不能替你拿主意,我还当他是在敷衍我,没想到真是你在管……你都没大学毕业吧?现在是一边管公司一边在上学?"

戚屿点头:"嗯,明年七月就毕业了。司源集团最近两年正把发展重心转回国内,不出意外,我毕业后也会常驻海城,专注美薇·莲秀的管理工作。"

周秘书看向雷宏:"我没记错的话,苏工当年好像也是边念书边开始工作了吧?"

雷宏微微一顿,缓声道:"他十五岁上大学,十九岁念硕士,研二那年就被我招进了中达……刚来中达的时候,我们正在做厚膜电路SD-2芯片的研发,那时这方面的人才还没有现在这样多,技术人员水平不足,他一个还在念研究生的孩子,反而是其中的佼佼者……"

雷宏回忆往昔,不知想到什么,淡淡一笑,那笑容里分明透着长者对幼辈的疼惜。

叶钦如原以为苏竟当年背叛雷宏后,雷宏会对他恨之入骨,即便现在要人回中达,想必也不打算给人好果子吃,加上苏竟刚刚在车上反应这么大,他都已经脑补了好一出两人"仇人相见分外眼红"的戏码了,然而见雷宏和周秘书这样,他又感觉事情可能跟自己想象中有些出入。

雷总说了一会儿,又换上了严厉的表情:"但他那时人小,又贪懒,觉得工作辛苦,老想着跑回学校去,甚至想跳槽去做更轻松的工作。"

周秘书道:"说起来,中达的研发部至今还留着苏工的专属办公室呢。"

叶钦如好奇:"苏工的专属办公室?"

周秘书解释:"听说苏工在中达的时候经常翘班,相当自由散漫,为了管他,雷总特地在研发部三层中央隔出一个四平方米的区间,让他在里面办公。其他工程师都在开放空间一起工作,唯独苏工一人有独立办公室,有时碰到项目关键期,雷总怕他压力大会逃跑,还会专门叫人把那个房间锁起来,工作没做完不让他出来,所以那个办公室又被大家戏称为'苏工的小黑屋'……"

戚屿："……"

叶钦如："……"

周秘书瞥了雷宏一眼,怕自己说了不该说的,又补充了一句："不过,我进中达的时候,苏工已经不在了,这些事我也是道听途说,不确信是不是真的。"

雷宏暗哼一声："人不磨不成器。苏竟很聪明,也有很大的潜力,就是心猿意马,不够专注,不逼他一把,他永远不会把他最好的一面展示出来。"

周秘书见叶钦如和戚屿表情尴尬,清了清嗓子,问他道："我看美薇·莲秀的官网上显示苏工在你们公司任首席技术官的职位,他在你们那儿,状态怎么样?"

戚屿道："他在美薇·莲秀很自由,想干什么就干什么。"

周秘书一愣："想干什么就干什么?"

叶钦如："呃,也不能这么说,该做的事他还是要做的,但技术部确实是他一个人说了算。苏竟自己有个团队,大概十来个人,加上我们自己之前招的,一共三十个左右,都归他管。平时上班时间,工作内容,都是他自己来安排,自由度还是比较高的,而且他脾气挺大,不高兴就吼人,对咱们戚总也不客气……"

周秘书："……"

叶钦如回想了一下："但他来我们这儿后,好像从来没翘过班。"

雷宏看着他道："不可能。"

叶钦如笑道："这我也没必要骗人,他刚来那两个月,每天在公司里待十七八个小时,还自己买了个睡袋,有时困了直接睡办公室里,那叫一个爱岗尽责啊,我当时见他这么拼命,都感觉戚总挖到宝了。"

雷宏若有所思地看了他两秒,眼皮微垂,像是信了。

叶钦如又道："雷总您说跟苏竟有旧恩怨,能说说是什么恩怨吗?有时候,很多矛盾其实是经年累月产生的误会,我看您这么想让苏竟回中达去,也不像是怨他……"

"我是没有怨他,"雷宏沉声道,"我只是一直以为,中达才是他最好的归宿。他一身的本事,无论在哪里,都是在浪费自己的才华,在跟我赌气……"他叹了口气,"不过现在看来,可能是我太一厢情愿了。"

雷宏又看向戚屿："你也别把我当什么恶人,我要是做了什么对你们不利的事,还叫你们猜不到是我做的,那才叫恶人。你刚说那一席话,我喜欢听,很久没有人跟我说这种话了……"

戚屿："……"

雷宏话锋一转："但你们家集团现在这情况,也确实叫人觉得糟心。这样,我还是让我名下的投资公司,给你们美薇·莲秀投点钱,帮助你们走过这个坎。既然苏竟喜欢做这个,也希望他能在这一行做出一点成绩吧。"

第24章 意气用事

叶钦如大喜,忙看向戚屿,不料戚屿闻言却眉心微蹙,为难道:"抱歉,雷总,恕我不能接受。"

雷宏盯着他:"为什么?"

叶钦如也有些急了,人家雷宏都"不计前嫌"地愿意无偿帮助了,戚屿怎么还拒绝?!

"我虽然才认识苏竟半年,但对他的性格和脾气也有所了解,您对苏竟是没有怨,但苏竟可能……"戚屿欲言又止,他用拳头抵了下唇,才接着道,"如果他知道我接受了您的投资,没准要跟我撕破脸。雷总,我非常感谢您的好意,但是,您若实在想投资我们,也请不要让我们知道您是那个好人。"

雷宏愣了愣,忽然大笑起来,笑得叶钦如又开始胆战心惊,但雷宏笑完只说了句"罢了",而后摆手道:"你们走吧。"

戚屿和叶钦如对视了一眼,两人立即起身,戚屿朝着雷宏微微欠身:"雷总,谢谢您,后会有期。"

叶钦如也恭敬地与他道别。

周秘书低声请示:"我送他们出去?"

雷宏几不可闻地"嗯"了一声,看着戚屿离开时如青竹般直挺的脊背,他又想起那个同样骄傲又不可一世的年轻人……

他们长得不同,身高不同,说话的语气也不同,可不知为什么,雷宏却觉得戚屿身上有苏竟的影子。可惜,他恐怕再也等不到那孩子回来了。

周秘书将两人送到了电梯门口,就被叶钦如劝回了。

下楼时,叶钦如回想着他们刚刚和雷宏的对话,心中五味杂陈:"周秘书说那小黑屋的时候,我都惊了,任谁被这么管过几年都会有阴影吧?难怪苏竟这么怕雷总。"

戚屿提醒道:"这件事一会儿别在苏竟跟前提。"

"你刚不是叫我录音吗,我都录给他听了啊,"叶钦如挑挑眉,"诶,他那么屈辱的历史都被我们知道了,你说他一会儿见了我们,会不会恼羞成怒?"

"谁知道,"戚屿抱起手臂,"但至少经过这件事,他在我们这儿会多一点安全感吧。"

叶钦如看了身边年轻的总裁一眼,心里眼里洋溢着一股自己都说不清道不明的钦佩。

两人出了电梯来到车边,只见王猛不在车里,而是蹲在驾驶座外面的地上。戚屿一愣,问他:"你怎么在外面,苏竟呢?"

王猛用拇指回指了下车内,老实巴交地说:"苏总刚在里面'哇哇'大哭,还把我吼出来了。"

叶钦如没忍住"噗"地笑了一声,怕被苏竟见了记恨,又立即绷住表情。

三人相继上了车,戚屿还是坐后排,他见苏竟偏头看着窗的另一边,已经没有哭了,但眼睛和鼻子仍是红的。

戚屿也没说什么，只道："搞定了，我们回去吧。"

车上一路无话，一直到了公司楼下，苏竟才叫住他。

两人远远地走到一边，苏竟伸手扶住戚屿的背，动情道："戚总，今天你说的那些话，我都听见了，这情义我记着，从今往后我就把你当我自己弟弟，只要你一句话，刀山火海，我苏竟都为你两肋插刀。"

叶钦如在他们身后酸溜溜地提醒："什么你弟？别攀亲带故的，戚屿是你老板！"

苏竟哑着嗓子回头骂道："偷听你要不要脸？"

叶钦如无语："这车库这么大，你跟戚总在这儿说话我隔着三米都能听到，我需要偷听吗？"

苏竟："那你就不能当没听见？你不出声没人当你是哑巴。"

叶钦如气道："哇，刚刚可不止戚屿一个人帮你说了话，你只谢戚屿就算了，还把我当空气？你这没良心的，小心回去我也给你搞个小黑屋关起来！"

戚屿："……"

苏竟："……"

叶钦如话一出口才后知后觉自己揭了苏竟的旧伤疤，一时有些过意不去，正打算道歉，却听苏竟"嗤"了一声，冷笑道："威胁我？信不信我一会儿就把你所有社交账号都黑了，看你以后还怎么在你那个四百万粉的微博上蹦跶！"

叶钦如："……？？？"他真是大脑进了水才想着要道歉！

戚屿在边上笑了两声，劝道："你俩也别斗嘴了，公司现在在关键时期，大家还要继续努力。"

苏竟对叶钦如道："看在戚总的面子上，我不跟你计较。"

戚屿给叶钦如使了个眼色，叶钦如默念着"退一步海阔天空"，郁闷地闭上了嘴巴。

上楼出了电梯，苏竟用手肘碰了叶钦如一下，声如蚊呐地说了句话，然后转过身，举着那卷皱巴巴的文件挥了挥："我干活去了。"

等人走了叶钦如才反应过来，苏竟刚跟他说的是"也谢谢你了"，他一时间啼笑皆非，摇了摇头，叹出一口气来。

中午戚屿跟叶钦如吃了公司订的盒饭，又处理了半天事务，等傍晚才返回家去。他两次拒绝雷总，甚至回绝了对方提供的无偿投资，还不知道要怎么跟他爸交代。

戚屿在车上愁眉深锁，琢磨了一路，结果到家后一进书房，就见他爸一脸喜气地放下手机道："你回来得正好。"

"什么事这么高兴？"难不成雷总又给他爸打电话说了什么？

"我刚又接了港城天宝集团董事长的电话。"戚源诚笑着绕过书桌。

"港城？"戚屿愣了一下，想起昨日跟傅延昇的求助，但又觉得傅延昇的动作不会这

第24章 意气用事

么快,兴许只是巧合,"天宝集团是哪家?有什么来头吗?"

"你听过港城的郑氏吧?郑氏是常年挂在港城富豪榜前三的豪门望族,那天宝集团的董事长吴勇天,正是郑氏集团主席的二女婿。吴董在港城拥有四个上市公司,金福珠宝也是他十五年前从郑氏手中接过后做大的品牌。"

戚屿一惊,原来那个在全国所有商城都设有专柜的金福珠宝就是天宝集团旗下的!

"爸爸跟吴董认识?他怎么会给你打电话?"戚屿好奇道。

"我之前和那吴勇天并没有接触过,但他和你齐世峰伯伯认识。司氏出事,他也听说了,知道司源集团最近有困难,就问齐世峰要了电话,给我打了过来。正好,他集团明年有意进军国内的电商领域,得知我们美薇在做平台,打算出资十个亿,跟我们合作。"

"十个亿?"戚屿震惊。

"不错,"戚源诚颔首道,"吴董在电话里表现得非常有诚意,说想约我见面详谈,我已叫小何给我订机票,今晚就飞港城一趟。"

"可都这么晚了,不能明天再去?"

"谈生意哪管什么早晚,再说,明晚就平安夜了,要是谈得顺利,我还能给你们带好消息回来过节。"

正因为明晚就是平安夜了,所以戚屿才多问刚刚那一句。

"我要跟你一起去吗?"

"不用,你在家好好陪你妈妈,"戚源诚边说边往外走,想着要说服正在孕期的姜莹,似乎还有些忐忑,他揉着自己的手背,自我安慰,"好事,好事啊……"

走到门口,戚源诚才想起来:"差点忘了问你,你跟雷总见面聊得怎么样?"

"我拒绝了,不过雷总看上去没有生气。"

戚源诚有些无奈,但想到刚刚那通电话,眼中又浮起了一缕希冀之情。

姜莹最近受不得闷,时常在楼下客厅活动,听说丈夫连夜要飞港城,果然有些恼,埋怨了几句,戚源诚搂着她的肩膀低声哄。

戚屿倚在护栏上目不转睛地看,不知爸爸说了什么好话,妈妈总算应了,亲自替他拿了外套,给他披上,还将爸爸送到门口。

戚屿拿出手机,又看了一眼那个定位APP,发现傅延昇此时已经回深城了。

天宝集团,吴勇天……那会是傅延昇找的人吗?

可傅延昇昨晚也在视频里说,他找的人没雷宏这么大来头。天宝集团确实没中达这么出名,但也差不到哪里去。

戚屿正沉思,又听门口传来一阵说话声,他视线往下一扫,只见戚枫回来了。

"妈!我刚看见爸爸的车子出去了,"戚枫边换鞋边道,"他上哪儿啊?"

"港城。"姜莹道。

"港城?!"戚枫急道,"明天就平安夜了,爸爸这时候上港城干吗?"

"还能干什么？出差，谈生意。"姜莹道。

戚枫吐槽道："爸爸可真过分，妈你都怀孕了，他满脑子还是他的生意……"

"你少说两句，"戚屿闻声走下去，"集团正面临一位股东的撤资危机，时间紧迫，要不是不得已，爸爸也不会这时候出远门。"

七月份回国的时候，傅延昇也在飞机上给戚枫科普过司家出事后可能对司源集团的影响，但都半年过去了，戚枫感觉他还是该干啥干啥，生活基本没什么太大的变化。

"股东撤资有这么危险吗？"戚枫挠头道，"爸爸集团下面的公司总不会因为这个股东撤资就不赚钱了吧？"

"你知道什么？"戚屿忍不住训他，"你要是关心爸爸，就应该把他的事业当成家里的事业。你就是跟他分开太久了，才体会不到他的忧虑，但你换位想想，若是妈妈今天身处这种困境，你是什么心情？"

戚枫一时回不上话来。

戚屿斜眼看他："要不是爸爸早年跟妈妈离过婚，心里觉得对你有亏欠，像你这样在家混吃等死的，这种危难时刻就该被送出去联姻了。"

"联姻？"戚枫无语道，"都什么年代了，还有联姻这么离谱的事？"

"怎么不能有？"戚屿看着似笑非笑道，"看你长得有模有样的，送出去没准还能卖几个钱呢。"

姜莹走过来道："行了，你弟弟又不懂那些，你吓他做什么？"

戚屿低声道："开个玩笑。"

戚枫："……"

不知是不是被他哥那几句话刺激到了，戚枫之后都没敢大声嚷嚷，吃过饭就跑了。

戚屿陪妈妈说了会儿话，也早早回了房间。

晚上他给傅延昇打电话，两人聊起了当天发生的事。

"对了，今天天宝集团的董事长吴勇天跟我爸联系了，说要跟我们合作，我爸今晚连夜去了港城。"

"是吗？谈什么合作？"

戚屿解释了两句，见傅延昇看上去对这事完全不知情，心中也觉得有些古怪："我刚还在猜，这天宝集团的吴董会不会是你找来的？"

"我哪有这么大的本事。"傅延昇笑笑，"这么说来，你爸要是跟吴董谈成了，都不用我出手了啊？"

"看看吧，现在也没什么定论……"戚屿问，"你明天过来还是后天过来？"

"明天一早的飞机，不误点的话，十一点半能到海城。"

"好，明天见。"

第25章 耳濡目染

翌日,戚屿一早就醒了,十一点半左右,他见傅延昇的定位出现在海城机场,便抓起外套出门。

刚到假日酒店,戚屿就看见了傅延昇在前台登记的身影。

深城没有海城这么冷,傅延昇身上只穿了一身烟灰色的呢子大衣,衬得整个人清瘦颀长。他领了房卡,一转身也看见了站在不远处的戚屿。

"嗨,傅老师。"戚屿笑吟吟地跟他打了声招呼。

"这么巧?"傅延昇走到他面前问,"我正想给你打电话。"

戚屿瞥了眼傅延昇手边的行李箱,问:"先上去放个行李?"

傅延昇拿着房卡朝戚屿晃了晃:"0812。"

两人坐电梯上了八楼,等进了房间门,傅延昇就迫不及待地去开空调:"呼,海城好冷……"

"你没带厚点的衣服吗?"戚屿问。

"来得比较仓促,估计没带够……"傅延昇蹲身开了行李箱,皱着眉头翻找能穿的衣服,果然只翻到一件换洗的贴身衣物。

"吃饭了没?"

"飞机上吃了半个三明治,等于没吃,"傅延昇起身道,"就近找个餐馆?"

戚屿体谅傅延昇出门又要受寒,提议说:"要不就别出去了,在酒店里叫几个菜,随便吃些。"

"也行,"傅延昇走到电话前,问,"你想吃点什么?"

"你点。"戚屿习惯性地在沙发上坐了下来。

傅延昇拨了前台电话,转接酒店餐厅,问道:"餐馆现在能做什么菜?……港式点心可以,要珍珠虾饺、鲜竹卷……粉蒸排骨也来一份吧。你再报一遍给我听听……好,就这些,做完直接送房里来,0812号房间……我姓傅。"

等傅延昇挂了电话,戚屿就问:"你是不是瘦了点?"

"是吗?"傅延昇低头看看,又偏头借着装饰镜打量了一下自己的脸,说,"可能这半年四处奔波,有点劳累。"

"都忙些什么?"

"这说起来话就长了……"傅延昇在他面前坐下,不急不缓地分享着离开戚屿这小半年间的生活。

期间酒店餐馆把饭菜送了上来,两人吃过饭接着聊,房间里渐渐热了起来,洋溢着一股温暖的气氛。

"跟我说说你在港城那几年的经历吧……"

"你想知道些什么?"

"你去港城也是上面的领导安排的?"

"也不算,是自己选的,上面只给个范围,喜欢去哪里就去哪里。我选桓盛是因为一个同门的师兄在那儿,刚去头两年先做分析师,干得都是dirty work(脏活)……"

"什么是dirty work?"戚屿好奇道,"不正规的作业?"

"想什么呢?俗称罢了,就是收集资料,整合信息,看各种公司的财报,建模算资产价格等等,指又苦又累,还没有挑战的工作……"

"那种事对你来说不是轻而易举吗?为什么你还要自己做?"

"混资历啊,你当谁都跟你一样二十岁当老总,手下一群精英给你打工?"傅延昇笑看了他一眼,说,"我那会儿也就你刚认识我时那么大吧,团队里全是比我年长的,我一没经验二没资源,光有头脑有什么用?"

"那工作忙吗?"戚屿问。

"忙,"傅延昇叹了口气,说,"天天朝九晚九,一开始的状态就跟吴双在你们美薇一样,主要是明面上的工作,配合师兄,等熟悉环境了才开始接触一些核心的东西……"

傅延昇说着说着就停了下来,戚屿知道很多事情不能细说,也没往下问。

过了一会儿,傅延昇从裤兜里掏出一根烟,问他:"能抽烟吗?"

"嗯,"戚屿伸手道,"给我也来一根。"

傅延昇迟疑了一下:"你不会也有瘾了吧?"

"不是你教的?"戚屿道。

"我教了你这么多事,唯独没教过你抽烟,"傅延昇递了一根给他,"为数不多的几次,都是你自己主动要的。"

戚屿回了他四个字:"耳濡目染。"

傅延昇无言以对,他掏出打火机凑到戚屿跟前。戚屿垂眸,含住烟蒂就着那火苗吸气,烟雾入口,在喉间逡巡一圈,顺着鼻息散出。

两人一边抽烟,一边有一搭没一搭地聊着天,聊行业内各种各样的事。傅延昇耐心地为他分析那些事情背后的商业原理与成因,分析每个局中人的想法、动机和手腕……

傍晚的时候,戚屿接到爸爸的电话,戚源诚告诉他,天宝集团的吴董很看好美薇·莲秀的发展,打算出钱收购一部分司源集团的股份。说是合作,其实就是变相的投资。

"……真的吗?那太好了。"戚屿喜出望外。

第25章 耳濡目染

"这是要否极泰来了,"戚源诚的语气亦难掩激动,"你一会儿也把这事跟你妈妈说一声,她心里惦记着,你叫她放心。晚上我还要跟吴董参加个局,估计要明天才能回去了。"

"嗯,爸,你在那边也注意安全,提前祝你平安夜快乐……"

戚屿打电话时,傅延昇有点意外地盯着他手机上的小挂件看,等对方挂了电话,他才偏开视线。

戚屿激动地把天宝集团的事告诉了傅延昇,但傅延昇听了却没有什么特别大的反应,反而一脸从容,像是对已经发生的一切了然于心。

戚屿想想觉得蹊跷,再一次询问:"天宝集团的吴董真不是你安排的?"

傅延昇:"嗯?什么?"

这一回,戚屿没再错过傅延昇眼中透出的兴味:"傅老师,你还装傻?"

傅延昇笑了出来,终于坦白:"好了好了,不逗你了,是我安排的。"

"我……"戚屿仰头看了看天花板,为自己迟缓的反应而懊恼,很快又重新看向傅延昇,问,"你怎么会认识天宝集团的吴董?"

"在港城桓盛工作的时候认识的。五年前,天宝集团差点被牵扯进一桩港城高官的贪污案,我无意间跟他透露过一个消息,其实也不算什么,但吴董自己参透了,避开了危机。那之后他见了我,便说欠我一个人情,只要他力所能及,无论我什么时候需要,都可以找他。"

"你怎么让我爸认为他是齐世峰的朋友?"

"这些关系网并不难查,你爸跟齐世峰是朋友,齐世峰祖辈也是港城的富商,我前天去港城,跟他随便聊了几句,就问出来他认识齐世峰,不过不大熟而已,我就让他借齐世峰的名字跟你爸爸说事,别提到我。"

"为什么不让我爸知道这忙是你帮的?"戚屿觉得奇怪。

傅延昇叹了口气:"能不出面还是不出面比较好。再说,我也只是牵个线而已,司源集团原本就没有经营上的问题,吴董入股司源集团,帮助你们渡过这次危机,假以时日也能从中获利。"

"……"何止牵个线?这样的忙简直就是天上掉馅饼了。

戚屿一阵感动,啜嚅几秒,说了两个字:"谢谢……"

傅延昇道:"你我之间无须再说'谢'字。"

戚屿笑笑,正想说点什么,却见傅延昇指了指他的手机问:"你怎么也把苏竟送的定位挂件给挂上了?"

"哦……"戚屿低头瞥了一眼,无奈道,"我本来不想挂的,可这次回来,苏竟非让我帮他测试一下软件功能。"

傅延昇挑眉:"你把定位代码告诉他了?"

戚屿摇头:"才刚挂上,你眼睛倒尖,我谁都还没告诉呢。"

傅延昇点点头，没再问什么。

很快到了晚饭时间，两人难得见面，戚屿想多与傅延昇聊聊，便给姜莹打了电话，交代自己不回去吃饭，顺便将天宝集团欲和司源合作的喜讯转告对方。

他们仍叫了酒店的餐，戚屿还要了点圣诞热红酒。

傅延昇忽想起去年平安夜，他们也是在酒店里过，笑道："说起来，去年这个时候，你也让我点了这种酒。"

"嗯……"戚屿想了起来，去年那时候，他就开始怀疑傅延昇了，那时没有问题，是因为帕市那几个月陪读时光才刚让他建立起对傅延昇的信任感，他怕自己开口问了，就会失去这个老师。

那患得患失的状态持续了很长一段时间，直到他认清傅延昇的为人，也明确了自己的选择。

戚屿想起下午聊天时傅延昇的欲言而止，自言自语道："我有时会想，你做这份工作，守着那么多的秘密，有些事连最亲近的人都不能说，会不会觉得寂寞？"

傅延昇沉默片刻，才说："以前还好，因为这是我自己做的选择，相熟的也都是同行的朋友……"

戚屿愣道："那现在呢？"

"现在啊，"傅延昇看了他一眼，苦笑道，"时常觉得寂寞。"

戚屿："……为什么？"

傅延昇喝了口酒，幽幽道："因为有了你这个不同行的知己，很多事不能跟你说，怕你误会我，不理解我，慢慢就疏远我了。"

那一刻，戚屿很想问，既然如此，你为什么不放弃那份工作，到司源集团来？我愿意给你我身边最好的职位。

可是他又想，傅延昇没主动提，大概还是有自己的坚持，所以最终他还是什么都没说。

当晚两人聊到了很晚很晚，戚屿也在酒店过了夜，第二天等傅延昇起来，两人便结伴去楼下吃早午餐。

河滨路位处商业区与蒲江景点交界处，附近有不少品牌名店，两人吃过饭，戚屿见天气不错，建议傅延昇沿街散会儿步。

冬日的暖阳洒在江上、地上、建筑物上，黄灿灿的，叫人看着心情也跟着温暖起来。

当天是圣诞节，又是周末，街上随处可见出来逛街寻乐的年轻人。过一个红绿灯时，迎面涌来一群年轻女孩，大概是趁着圣诞节出来游玩的女大学生，叽叽喳喳，好不热闹，她们看见戚屿和傅延昇两大帅哥，视线都聚焦在两人身上，声音也不自觉地小了些。

人行道仅三米宽，戚屿起初走在外侧，为了避免冲撞，傅延昇下意识跟戚屿换了个位置，让他走里边。

第25章 耳濡目染

"如果没什么大事,我一月中旬回去,毕业前都不回来了。"戚屿对女孩们的瞩目恍若未觉。

"春节也不回来?"傅延昇问。

"嗯,之前过春节是从帕市飞纽城,几个小时就到了,但既然我爸妈复婚了,他们今年应该会在国内过年,我来回一趟太折腾,算了。"戚屿道。

"你毕业典礼什么时候?"傅延昇问。

"六月中下旬吧,"戚屿勾了下嘴角,"问这个做什么,难不成你还想来参加我的毕业典礼?"

"我好歹也算教过你两年,想见证一下自己学生毕业有什么奇怪的,"傅延昇看着他问,"怎么,不欢迎我?"

"欢迎是欢迎,但你有时间过来吗?"

"你这问题倒是问住我了,"傅延昇看向前方,轻叹了口气,"到时看看吧,我尽量抽时间。"

"也用不着太勉强。"说着,两人经过了一家卖男士服装的名品店,戚屿见那橱窗里的模特身上穿的大衣,不由顿住了脚步说,"进去看看。"

戚屿推门而入,当即有柜姐迎上来:"两位先生上午好,欢迎光临L'armadio del signore,请问有什么需要的吗?"

傅延昇低声问戚屿:"你要买衣服?"

戚屿环视了一圈,看这家店的装饰、格调品位不俗,先问了一句:"请问橱窗里男模身上展示的大衣有现货吗?"

柜姐说:"那是我们当季定制款,店里仅此一件,先生如果有需要,我可以取下来给您试穿……"

戚屿颔首:"你先取下来吧。"

柜姐戴上白手套,将模特身上的衣服小心翼翼地脱了下来,走到戚屿跟前,戚屿才朝着傅延昇抬了一下下巴:"给他试试。"

傅延昇:"……"

趁着傅延昇换衣服,戚屿又绕着店里转了转,挑选了一条暗绿色格子纹的羊绒围巾,让柜姐给傅延昇戴上。

几分钟后,傅延昇出来了,那柜姐一面替他系围巾,一面向他们介绍着这件衣服的质地、剪裁、设计。

戚屿抱臂站在边上打量道:"我刚就看那模特跟你体型相近,这大衣你穿应该合身,果然不错。"

傅延昇垂头想找衣服的标价:"这衣服应该挺贵的吧?"

"我给你买,"戚屿掏出卡问道,"能刷卡吗?"

那柜姐喜道:"能,能的,这件衣服是高定限量款,价格八万六千……"

傅延昇正蹙眉,就见戚屿抽出皮夹里的卡递给对方:"算上围巾,一起结账。"

付过钱,戚屿叫对方把傅延昇原先那件衣服包起来,直接穿着新的走。

等出了店门,傅延昇一脸无奈道:"戚少爷出手真阔绰,八万的衣服说买就买。"

戚屿双手揣兜,斜眼看他:"你喜欢吗?"

傅延昇:"你送的我哪能不喜欢?不过……"

戚屿怕他拒绝,先一步打断道:"别'不过'了,喜欢就穿着,本少爷送出去的礼物从不回收。"

傅延昇笑道:"那就谢谢你了。"

戚屿斜眼:"是谁昨天说我们之间无须说谢?"

傅延昇哑然,又听戚屿道:"再说,天宝集团这么大的人情,我也不是一件衣服就够还清的。"

傅延昇把手揣进衣兜:"其实比起衣服,我更想要你另一样东西。"

戚屿:"什么?"

傅延昇瞥了眼戚屿的手机,意有所指道:"你的安全。"

戚屿当即明白了,傅延昇是想知道他的定位代码,但对方这么说,不知怎么就让他有些心颤。

"好……"戚屿轻咳了一声,把代码发给了傅延昇。

傅延昇又叮嘱到:"手机和挂件都有定位功能,安全起见最好分开放。"

"这么多讲究……"戚屿嘟囔了一句,还是配合地把那挂件从手机上拆了下来,单独塞进裤兜里。

晚上戚源诚回了海城,戚屿回家吃饭,路上接到叶钦如的来电,说新鸟打算明天在江镇召开为期三天的战略合作商会,邀请美薇·莲秀也去参加,希望戚屿也能到场。

戚屿问:"明天什么时候?"

叶钦如:"明天中午有热场会,晚上才是正式晚宴,我可以先带人过去。"

戚屿:"知道了。"

戚屿一到家就将这事告诉了爸爸,问是否可以提前将天宝集团的信息透露出去,增加美薇·莲秀与新鸟谈判的胜算。

戚源诚闻言却犹豫道:"我还想将这事暂时对外保密,先设个局把埋在司源集团里的隐患挖出来。"

戚屿纳闷:"设什么局?"

戚源诚:"自从知道王臻栋要撤资,我就怀疑过,他也许是被立早集团的人私底下利诱了,或是那边说了什么危言耸听的话,他害怕我们撑不住,才心生退意。但这么多年

第25章 耳濡目染

的合作关系，他总归对我们还是有些朋友的情义，否则不会再给十五天的期限，他直接把要撤资的事往外一捅，我们都反应不及……既然现在司源有了天宝集团的支撑，我想再找他谈谈，看能不能说动他留下来，如果能说服他，就让他配合我们演一出戏……"

戚屿明白过来："你想叫王叔叔假意撤资，引蛇出洞，趁机将那些不稳定的新股东的股份都收回来？"

戚源诚颔首："不错，一旦天宝集团要入股司源的信息透露出去，司源的股价会立即回升，想卖股份的人也会趁机坐地起价。既然立早集团能说动王臻栋撤资，说明司源集团必定还有他们的人在，趁着这个机会将他们一并扫除，集团的股权结构才能重新稳定。"

戚屿："如果王叔叔不撤资了，瞿总那边怎么办？"

戚源诚："那瞿伟祥能雪中送炭，我们当然得记他这人情，我会让他优先接手那些祸乱分子低价出手的股票，等天宝集团加入，股价回升，他也能赚上一笔。"

戚屿点头："我知道了，那就按照爸爸计划的来吧。"

子公司的发展和集团的稳定相比，肯定是集团稳定更重要，既然戚源诚有这打算，他们还真不能把这消息提前告诉新乌。

"行了行了，一聊起来又没完，快来吃饭吧。"姜莹的声音从餐厅处传来。

戚源诚舒了一口气，笑着起身道："难得一家人聚在一起过圣诞，先吃饭，这些事都往后放吧。"

圣诞节对于在国外久居多年的戚屿和戚源诚来说意义与众不同，今年又是戚源诚和姜莹复婚的第一年，所以一家人早说好了要在一起过。

戚屿起身走到餐厅里落了座，只见柳姨已做了许多菜，桌上还应景地摆着烤鸡与苹果派，很有过节的气氛。

等每个人的杯子里都倒上了酒和饮料，戚源诚便举杯道："来，希望我们一家人和和美美，幸福安康！"

戚枫和凌可齐声道："圣诞快乐，干杯！"

戚屿见此情此景，心中慨然，赶紧举杯道："圣诞节快乐。"

饭后戚源诚去书房给美国的老友打电话拜年去了，戚屿心里仍惦记着商会的事，想了想，还是决定再去找傅延昇聊聊。

他给王猛打了通电话，让对方接自己去傅延昇住的酒店。

傅延昇看见他惊讶不已："你怎么又来了？"

"还有点事想找你聊，"戚屿晃了晃让王猛顺路去打包的粤式小点，"吃饭了吗？给你带了点点心。"

"吃了点，"傅延昇接过点心，关上了房门说，"你坐，我泡壶茶。"

戚屿径直走到沙发上坐下，边看傅延昇泡茶边把叶钦如说的那事和爸爸打算做局排除隐患的计划告诉了傅延昇。

傅延昇闻言凝眉:"我听说,新鸟打算在半年内再一次增发股票,扩大规模。你别看他们现在只是个市值二十来亿的公司,但他们做的也是平台系统,而且在这一领域是一家独大,将来的发展势头绝对不可小觑……既然司源有了天宝集团作支撑,你们拿下与新鸟的合作就有很大的希望,让叶总他们尽量争取。"

"嗯,叶总刚说菲亚的人也会去,这估计是我们和他们第一次在公开场合碰面,"戚屿蹙眉,"但现在问题是,我爸不打算透露天宝集团的消息,如果不能说,我们在这次商会上跟新鸟谈成合作的难度也会增加吧?"

"我倒觉得这不是什么大碍,"傅延昇边喝茶边吃着戚屿带来的茶点说,"诸葛亮还唱过空城计呢,只要谈判技巧使得好,没有合作拿不下。"

"这事到你嘴里怎么就这么简单?"

"本来也不难,你们和菲亚·红妆的实力不相上下,甚至可以说,有苏竟在,美薇·莲秀的远期前景还会更好一些。既然天宝入股司源已经是板上钉钉的事了,你们就该拿出胜券在握的气势来啊。"

不错,之前王臻栋要撤资,司源形势低迷,他们找新鸟是希望对方帮忙,但现在的情况却是彻底不同了。

两人聊与新鸟的谈判策略直到深夜,戚屿见时候不早,打算次日送傅延昇去了机场后直接去江镇。

第二天吃过早饭,两人就启程了,从酒店到机场四十分钟的车程,傅延昇在路上还不忘提点他谈判时要注意的细节,戚屿听着听着忽然嘀咕了一句:"这么不放心,为什么不跟我一起去江镇,替我把新鸟谈下来?"

傅延昇噎了一下,沉默了。

气氛倏然变得有些凝重,戚屿也知道自己这要求提得有些任性,不自在地看向窗外。

到机场后,王猛将车停在出发层的下客区,傅延昇这才看向戚屿,开口道:"有什么问题可以随时给我打电话,我走了啊。"

戚屿:"走吧。"

傅延昇伸手拍了拍他的肩膀,说:"你自己多保重,下次再见。"

戚屿:"你也是。"

傅延昇开门下车,从王猛手中接过行李箱,站在路边看着车窗慢慢上移,遮住戚屿的侧脸。

车子重新启动,一路远去。

第26章 新鸟商会

新鸟此次选择召开商会的地点江镇是一个旅游古镇,因为经常举办世界互联网大会,特地建造开设了相匹配的商业会展中心和酒店等配套设施,如今已常被知名企业、大型公司选来举办产品发布会与商业论坛。

从海城机场开车过去只需要一个半小时,戚屿送完傅延昇后驱车前往,下午三点就到了。

汽车无法进入古镇,戚屿给叶钦如打了电话,叶钦如叫他在入口附近的停车场稍等,说一会儿会有新鸟负责接引嘉宾的工作人员前来接他。

戚屿收到消息下了车,才刚站定,又见三辆商务车从他们来时的方向驾驶到附近。车停后下来七八个人,一个个西装革履,贵气逼人。

戚屿眼角余光一扫,在其中看见了一个熟悉的人影,竟是许敬!

许敬也很快瞧见了他,面上闪过一丝错愕:"戚屿……"

戚屿知道菲亚·红妆的人也要来,但不知道许敬也会出席,此时心中起伏不定。

"敬哥,好久不见。"他故作平静道。

边上的人闻言纷纷看过来,有人不知他身份,低声问许敬:"许总,这位是?"

"是美薇·莲秀的CEO戚屿。"许敬说完戚屿的身份后便陷入了沉默,似乎有些出神,也不介绍他这些同伴的来历。

众人反应各异,涵养好的还朝戚屿微微点了点头,但大部分只是好奇地盯着他看。其中有个年轻男子,长得丰神俊朗,眉宇间自带一股风流气质,所有人都自发地簇拥着他,更衬得他鹤立鸡群,他也正饶有兴味地打量着戚屿。

戚屿在网上见过林焕的照片,很快认出这人就是林焕。

若单论长相和气质,戚屿是丝毫不会输,可他现在身边除了王猛别无他人,不免有些输阵。

幸好叶钦如和接引嘉宾的工作人员来得及时,两方相见,叶钦如也是一愣,他自然认得林焕那一拨人,客气地打招呼道:"林总,你们也到了?"

林焕笑笑,正要开口说话,却见戚屿转过身,面若寒霜地对叶钦如道:"我们先走吧。"

叶钦如赶紧朝他们说了句:"林总,我们先进去了,回见。"

林焕:"……"

工作人员开了景区专用的电车来接他们,见林焕的人到了,也不敢怠慢,又打了电话给同事,先带叶钦如和戚屿进去。

叶钦如上车后道:"怎么这么巧碰上了,他们跟你说了什么,没为难你吧?"

"没有,他们才刚到。"

"那就好,"叶钦如皱了下眉,嘀咕道,"许总还真去林焕那儿啦?"

叶钦如和许敬分管司源旗下两家公司,之前在集团大会上见过几次,但他对戚屿和许敬的关系了解却不多。今年司家出事,许敬从山雨离职,叶钦如也有所耳闻,前不久他还从戚屿口中得知许敬去了林和资本并让对方投资新鸟的事。

但这种情况在商场上比较常见,叶钦如没有太大惊小怪,只是刚刚见戚屿面色不善,觉得其中可能有些故事。

电车载着他们走VIP通道,直接从景区入口开到了新鸟为他们安排的五星级酒店。

叶钦如下车后向戚屿介绍道:"举办商会的大厅就在隔壁,今天没什么重要的事,就新鸟准备的一个晚宴。酒店一楼的活动厅有自助下午茶,还有新鸟公司的宣传和介绍,办得挺好,杨总也在那边接待嘉宾,你要不要去见见她?"

戚屿想到林焕和许敬他们估计很快会到,去见杨总难免又要碰上,有些犹豫。

叶钦如察言观色道:"其实我们也就比你早到了一个小时,刚刚已经带人去跟那杨总打过招呼了。"

戚屿点头道:"你们见过就行,先上楼吧,我有事跟你说。"

为了不破坏古镇风貌,这家五星级酒店一共就三层,上百个房间全都环式布局在二层和三层。叶钦如边走边介绍道:"新鸟这次请了数十家合作方和媒体,给我们美薇单独安排了十个房间,我让美薇·莲秀几个高管都过来了。"

"苏竟来了吗?"戚屿问。

"这种热闹他怎么可能不来凑?听说林焕也来,苏竟还说要过来气气他呢。"

"怎么气?"

"听说苏竟离开红妆前,按照协议,得把手中剩余的红妆股份也卖给林焕。他卖的时候狠敲了林焕一笔,等林焕得知他跳槽来的是咱们美薇,气得找媒体在网上骂了他一个月!对林焕来说,只要苏竟出现在他面前,他就很难不生气啊!"

戚屿被叶钦如这些话逗笑了,心情好了不少。

叶钦如又说:"不过他来了也没忘工作,还带了电脑,一路上都在研究算法和编程,说什么要给美薇·莲秀再设计一套更好用的架构,估计现在还在房间里忙呢……"

"这么拼?"

"可不是嘛,自从他那天在车里听了你跟雷总的话,估计都感动得要为你把这条老命豁出去了。"

戚屿:"……"

第26章 新鸟商会

叶钦如带着戚屿走到专门为他留的套房前，开了门，却见王猛还跟着，道："你这司机……不对，是保镖吧，要不安排他跟小郑一起住？"

随行的司机大都被安排住在附近的酒店，档次要低一些，唯有保镖是贴身跟着的，但他们这些人平时出行从不带保镖，倒显得王猛格格不入起来。

叶钦如说的小郑是苏竟手下的一个技术员，戚屿说了声"行"，对王猛道："我在酒店里活动，应该不会有什么安全问题，你不用一直跟着，有事我再叫你。"

王猛领命走了，叶钦如跟戚屿进门，又问："你有什么事要跟我说？要叫苏竟吗？"

"不必打扰他，我先跟你说吧。"戚屿在沙发上坐下，才将天宝集团打算入股司源的消息告诉了叶钦如。

叶钦如闻言欣喜异常："这是真事？"

"是，我爸昨天才从港城回来，跟那吴董连天宝要入股多少百分比都谈好了。"

"可有这种关系，怎么之前司家出事，司源回收司家股份的时候没见你爸去找他们？"

戚屿坦言道："其实这次天宝集团会来帮我们是傅老师在背后牵的线。"

叶钦如一惊："傅延昇？"

戚屿"嗯"了一声："不过他不想让别人知道这忙是他帮的，所以这件事你自己心里知道就好。"

"明白，"叶钦如点点头，又好奇道，"但是戚总，你别怪我八卦，我一直有点好奇，傅总他为什么走？"

当初听戚屿说傅延昇离开山雨去了深城的一个证券公司，叶钦如就觉得惊愕，还以为他们闹了什么矛盾，但那时戚屿赶着回学校念书，他也没时间仔细打听。

"他有他自己的追求……"

"什么追求？我听说他好像又去证券公司做老本行了吧？虽然司源集团是有一时的困难，但他既然有那种人脉，好端端的投资公司总裁不做，太子爷身边的肱骨大臣不做，跑去做什么券商……"叶钦如摇摇头，"我真是有点搞不懂他了。"

这些话恰恰又戳中了戚屿的痛点，他本就遗憾留不下傅延昇，刚刚送人离开，闻言更觉得失落惆怅。

但戚屿也不想让叶钦如看出自己的失意，只能强行转移话题，与对方聊了聊此次的合作竞争策略。

按照新鸟的计划，为期三天的商会，他们会在第一天公开介绍公司的战略方向与合作空缺，第二天是各方的谈判会，第三天是签订仪式。

新鸟的客户和美薇·莲秀的客户有一部分重叠，所谓资源置换与共享，是指如果能在技术上做到账号互通、消费互通，两家平台就能在最短的时间内达到一次规模拓展。

由于美薇和菲亚是同类型的公司，所以，新鸟只会选择其中一家，也就是说，在这三天内，合作名额花落谁家能直接见分晓。

- 247 -

"这不就是竞标吗，怎么搞得这么仓促？"戚屿听后问道。

"其实新鸟筹备这一次江镇的商会已经有一个多月了，杨总最近一阵就是为了办这个才在海城这边活动，多亏你提醒我去争取，这一周我频繁与他们联系，他们才临时邀请我们。"

"我就说，你昨天给我打电话的时候我都觉得奇怪，怎么他们搞这么大一个活动，临召开前两天才通知我们来参加……"戚屿皱眉道，"他们邀请我们来，不会是想让我们陪个跑吧？"

"我不觉得，你还记得杨总让他们公司那个营销部经理跟我沟通吗？那营销经理姓方，是杨总的直属亲信。她跟我透露，新鸟原本已经直接内定和菲亚那边合作了，但菲亚那边似乎出了些问题，杨总临时决定邀请我们就是事情有转机的一个信号。"

"菲亚出了什么问题？"

"具体我也不清楚，涉及对方的商业隐私，估计她也不方便透露吧。但能看出来，他们对我们的态度确实在改变，今天我带人到这里的时候，杨总非常热情地迎接了我们，还为临时邀请这事跟我道了歉，希望我们谅解，包括房间安排以及接待规格，我也没觉察出有什么轻慢之处……"

"那就好。"

"既然司源集团现在又有了天宝集团的支撑，我们就更没有什么后顾之忧了。等晚些时候，我再约那方经理聊聊，虽说天宝集团这信息不能公开透露，但我可以私下给她一点暗示……"叶钦如喜滋滋地搓着手，想到什么，忽又凑到戚屿边上，悄声说，"对了，那个方经理也是我的粉丝呢，说关注我微博很多年了。"

戚屿："……"

听了叶钦如这些话，戚屿也有点庆幸自己当初没有放弃让对方去争取这个合作机会。两人又聊了一会儿，就快到晚宴时间，叶钦如去叫苏竟他们，说等人齐了再一起下去。

戚屿趁这间隙查阅了一下手机，见傅延昇刚给自己发了条消息："你到江镇了？那边怎么样？"

戚屿回复道："早就到了。"回完又打开窗户，拍了一段窗外的视频发给对方，说，"这古镇我还是第一次来，风景挺不错的。"

傅延昇："出去逛了吗？"

戚屿："哪有时间逛，忙得很，刚和叶总说事，一会儿要去参加晚宴了。"

傅延昇："那你忙，睡前再跟你打电话。"

戚屿正想回"好"，见有别的消息进来，返回一看，居然是章承宣。

章承宣："戚屿，你在江镇吗？我刚听他们说见到你了。"

戚屿："你也在江镇？"

章承宣："是啊！我现在在一楼的宴会厅，听林焕他们聊起你，说你也在。"

第26章 新鸟商会

戚屿:"你是代表菲亚来的吗?"

章承宣:"不算,我这次只是跟我爸过来见见世面,参与实务好歹要等毕业。"

戚屿:"那也不错。"

章承宣:"我还挺想跟你聊聊的,不过我一直跟我家里人说,我跟你不大熟……"

戚屿笑了笑,回复他道:"那就假装不熟吧,竞争就是竞争,各家凭实力说话。"

章承宣:"嗯!"

聊到一半,叶钦如就来叫戚屿了。

戚屿打开门,见门口已站了十来个美薇·莲秀的高管,苏竟和俞莲都在,一群人看见戚屿纷纷叫"戚总"。

叶钦如手臂一挥,让戚屿走在前面,一群人紧随而上,乌泱泱的,看着颇有排场。

宴会厅里摆了三十几桌宴席,已经有大半的人在。戚屿带着一群人进去的时候还引发了一阵不小的骚动,毕竟像他这种年纪又这等长相的总裁实在是太少见了。

工作人员领着他们坐到了靠近主舞台的5-B号桌,紧挨着边上5-A桌的菲亚,虽然位置足以见新鸟对美薇的重视,但圈内人士都知道美薇和菲亚在打擂台赛,这样安排也很难不让人怀疑是新鸟在搞事。

戚屿一伙人靠近时,那一区域的气氛肉眼可见地紧张起来。

戚屿视线快速掠过去,在那桌人中看见了林焕、许敬和章承宣,有一半人是刚刚在停车场见过的,另有一半人都不认识。

他没有跟任何一个人对视,眼神霸气得几乎叫围观的人起鸡皮疙瘩。大概长得好看的人在这方面有天生的优势,众人一瞬间就感觉美薇·莲秀的气场把隔壁的菲亚·红妆给压下去了。

两家公司的人没有进行任何互动,等戚屿落座后,其他人也跟着坐下,苏竟选座后觉得不满意,对叶钦如道:"你那位子让给我坐。"

叶钦如:"???"

苏竟坐下后,一抬头,就隔着人缝跟对桌的林焕对上了视线,他勾嘴一笑,朝着对方比了个中指。

林焕:"……"靠!这饭还让不让人吃了!

那之后苏竟就再也没看对方,桌子和桌子之间仿佛自动竖起了一道屏障,将他们分隔在两个不同的结界里,他们也浑然不知自己正成为整个宴会场的八卦中心。

有人指着许敬说那人曾是司源集团董事长的秘书,还在山雨投资当过好几年的CEO,不知怎么就被林焕挖走了……

还有人指着苏竟说那就是当年背叛雷宏搞得信息技术圈腥风血雨的技术大佬,还是红妆的创始人,不知怎么却被戚屿挖到美薇·莲秀去了……

更有人指着叶钦如说这就是那个在网上蹦得欢的知名情感博主,曾在南日科技零售

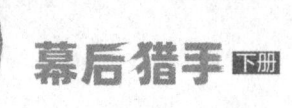

部门做CEO，居然跳槽出来帮司源集团的太子爷开荒搞科技平台，不过看样子现在也还混得不错？

就算是第一次在公开场合露面的章承宣，也被不知道哪里冒出来的知情人士指出说这人是章爱发的养子，貌似和美薇·莲秀的戚总是大学同学……

众人吃瓜都吃疯了，光是林焕和戚屿相互挖墙脚这事儿，大伙儿都能脑补出四十集的狗血电视剧，更别说美薇和菲亚前阵子打官司把章家二儿子送进局子这种司法大战。

得亏叶钦如会活跃气氛，他们吃着菜，品着酒，一顿饭吃得相当自得其乐。

戚屿听着叶钦如他们聊天打趣，并没太把注意力放在隔壁桌上，只是吃到一半觉得酒喝得有些多，想起身去上洗手间，好巧不巧，竟然又在洗手间门口碰上了许敬。

他也不知道许敬是什么时候来的，对方似乎刚洗了个脸，脸上湿漉漉的，双手撑着洗手台发呆。听到门被推开，许敬立即直起身子，见到戚屿时浑身一震，接着用一种很奇怪的眼神望着他……

戚屿也形容不出来那是什么眼神，好像有些伤痛，难舍，又有点欢喜。

戚屿脑海里瞬间浮现出傅延昇跟他说过的那些话，他调整一下情绪，主动唤了声"敬哥"，没等到对方的回应，便兀自走进隔间。

戚屿出来时许敬还在，他抱着手臂，低声问："傅延昇呢，我刚没看见他跟着你，他没来？"

戚屿目不斜视地走到他边上洗手："他为什么非要跟着我？"

许敬蹙眉："他不是你的商业顾问吗，这种场合他不来？"

戚屿说："他走了。"

许敬："走了？"

"和你一样，已经离开了，"戚屿抽了纸巾擦手，这才看向他，道，"怎么，他从你那儿接手山雨的时候不是跟你吃过饭吗，没跟你说？"

许敬动了动嘴唇，像是有些生气："他不是说至少会待在你身边两年吗？"

戚屿有些心浮气躁，他把用过的纸巾揉成一团丢进废纸箱里，抬眼道："你问完了吗？问完我回去吃饭了。"

刚刚是叶钦如，现在又是许敬，一个个哪壶不开提哪壶……

许敬忙叫住他："一会儿能找个地方跟你聊聊吗？"

戚屿已经到了门边，收回推门的手，背对着他问："聊什么？"

许敬："随便什么。"

戚屿将手揣进裤兜："敬哥，你是跟林焕他们一起来的，应该很清楚我们现在是对立关系，你找我聊天，是想从我口中套取商业信息……"

许敬："我没有！"

戚屿："你没有，那你就不担心我把这事泄露出去，林焕会对你有所猜忌？"

第26章 新鸟商会

　　许敬嗓音有些发颤,似乎在压抑着什么情绪:"不用管他,我只是想聊聊我和你之间的事。"

　　戚屿轻笑一声,道:"行,你找地方,一会儿发消息告诉我。"

　　戚屿回去没多久就收到了许敬的消息,说晚宴结束后在酒店顶层的酒吧等他。饭后,叶钦如要找方经理聊事,苏竟则打算继续回房间工作,剩下俞莲笑吟吟地问戚屿有没有什么特殊安排,若是没有,她愿意陪聊。

　　戚屿婉拒道:"我和一个朋友约好了。"

　　俞莲听了似乎还觉得有些遗憾:"自打上次在深坑酒店聊过后,我还一直想着再跟你天南地北地说说话呢,可惜你这老板是神龙见首不见尾,也不知什么时候还有机会。"

　　戚屿笑道:"等我毕业回国,到时跟你们相处的时间多了,总会有机会的。"

　　苏竟凑上来道:"就是,等戚总回来带咱们征战四方!"

　　众人哄然大笑,气氛融洽又欢乐,戚屿被大伙儿簇拥着,视线胡乱一扫,恰见章承宣站在不远处直勾勾地望着自己,眼中满是欣羡与向往。

　　戚屿朝他点了下头,很快又听叶钦如在边上问:"你约了谁?"

　　戚屿低声对叶钦如说:"是跟隔壁的许总。"

　　"他?"叶钦如小声道,"要不让吴双陪你?"

　　戚屿想着酒店里人多眼杂,自己是跟许敬聊私事,带了人反而不好安顿,便说:"不用了,就在这酒店里见,随便聊两句,没事。"

　　叶钦如道:"那好吧,你聊完回房间后给我发个消息。"

　　戚屿独自上了酒店顶楼,上面人还挺多。虽然是在古镇,但高档酒店内的健身按摩、棋牌唱歌等娱乐项目一样不缺,宴会一结束,没有回房间的商界精英们都到顶层来找乐子了。

　　或许是众人已酒足饭饱,许敬说的那间酒吧里却几乎没什么人,位置还相当隐蔽。

　　戚屿进去时,只有寥寥数人在里头商谈,酒吧内的灯光也相当昏暗,几乎看不见每个人长什么样子。

　　戚屿扫了一圈,发现许敬就背对着自己坐在吧台角落的位置,他径直走过去,在对方身边坐下:"难为你找到这么个地方。"

　　许敬看了他一眼,淡淡地说:"刚到的时候上来转了一圈。"

　　戚屿抬眼看酒保:"威士忌加柠檬苏打水。"

　　等酒的间隙,两人一直沉默,似乎都不知道怎么开口说下一句话,直到戚屿催促:"你要跟我说什么?"

　　许敬没话找话般问:"你最近怎么样?"

　　戚屿呛了他一句:"前两天不是刚打过电话吗?"

　　"真是没见过比你更倔的人,"许敬苦笑,又问,"你还有半年就毕业了吧?"

"嗯。"

讲了两句空话，许敬似乎才鼓起勇气说正题："我都把位置让出来了，他为什么不好好留在你身边？"

戚屿接过酒保递来的威士忌，忍不住问："敬哥，你就那么在意傅老师？"

"能不在意吗？"许敬喝了口闷酒，眼神还有些阴郁，"今年五月份你来山雨让我撤资，我当时问过你，是不是傅延昇让你有这些变化，你没回答，在我看来算是默认了。我在你身边那么多年也没见你那样，可他教你才两年，就让你跟我理念不合，那以后呢？"

戚屿蹙眉道："理念不合可以慢慢磨，我从没想过让你走。"

"道理我都懂，但人总是会有一些执念。我那时看不开，就想干脆换个环境，调整一下心情，刚好那一阵林焕一直在挖我，我在山雨做了几年的投资，林和资本是我当时能选择的最好的去处……"许敬叹了一声气，慢慢晃着酒杯里的冰块，道，"罢了，时间总能让人慢慢清醒过来，隔了这么久，我也得承认，当初的决定是有一些赌气的成分……"

戚屿一愣，果真被傅延昇说中了？

许敬低声道："红妆和菲亚的事，我并不参与，今天只是纯粹被林焕拉来凑个热闹。抱歉，我原本还以为你在帮着你爸处理集团的事，不会来参加新鸟的商会，我从没想过要给你什么难堪。"

戚屿："没关系……"

许敬："坦白说，这半年看着司源集团经历了这么多事，我是身在曹营心在汉，帮不上忙，心里也不好受。不过，现在后悔也没什么意义了，只希望你和你爸爸都能好好的吧……"

戚屿心中百转千回，缓了许久，才将酒杯凑向许敬，许敬下意识地举杯跟他轻轻碰了一下。

"其实在听爸爸说你要走时，我心里也很难过，反省了很久，觉得自己有很多事情没做好，让你失望了。可是我无法让自己妥协，去接受你的那些观念，或是在你和傅老师之间做个取舍……我努力说服自己，如果你走后能比留在我身边更开心，那我情愿放你走，"戚屿笑了笑，自言自语般道，"但我知道，你既然会走，那一定是我辜负了你……"

许敬一脸惊愕地看向戚屿，昏暗的灯光下，青年星河般的眼眸里闪烁着深沉的寂寞与自责，叫许敬一瞬间回忆起了自己八年前初见对方的那一幕。

那是在纽城美薇分公司，他看见十三岁的戚屿安安静静地坐在他们销售部外的公共活动区看画报。那时的戚屿已经长得非常俊美，不知是谁带他去做了一头深栗色的卷发，混血儿似的，与许敬想象中埃克苏佩里笔下的小王子如出一辙。

他还记得自己在国外陪伴戚屿的那些年，戚屿有多依赖他、信任他，他们虽然没有血缘关系，但感情好得堪比亲兄弟……

许敬收回视线，为了掩饰自己内心的感伤，他猛地喝了口酒，一瞬间辛酸苦辣全涌

第26章 新鸟商会

上来。就在这时，桌上的手机振动起来，屏幕上跳出显眼的"林焕"二字，许敬扫了一眼就把手机翻了过去。

"小屿……"他深吸了一口气，压低嗓音快速说，"我听说立早集团因为家族斗争搞得一团混乱，前阵子司氏撤资，章有发还花了不少钱来司源集团搅局，导致他们自己旗下的菲亚·红妆资金链都有些紧绷。这事他们压着没往外透露，但林焕知道，菲亚·红妆经营这半年，章家还老想从林焕手中套钱，林焕已经很不耐烦，他今天来就是想看看菲亚能不能拿下和新鸟的合作，如果拿不下，他便打算撤资了……"

他边说边抓着手机站起来："叶钦如很能干，杨晓雪对你们非常有好感，你们好好把握住这次机会，我该走了。"

戚屿跟着起身："等等……"

许敬顿住脚步，再一次扭过头去，却有些不敢看对方。

"敬哥，谢谢你告诉我这些，我很高兴，因为这些话代表你也一样成不了你曾经希望我成为的那种人……"戚屿望着他，眼眸熠熠发光，"无论你去哪里，我的身边都会留着属于你的位置。"

许敬心中一酸，快速转身离开了酒吧。

戚屿目送着许敬离开，也在为刚刚得到的消息而感到欣喜，他喝完最后一口酒，结了账，正打算去找叶钦如，自己的手机也响了。

戚屿看了一眼，见是章承宣的语音电话，忙接起来："喂？"

"戚屿，"章承宣压着嗓音在那头道，"天宝集团是不是打算跟你们合作？"

戚屿一惊，愣道："你怎么知道？"

章承宣："是我爸说的，而且我刚刚听他跟一个人打电话，说这是个圈套……"

戚屿眉头紧蹙："什么意思？"

那不是傅延昇帮忙找的关系吗？立早的人怎么会知道？！

章承宣："电话里说不清，要不要找个地方见面？我放他们的电话录音给你听。"

戚屿："什么地方？我过去找你。"

章承宣："三楼的安全楼梯间？"

戚屿刚走到电梯前，闻言脚步一拐，临时改变方向。

那楼梯间就在电梯边上，进去之前戚屿有一瞬的迟疑，但他看了一眼头顶的监控摄像头，又觉得章承宣认识自己这么久也没做什么陷害自己的事，应该不会有问题，一冲动就推门而入，却见章承宣就站在自己面前，手里握着手机，被一个戴黑色口罩的男人挟持着。

戚屿心中大叫不妙，正要后撤，楼梯间的灯一下爆了。他还没来得及做出反应，只觉得身后突然有人袭来，下一秒，他就被人用湿帕子捂住了口鼻……

第27章
我羡慕你

晚上十点零三分。

傅延昇看了一眼手机,见他那句"睡前再跟你打电话"还没有得到回复。

还没结束?

傅延昇打开定位APP看了一眼,发现代表戚屿位置的小红点正在往酒店外挪动。他有些纳闷,看了一会儿报告,又打开定位瞄了一眼,发现才十分钟工夫,戚屿人已经快到古镇门口了。

傅延昇忍不住切到微信,发消息问了一句:"你大晚上还要去什么地方?"

戚屿没回,傅延昇又给王猛发了条消息:"你跟戚总在一起吗?"

王猛:"没有,我在房间。"

傅延昇:"那戚总呢?"

王猛知道戚屿信任傅延昇,从来不对他隐瞒什么:"他去参加晚宴了,下午到酒店后就没再让我跟着。"

傅延昇蹙眉给叶钦如打电话,直接问:"你在什么地方?戚屿有没有跟你在一起?"

叶钦如愣了一秒:"我在江镇啊,没在一起,怎么了?"

傅延昇:"没有?那他人在哪儿?"

叶钦如:"他跟许……不是,你找他给他打电话啊,问我干什么?"

傅延昇二话不说挂了叶钦如的电话,再次给戚屿打过去,但电话无人接听。

傅延昇眼睁睁看着戚屿出了古镇,在那附近停留了几分钟,然后从古镇出口到了环河路尽头,朝着东北方向去了。

这个移动速度绝对不是步行,而是在车上。

戚屿出行都是由王猛保驾护航,几乎不坐其他的私人交通工具,晚上十点,他一声不吭私自坐车出门的可能性太低了。

傅延昇心中涌起一股不祥的预感。

就在这时,叶钦如的电话拨了回来,对方似乎也发现不太对劲,急着对傅延昇说:"戚总电话打不通,人也不在房间,我刚问了许总,但许总说他和戚屿一个小时前就分开了!"

傅延昇:"许总?你是说许敬?"

叶钦如:"是,他们饭后约在酒店顶楼的酒吧聊天,许总说前后最多就三十多分钟,我刚一直在和新鸟的人谈事，没跟他们在一起。"

傅延昇攥紧手机："所以戚屿人呢？"

叶钦如声音也有些慌了："我不知道……"

傅延昇一下子从座椅上站了起来，拔高音量道："你不知道？他身边没保镖跟着，人现在已经出古镇了，我想问你他去了哪里，你跟我说你不知道？你怎么在他身边做事的！"

叶钦如一惊："你怎么知道他出古镇了？"

傅延昇："我有他定位！"

叶钦如心急火燎道："你等等，我赶紧找工作人员去查酒店的监控……"

傅延昇立即道："他是晚上十点零三分左右离开酒店的，查那前后十分钟的监控，就从他跟许敬分开的那个位置开始查！"

挂了电话，傅延昇心急如焚地等着叶钦如的回复，期间他又试着给戚屿打了几次电话，却一直没人接。再看戚屿的定位，就这么一个小时的工夫，红点已经逼近海城西南角的桐兴镇。

大约过了半个小时，叶钦如电话进来了，傅延昇立即接起。

"我们刚找酒店查了监控，发现戚总大约晚上九点三十八份从酒吧出来，接了个电话，不知道是谁打的。他临时从电梯口转道走了楼梯，刚刚安保人员才发现楼梯间内的监控被人为毁坏了，没拍到里边的情况，也没拍到他什么时候出去的，合理推测，戚总很可能是遇上危险了……"

预感被证实，傅延昇怒火攻心，只觉得眼前一阵发黑："一个大活人能在酒店里凭空消失出现在古镇外？酒店外部的监控呢？新鸟在那边召开这么大一个商会，那么多商界知名人士，安保人员全死了？！"

"我们也在查，我刚刚已经叫吴双报了警，"叶钦如急得声音都变调了，他扛着傅延昇的怒意追问，"戚总是不是带着苏竟送的那个定位挂件？你能不能把他的挂件代码告诉我？"

"我发你。"

挂断电话，傅延昇立即把几个小时前刚拿到手的那串代码转发给了叶钦如，叮嘱道："有任何消息第一时间告诉我。"

直到当晚十一点四十七分，警方才查到相关监控，确认戚屿在昏迷状态下被不知名人士带走，但被带走的不止他一个，还有章爱发的养子章承宣。

酒店外的监控拍到两人晚上十点左右被三个黑衣人从酒店劫持离开，乘坐一辆电动接驳车到古镇外，古镇门口的监控拍到他们十点十六分转乘一辆黑色别克离开古镇……

傅延昇一边听叶钦如的转述一边思考，为什么章承宣会和戚屿一起被劫走？

绑匪一次要劫持两个人，分开绑架的可能性很小，趁着两人在一起时动手是最有效率的，可两人同时出现在一个危险环境里的可能性更小。

第27章 我羡慕你

他想起戚屿一年前差点在丰贸地下停车场被绑架的经历，同样的公开场所，同样嚣张妄为的行事方式……

戚屿经历过那次绑架，不会毫无安全意识，如果没什么特殊的目的，他也绝对不会独自进入楼梯间。

一定是有人叫他过去的，而且这个人一定是他认识而且潜意识里信任的人。

——是章承宣。

不错，章承宣很可能不是被绑走的，而是幕后指使者放出来引戚屿上钩的诱饵，是陪着做戏的。

既然如此，这一起绑架案的幕后指使者是谁便很清楚了，从美薇A货店引发的官司，到两家科技公司背后的明争暗斗，章家人都有明确的作案动机。

如果自己的推测准确，那么他们的目的便不是害命，而是谋财——商人的恶意竞争大都是为了利益。

……

不，傅延昇摇摇头，又推翻了自己的猜想。

这毕竟是一次绑架，章家人虽然是幕后指使者，但实施绑架的人大都是有案底的社会流氓，甚至是为了一点赏金就铤而走险的亡命之徒。戚屿这种身份，难保那些人不见财起意，趁机勒索敲诈，他不能用正常人的思维逻辑来推断事件的结果，也不能心怀侥幸地认为，戚屿上一次有惊无险，这一次仍能有惊无险。

此时距离戚屿和章承宣失联已经过去了两个小时。

绑匪带走两人后未上高速，只走低速的偏僻小道，由于信号不稳，定位时断时续，大大加深了警方拦截调查的难度。

叶钦如将信息告诉傅延昇后，又说："警方正按照定位继续追踪他们的去向，但我们不确定劫持者的身份和目的，恐怕得再观望……"

傅延昇抓着手机的手一直在发颤，不知道是因为生气，还是因为害怕。

他气他们没有保护好戚屿，也气自己没有警觉，在戚屿第一次没接电话的时候，他就应该反应过来的，如果他能再及时一点……

傅延昇打开机票网，这个点国内所有民航飞机都已经停飞了。这样的时刻，自己远在千里之外，除了看两眼定位地图，打几通电话，什么忙都帮不上……

傅延昇握紧拳头，暗骂了声"操"。

等等……

他忽然想到什么，翻开手机通讯录，找出一个号码拨通了。

"陈总，我是傅延昇……是，我记得你之前跟我说过，大力集团的马董事长每周一半夜都要从深城坐私人飞机回海城开会，这消息属实吗？……是，我有点急事，拜托你帮我问问，如果可以，让马董今晚捎带我一程……好，我等你消息……"

等了十分钟,很快就有回电,傅延昇匆匆接起,听到对面的话,他暗沉的眼眸里燃起了一丝希望:"太好了!……别说什么人情,之前那事我也是举手之劳……好,我现在马上过去……"

挂了电话,傅延昇抓起外套胡乱披上,飞奔出门,赶往马俊龙的私人机场。

路上,傅延昇从衣兜里掏出另外一只手机,解锁后翻了翻通讯录,拨通了另外一个号码:"肖黔,你是不是在海城?"

肖黔:"是,怎么了?"

傅延昇:"现在忙不忙?"

肖黔:"大晚上的,都准备睡了,不会现在有任务吧?"

傅延昇:"司源集团董事长的儿子戚屿被绑架了。"

肖黔:"司氏的事情不是已经结束了吗?……等一下,被绑架了?现在?"

傅延昇:"嗯,就在两个小时前,被劫持者有两位,他是其中之一,最后的定位在桐兴镇盛家村西部,还在往东北方向行进,已经逼近海城边界,那边有一家废弃塑料厂。此事暂时由江镇所属辖区的分局负责追踪侦查,但由于不确定被劫持者是否有人身安全问题,你能不能帮我打探一下?"

肖黔愣了一下,说:"江镇下面的分局是吧?行,你稍等会儿。"

两人挂断电话不到五分钟,肖黔就回了过来:"那边的警察已经在查了,不过事情才过去两个小时,什么都还不明朗,我担心他们不重视,还是亲自过去一趟吧。"

傅延昇感激道:"谢谢了!"

肖黔戏谑道:"得了,想让你欠个人情可不容易,记账上啊!"

傅延昇:"嗯,有什么具体消息我也会随时告诉你,我大概三个小时后跟你会合。"

肖黔:"等等,你不是在深城吗?大半夜怎么跟我会合?"

傅延昇:"我会想办法过去,到时电话联系。"

肖黔:"???"

戚屿在一片阴寒的环境中悠悠转醒,入鼻是一股刺激的橡胶臭味和腐旧的尘灰味,他皱着眉头,感觉有一点恶心。

昏迷前的记忆涌现,戚屿很快意识到自己遭遇了什么。

他努力掀起眼皮,却什么都看不见——他被蒙住了眼睛,双手也被绑在了身后。

脑海中浮现出八岁那年被绑架时可怕的场景,他狠狠地打了个寒战。

原以为这么多年过去,他已经把那段经历给忘了,可直到置身此地,他才发现当年发生的事在他体内埋下了多深的恐惧——他的身体在不自觉地痉挛,想要蜷缩起来,无奈手脚被缚,动弹不得。

戚屿深吸了两口气,拼命告诉自己要坚强,他已经不是十四年前那个小孩子了,不

第27章 我羡慕你

要怕……得先弄清楚自己现在的处境。

失去的意识正在一点点地恢复，很明显，他又一次被绑架了。

他不知道现在是几点，手机应该被拿走了，但他忽然想起来，自己将苏竟给的那个定位器放在裤子左边的口袋里。

叶钦如和傅延昇如果联系不上他，肯定会找他的，他们肯定会知道他出事了，也会追着定位找到这里……

没事，他会没事的，不要害怕。

正自我安慰着，外头忽然响起了一阵急促的脚步声。戚屿浑身一僵，不可视物的恐惧感放大了他的听觉，让他对周围一切声响都极其敏感。

他听见一个男人的声音从下方传来："都查了没？听说那些富豪的手表首饰什么的都自带定位……"

另一个男人说："搜过了，该丢的都丢了，上面那个富二代手上戴的还是块百达翡丽的白金表，我靠，丢的时候我还有些舍不得呢，估计能卖不少钱……"

"那怎么还有人一直跟着我们?！冯二给我信了，说咱们才带人出来半小时，酒店里那些狗全都察觉了，很快报了警，警察也是朝着咱们的方向来的！"

一人提醒道："喂，这小子醒了！"

戚屿呼吸急促起来，他们能看见自己？

然而下一秒，他就听见一个熟悉的声音——"你……你们是谁？我怎么会在这里……"

戚屿一怔，是章承宣?！

"老实点！老子问你，身上有没有带定位的东西？"

下面传来一阵脚踢声，只听章承宣吃痛地哼了两声，忙不迭地喊："我没有，我没有……"

"问问上面那小子去！"一人说。

戚屿听见那人一步步走上来，只觉得胆战心惊。

他假装昏迷，随着对方的靠近，一股混杂着汗臭的机油味也扑面而来，紧接着，一双手在他身上四处摸索起来。

戚屿没忍多久就动了一下，那人的手顿住，粗声粗气地吼道："身上除了手机手表，还有什么定位的东西？"

"……没有，"戚屿滑动了一下喉结，低声问，"你们是谁，为什么把我绑来这里？如果想要钱，我们可以谈……"

"少废话！"绑匪甩了戚屿一巴掌，戚屿还来不及反应，很快又感觉有什么东西抵上了他的脖子。

冰凉的触感让他一颗心直吊到了嗓子眼，冷汗几不可见地从太阳穴边滑下。

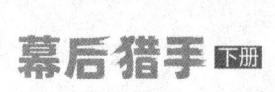

"想活命就老实交代，还带了什么别的，别叫老子一会儿给你扒了搜出来！"

戚屿浑身僵硬，哑着嗓子道："左边裤兜……"

脖子上的凉感消失了，接着一只手伸进了他的裤兜，往兜底深处一探。

"找着了！"那绑匪朝着楼下吼了一声，"一个小挂件，藏这小子裤兜里呢，妈的，刚刚谁搜的身？这都没发现？"

不晓得是不是气他刚刚撒了谎，戚屿莫名感觉那绑匪正用带着杀气的目光凝视自己，过了十来秒，身边的人才离去。

远去的脚步声伴随着粗声粗气的命令："老三，再弄点药来，给人弄晕了！"

戚屿听见那人下楼后叫同伴带着他的挂件开车离开，引走追踪的人，他心里的希望一下子熄灭了。

不一会儿，又听见一人上来，这人步子偏轻，想是那个"老三"。

很快，戚屿就感觉有什么湿冷刺鼻的东西捂住自己的口鼻，他憋着气挣扎了两下，扛不住药物作用，很快又失去了意识。

午夜零点三十分，傅延昇上了马俊东的飞机，幸亏私人飞机有信号，他在飞机上也没有停止关注戚屿的定位动向。

只见那小红点在Z省北部与海城接壤处的吴兴县停留了半个小时，之后往东，又开始往南，四十分钟后又在松南县附近停留了十来分钟，继续南下，差不多已经绕过了江镇，两点四十左右上了高速，开始往杭城的方向开。

这行踪轨迹叫傅延昇看得不断皱眉，无法理解。

如果他是绑匪，他一定会在最短的时间内找一个隐蔽地点把人藏起来，而不是大半夜带着两个人质满省绕圈子。

他给肖黔打电话问情况，肖黔说："我才跟兴市市局这边的哥们儿会合，一群警察被遛得跟无头苍蝇似的，都快跟着那定位绕了两个小时了，我刚已经跟他们市局分队队长说了，既然上了高速，就在下个路口对目标进行拦截。"

傅延昇叮嘱道："人质有可能还在车上，注意他们的安全！"

肖黔："还用你说！"

彼时，叶钦如也硬着头皮拨通了戚源诚的电话号码。集团董事长之子遇险，他不敢不报。

戚源诚半夜被叶钦如这一通消息吓得从床上惊坐起来，不可置信道："你说什么？！"

这动静也闹醒了身边的姜莹，姜莹见他面色铁青，忙追问何事，戚源诚胆战心惊地将此事告诉了对方，也吓得姜莹几乎魂飞魄散。

夫妻俩再无睡意，换了衣服，叫上司机就出门与叶钦如会合去了。

第27章 我羡慕你

身在江镇酒店内的与会者得知戚屿和章承宣从酒店被绑架，也早已乱成一团，两大公司的关键人物失联，新鸟担心舆论压力，一边压着媒体不让发散消息，一边也开始追究酒店内部的安保责任。

许敬得知戚屿是在见完自己后消失不见的，更是悔恨交加。听说叶钦如他们有戚屿的定位，他当晚就跟林焕借了车，要与他们一起出去找。林焕见状凑热闹，也跟着去了。

凌晨三点，傅延昇抵达海城机场，向马俊东道了谢，出机场后直接上了提前约好的专车，打算前往兴市市局与肖黔会合，结果车子开出半个小时，他就接到了肖黔的电话。

"妈的，又被遛了！我们刚刚拦下了携带定位器的那辆车，发现那是一辆从兴市开往杭城的快递货车，搜了半天，那定位器就在驾驶座位下面，问那司机从兴市出发的时候有没有在什么地方开过车窗，或是接触过什么人，他说就是一个小时前在兴市南边的加油站停下加了个油，上了个厕所，除了加油站工作人员没跟任何人接触。我们看了加油站监控，绑匪果然是那时候往车里丢了定位器……"

傅延昇听着肖黔的汇报，手又不自觉地颤了一下。

那定位器在无关紧要的车里出现，说明绑匪在劫持戚屿后的一段时间内意识到了位置暴露，对戚屿重新搜过身，甚至可能会为了逼问而对他实施一些暴力行为……

傅延昇抓紧手机，迫使自己冷静下来。

"从昨晚十点到一个小时前，一共四个小时，如果我没记错，那定位分别在兴市钟岭县南部、Z省北部吴兴县的塑料厂、兴市南部加油站停留过，我建议对定位器停留时间超过十分钟的区域进行重点排查……"他说。

"我知道，其实靠近海城的那片厂房刚刚已经有警察去查过了，说没查到什么。现在定位没了，那绑匪要是再带了人质换个地方，往什么危楼或者密集的民房里一躲，就只能等他们主动联系了……"

"既然你们那边扑了个空，我就不过去了，我现在距离吴兴县最近，我直接去那儿。"傅延昇道。

"你一个人？"肖黔愣道。

"放心，万一发现绑匪，我会注意隐蔽。"

"我过去跟你会合，再一起行动。"

"行。"挂了电话，傅延昇打开地图看了一眼，对司机道，"去吴兴县洪斌浜方敞路。"

定位器在那边停留的时间最长，傅延昇有一种奇怪的直觉，觉得戚屿还在那里。

戚屿再次从昏迷中醒来，他的手脚已经因长时间的捆绑没了知觉，两次被迷药致晕，胸闷恶心感更强烈了。

戚屿动了一下，堵塞的血液稍稍通畅，身体闪过一股被电击般的痛感。

他做了两个深呼吸，眼前还是一片漆黑，蒙眼的布条又厚又紧，不知道现在是白天还是黑夜，但他直觉还是在刚刚那个地方，因为他被绑的姿势并没有变化，环境的气味也跟之前相似。

只是，此刻四周一片寂静，连呼吸声都没有，戚屿又不自觉地发起颤来。

章承宣呢？他还在吗？那些绑匪又在哪里？定位没了，还会不会有人来找他？会不会找不到？

不，不会的……

绑匪绑架自己绝对不会只是为了杀人灭口，只要他们有需求，自己就有生机。再说，那挂件虽然被拿走了，但至少跟着自己来过这里，警察肯定能按着轨迹一点点找过来的。

戚屿一边在黑暗中瑟缩着，一边不断为自己做心理暗示来抵抗恐惧。

不知过了多久，他隐约听见外头传来绑匪的说话声，但声音隔得很远。

知道那些人还守着自己，不是把自己绑在这里自生自灭，他反而微微松了口气，渐渐冷静下来，开始重新回想被绑之前的一些细节。

他记得自己进去的时候，章承宣已经被挟持了，可是，章承宣为什么会被人挟持到那个地方？他又是从哪里知道天宝集团的消息？

也怪自己一时大意，敬哥都已经告诉他章家在内斗，这一次的合作对立早集团至关重要，他居然还在那种时候单独会见章承宣……

那天宝集团明明是傅延昇帮忙找的关系，怎么可能是圈套？因为酒店有监控，有保安，楼梯间就在电梯边上，就觉得一定不会出事？这都是定式思维！忘了去年在丰贸地下停车场是怎么差点被人绑架的？！

……

戚屿自我反省了一番，懊悔得恨不得抽自己两个嘴巴子！

就在这时，身边忽然响起一阵动静，伴随着吃痛的呻吟，叫戚屿心中一紧！

"……章承宣！"戚屿低低地唤了一声。

边上的人没有回应，不晓得是不是还没反应过来，那动静又持续了一阵子，戚屿咬咬牙，又试着叫了一次："章承宣！"

"……戚屿？"

确实是章承宣！看来他刚才在下面是真的受到了绑匪的虐打！

尽管对章承宣欺骗自己去楼梯间一事心存怨恨，但戚屿也明白，人在自身受到威胁时是顾不上什么情分的，也不可能为了保护一个毫不相干的同学而自我牺牲。

千错万错只错在自己的警惕性不足。

然而，有那么一瞬间，戚屿又对自己和章承宣被双双绑架的原因心存一丝疑惑……

有没有可能，章承宣并不是被威胁的？

戚屿浑身一震，试探着问："你还好吗？能不能看到我？"

"能……"章承宣哑声道，他似乎稳定了一个姿势，安静下来。

第27章 我羡慕你

戚屿一直在等他开口说话,但除了那一声"能",章承宣没有再主动发出其他动静,非但没有问什么问题,没有为他把戚屿叫去楼梯间这事做什么解释和说明,也没有急着与戚屿讨论眼下的状况——这实在不像一个正在与自己共患难的人该有的表现。

戚屿心一沉,忍不住问:"你知道发生什么了吗?"

章承宣干巴巴地说了一句:"我们……被绑架了。"

戚屿又问:"天宝集团的事你怎么知道的?"

章承宣:"王臻栋身边一个秘书,是我爸他们安插过去的卧底……"

戚屿恍然大悟,爸爸那天一早就给王臻栋打了电话,所以章家人立即知道了天宝集团的事。

他接着问:"你把我叫去楼梯间,说要给我听录音,是真的吗?"

章承宣沉默着,没有再回答,戚屿心里已知道自己是被假消息给钓了,悔恨不已。

他不甘心地问:"所以,你明知道这是个陷阱,是不是?"

章承宣依然沉默着,连呼吸都听不到,就像死了一样。

"章承宣,"戚屿咬牙切齿道,"我差一点,差一点,就真的把你当朋友了。"

"你说过,我们不可能成为朋友。"章承宣似是在苦笑。

戚屿气急反诘:"那这就是你所谓的'可敬的对手'?"

过了许久,章承宣才几不可闻地说了一声:"对不起……"

……等等。

章承宣和自己一起被绑架,目的不就是骗过自己,骗过外界,让所有人都以为他也是受害者之一?

可他既然对自己道了歉,说明他不想骗自己了。

这个信号极度危险,因为只有死人才不必被担心知道真相。但换个角度一想,也说明对方并未彻底地泯灭人性。

戚屿心跳加速,决定赌一把。他稳住自己的情绪,沉声道:"别跟我说对不起,我只想问你一句,你是不是被逼的?"

"这重要吗?"章承宣低声说。

"只要你诚实地回答我,是或不是,"戚屿违心道,"如果你说'是',我就继续相信你……"

过了几十秒钟,空旷的厂房里才响起章承宣绝望的嗓音:"戚屿,你曾说我们不可能做朋友,但你已经给了我超越朋友的东西。你看着高冷又不近人情,其实内心真挚火热,就像光一样,照得我睁不开眼睛……你不知道,我有多羡慕你。你所拥有的一切,我这一辈子都不可能拥有,我有时特别渴望成为像你一样的人,可我心里还有一个阴暗的小人,那个人无时无刻不想把你从云端上拉下来,想让你也体会一下我所在的黑暗……抱歉,你的问题,我给不了答案……你也不要再相信我了……"

戚屿急道:"比起把我拉下云端,你难道不会更想让那个把你困在黑暗里的人接受惩罚吗?"

章承宣垂着头道:"把我困在黑暗里的人,是我自己。"

对方的语气充满了对自我的厌弃,叫戚屿心中一颤,章承宣曾经那么希望得到他的认可,还向往着成为他的"对手"。

可是,这些东西对方现在都已经不要了。因为章承宣自己也知道,做了这样的事,他不可能再原谅他,信任他。

得不到,够不着,便想拉着他一起毁灭……

戚屿大脑急转,调整了一下谈判策略,缓声说:"章承宣,我好像记得我跟你说起过,我有个双胞胎弟弟。你说你羡慕我,我却很羡慕我弟弟……他跟我不一样,他只是一个普普通通的大学生,每天最大的忧虑可能就是下一顿吃什么……小时候,我们一起去游泳,因为老师疏忽,我弟差一点溺水,而我当时自己在玩,并没有留意到他,妈妈知道后,不但追究了老师的责任,也狠狠地批评了我,她说我是哥哥,无论我在哪里,都必须保护好自己的弟弟。

"被妈妈批评的时候,我心里觉得很委屈,我也是小孩,也需要被人关注,可就因为比弟弟早出生几分钟,我只能当大人了……这样的责任感从我有意识以来,一直持续到现在。弟弟可以无忧无虑,可以自由地追求想追求的人生,我却不能……"

戚屿不敢表现得太急切,停顿了一会儿,才委婉地继续。

"我爸妈在我和我弟十岁那年就离婚了,那之后我和爸爸一起生活,他做事业,我在家里一个人寂寞,就跟在他身后。每一天都会有人对我说,哦,你就是戚源诚的儿子,你要好好学习,以后帮你爸爸分担压力啊……申请斯泰福,学经济,做管理,这些对我来说,都只是我该承担的责任而已。

"去年暑假开始,我爸让我接触公司实务,我每天面对的都是商场的尔虞我诈,见到的每个人都在跟我虚与委蛇。我要装成一个成熟稳重的大人,还得时刻思考这个人是不是想利用我,那个人是不是要算计我,我不能说错一句话,行错一件事,因为稍有差池,就有可能落到现在这个局面……"

章承宣苦笑一声:"所以,你现在后悔相信我了吗?"

对方终于有了回应,代表他刚刚在认真听,而且已经进入了自己编织的故事。

戚屿大松了一口气,继续道:"其实这样的事发生不止一次了……我第一次被绑架,是在八岁那一年,绑匪也把我带到了类似的地方。那些人手里有刀,看我的眼神就像是鬼煞修罗,我除了偷偷掉眼泪,什么都不敢,连呼吸急一点,都怕他们一不高兴,就把我捅了,我就再见不到爸爸妈妈了……

"你说我在云端上,可我自己一点都不那么觉得,我只觉得每天都好累……呵,比起当什么财团继承人,我更想过轻松一点的生活,学自己想学的东西,爱自己想爱的人……

第27章 我羡慕你

我喜欢音乐,喜欢地理,喜欢浪漫的星空,可是这些我都没有时间去做。你还记不记得,大二那年你叫我去银山公园?我喜欢你身上那种周到和热情,很想和你交朋友,但我的老师却告诉我,我这样的身份,就算交朋友,也只是利益交换关系……"

"……你的老师?"

"呵,就是你之前猜过的'智囊团'。其实我身边并没有什么智囊团,从始至终都只有他一个人,他教了我很多知识、道理以及在商场里的生存法则,还教我怎样在这个复杂的环境里维持自己的原则与初心……一开始,他的确不支持我和你交朋友,还说你的成长环境太复杂,担心我不是你的对手。"

章承宣反问:"既然如此,你去年为什么还要帮我?"

戚屿:"因为你来找我帮忙时,我从你说的话里听出了你对你母亲的关心,听出了你对摆脱原生环境的渴望。环境造就人,也能改变人,我想,你可能对我别有所图,但绝对不是大恶之人……在帮你这件事情上,比起功利性地衡量得失,我更在乎我是否坚守了自己的做人原则,我愿意相信人性之善,愿意相信同窗情义大过于利益。"

章承宣的呼吸变得粗重起来。

戚屿听出他的状态变化,乘胜追击:"你刚问我有没有后悔,说不后悔肯定是假的。我的妈妈最近身体不大好,爸爸又只有我一个能帮他的儿子,我要是出什么事,他们不知会有多担心……但我与其说是后悔相信你,不如说是在懊悔自己没有再周全一点。进那个楼梯间之前,我犹豫过要不要先给我的保镖打电话,但我想到那个人是你,是你让我放松了警惕……"

墙边传来一下抽泣声,章承宣哭了。

戚屿没有松懈,进一步动之以情:"章承宣,纵使你谎话连篇,纵使你利用过我,可在我心底深处,我仍然是愿意相信你的。"

章承宣哽咽道:"你别说了……"

第28章
留下来吧

戚屿终于噤了声，空旷的厂房里只剩下章承宣压抑的抽泣。

等章承宣哭过以后慢慢平静下来，戚屿才接着开口："我不知道你是为什么才做出这样的事，但我想，你肯定也有你的苦衷……"

章承宣缓了两口气，自言自语般对着戚屿倾诉起来："立早集团的情况很糟糕……我二伯是个专司吃喝嫖赌的混子，不但自己赌，这两年还带着我大伯迷上了赌博，两个人在澳门输的钱少说有一个亿……如今，集团旗下大大小小的公司都是一团乱账，除了我爸管着的菲亚，所有公司都在亏钱……坦白说，整个章家也就我爸一个干实事的，但他只是菲亚的一个总经理。菲亚是立早的，只要有立早的股份，谁都能从中插一脚，其中管得最多的就是我二伯……"

"他们是不是都对你不太好？"戚屿试探道，"我记得你之前跟我说过，章家不把你当个人。"

"我爸对我还算不错，也有心栽培我，但我毕竟是章有发的骨肉……没错，他们兄弟也斗，我站我爸这一边，可他怕我是个养不熟的白眼狼，拿各种事考验我……那些跟章承欢有关的证据，都是我爸让我给你的，也是他想借你们的力量先搞垮我二伯在菲亚的势力。"

"原来是这样……"

难怪章承宣一个"不受重视"的私生子却能拿到那些东西，听了这话，他当初那些疑惑也解开了。

章承宣接着道："今年我爸好不容易促成菲亚和红妆的合作，二伯没了钱花，又把主意打到这上面来，成天来要钱，还要瞎指挥……林焕和我们合作后没多久就知道了立早金玉其外败絮其中，放话说这次新鸟商会是最后一个机会，我们搞不定他就撤资，他一旦撤资，立早根本没有足够的资金去支撑菲亚•红妆的发展……加上我们刚得知天宝集团可能入股司源，一旦这次输了，菲亚也会一落千丈……"

"所以你们就打了这个主意？"

"你们把章承欢送进局子，二伯本就怀恨在心，得知这次又要跟你们竞争，他就说不如直接绑了你，既能叫你们放弃和新鸟的合作，又能稳住林焕，一石二鸟。我爸也没有反对……对公司有利的事，他们还是能达成一致。但这次绑架，章家太容易被怀疑，他

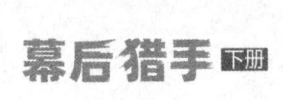

们便叫我也一起被绑,假装菲亚也是受害者,这样就能减轻嫌疑。"

"他要怎么让我们放弃和新鸟的合作?如果直接威胁,不也容易暴露吗?"

"其实你八岁那次绑架,还有去年八月那次,都是我二伯做的,我听他吹牛说起过,他接触社会上的三教九流,对这种事熟门熟路……他说,你爸要是聪明,一分析就知道该怎么做,到时,合作是你们自动放弃的,警察查不到证据,我们'获救'后,菲亚什么事都不会有。"

听到三次绑架都是章家策划,戚屿不由得握紧了拳头,他忍辱负重追问章承宣:"既然你是配合绑架,刚刚那些绑匪……不会真揍你吧?"

章承宣沉默片刻后道:"他们接到的应该只是中间人的指示,为了事后不让警察看出问题,任务就是绑架我和你两个人。"

戚屿心中大骇:"所以他们是真打了?"

章承宣"嗯"了一声。

戚屿吃惊得说不出话来,那章家兄弟为了绑架自己,居然连亲儿子都舍得送过来做苦肉计,简直毫无人性!

"但你放心,绑匪应该不会要我们的性命。如果出了人命,性质就不一样了吧……中间人可能只叫他们拖时间,等二伯他们的目的达成,自然就会放我们走了。"

应该……可能……

戚屿听出来,这话章承宣自己都说得有些不大笃定。他一颗心又提了起来:"你怎么确信那些绑匪真会按照规矩办事?他们打你打那么凶,而且还带着刀子,万一呢?"

章承宣没有搭腔。

戚屿又道:"再说,你现在把这些都告诉我,也等于是……"等于是交代了他和章家人的犯罪事实——但戚屿转念一想,口说无凭,章承宣现在能这么说,等见了警察,也可以不这么说。说法不同就是罗生门,根本证明不了什么。

戚屿顿了顿,迂回道:"这毕竟是刑事犯罪,万一被查到什么证据,你就是共犯。我们还有半年就毕业了,有了斯泰福的文凭,你在哪里混不好?为了你这些,你连自己的前途都不要了?"

"前途?呵呵,"章承宣轻笑一声,幽幽道,"我一个见不得光的私生子,章有发不肯认我,我爸认了我,我还能有什么要求?你刚说,你爸只有你一个儿子能帮他,其实我爸也一样,他不能生育,没有子嗣,人还有点偏执。好起来,真情实意地搂着我叫儿子,给我钱花,就像个亲爸爸……坏起来,拿皮带抽我、打我,觉得我不是他的亲骨肉,早晚有一天会走……我恨他的坏,但也感激他的好……二伯想出绑架的主意后,我爸让我把你骗出来,我反驳过,我说你身边一直有保镖跟着,也不见得会信我,我爸给了我一巴掌,骂我是个废物,说不试试怎么知道……我最怕他骂我废物,戚屿,你从小就有爸爸,你不会知道我的感受……如果他嫌弃我,不要我,我就没有爸爸了……"

第28章 留下来吧

这番话让戚屿替章承宣深感可恨可悲,他试着为对方找开脱的借口:"这样说来,你还是被逼的,不管你爸待你如何,你至少得给自己留条后路,万一真被查出什么呢?你爸跟你二伯既然不对付,你不如先想想怎么将这事全推到你二伯头上。你是被胁迫作案,警方不会定你的罪,你二伯被抓了,你爸也能相信你对他的忠心了……"

边上发出一阵动静,章承宣像是调整了一下姿势,真开始琢磨起戚屿的提议来。

就在这时,外面传来了一阵奇怪的声响……

凌晨四点,傅延昇坐专车抵达洪斌浜,他提前叫司机在距离定位点还剩两千米左右的地方停下,给肖黔打电话:"你人到哪儿了?"

"快到了,差不多还有十分钟。"肖黔说。

"我给你个定位,你直接来这里跟我会合。"傅延昇挂了电话,坐在车里对照着地图往外看了一圈,目之所及都是农房和乡村民宅,但穿过这一片,就是那塑料厂和染料厂的后方。

傅延昇记得绑匪携带的定位不是从这个方向过来的,而是从两厂正面的同兵路进入的,那边前方几乎无建筑遮挡,半夜若有车子经过,对厂房附近的人来说简直一目了然。

万一绑匪还在那厂房附近蹲守,他们从后方穿过去能增加搜寻时的自身安全系数,也不容易打草惊蛇。

肖黔很快就到了,两人在马路边的一盏路灯下会合,傅延昇一看,对方只带了一条警犬,愣道:"怎么就你一个?"

肖黔指着身边的警犬道:"这不算?"

傅延昇皱眉:"怎么不多带几个人过来?"

肖黔没好气道:"我能给你借条狗来就不错了,你还想让他们地方刑警听我指挥啊?能找着人再说吧!"

傅延昇无奈:"那赶紧找吧。"

"你等等,"肖黔叫住他,"有你那学生的贴身物件吗?先给它闻闻。"

傅延昇愣了一下,他匆忙赶来,身上除了手机钱包什么都没带,更别说戚屿用的贴身物件,然而他忽然想到什么,说道:"能不能让这狗闻一下我?"

肖黔一头雾水。

傅延昇解释:"我身上喷的香水是他送的,跟他同款,十五个小时前才刚用过。"

肖黔嘴角一抽,无言以对。

傅延昇已将这附近的地形和那两个厂子的具体位置印在脑海里,警犬嗅了傅延昇一通,两人便牵着它悄无声息地穿过民房区域。

这个时间,乡下几乎家家户户都大门紧闭,越往北走越荒凉,等快逼近厂子,只见方圆五百米内连一盏路灯都没了。

- 269 -

傅延昇刚才在车上已经查过，得知这一片因为用地属性变更，那两间厂房已经被县政府回收，基本处于弃用状态。

四周荒无人烟，简直是藏匿人质的绝佳地点。如果绑匪真带人躲在这里，且戚屿他们又处在无法发声的状态，根本没那么容易被找到。

"你刚说地方警察已经来这一带看过了，什么时候？怎么看的？"傅延昇低声问肖黔。

"差不多凌晨两点，我那会儿刚跟兴市市局的人会合，听他们说不确定人质有没有人身危险，就在这附近草草绕了一圈，后来发现定位在兴市南部加油站停留，一群人又往那儿去了。"

"他们带狗了吗？"

"就是因为他们没带我才带，否则这大半夜能找着个屁！"

两人足足花了三十分钟，才徒步摸到厂房后头。这附近弥散着刺鼻的化工原料味，让傅延昇深深地皱眉，这么重的味道，对警犬会是很大的阻碍。

肖黔建议他们先分头找，每隔五分钟用手机发一条信息，发现不对劲立即返回集合点会合。

傅延昇应了之后，肖黔带着警犬去了染料厂，他独自去探塑料厂。塑料厂南面的围墙墙体有个巨大的豁口，傅延昇见四周无人，便侧身入内。

厂内一共有三间大房，傅延昇贴墙慢行。四周实在太安静，他每走两步就停下来看看四周环境，听听附近的动静。

走到第二间附近时，手机微微一振，傅延昇躲到隐蔽处掏出来一看，见肖黔发消息道："我刚从染料厂那边绕过去，发现塑料厂的门卫亭里有个人在打盹，疑似绑匪。你人在哪里？现在怎么样？"

……半夜三更有人在废弃厂房的门卫亭里打盹？！

傅延昇知道他们来对地方了，赶紧回复："我已经进到厂里了，还在搜。"

肖黔："注意隐蔽，我再探查一下外部环境。"

傅延昇打起精神，越发谨慎小心，又过了半个小时，他才挪到最东面的那一大间。

可能是废弃已久，那个建筑西侧的窗户全是破的，傅延昇才靠近窗下，就听见里头传来一阵说话声。他驻足聆听了两秒，几乎欣喜若狂，掏出手机快速给肖黔发了消息："人在这儿！"

肖黔立即回复："情况怎么样？"

建筑有两层，傅延昇从一楼的破窗看进去，见里面一片昏暗，只闻其声不见其人。

傅延昇："看不见人，但两人都是清醒状态。"

肖黔："清醒说明暂时安全，人质既然在里面，估计里头还有绑匪，单独营救有风险，得通知特警队过来。你守在原地不要暴露，有什么情况及时联系我。"

傅延昇回了个"OK"，摁灭手机，背靠着墙，静静地等着。

第28章 留下来吧

戚屿在和章承宣说话，凌晨时分，两人的嗓音在空荡荡的厂房里发出微弱的回响，飘出窗外，传到傅延昇的耳朵里。

那些对话听上去像是两个青年的交心，实际上却是一场事关生死的较量。

傅延昇一手抓着手机，一手在衣兜里紧紧地为戚屿捏着一把汗……

凌晨五点五十分，一队便衣特警在肖黔的带领下从他们来时的路线逼近塑料厂，打算从三面包抄，对可见的绑匪进行逐个击破。

不像昨晚肖黔和傅延昇蹑足潜行，一队特警的靠近在这寂静的清晨仍然发出了不小的动静。守在戚屿他们所在的那间厂里的赵强听见声响，从睡梦中惊醒过来，他正想出去看看，却被楼上戚屿和章承宣的对话声转移了注意力。

此时，戚屿才刚劝完章承宣为自己留一条后路，章承宣在边上沉思片刻，低声道："可我没怎么接触过二伯那些朋友，也不知他联系的到底是哪个中间人……"

"妈的！"下面忽然传来了一阵骂声，"你俩叽叽歪歪说什么话呢！都给我安静点！"

戚屿一惊，才知道有绑匪守在楼下，而且听这个声音，就是刚刚搜自己身上挂件的那人。

边上的章承宣已经被戚屿说动，好似下了什么决心，对楼下的人道："大哥，是谁让你绑的我？你能不能给他打个电话，有什么想要的，让他尽管跟我爸说……"

那人骂道："赶紧闭嘴，少给我找麻烦！"

章承宣哀声道："大哥，我手好疼，肚子也好疼……求你了，能不能通融通融？你想要什么，我爸肯定会给你的，放了我吧……"

他大步走上来，抓起章承宣就是两个重重的耳刮子，巴掌声在空旷的厂房里简直震耳欲聋。

"叫你闭嘴没听见？找抽！"绑匪打完把章承宣丢回地上，踹了一脚，拿出手机打了个电话，"老三，这俩龟孙子又醒了！"

几个人连夜开车把戚屿和章承宣带出来，又顺利引开了警察的追踪，下半夜都有些松懈。

那个被称作"老三"的被一个电话叫醒，迷迷糊糊地从门卫亭里出来，刚打了个哈欠，人都还没醒透，就被两个特警从身后突然制伏了。

前后才十秒工夫，他只来得及发出一声闷叫。

厂内的绑匪听见外头的声响，怔了怔，急着想往下跑。可他刚下了两个台阶，又警觉地退了回来，再次给老三打电话。

对方的电话已经无人接听，赵强意识到不对，赶紧又拨出另一个号码。电话刚接通，他就低声道："洪四爷！我们好像被条子发现了！"

戚屿听到"条子"，当即明白过来，刚刚那外面的声响可能是警方救援，心中再次燃

- 271 -

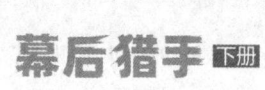

起希望。

不知电话那头的人说了什么,绑匪急促地叫了两声:"洪四爷!洪四爷?"

章承宣听见他叫"洪四爷",又立即插嘴道:"大哥,能不能叫洪四爷跟章有发说一声,让我爸给你们双倍的钱,放了我们,我受不住了……"

那绑匪忽然被刺激到了,挂了电话大骂一声,走近章承宣后用力踹了他一脚:"丧门星!还有脸说双倍?你知不知道章有发欠了洪四爷多少钱?十倍都不够还的!你那个便宜爸爸一毛不拔,已经把你抵给我们当人质了!洪四爷说任务完不成,章家也不会有钱给你这杂种赎身!再叫!你他妈再叫!"

戚屿听着边上绑匪的骂声、踹打声和章承欢一声重过一声的哀叫,只觉得头皮发麻,浑身发抖——章承宣还说绑匪不会要他们的性命,如果他有脑子,听了这绑匪刚说的话,想必也已经意识到了,章家根本不是让章承宣来配合演戏的!

章有发欠了洪四爷的钱,他们必须争取到和新鸟的合作,才能从林焕手中拿到资金来接着偿还债务!

这是个连环套,章承宣不过是其中一环,没有人在乎他的生死!

潜伏的特警听到里边的声响,向队长汇报:"从传出来的声响推断人质正在受虐待,请求指示。"

"有没有生命危险?"

"不确定,绑匪和人质都在二楼平台,视线被遮挡,看不清。"

"用航拍无人机从二楼的窗口拍摄一下情况,让谈判专家准备与绑匪交涉……"

……

赵强忽闻外头一阵响动,当即没了揍人的心思,他一边环顾四周,一边从裤后袋掏出匕首。

章承宣本能地哀叫着:"救命……救命……"

那绑匪被他求救的声音搞得心神不宁,伸手就是一刀:"闭嘴!再吵老子将你们通通杀了!"

戚屿只听章承宣撕心裂肺地惨叫了一声,呜咽着失去了声响。紧接着,他再次体会到了被东西抵住脖子的感觉,带着黏湿的血腥味,蛇信子一般舔着他动脉外侧的肌肤。

……是刀,沾了血的刀!

戚屿浑身僵直,一寸都不敢挪动,冷汗一层层地往外冒,迅速渗湿了衣领。

边上的章承宣已经没了声音,周围只剩下绑匪粗重的呼吸和他自己的心跳。

航拍器刚好拍到那绑匪拿刀抵住戚屿脖子的那一幕,特警队的人见了连爆粗口,在边上旁观的傅延昇更是面色煞白,双拳紧握。

肖黔见他这样,怕他一时想不开冲进去,立即按住他的肩膀,朝他摇头。

警方迅速将绑匪的照片发回市局,不到十分钟就有了回复。

第28章 留下来吧

"绑匪姓赵名强,出生于1976年,S省荷县人士,十年前在G省抢劫杀人后潜逃,有两桩命案在身,从长相身形推断基本是同一人无误……"

"什么?!两桩命案?!"

"人质有生命威胁,让狙击手找合适位置等待时机,其余人也备枪,随时准备射击和突袭!"

戚屿看不见人,也不知道章承宣是不是已经被杀了,此刻他只觉得自己整个人都被死亡的阴影笼罩着,那刀抵着他脖子一秒钟,他就感觉自己被凌迟了一秒钟。

他想,他大概也快要死了。

他忽然间想到自己的爸爸妈妈,他们一家人才重新在一起,他死了,爸爸不知道该有多伤心……

妈妈还怀着孕,受到这样的打击也不晓得会不会影响小宝宝……

还有小枫那个傻瓜,如果自己死了,那家伙也不能再随心所欲了,之前代自己上了几天班就要死要活,若一辈子叫他帮爸爸做这些事,那小子估计会哭吧。

他又想到了许敬、叶钦如、苏竟、傅延昇……尤其是傅延昇,他们早上才刚分别。戚屿忽然觉得好遗憾,他从来都没有要求过傅延昇留下来,他的人生那样短,也许该任性一点,就能把傅延昇也留下了……

不!

戚屿一个激灵,从濒死的假想中挣脱出来!

求生的本能让他绞尽脑汁搜寻起可行的办法——警察还在外面,他们不会这样坐以待毙,他得拖延时间,先让绑匪冷静下来,也能给警察创造救助自己的机会。

"大哥……"戚屿猜那绑匪是怕他们出声惊扰外面的警察,尽量用微弱的声音道,"你们洪四爷一共要多少钱,我给……"

赵强用力卡着他的脖子,激动道:"你他妈给我闭嘴!"

戚屿想起这绑匪刚给洪四爷打电话时的状况,以及他刚提到"洪四爷说任务完不成",猜到恐怕是这件事让他乱了阵脚。

没错,一旦被警察抓住,这赵强不但自己难逃法网,也可能牵连"洪四爷",彻底背离了章家想不费一兵一卒就拿到钱的初衷。

打给洪四爷的那通电话,就是他发火失控的原因!

戚屿用温和无害的嗓音吐露着接下来的话:"那我给你钱……你都已经绑了我了,你要多少钱,我爸都会给你的。"

赵强一怔,反问道:"给我?"

"一千万行吗?只要给我爸打电话,他会立即准备起来……"

一听戚屿说一千万,赵强果然上钩,粗声粗气道:"怎么准备?"

"你想要现金、美金、黄金,都行,我们也可以给你在国外开个账户,把钱都打过去,然后替你包一架飞机。去了国外,华国的警察也管不了你,你想怎么花就怎么花……"这话虽然经不起推敲,但戚屿明白只有这样说,对方才会被吸引。

赵强犹豫着,似乎觉得这个提议很诱人,一面警觉地看着四周,一面从裤兜里掏出手机,凶道:"把你爸的电话号码告诉我!"

戚屿很配合:"1386608××××,我爸爸叫戚源诚,是司源集团的董事长,你在电话里跟他说我在你手里,或者你拨通电话,让我跟他说也行。"

赵强一手挟持着戚屿,一手抓着手机,正分神按着号码,忽然有什么东西从斜侧方穿空而来,"噗"一声射中了他的肩膀。

他哀号一声,往后退了两步,手机也应声而落。

"强行突入!"随着外头一声令下,几个黑衣特警从厂房二楼两边破窗而入,直冲绑匪而来。

赵强见状挣扎着起身想跑,但前后已经没有退路,在被抓捕前,他恼羞成怒地朝着戚屿吼了一句:"你小子敢跟老子耍花样!去死吧!"

此时傅延昇和肖黔等人都已从正门冲进来,见那绑匪扑向戚屿,将他连人带椅子地往下一推,戚屿正面朝下飞出那平台,从上面掉了下来!

"戚屿——!"

就在这电光火石的一刻,边上一个黑影飞扑过来……椅子一瞬间散架了,紧接着又有什么人扑到他身边,大喊道:"肖黔!过来帮我打灯!"

戚屿被砸得浑身阵痛,又有什么人靠近过来,在边上嘀咕:"你一个搞文职的,怎么冲得比我一个特警还快……"

遮眼的布条最先被解开,戚屿皱着眉头,借着灯光慢慢看清眼前这个人,以为自己出现了幻觉。

在肖黔的帮助下,傅延昇迅速将戚屿手脚上的绳索解开,抽掉挂在他身上的椅子,让他平躺在地,而后焦急地问:"伤哪儿了?能听见我说话吗?"

戚屿张嘴想说话,却发不出一点声音。

外头已经有了微弱的晨光,但厂房里的光线不太好,尽管有手机灯照着,还是看不太清。傅延昇上上下下扫视着他,不知道他哪里受了伤,担忧地问了两句,又急道:"救护车还没来吗?"

肖黔:"叫了叫了!应该快到了!"

傅延昇伸出另一只手去探戚屿的额头,想看看他的体温有没有异常:"别睡,你说句话……"

戚屿后知后觉地"嗯"了一声,想试着给对方一点反应,结果一动,左手臂就传来一阵钻心的痛。那痛蔓延至胸腔,让他两眼发黑,不由得倒抽了一口凉气。

第28章 留下来吧

傅延昇问道："哪里疼？"

戚屿虚弱道："左肩……"

傅延昇："后背、脖颈这些地方疼不疼？"

戚屿缓了一会儿，试着发了几下力，皱眉道："还好……"

可能刚刚坠落时有椅子作为缓冲，他的身子反而被护住了。

傅延昇松了口气，但眉心依旧紧蹙，怕戚屿还有看不见的伤，忙叮嘱道："先别动了，等救护车来。"

特警已经制服了楼上的绑匪，外面的声音开始变得嘈杂，戚屿听到有人在用对讲机说话，还有警察在打电话交代情况。

四周在一点点变亮，戚屿感受周围的一切，又回想着刚刚发生的这一切，觉得就像是做了一场漫长的噩梦。他望着傅延昇道："你怎么会在这里？"

"从你的定位离开江镇，我就赶过来了，我们找了你一夜……"

车声、警笛声都越来越近，有人在外面喊："救护车到了！"

一个医护人员先跑进来了解情况，听傅延昇转述了戚屿坠地的经过，问他后背、腰身是否有知觉，戚屿觉得自己能行，右手撑地打算站起来，却差点跌倒在地。

医护人员没有带担架进来，戚屿的身体状况不明，也拖不得，傅延昇当即做了决定，双臂用力，直接将戚屿打横抱了出去。

戚屿一愣，这一幕仿佛与十四年前发生的那一幕重叠在一起，倒错的记忆几乎让他忘记了身体的疼痛。

那一天，也是那个戴着同一串玉佛珠的叔叔，将自己从相似的场景里抱出去。

十四年后的现在，换成了傅延昇。

外面有好多人，戚屿看见一张张满含担忧的面孔，有叶钦如，有许敬，还有刚刚抵达的爸爸妈妈，他们都来了。

戚屿望着傅延昇，轻声道："傅老师……"

"嗯？"傅延昇低头看了他一眼。

戚屿费尽力气挽留道："既然来了……你以后，能不能别走了？"

傅延昇想也没想就回答道："好。"

他答应得那样快，那样果断，又叫戚屿生出一种虚幻感。

在医护人员的帮助下，傅延昇将戚屿缓缓放在救护床上，叶钦如他们全都围了过来，担忧地叫着戚屿的名字。

医护人员担心戚屿伤势，遣散围观者，让一行人分车前往距离此地最近的兴市中心医院。

两次迷药至昏，一夜惊心动魄，戚屿早已筋疲力尽，他听着傅延昇和医护人员的低语，顿觉一股倦意袭来，缓缓闭上了眼睛。

第29章 尘埃落定

到医院后，医生立即对戚屿做了全面的检查，X片显示戚屿左手肱骨上端粉碎性骨折，肩胛骨轻微骨裂，身上多处软组织挫伤。

检查过程中，戚屿一直昏迷不醒，让尾随救护车抵达医院的戚源诚、姜莹夫妇俩担心不已，好在监测仪器上的数据显示戚屿生命体征正常，除了骨折外也没有其他症状。

医生解释说，可能是病人的身体和精神都处在极度疲惫的状态下，才会陷入昏睡。为了不落下后遗症，兴市医院的医生又建议对戚屿的骨折部位尽早进行手术治疗，需要做长管状骨行交锁髓内针固定，才有可能达到最好的康复效果。

戚源诚了解情况后，当即托人联络了海城的骨科专家，一行人又马不停蹄地将戚屿送往海城的私立医院进行手术。

这期间，戚源诚和姜莹也陆续向警察、叶钦如等人了解到了事件的前因后果。

叶钦如对戚源诚夫妇道："戚董，不是我说，这次真是多亏了傅延昇，要不是他，我们都还不知道戚屿在哪里呢……"

苏竟："也得多亏我送的那个定位小挂件！"

戚源诚一愣："小挂件？"

叶钦如解释："是苏总自己研发的一个定位器，当时给我们每个人送了一个。傅延昇知道戚屿身上带着那个定位器的代码，所以绑匪把他从酒店带走时，傅延昇第一时间就知道了！"

苏竟："我刚还听姓肖的特警说，傅延昇昨晚是搭乘马俊东的私人飞机连夜从深城飞过来的，下了飞机就直奔那塑料厂去了！"

戚源诚茫然："马俊东的私人飞机？？"

苏竟："没错，就是大力集团的马董，那个深城首富！"

叶钦如感叹道："哎，这傅延昇一会儿天宝集团，一会儿又是大力集团的，人脉也真是太广了，姓肖的特警好像也是他的朋友吧？"

戚源诚皱眉："等等，天宝集团跟傅延昇又有什么关系？"

叶钦如愣道："呃，戚总昨晚告诉我天宝集团有意入股司源，还是傅延昇牵的线。"

苏竟："天宝集团要入股司源？真的假的！我去，傅延昇牛啊，不动声色在背后搞这么多大事儿，我还当他走了呢，没想到心里还是惦记着咱们啊。"

叶钦如："他哪是惦记咱们？他是惦记戚总！你看看昨晚这事，他对咱们戚总这情义都能感天动地了……"

戚源诚听着他们的感慨，简直手足无措，他以前总因傅延昇别有居心接近戚屿感到恼怒，此刻知道了那么多真相，却又不知道是感动还是怅然。

傅延昇坐在手术室门口等戚屿，见姜莹端着一杯咖啡从远处走过来，忙起身恭敬道："姜阿姨……"

姜莹抬手示意他坐下，把手中的咖啡递给他，跟着坐下来。

"事情的经过我都听说了，小傅，谢谢你，如果不是你，戚屿恐怕没能这么快被解救出来。"

"我答应您会好好保护他的，这件事我的反应也不够及时……"傅延昇叹了口气，似乎还深感自责。

姜莹心中动容："小傅啊，你和你的父亲先后救了戚屿两次，你不但是戚屿的恩人，也是我们家的恩人。"

"我父亲？"傅延昇有些纳闷。

"戚屿没告诉你吗？"姜莹赶紧把戚屿八岁那年发生的事告诉了傅延昇，随即又看向他手腕上的串珠，说道，"这么多年来，戚屿也一直惦记着救过他的那个叔叔，两年前还问过我一次……后来他要请你来身边做老师，源诚查了你的背景资料，如果资料无误，你的父亲傅闲就是十四年前救过戚屿的恩人，源诚应该也将这事告诉过戚屿了。"

傅延昇回想了一番，十四年前他已经去T大念书了，当年放假回来，好像是听父亲讲故事一般说过救了一个老总的儿子，但他完全没想到那个人就是戚屿！傅延昇顿觉感慨万千，难怪戚屿从见到他以后，就老对他手上的佛珠感兴趣。

姜莹握住他的手道："不管如何，这也算是冥冥中的缘分吧，等有机会，我们两家人一定要好好聚一聚，让我们跟你父亲也叙叙旧。"

傅延昇："嗯……"

手术室外头的绿灯亮了，医生推着手术床出来，只见戚屿面无血色地躺在上面，左手肩部已经做了固定，右手上还在打点滴。

"医生，顺利吗？"姜莹忙迎上去，关切道。

"顺利，病人打了全麻，还要一会儿才会醒……"医生将手术床推到了特需病房，戚源诚和叶钦如闻声赶了过来，一群人听说手术顺利都松了一口气。

这些人都一夜未睡，此时已近中午，戚源诚见他们面容憔悴，便说："既然戚屿已经没事，你们也不用在这里等他醒了，先回去吧，等休息好了再来看他。"

"也是，新鸟那边的谈判还搁置着，我们得先回去了，"叶钦如看向傅延昇道，"傅总，你也奔波了一晚上，需要我给你安排酒店休息一下吗？"

戚源诚刚劝走姜莹，闻言忽地看向了傅延昇，一副欲言又止的神色。叶钦如看见这

第29章 尘埃落定

一幕,心知戚源诚还有话与傅延昇说,便识相地点点头,先行一步。

病房内只剩下了戚源诚和傅延昇二人,两人一起在戚屿病床前坐下。

戚源诚故作威严道:"我听叶钦如说,天宝集团这事是你促成的?"

傅延昇犹豫两秒,承认了:"抱歉,是我自作主张……"

戚源诚心情有些复杂:"谢谢你今天把戚屿安全送回来,也谢谢你在背后帮司源集团渡过危机,我们戚家会记着你的人情,今后无论你有什么需要,都可以随时来找我。"

傅延昇摇摇头:"戚董,我跟戚屿之间没有所谓的人情亏欠,不管是天宝集团,还是今天这件事,都是我心甘情愿为他做的。"

戚源诚有些意外,他瞥了傅延昇一眼,幽幽道:"我还记得,半年前你来提交辞呈的时候,我并没有见你。"

"嗯……"离开司源集团之前,傅延昇本想见一见戚源诚,表达自己的歉意,但戚源诚拒绝了他。

"其实那个时候我还在生你的气,作为戚屿的父亲,在这个世上,没有人比我更希望他平安、快乐。尽管他身上有需要背负的责任,但从小到大,戚屿无论想要什么,我都尽量满足他。前年他在我面前提到你,我见他对你这样钦佩,二话不说就来见你,我对你的能力和人品都非常认可,也希望你能来他身边,但我万万没想到,你当初接近戚屿是出于调查的目的……"

傅延昇低喃:"对不起……"

"戚屿告诉我这件事后,我连着两个月都没睡好觉,但更叫我不安的不是公司会不会出事,而是他对你的态度……在集团最危险的时刻,他依然向着你,信任你,还站在你的角度替你考虑,反过来质问他的亲生父亲有没有与司氏同流合污……"戚源诚感慨道,"我心想,你到底是有多大的本事啊,在戚屿身边才待了两年,就让他对你这样向着你。"

傅延昇心中一震,他都不知道还有这么一段。

"可你呢,你来的时候好似是我们戚家父子求着你来的,你想走的时候就这么轻轻松松地走了,在你心里,总归是你原先那个工作更重要。所以你走的时候,我恨不得你离戚屿远一点。"戚源诚心有不甘地说完,又感慨道,"但昨晚发生的事,还有我刚刚得知的那些,又让我不得不感谢你……"

傅延昇:"戚董,别这么说……"

戚源诚叹了口气,问道:"傅延昇,你心里觉得戚屿怎么样?"

傅延昇定定地望着病床上的戚屿,真诚道:"戚董,我从业这么多年,只教过戚屿一个学生,虽然我只在他身边待了两年,但他优秀得超出了我对他的期待和预想……对我来说,他不但是一个值得辅佐的'明君',也是我想一生结交的知己。"

戚源诚面上闪过一丝愕然,又为傅延昇这一席话感到欣然,他背靠椅背缓缓舒出一口气。几秒后,他拍了拍傅延昇的膝盖,郑重道:"作为司源集团的董事长,我随时欢迎

你回来，陪戚屿拓展未来江山。"

傅延昇僵了一下，他的眼睛像是染了墨，微弱地凝结了片刻，便在水光下漾出坦然接受的神情。

恰好这时有电话进来，戚源诚起身拿着手机出去了。

傅延昇起身走到病床边坐下，视线落在戚屿手腕上，忽然想到什么，立即褪下自己那串青玉佛珠，给戚屿套了上去。

他又注视了一会儿戚屿苍白的睡颜，似乎做完了心理建设，轻轻搁下他的右手，起身走了出去。

掩上病房的门，傅延昇掏出手机拨通了一个号码："喂，江总，是我……之前我跟你谈过的那件事，还记得吗？"

"你想说什么？"

"我想清楚了，我要辞职。"

"你！……老任特地给了你四个月时间，升你做副总的通知也快下来了，你还没冷静下来？"

"我很冷静，我是真做不了了，因为我已经没办法再回到原来的身心状态了。"

"傅延昇，你知道你在说什么吗？"

"我知道，但戚屿需要我，我也想今后一直留在他身边，不管是升副总还是当队长，或是几年后调去其他部门，都无法满足我的要求。"

"可你在他身边又能做什么呢？你忘了我们的规矩了？"

"我觉得这些不重要，八年而已，我总能找到其他能做的事。"

"你真是疯魔了！我劝不了你，你自己去跟老任说吧！"

……

傅延昇收起手机，闭着眼睛在病房外的墙边靠了一会儿。不消片刻，戚源诚也接完电话回来了，见他站在那里，问道："怎么了？"

"没事，"傅延昇站直了身体，问，"是警方的电话？"

戚源诚颔首："嗯，是负责这起案子的刘警官……"

傅延昇："情况怎么样？"

戚源诚道："绑匪一共四个人，除了两个在塑料厂被抓的，还有一个在距离那厂子三公里远的车里，最后一个叫冯二，混在江镇酒店的保安队伍当中，与他们里应外合。几人已经全部落网，也都基本交代了事实，至于章家……刚刚刘警官说，那个被一起绑架的章家私生子醒了，说可以提供关于所有他二伯和他养父共同谋划这起绑架案的证据。"

"是吗？"傅延昇摸着裤兜里挂在手机下的那个挂件，有些犹豫。

戚源诚宽慰道："是，这样看来，章有发和章爱发这两兄弟也难逃法网了。"

……

第29章 尘埃落定

戚屿做了一个梦，他梦见自己一个人孤零零地走在时光隧道内，四周全是光怪陆离的幻想，有他小时候和小枫一起玩乐高的画面，有他九岁那年看见爸爸妈妈在书房里谈离婚的场景，还有他第一次站在纽城异乡的街头，看着那些长相各异的老外从自己身边匆匆经过的画面……

他走着走着，忽然发现自己身处一个漆黑的废厂，他呼吸急促起来，想赶紧走出这个地方，可是他怎么走都走不出去。

四周的建筑在转，他明明是往前，却走向了后面……他急得要哭出来，想大声呼救，却发不出声音，就在这时，远处出现了一道光，一个男人逆着光从那里跑过来，走到了他面前。

那个男人牵起他的手，温柔地说着："别怕，叔叔带你出去。"

他们一起朝着光亮走去，光的尽头还站着另一个青年，他看不清对方的脸，但他好像知道那是谁，心中欢喜起来。

男人牵着他走到对方面前，说："接下来的路，你来带着他走吧……"

那人说了一声"好"，蹲下身来接过了他的手，牵着他往更亮的远方走去。

他慢慢长高了，长大了，变得和身边的人一样高了。

他想问那个人，你会一直在我身边吗？可这时候，对方又松开了他。

人消失了，手上的温度也在慢慢消退，他彷徨四顾，身边又只剩下了自己一个人，好像方才发生的一切都只是自己的幻觉。

不……

"别走……"戚屿低喃着从昏迷状态中惊醒过来，他睁开眼睛，看见雪白的天花板、墙壁，一偏头望见头顶悬挂的点滴……

左肩上的僵感让他皱了下眉头，戚屿瞄了眼已被石膏固定的位置，回想起自己昏迷前似乎还在救护车上……

他这是在医院？

戚屿环顾了一圈，想去拉医护铃，结果一抬手，就看见了手腕上的玉佛珠。

他整个人都愣住了，凑近瞧了瞧，确认这就是原先戴在傅延昇手腕上的那一串。傅延昇他……

"你醒了？"门口传来的声音拉回了戚屿的思绪。

傅延昇推门而入，快步走到他面前，戚屿正想说话，却见戚源诚也尾随进来。

"爸爸……"戚屿嗓音干哑地唤了一声。

戚源诚"嗯"了一声，担忧道："感觉怎么样，还好吗？"

"我现在在哪儿？"戚屿问。

"海城的医院，你左边肱骨骨折了，刚做完手术。"戚源诚道。

戚屿道："我有点渴……"

傅延昇闻言起身，道："我去给你倒水，顺便去叫医生。"

医生进来查看了一下戚屿的状况，问了几个问题，看他各方面状况良好，叮嘱了些注意事项便出去了。

戚屿喝了点傅延昇拿来的温水，又跟戚源诚说了两句话，问道："我被绑后，你们有没有接到过什么消息？"

"凌晨四点时，我收到一条陌生号码发来的短信，让我们照着十四年前那样做。"戚源诚道。

十四年前……果然都是菲亚干的……

"妈妈也都知道了吧？"

"嗯，她刚刚才回去。"

戚屿垂眸："对不起，让你们担心了……"

"说什么傻话？"戚源诚皱起眉头，"你人没事就好。"

"我听那个绑匪给一个叫'洪四爷'的打电话，这人应该是章有发联络的中间人……"

戚源诚见儿子才醒就想这个想那个，忍不住劝他："好了，绑匪都已经被抓了，章家的主谋也都跑不掉，这些事警方和公司里的人都会处理，你就在这里好好休养，先别担心这么多了，知道吗？"

戚屿"嗯"了一声，瞧见爸爸眼中有红血丝，便说："爸，你也去休息吧……"

傅延昇接话道："叔叔您也奔波一晚上了，现在戚屿醒了，你也可以放心了，这里还有我。"

戚源诚叹气道："好吧，那爸爸先回去休息了，晚点再跟你妈妈一起过来看你，你就让小傅在这儿陪着吧，有什么事就与他说。"

傅延昇表态："戚董放心，我会好好照看戚屿的。"

戚源诚起身道："嗯，戚屿需要静养，你也别跟他说太久。"

傅延昇："我知道。"

等病房里只剩下傅延昇和自己二人，戚屿才想起来问："章承宣怎么样了？"

傅延昇："大腿中了一刀，晕过去了，警察把绑匪制伏后，他也被一起带到了兴市中心医院，人已经醒过来了，估计现在还在那儿。"

戚屿松了口气，当时听到章承宣那一声惨叫，他还真以为绑匪把他杀了。

"是他把我骗进那个楼梯间的……"戚屿说。

"我知道。"

"我是不是很蠢？"戚屿苦笑。

傅延昇道："被绑架了还能跟犯罪分子周旋，你这么聪明，哪里蠢了？"

"他拿天宝集团的事钓我，说这是个圈套，在那之前我已经听敬哥跟我透露了一些章

第29章 尘埃落定

家的事，但我没有提防他，还在这样关键的时刻冲动地去找了他，才会……"

傅延昇打断他："坏人总是防不胜防，不要自责。"

戚屿回忆了一下，说："在我们被绑的时候，我跟他聊了很多，他什么都跟我说了，说他跟他爸的关系，说他是怎么参与进来的……虽然我现在也无法确认他说的哪句话是真话，但要让我真的恨他，我好像也有点恨不起来……可恨之人亦有可怜之处，他不算是彻底的坏……"

傅延昇："嗯，我都听见了。"

戚屿惊讶道："听见了？"

傅延昇："我五点十分就找到你了，当时站在外面听，还用苏竞给的那个小挂件把你们说的话都录了下来。录得可能不太清楚，但那厂子很安静，你们说话还有一点回音，找专业人员修复一下应该都能听清。我本来想等你醒了，再问你要不要将这些交给警方，不过刚听你爸爸说，章承宣已经跟警方说他愿意主动交代章有发和章爱发谋划绑架你的证据了。"

"是吗……"

"嗯，"傅延昇表扬他道，"你做得很好，比我预想中做得更好。"

戚屿忍不住看向他："真的？"

"我的夸奖就这样不值得信任？"傅延昇反问了一句，解释道，"憎恨一个害过自己的人很容易，要宽容对方却很难；用强制手段惩罚一个人很容易，但要他发自内心地忏悔、觉悟，并做出改变，也很难。可是这么难的事，你都做到了，我为你感到骄傲。"

戚屿怔了片刻，差点被铺天盖地的夸奖冲昏头脑。

下午的时候，戚枫才得知了这件事。

据说，今早六点左右，他忽然在学校宿舍里惊醒过来，感觉心慌心悸，当时以为自己只是做了个噩梦。中午，他给他哥发了消息询问近况，消息没人回，手机也关机。他又联系了妈妈，才知道他哥昨晚被绑架，差一点出事。

戚枫立即冲到医院，到的时候，他哥又昏睡过去了。戚枫在病房门口碰上傅延昇，也不知傅延昇跟他说了什么，把他吓得坐立不安，一直在戚屿病床前候着，等人一醒就扑到床边上，带着哭腔叫了一声："哥……"

戚屿愣了愣："你来了？"

"哥，我错了，哥……"戚枫泪流满面道，"你可别出什么事，呜呜……"

弟弟这一通操作把戚屿搞得很茫然："你哭什么？我又没死。"

"你……你怎么说这么不吉利的话？"戚枫面容扭曲地抽泣了两下，想去摸摸他左肩的石膏，怕弄疼他，缩回了手，眼泪又涌了出来，"很疼吧？"

"麻药药效还在，还好……"

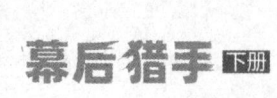

"傅大哥都跟我说了,你也太惨了,怎么老碰上这种事?"戚枫擦了把眼泪,红着眼睛道,"没事,以后还有我,虽然我到现在也不太懂爸爸为什么要把事业做得那么大,还要你这么辛苦……但是算了,既然这是你们的追求,我今后会努力为你们分担的……"

戚屿看了看伤心的戚枫,又看了看拎着果篮跟着过来的凌可,皱眉道:"你去洗把脸,平静一下,顺便帮我洗个苹果来。"

戚枫应了一声,赶紧跟凌可去盥洗室洗苹果去了。

戚屿看向抱臂倚在门边的傅延昇,抬了一下眉毛:"你跟我弟说什么了?"

傅延昇淡笑着走过来,道:"我只是对你受的伤做了一些夸张说明,开个小玩笑,逗逗他。"

戚屿:"……"

傅延昇又道:"我还说,你昏迷前还一直在担心以后没人能帮你爸工作了,就连昏睡过程中都在反复叫他的名字。"

戚屿对傅延昇的形容嗤之以鼻:"我才不会。"

不过,在受到死亡威胁时他确实有过类似的担心,只是从来没跟别人说过。

戚枫很快洗完苹果出来,还想亲自动手削给他哥吃,奈何他从小不干家务杂活,一刀下去苹果没了四分之一。

傅延昇忍不住道:"我来吧。"

戚枫乖乖交出苹果,望着哥哥内疚道:"哥,等我毕业就去爸爸的公司帮忙吧,我可能没你做得这么好,但我一定会好好学的。还有凌可,虽然我们学的是新闻,但他成绩比我好,每年还拿奖学金,肯定比我强……"

凌可:"……"

戚屿吃掉傅延昇递来的一小块苹果,嫌弃道:"谁要你在这儿忧国忧民了?好好干你们的新闻去。"

戚枫皱眉道:"可你都残疾了,我总不能袖手旁观吧?"

戚屿一口苹果差点没喷出来:"残疾?谁跟你说我残疾?傻子一个,别人说什么都信……"

戚枫一头问号,听见傅延昇闷笑,才后知后觉:"哇,傅大哥,你怎么骗我!"

傅延昇推了推眼镜,笑道:"这不是逗你一下嘛!"

戚枫撇了下嘴,郁闷不已,戚屿解释说:"我没什么大碍,只是左手肱骨骨折,最多躺三个月就好。"

傍晚,戚源诚和姜莹过来,还特地带了家里保姆做的营养餐。

姜莹亲自给戚屿喂鸽子汤,戚源诚则把傅延昇单独叫到一边聊了聊案件的进展情况。

怕打扰戚屿休息,父母和弟弟呆了片刻便早早回去了,傅延昇就住在附近酒店,多

第29章 尘埃落定

留了一会儿。

"你不想让你弟弟来公司帮你吗?"傅延昇问。

戚屿一愣,说:"不想。"

傅延昇:"为什么不想?你不是对章承宣说,你羡慕你弟弟吗?既然是兄弟,我觉得如果让戚枫知道你的这些想法,或许他会更关心你一些,并愿意替你分担一些压力。"

戚屿:"但我并不想用苦肉计来换取弟弟的帮助……再说,我跟章承宣说的那些话是真假掺半的,只是为了让他觉得我没有他看起来这么幸福。"

傅延昇:"是吗?"

戚屿沉默了一会儿,道:"小时候确实会有一点不平衡,尤其是看到妈妈更护着小枫,小枫也能肆无忌惮地通过撒娇来获得爸妈宠爱的时候,还有我跟爸爸初到纽城,慢慢意识到自己今后需要承担什么责任的时候……但怎么说呢,我现在已经长大了,戚枫毕竟是我的亲弟弟,我们又是双胞胎,在我心里,他就是这世界上另一个我,我希望他能做自己真正想做的事,如果他幸福快乐,我也能感同身受,所以,就算有点羡慕他能随心所欲,也没有我跟章承宣说的那么夸张。"

傅延昇叹了口气:"戚屿,你讨厌这份工作吗?我是说,今后要帮助你爸爸经营这么大一个公司。"

戚屿慢吞吞地说:"不讨厌,为自己从事的工作吃苦受累不是在所难免的吗?很多事,只要用心去做了,总会有成就感。我现在也挺喜欢从商,喜欢看财报,做决策……这世上确实有很多人无聊、虚伪又平庸,但我觉得,应该也有很多人像叶钦如、俞莲和苏竟,我希望自己可以带领他们实现梦想。"

病房里响着血氧饱和度监测时规律的"滴滴"声,傅延昇安静片刻,说道:"以后,每年给自己一个月假期,怎么样?"

"……嗯?"

"我们每年找一个地方出去玩吧,我想带你去瑞士看金色山口,去挪威看峡湾,去西藏看星星……对了,敦煌的天空也很蓝,躺在露天的酒店房间里,一定能看见最美的夜空……"

戚屿向往道:"你去过?"

傅延昇:"我以前那么忙,哪有时间,都是看网上的照片或者听别人讲的……但以后,我想带你去……"

戚屿问:"你都没去过,怎么带我?"

傅延昇道:"那换你带我去也一样。"

戚屿笑了笑,心里满含着对未来的期待。

第30章 毕业礼物

因为这次受伤，戚屿短时间回不了学校了，他跟学校申请了两个月的病假，打算在国内休养到二月底再回去。

入院第三天，警察把戚屿的手机和手表送了过来——江镇夜间人少，那绑匪随手把手机和手表丢在古镇出口处的草丛里，警察审问完后就替戚屿找回来了。幸好手机没被摔坏，戚屿充了电，重新跟外界取得了联系。

之后整整一周，陆陆续续有人来医院探望他，包括许敬、叶钦如和苏竟等等。叶钦如告诉戚屿，因为菲亚涉嫌绑架美薇的总经理，新鸟已直接定下和美薇的战略合作。

据说，章有发和章必发在被章承宣揭发后的第二天就双双被捕了。戚屿问起章承宣可能会有的下场，叶钦如道，由于章承宣提供了关键的证据，又是在被欺瞒的状态下胁从犯案，量刑时会酌情减轻，如果请个好律师，甚至能争取免除处罚。不过，做了这样的事，这章家他大概率是回不去了。

戚屿闻言感慨道："也好，他也该从那个泥沼里挣脱出来了……"

这天，戚屿正在病房里拿手机看新闻，忽然接到了一个熟人的电话。

"喂？戚总，还记得我是谁吗？"

"……徐秘书？"

"呵呵，是我，我听说你受伤住院了？想过去看看你……"

徐一舟打完电话即刻就过来了，还给戚屿带了一束太阳菊。

两人见面时，戚屿还不方便起身，只能靠在病床上接待。

徐一舟在他边上坐下："你这都已经是第二次了吧，好像去年也发生过一次？"

戚屿："是第三次了。"

徐一舟开玩笑道："你这富二代做得可真难，年纪轻轻已经把普通人一辈子都经历不了的事经历好几遍了。"

"我也不想，"戚屿无奈道，"好在这三次事件的主谋都是同一帮人，只要他们被抓了，今后我也会稍微安全一些吧。"

"但愿如此。"

护工给徐一舟泡了杯茶来，徐一舟接过后道："无事不登三宝殿，其实我今天来，除了探望你，还有别的目的。"

"猜到了。"司家出事后徐一舟的绝情离去，就让戚屿感觉这男人把工作和私情分得极清，如果不是有目的，对方绝对不会特地来看自己。"你是为傅延昇来吧？"戚屿问。

他们是同事，傅延昇要辞职，他猜许徐一舟可能会有些舍不得，所以想来劝劝。

徐一舟将茶杯搁在茶桌上，果然道："不错，上头遣我来当说客，劝傅延昇不要离职。我给他打过电话，也约过他见面谈，但他说最近没时间，而且在电话里还对这事表现得异常坚定。我没其他办法，想来想去，也就只能从你这边入手了……"

"从我入手？"戚屿笑了笑，"傅延昇二十九岁，是个三观健全、思想成熟的人，他做了什么决定，那肯定是因为他已经想清楚了，他觉得辞职是值得的，你从我这儿入手，又能有什么用？"

"我也知道他决定了的事很难改变，但总得来试试。别的先不说，我想知道，他有没有告诉过你，他辞职后会面临什么？"

"什么？"

"由于工作的特殊性，他刚入行时就签订了非常严格的保密协议，以及涉及范围非常之广的竞业协议。一旦他离职，在相当长的一段时间内，他无法在国内从事与金融证券、股市交易相关的一切工作。而且，由于之前的工作保密级别过高，今后他很有可能还会受到出境限制……"

戚屿愕然，怎么傅延昇从来没有说过这些？

徐一舟叹气道："戚屿，你跟他接触这么久，也知道他的厉害，有很多本事他可能还没在你面前展示过。这样的人忽然说要辞职，对我们来说其实是有很大风险的……离职后在各方面受到的限制，对他那样满腹才华的人来说，无异于是武林高手自废功夫，猎鹰自缚羽翼。"

戚屿哑然无言，他曾经问过傅延昇，等对方辞职后来司源集团，想要什么职位。傅延昇说，就像之前那样，给他当个全职秘书、商业顾问就好。

他从来不知道，为了满足他的期望，傅延昇要背负那么多，牺牲那么大……

徐一舟继续劝说："你说他辞职是觉得这么做值得，可是真的值吗？再理智的人也会有冲动的时候。傅延昇并非不爱他的工作，我认识他这么多年，没见过比他更适合这份工作的人，最近这一阵，他确实变了很多，我知道你们相互欣赏，但男儿志在四方，就算傅延昇不在你身边，也能给你和司源集团提供不少帮助，这还不够吗？"

戚屿还沉浸在徐一舟刚刚那句"自废武功"里，是啊，如果他把傅延昇留在身边，就好像把一只原本能翱翔于天际的鹰拴在了自己的身边……

徐一舟见戚屿面有哀色，知道对方已经被说动了。

"抱歉，"徐一舟低声道，"这些想法也可能是我一厢情愿，但我身为一个欣赏傅延昇能力的朋友，看着他为一个人放弃自己坚持多年的理想事业，我会觉得非常惋惜。"

戚屿沉默片刻，眼皮微垂道："我了解了，你回去吧，等傅延昇回来，我会跟他谈谈。"

第30章 毕业礼物

徐一舟没想到戚屿转变得那么快,他坐在那里,见戚屿似乎不想再与自己交谈,便起身道:"该说的话我都已经说了,也不叨扰了,希望你再考虑考虑,也愿你早日康复。"

"慢走不送。"戚屿没有再看他,连一个多余的表情都没有给。

徐一舟走到门口,又回头看了戚屿一眼,只见戚屿呆呆地坐在病床上,眉心笼着一股忧虑与落寞。

他原本以为,像戚屿这样的天之骄子,身边从不缺人。来之前,他想,如果戚屿和傅延昇真的彼此敬重,戚屿肯定不舍傅延昇为他放弃事业追求,可刚刚瞧见的那一幕,又让他产生了一股内疚之情……

徐一舟摇摇头,硬起心肠,匆匆离开了病房。

两天后,傅延昇才从深城回来,戚屿见他总算把那件大衣给换掉了,剃了胡子,理了头发,手里还拎了一大包换洗衣物,显得一身清爽。

"你这是打算在医院里常驻了?"戚屿笑道。

"你得在医院住一个月,不希望我在这里陪着你吗?"傅延昇放下行李,洗了手出来,才道,"不过之后我可能还得去几趟燕城。"

"……做什么?"

傅延昇在他身边坐下道:"辞职手续有点繁琐,得亲自见领导面审。"

戚屿想起徐一舟那天对自己说的话,不由看向傅延昇,心中升起满满的不舍之情。

傅延昇感受到戚屿的情绪,不由问道:"怎么了?"

戚屿望着他,像是在做一个艰难的决定,许久才嘴唇微动,低声说:"傅延昇,你别辞职了。"

傅延昇微微一愕:"我辞职申请都提交了,怎么又说这话?"

戚屿深吸一口气,尽量让自己表现得平静些:"前天徐一舟来找过我,跟我说了你辞职后要面临的情况。"

傅延昇皱起了眉头:"他跟你说了什么?"

戚屿偏开头:"他说,你辞职后有八年的脱密期,还可能会被限制出境。"

傅延昇:"什么限制出境?听他瞎扯,我都没听说……"

戚屿重新看向他:"那八年的脱密期呢?你打算怎么办,我以后要参与的大都是金融股市和商管相关工作,就算你在我身边,很多事也做不了吧?"

傅延昇:"我可以给你做顾问,不签劳动合同的那种,炒国外的股票也没有任何影响,我甚至还能自己搞个培训班,去当老师……戚屿,你曾经说要我心甘情愿,我的确是心甘情愿,这事没有人强迫我,你也不要觉得我为你牺牲了什么。"

戚屿:"的确,以你的能力,可以轻而易举地找到其他能做的事,但这些都不能够让你像在原来的岗位上那样发挥全部的才能,不是吗?"

"那又怎样？人总要为自己的选择付出代价，无论是现在走，还是以后走，我都要面临这八年，那不如早点离开。没了我，他们还能碰到第二个复数，第三个复数，可如果……"许是想起十天前发生的那起绑架案，傅延昇亦有些后怕，说到后头嗓音都有些发颤。

戚屿道："私心上说，我的确很希望你能留下来，可如果你只为我一个人工作，成为我的下属，就不再是我敬仰的那个傅老师了……这两天，我仔细地想过，傅老师，我欣赏你坚守原则的模样，也敬佩你捍卫理想与正义的样子……比起把你锁在司源集团，锁在我身边做些无足轻重的事情，我更希望你能在自己的领域里展翅高飞，实现你的个人理想。"

傅延昇神色复杂地望着他："这真是你的想法？"

戚屿："是。"

傅延昇眸色微微一暗："好，我知道了……"

那一日的短暂交流后，傅延昇再没有在戚屿面前提过辞职的事。戚屿也默认傅延昇答应了自己的要求。

半个月后，傅延昇回深城去了，之后连着几个周末，他都坐飞机来海城探望戚屿。

戚源诚近日忙天宝集团入股事宜，来得比较少，不过经常打电话给戚屿告诉他公司的情况。

由于章有发和章爱发涉嫌绑架美薇·莲秀总经理被抓，各大媒体的商业板块将这些事炒得沸沸扬扬，立早集团的财务问题也随之被曝，戚源诚原想让王臻栋假意撤资计划也完全没有必要再进行了，章家的傀儡股东为挽救立早纷纷从司源集团撤股，戚源诚几乎不费吹灰之力就重组了司源集团的股权结构。

转眼到了二月初，戚屿恢复得不错，提前几天拆了石膏，返回家中继续休养。

傅延昇放年假后回到海城，大年初二来了戚屿家拜年，戚屿带他在家里参观，傅延昇看了一圈道："等你毕业回国还住这里吗？"

"应该是吧。"

"都这么大了，还跟父母住啊？"

"家里每天有现成的饭吃，也有人打扫卫生，我跟我父母各自工作独立，为什么不能一起住？"

傅延昇无言以对。

二月底，戚屿在保镖的陪同下返回加州，准备毕业论文，戚源诚还特地叫Anne去帕市照顾他的饮食起居。

绑架案发生三个半月后，戚屿的手基本上已无大碍，他也开始做复健锻炼了。

那几个月，菲亚和立早又接二连三地爆出各种问题，面临相关部门的调查。而司源有了天宝集团的支持，加之美薇·莲秀与新鸟达成合作，发展势如破竹。

第30章 毕业礼物

听说林焕花了很长一段时间才低价转卖掉菲亚·红妆的股权，这次投资估计是他事业史上遭遇的最大一次滑铁卢。

戚屿没有再在学校里见到章承宣，他从叶钦如口中听到一些对方的消息，说章承宣已经康复了，但为了配合调查，跟学校申请了延迟一年毕业。

待到春末夏初，所有的事都平息下来，日子也渐渐恢复到了原来的状态。

六月，戚屿通过了所有的学位考核，按照传统，斯泰福每年都会在体育场举办盛大的毕业生典礼，典礼当天会有各种仪式，包括开场走秀、毕业生表演、名人嘉宾演讲等，除了几千位应届生，学校还会为毕业生家属、友人以及社会各界人士设观众席位。

彼时姜莹已怀孕八个月，正要临产，戚源诚一面工作一面要陪伴妻子，抽不开身，戚枫也恰逢毕业季，一家人都无法前来，唯独傅延昇答应了，还提前在电话里告诉戚屿，会为他准备一份毕业礼物。

戚屿期待不已，还想着等傅延昇来了，要好好与他叙旧一番。

然而事与愿违，不知出了什么问题，傅延昇直到戚屿毕业前两天才拿到出国批准，因为时间仓促，他还没能买到直飞的机票。

典礼当天，戚屿等了一上午，等典礼结束，身边的人都陆陆续续散了，戚屿才在场外找到傅延昇，只见对方风尘仆仆、形容憔悴。

戚屿心里憋着一股子气，故意呛他："你怎么不明天再来？"

傅延昇面上闪过一丝愧疚："对不起，飞机延误了，刚刚又一直堵车……"

戚屿也没再发脾气，毕竟傅延昇还是来了，他想起傅延昇之前的承诺，上下打量他，问道："礼物呢？"

傅延昇一怔，忙蹲下身来拉开行李箱外的夹层，从里面掏出一个信封来递给戚屿："毕业快乐。"

"什么东西？"戚屿皱着眉头接过，拆开信封，从里面抽出一张薄薄的纸。

"……调岗通知？"戚屿念了四个字，猛地看向傅延昇，又低头扫了眼纸上的内容。

"这半年，我一直在跟领导争取调岗，三天前审批才下来……看到上面怎么写的吗？"

戚屿点点头，上面说，傅延昇从下周起将被调任至"啄石调查公司"。

"啄石是我们在外设立的一个机构，原先效用不大，我这几个月做了许多市场调研，还写了报告来阐述壮大这个调查公司的优势，终于得到了领导层的认可。今后我会在啄石负责统领组织外围的调查工作，兼任新人调查员的培训，如果上头有任务需要我参与协助，我也可能出差，但大部分时间，我都会留在海城。"

戚屿反反复复看了几遍那调岗通知，还是有些不可置信道："是真的吗？"

傅延昇挑眉："白纸黑字，你还怀疑我在骗你吗？"

戚屿忐忑道："可这样好的事，我不相信你不用付出任何代价……"

傅延昇斟酌着说："代价是退出核心管理层，终身不能享受任何的升职与嘉奖，按照

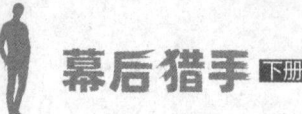

我原先的轨迹，等工作到一定的年限可能会被调至更高的位置，但那样限制会非常多……我不在乎什么名利和地位，我只要希望今后能有多一点的自由。"

戚屿眼中的疑虑和不安渐渐被欣喜所取代："所以你今后都不用到处跑了？"

"嗯，山不来就我，我便去就山，"傅延昇正了正自己的鸭舌帽，一脸郑重地对戚屿道，"从今往后，我的智慧归国家，我的自由留给你……这个礼物，你喜欢吗？"

戚屿忽然有种热泪盈眶的冲动，他抓着那封信说："再没有比这更好的了。"

【全文 完】

番外一 戚家的希望

"我到楼下了。"

傅延昇收到戚屿的消息,看了眼时间,已经下午三点四十了。

"今天的案例分析就到这里,有问题的调查员把问题总结出来发我邮箱。"他匆匆整理了一下手中的课件,无视底下学员崇拜的眼神,转身离开了啄石调查公司的培训室。

傅延昇下了楼,果然见戚屿的车停在路边,他赶紧上车:"抱歉,忘看时间。"

"没事……"戚屿是亲自开车来的,他看上去等得有点焦急,待傅延昇系上安全带就立即踩下了油门。

"其实你可以自己去接小希。"傅延昇说。

"我一个人搞不定他。"戚屿面上闪过一丝不大明显的局促。

傅延昇觉得好笑:"他是你亲弟弟,你都搞不定他,难道还指望我啊?"

五年前,姜莹生下了戚家第三个孩子,是个男孩,取名戚希。

这孩子一出生就成了全家人捧在手心里的宝贝。许是老来得子,又是夫妻俩破镜重圆后爱情的结晶,戚源诚和姜莹在养育戚希时,比待戚屿和戚枫更加耐心宽容。短短几年下来,小戚希被一家人宠得有些过度骄纵,尽管也接受了各项优质教育的引导,但他天性顽劣,平日里调皮捣蛋一刻不停,见他人有发火的迹象又能立即撒娇卖萌,把身边的大人拿捏在手里玩得团团转。

戚屿毕业回国后直接进入美薇·莲秀任CEO,至今也有五年。他日理万机,平时忙得不可开交,按理说这孩子也轮不着他来管,但戚源诚和姜莹最近因事需赴海外一周,不放心孩子整整七天都与保姆相处,特地托付给戚屿和戚枫照看。

兄弟俩商量了一番,定下戚屿带一三五,戚枫带二四六,周日一起去机场接父母。今天已经是周五,是戚屿负责照顾戚希的最后一天,他特地带上傅延昇,就是指望对方替自己管管小弟。

说来也奇怪,戚希天不怕地不怕,唯独对傅延昇有些畏惧。

五岁的戚希如今正在海城某私立幼儿园上中班,是园内出了名的"小魔王"。

下午四点零五分,戚屿开车到了幼儿园门口。正是孩子们放学的时间,附近全是来接送孩子的私家车,欢天喜地的小孩们趴在铁围栏内叫着"阿姨""妈妈",像一只只马上

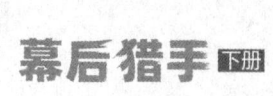

就能从笼子里出来的猴儿。

戚屿很快看见自家三弟,继承了戚家基因的戚希长得白皙漂亮,在人堆里特别显眼。老师们将孩子一个个送到家长手中,终于轮到戚希了。

"戚希的家长在吗?戚希的家长……"

戚屿下了车,周围很快传来熟悉的惊叹声。

"……哇,这孩子的爸爸长得可真帅,是明星吗?"

"大哥!"戚希奶声奶气地大叫一声,老师一撒手就拔腿朝戚屿冲来,以橘猫扑树之姿一把抱住他一条长腿。

虽然这声"大哥"澄清了戚屿"早当爹"的误会,但小家伙扑人的力气也着实大了点,撞得他膝盖都有点疼。戚屿缓了口气,垂头看了眼弟弟脑袋上软趴趴的卷发,不由得皱眉:"谁给你搞的新发型?"

"二哥呀!"戚希仰着头,眨了眨晶亮溜圆的眼睛,像个丸子似的在原地蹦蹦跳跳,试图让大哥看得更清楚点,"好看吗好看吗?"

戚屿一头黑线,果然是小枫那家伙干的,戚希这么小的年纪,卷啥头发?跟着小枫就会臭美。他牵着戚希的手起身,正想跟幼儿园老师道别,就见二十来岁的女老师用一种既羞涩又哀怨的复杂眼神望着自己。

"戚家大哥……"她刚刚听见了戚希的叫唤,要不然根本分不清戚屿和戚枫兄弟俩,"你们家小希今天揪了大白一撮毛下来,还用彩笔涂花了斯蒂芬的衣服,撕坏了黛西的绘本,抢了唐唐的小汽车——抢走后不知道丢在了哪里,到现在还没找到……"

听幼儿园女老师带着哭腔控诉着戚希今日在园内的恶行,戚屿一脸尴尬,赶紧朝对方道歉,承诺带戚希回家后会好好教育,并逼问出唐唐的小汽车的下落。那幼儿园老师不肯罢休,又拉着他说了许多孩子教育方面的注意事项,暗示他既不能太凶又不能太纵容,既要约束他又要适当地鼓励他……听得戚屿一个头两个大。

正觉得无力招架,身后忽然传来傅延昇的声音:"怎么了?"

傅延昇在车里等了十来分钟,见戚屿和幼儿园女老师交流许久,以为出了什么事,也下车过来了。

戚屿如获大赦,忙退后一步,说了声"你来"。

方才还左扭右晃一刻不安分的戚希一看见傅延昇就奇迹般安静了下来,乖乖喊了一声:"傅叔叔。"

傅延昇瞥了小家伙一眼,每次被叫"叔叔",他都有点心塞……虽然这么称呼也不算乱辈分。

从幼儿园老师口中了解情况后,傅延昇直接俯下身与戚希对视:"小希,你把唐唐的小汽车藏在什么地方了?"

戚希绞着两只小手说:"埋在蓝色的沙堆里了。"

番外一 戚家的希望

众人:"……"

傅延昇又问:"那你为什么要撕黛西的绘本啊?"

戚希支吾着道:"黛西画画好看,小希想看看,黛西不肯,不小心撕坏了。"

傅延昇:"原来小希是喜欢黛西的画啊?那明天小希直接告诉黛西,顺便跟她道个歉,好不好?"

戚希弱弱地说:"好……"

眼看身边围观的人越来越多,傅延昇直起身道:"老师,其他问题等我们带戚希回去再好好教育,让您费心了。"

幼儿园老师一脸崇拜地望着傅延昇,连连点头。

回到车上,戚屿抢先一步坐进驾驶座,傅延昇像是知道他肚子里打的什么主意,笑着摇摇头,拎着小崽子坐进了后排。

路上,傅延昇继续在车上对戚希进行了和善的"拷问":"小希,大白是什么小动物?"

"是兔兔。"

"是兔兔啊……小希为什么要揪兔兔的毛?"

"兔兔可爱!"

透过后视镜,戚屿看见傅延昇温柔地揉着戚希脑门上的卷发说:"是吗?我觉得小希也好可爱。"

戚希瑟缩了一下,像是忽然间反应过来,扁扁嘴,忍不住"哇"一声哭了出来,边哭边嚷嚷:"我不揪大白的毛啦,不揪大白的毛啦!"

戚屿:"……"

"乖孩子,"傅延昇用温和的语气继续问,"那小希为什么用彩笔涂花斯蒂芬的衣服呢?"

戚希红着眼睛道:"是昨天二哥教的。"

……戚枫教的?

戚屿愣了,在前座问:"二哥为什么教你用彩笔涂别人衣服?"

戚希抽了两下鼻子:"斯蒂芬说小希像女孩子,小希不喜欢他……"

戚屿哭笑不得,又听傅延昇在后头开导戚希,说他是因为长得好看才被人这样说,等以后长大了就会变得像他大哥二哥那样高大帅气,很快又把小家伙逗得眉开眼笑。

他们并没有带戚希回戚家在南郊的别墅,而是去了戚屿和傅延昇二人的住处。

戚屿工作繁忙,三弟出生没多久后,他就从父母家搬了出来。戚屿本打算在临渊公寓附近买套房子,后来得知傅延昇在临渊公寓的房子并不是他自己的,而是他们公司安排的工作用房。傅延昇这几年的积蓄又全拿去做了投资,尽管坐拥千万资产,至今却还是个无房户。

为了能够随时和傅延昇见面,请教工作上的问题,戚屿和傅延昇商量后,便在商业

区最繁华的地段合资买了套精装平层,像在帕市那样住到了一起。

姜莹走之前交代过,五岁的小戚希每天晚上要读三十分钟的双语绘本,玩三十分钟的益智游戏,睡前还要朗诵三首古诗,而且最多只能看二十分钟的动画片。这套规则在家里就执行得很艰难,更别说在戚屿这儿,他本着"别哭别闹到点睡觉"的宽松原则,对这小魔王睁只眼闭只眼,这样几人都落得轻松。

晚饭是平时照顾戚希的保姆上门来做的,保姆陪小家伙吃过饭,给他洗过澡就撤了。

戚屿叮嘱戚希睡觉之前都在客厅的指定范围内活动。那个位置,戚屿坐在书房办公时看得见,而且傅延昇每晚都会在客厅的沙发上看股票或看书,两人都顾得上。

晚上,叶钦如给戚屿打电话,跟他沟通上午开会时没解决的几个问题,一说说了大半个小时。戚屿打完电话往客厅一看,见傅延昇正教戚希玩斗兽棋。

"大象吃狮子,狮子吃老虎……猫吃小老鼠,小老鼠能吃大象……"

"为什么小老鼠能吃掉大象?"戚希问。

"因为它能钻进大象的鼻子,小希想一想,如果有一只这么小的老鼠钻进了小希的鼻子,小希会怎么样?"

戚希目露惊恐,很快明白了老鼠为啥能干掉大象。

戚屿悄声走出去,在边上嘀咕了一句:"哪来的斗兽棋?"

傅延昇:"前天我在网上买的。"

戚屿:"他这么小,会玩吗?"

傅延昇:"试试呗,反正我三岁就会了。"

戚屿:"……"

傅延昇摆好棋盘,一步步引导戚希下棋,戚屿觉得挺有意思,也盘腿坐下来旁观。

"下这里的话,小希的大象就要被叔叔吃掉了哦。"

"不要不要!"小家伙一把捂住自己的大象,"叔叔别走这里!"

"那好吧。"傅延昇走了另一边。

戚屿好笑地瞥了自家小赖皮一眼,对傅延昇道:"你这也太让着他了。"

傅延昇笑吟吟道:"小孩嘛,以引导为主,还跟他玩真的不成?"

最后,戚希靠着撒娇卖萌和不断悔棋赢了一局,开心得又蹦又跳。可孩子到底耐心不足,玩一会儿就没了兴趣,嚷嚷着要看动画片,戚屿取了iPad给他,他很快就沉浸到自己的世界里去了。

"来,我们下棋。"戚屿坐到傅延昇对面。

傅延昇挑了下眉毛,笑说:"你也想玩?"

"我小时候都没玩过这个。"戚屿刚才看他们玩,看得心痒痒,见戚希玩得乱七八糟的时候更是恨不能取而代之。

番外一 戚家的希望

"那你小时候玩什么?"傅延昇边下棋边和他聊。

"早忘了,只记得四岁那年,我妈让我跟戚枫抓阄学乐器,我抽到小提琴,小枫抽到钢琴。之后好像课余大部分时间都在练琴,一直练到小学毕业。"

"为什么要你们学乐器?"

"她说学乐器能陶冶情操、锻炼意志力,还对智力开发有好处……"

傅延昇瞄了戚希一眼,问:"那小希呢?"

"也得学,上次回家听我妈提起过,戚枫还自告奋勇说要教小弟弹钢琴呢……等等,你这狗什么时候跑这儿来了?"戚屿盯着自家已经被逼入绝境的小老鼠,不敢置信。

"呵呵,你要输了哦。"傅延昇推了推眼镜。

"……我刚分心了,再来一局。"戚屿不服道。

第三局,戚屿家的老巢被傅延昇家的豹子偷了。

第四局,戚屿家的动物被傅延昇围剿得只剩下一只猫……

……

五局惨败后,戚屿沉着脸把棋一丢:"不玩了。"

傅延昇叹了口气:"早知道也让着你了。"

他这话比让戚屿连输五局的侮辱性还大,戚屿瞪着傅延昇,气得牙痒痒。

晚上九点,戚屿顺利把戚希哄睡,长舒了一口气。等明天一早戚枫把小家伙接走,他这一周的任务基本上就算完成了。怕戚枫没记性,睡前他还特地给弟弟发了条微信。

翌日清晨七点,戚希旋风一般卷进戚屿的卧房,扑到他床前,一边用中气十足的小奶音叫唤,一边按着床沿跳:"大哥!起床啦大哥!今天去游乐园玩!"

感受到床垫规律的起伏,戚屿还以为地震了,他一脸疲惫地从床上撑起来,茫然道:"去游乐园?"

"二哥说去游乐园!"小家伙兴奋得像是嗑了半斤跳跳糖,把地板踩得"噼啪"作响。

"你跟你二哥去,我不去……"戚屿头痛地栽回床上。

"不要!大哥一起去!"戚希抱住他一只手臂,使尽浑身力气想把他从床上拖下来。

恰在这时,门铃响起,是戚枫来了。

"……傅延昇!"戚屿皱着眉头喊了一声,"帮忙去开个门。"

"二哥——"戚希终于放过了苟延残喘的戚屿,撒着欢奔向客厅。

外头很快传来了戚枫和戚希的双重唱——

"小希!""二哥!举高高!""啊哈哈哈……""想不想二哥呀?""想!""有多想?""很想很想!""哈哈哈哈……"

小家伙激动的尖叫声和戚枫的欢乐瞬间充满了整间房子,戚屿捂着脸把自己埋在枕头里,暗想:这俩真是萨摩耶碰上狐狸犬,不是一家人不进一家门!

"……傅大哥，我哥人呢？"戚枫终于冷静了点。

"还躺着，你们先坐，我去叫他。"

戚屿隐约还听见了凌可的声音，愣了一下，起身出去，果然见戚枫和凌可都在。

"哥，你怎么还穿着睡衣？"戚枫催他道，"赶紧换，一起去游乐园！"

戚屿抱着手臂倚在门边，打了个哈欠，懒懒地说："今天不是你带吗，我去干什么？"

戚枫忍不住吐槽道："周六你又不上班，一起陪小希不好吗？他也是你亲弟弟，不是你带你就不想管啦！"

戚希闻言又扑到戚屿身边，抱着他的大腿死命地晃："大哥一起去，大哥一起去！"

戚枫在后头挥着拳头给他鼓劲儿："一起一起！"

傅延昇打圆场道："难得你们三兄弟凑一块儿，一起去吧。"

戚屿给了他一个眼刀，在傅延昇补上一句"我也去"后，终于妥协了……

游乐园距离市中心有整整一个小时的车程，最后入组的傅延昇被迫沦为了车夫，一车子人开车到了地方，只见大门口熙熙攘攘、人满为患。

四大一小刚下车就成了人群中的焦点，尤其是戚家三兄弟，有的人看见他们还以为是明星带着自家娃拍真人秀来了。

戚屿戴上墨镜遮挡路人赤裸裸的视线，殊不知这墨镜一戴，越发凸显他气质超然，引来更多路人的驻足围观。他强压着内心的不耐烦，问戚枫："票买了吗？"

"我让凌可在网上买了，直接进去吧！"戚枫抱起戚希，将他高举过头顶，"走咯！"

戚希骑在他脖子上手舞足蹈："冲呀二哥！驾！"

戚屿："……"还嫌不够惹人注目呢？

游乐场的周末全是来遛娃的家长，戚屿看着一个个叫嚷翻腾的孩子，只觉得自己像是凡人误入了花果山，满目都是"猴"。

戚枫和凌可带着戚希走在前面，戚屿和傅延昇远远地跟在后面，亏得他们都身高腿长，在人群里也不会走丢。

即使拉开了一段距离，小家伙的声音还是响彻四周——

"二哥，我要吃糖葫芦……哇！有宇航员气球……我还要冰激凌！要香草味的……二哥……"

戚屿头疼："我们这是干吗来了？"

傅延昇笑着看了他一眼："放松放松？"

"要放松还不如按照原计划去健身游泳呢！"戚屿透过墨镜看了一眼天空，对此行仍心怀抵触。

"来都来了……"傅延昇看见不远处的棉花糖摊位不用排队，问他，"要不要吃棉花糖？"

戚屿"嗤"地笑了一声："你当我是戚希啊？"

番外一 戚家的希望

一分钟后,戚屿握着一大朵棉花糖,满脑子都是"我是谁我在哪儿我在干什么"……

"哈哈哈!"戚枫回头,恰好瞧见这一幕,狂笑着把三弟放下来,掏出手机对准他,"哥,你倒是笑一个啊!跟谁都欠了你钱似的!"

"我也要棉花糖!我也要拍照!"戚希挥舞着还没吃完的糖葫芦跑过来,在戚屿脚边跳,"大哥!棉花糖!"

戚屿把棉花糖塞给小家伙:"给你吃,跟你二哥玩去。"

"那这个给大哥!"作为交换,戚希把只吃了一颗的冰糖葫芦塞进戚屿手里,蹦蹦跳跳地跑了。

戚屿瞪了一眼在边上闷声发笑的傅延昇,皱着眉头尝了口冰糖葫芦。他本不爱吃甜食,已经做好了被齁到的准备,不料才吃一口,就微微睁大了眼睛,这酸酸的山楂,裹着薄薄的糖衣,入口别有一番滋味。

吃到只剩最后一颗时,戚屿还大方地问了问傅延昇:"要不要?这颗给你。"

傅延昇用拳头抵着唇笑:"不用,你吃吧。"

接着他们去玩了旋转木马、章鱼转、碰碰车、摩天轮……大部分项目都是戚枫、凌可和戚希进去,戚屿和傅延昇在场外看。

东奔西跑地玩了足足四个小时,满头大汗的戚枫终于告饶:"哎,我不行了……找地方休息会儿吧!累死我了!"

戚屿挑了间餐厅,给每人都点了份套餐。吃过饭,几个人都懒得再走,但戚希还想继续玩,五人便转战VIP室内游乐区。那里头有大滑梯、海洋球、弹簧床等设施,家长可以坐在边上的休憩区,一边看孩子玩耍,一边喝咖啡。

戚枫浑身酸软地靠在椅子上,看着还在弹簧床上一蹦三尺高的自家三弟,感慨了一句:"小朋友的精力真是充沛啊……"

"他还挺黏你的,"凌可说,"只要你在,他都不找你哥。"

"因为我哥不陪他玩啊,"戚枫瞥了一眼在边上和傅延昇聊公事的哥哥,又自言自语道,"我也就现在能陪小希玩玩了,等他长大了,肯定得跟我哥一样去爸爸的公司做事。"

服务员见他们喝完了咖啡,走过来问他们还想点些什么。

"来杯柠檬水吧。"戚枫道。

"这边的糖葫芦不错,可以尝尝。"戚屿向他们推荐道。

"你没开玩笑吧?"戚枫瞪他,"那糖葫芦里的山楂酸得很,小希吃了一颗就吐出来了,吐出来的还要强塞到我嘴里,那味道,啧……"戚枫想起来就腮帮子酸,"我还以为你刚才拿去丢了呢!"

戚屿:"……"亏他还觉得小家伙不错,知道交换分享,原来是自己不想吃才给他!

戚屿又想起一件事,趁机质问戚枫:"对了,你为什么教戚希拿彩笔画别人的衣服?"

戚枫:"什么彩笔?"

他把昨天幼儿园老师告的状以及戚希的交代都说了,戚枫听到自家三弟被别人说像女孩,当即义愤填膺:"什么?!那些歪瓜裂枣也配说咱们小希?!"

戚屿竖眉:"你怎么知道别的小朋友是在欺负他?"

戚枫:"小孩最敏感,别人说的话是善意还是恶意他分辨不出来?你不记得我俩小时候也被人排挤过吗?"

戚屿有点蒙:"有吗?"

戚枫:"有啊,幼儿园的时候,就因为我俩长得好看受老师喜欢,班里有两个小胖子老找我们碴儿,我记得后来你抓了一只知了放在其中一个胖子的铅笔盒里,上课时他打开铅笔盒,知了扑棱到他鼻子上,他当场吓哭了,还尿了裤子!还有另一个,你在他衣服里放七星瓢虫,骗他说是毛毛虫,吓得他大哭大叫……你那会儿玩恶作剧阴他们的手段比现在的小希可是有过之而无不及!"

戚屿:"……"

傅延昇在边上听得饶有兴味,不时看戚屿一眼,还说:"像是你会做的事。"

戚枫回想了一下,又道:"不过小希怎么跟你说是我教他的?他这事都没跟我讲,我也没教他拿彩笔画别人衣服啊。"

众人这才反应过来,齐刷刷地看向正在娱乐区玩爬梯的戚家幺子……

傅延昇摸着下巴评价道:"你这弟弟……以后很有前途啊。"

戚屿嘴角一抽,是啊,要不然怎么承载老戚家的希望呢?

四大一小在游乐园玩了整一天,直到小家伙发泄完浑身的精力才被戚枫领回去。周末戚源诚和姜莹回来,戚屿带着两个弟弟接机时,丝毫没有提老师告的那些状。

小孩子的问题,便让小孩们自行解决吧,成长过程中的每一个环境都是课堂,能让他们学着了解这个世界的真实规则。毕竟,他小时候也是那样过来的。

半个月后的某日,叶钦如去总裁办找戚屿,敲了门进去,却见戚屿正专注地研究着什么。他凑近一看,讶异道:"戚总,你在玩斗兽棋啊?"

戚屿手忙脚乱地拿文件盖住棋盘,轻咳一声,道:"什么事?"

"林总那边发来了新的合同,都按着我们的要求改了,"叶钦如笑着瞥了一眼没遮住的棋子,识趣道,"你先忙,有空过目一下就可以签字了。"

退出总裁办的叶钦如想起两周前和傅延昇吃饭,当时傅延昇手边就摆着一盘斗兽棋,问他做什么用,他说用来教戚屿的弟弟。

……啧,拿弟弟当啥幌子呢?明说是跟戚总下,自己也不会鄙视他们的嘛!

番外二 林焕的败局

林焕抽着烟，斜睨着办公桌上的那封辞职信，一脸的困顿与忧愤。

他独自掌控着一家市值数十亿的投资公司，能把辞职信送到他跟前来的人，必定不是无名小卒——对方可能是他的直系下属，位高权重，也可能是他一手栽培的亲信，损失哪个都会让他感到惋惜——但这已经是他今年看到的第三封辞职信了。

第一个走的是投资二部的总经理，那人是他在英国念书时结交的朋友，当初事事唯他马首是瞻；第二个走的是合规部的副总，是他两年前从某知名银行挖来的精英人才；现在这一个……

林焕一手夹着烟，一手挑开连蘸都没蘸的信封口，把信纸抽出来一抖，扫向右下角的署名——许敬。

林焕怔了一下，这人是他三年前从司源集团挖过来的投资鬼才。

说到司源集团，林焕脑海中立即闪过那个帅得有点过分的年轻后生。那人只比他小了七岁，叫戚屿，是司源集团董事长的长子。

第一次知道戚屿这个人，还是从许敬口中……

毕业回国后，林焕在父亲的资助下建立了林和资本，因急缺投资人才，他在燕城某会所定期举办聚会。在一次聚会上，他认识了山雨投资的CEO许敬，此人才思敏捷、谈吐不俗，无论对时事还是对商事都有犀利的见解。

阅人无数的林焕当即看出了对方身上具备的投资人潜力，向对方递出了橄榄枝，但许敬婉拒说司源集团的董事长对他有知遇之恩，他得留在山雨为"太子爷"打天下。

世人皆重名与利，在林焕看来没有谈不下的事，只有没谈妥的利，许敬越是拒绝他，他越想耐心钓钓这条鱼。

那时他压根没将许敬口中的"太子爷"放在眼里，身为燕城首富林氏的继承人，林焕身边从来不缺富商贵胄。他十来岁就跟着父亲身边的能人老师学炒股、学经商之道，可以说是"来去名利场，无人与之衡"。那司源集团的规模不到他们林氏的十分之一，他对戚屿的想象也就是许敬背后的东家，在温室里养大的花朵，丝毫不以为意。

那几年，林焕身边最常被人提及的对手是海城司氏的司泽。

林氏和司氏一个在燕城，一个在海城，各自驻地为王，在商界的地位也是旗鼓相当。

司泽与他年纪又差不多,两人虽然从未见过面,但就如武侠小说中的"北乔峰南慕容",总被拿来比较。

听到司泽的名字多了,林焕也很好奇对方是个什么样的人,结果派人一查,整个人都气炸了,那司泽还真是个徒有其名的"慕容复",性格阴鸷乖戾不说,私下净做腌臜事。

什么绣花枕头烂草包!也配当他林少爷的对手?

那司泽当然也听过他林焕的大名,从他经营林和资本起就在暗中与他较劲,投他看中的股票,争抢他快谈成的合作,知道他喜欢玩《英雄战塔》,组建了游戏战队,居然也给自家那个毛都没长齐的弟弟搞了个游戏公司,还重金挖走了他看中的明星玩家肖野。

这些行为就像是小学生找存在感,伤害性不高,侮辱性极大。

想他堂堂林大公子,哪是任人挑衅的性格?他很快就往司氏安插了一个间谍,那间谍虽然没能成为司泽的贴身下属,却也成功地潜入了内部,打听到不少商业内幕。

没过多久,间谍便透露给他一个消息——司源集团要拓展科技版块,做自己的电商平台,让司泽任科技部总经理,集团董事长戚源诚之子戚屿任副总经理,近来还打算收购几家新兴的科技公司。

在那之前,司源集团旗下的子公司刚传出一起高层职务侵占案,美薇高管开假货店的新闻在网上传得沸沸扬扬,圈子里有人说,这案子就是戚家太子爷暑假期间空降美薇时查出来的。

戚公子的事迹一时被不少人在圈内提起,林焕没太上心,他的关注点仍是讨人厌的司泽。他将目标锁定在他们打算收购的红妆与莲秀,一评估,发现这两家公司还确实有被收购的潜质,尤其是红妆。

那司泽玩恶意收购的手段还是老一套,林焕早就看腻了,他不费吹灰之力就抢下了红妆,继续蛰伏,打算在莲秀股价被司泽压到最低时来个螳螂捕蝉黄雀在后,叫对方尝尝竹篮打水一场空的滋味……

但他万万没想到,在决定收网时,他却在莲秀身上碰了个壁。那莲秀的创始人之一俞莲拒绝了他,还说戚总向她们表达了十足的诚意,加上她喜欢美薇这个品牌,所以还是希望和司源合作。

又一次听到戚屿的名字,林焕不由得感到惊讶,恰好那日许敬给他打电话,问及红妆和莲秀之事,他自然将此次失利的原因与对方联系起来——有许敬这样的人才在背后出谋划策,戚屿能让他吃这一绊子倒也不足为怪。

这也让林焕越发起了挖许敬的心,他热情地邀请许敬来燕城吃饭,几日后见到许敬,又敏锐地察觉出对方情绪不佳。杯酒下肚,许敬在他的试探下忍不住吐露了心中的忧闷,原来戚家那小太子爷自己在外找了个老师,还相当器重那人,几次为那人与许敬起争执,让许敬倍受打击,心灰意冷。

"我早跟你说过感情靠不住吧?"林焕趁机煽风点火,"比起相信人家对你的器重,还

不如相信能握在手里的权力……但如果只要权,我看你也没必要继续留在司源,人往高处走,水往低处流,再考虑一下来林和资本怎么样?"

功夫不负有心人,那次见面后没多久,许敬就给了他肯定的答复。

一想到那戚董事长为自家儿子栽培数年的左膀右臂被自己一朝挖走,林焕是越发春风得意。

他原本以为,自己能碰上的对手也就是司泽那种货色,两人与其说是比拼手腕能力,不如说是比拼家世背景和人脉关系,即便司泽的玩法不入流,有司氏撑着也不会输得太难看。但世事难料,次年司氏因行贿和内幕交易被查,司泽和他的父亲司厉双双锒铛入狱,前途叵测。

钱权利欲的圈子,没有人能拍着胸脯说自己清白无垢,上头有意敲山震虎,也确实震到了他们。

此事一出,人人自危,更别说那些曾经与司氏财团关系亲近的商人集团,可所有人都没想到,在这个节骨眼上,司源集团居然还能从林焕眼皮底下挖走一员大将——红妆的创始人兼算法架构师苏竟临阵倒戈,带着团队投奔了戚屿!

你挖我的人,我挖你的人,那戚屿像是跟他卯上了!林焕简直不敢相信,那小子哪来的资本和胆量跟自己抗衡?

这还不止,恰逢司氏垮台,林焕打算把肖野重新买回来的时候,也是那个戚屿出手资助对方成立了自己的战队,公然与他叫板!

林焕被气得怀疑人生,连着买了一个月的通稿宣传苏竟的白眼狼行径,更亲自出面为菲亚·红妆站台,投入了大量资金来支持菲亚与美薇的对战。

短短半年,两家公司为了争行业龙头抢破脑袋,营销费用像流水一样哗哗地往外淌!

随着商业战争的进行,林焕却慢慢发觉,立早集团并没有看上去那般光鲜亮丽——立早的几个股东亲兄弟阋墙,内部乱成一团,自己盲目入局,就像稀里糊涂上了条贼船,船上满是破洞,随时都有可能被一个浪头掀翻。

所幸那司源集团受司氏事件影响,高层股权变动,也是人心惶惶、风雨飘摇。

林焕深知在这种局面下不可恋战,为减少损失,他给了菲亚一个最后期限,看他们能否谈下和新鸟的合作。如果能谈成,菲亚就有赢面,他投入的资金也能回收,谈不成他就立即抽身。

新鸟的商会在那年的年底举办,林焕带着身边的亲信前往江镇,就是在那里,他第一次见到了戚屿。

二十二岁的戚屿生得剑眉星目,英姿勃发,不像个商人,倒像个走秀台上的模特或者电视里的明星。

他们没有说话,只是隔着人群对视了一眼,那戚屿看他的眼神冷艳孤傲,锋芒暗涌。仅这一眼就叫林焕热血沸腾——这哪是什么温室里的花朵?分明是一头韬光养晦的狼!

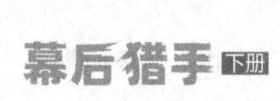

林焕第一次意识到,什么才叫真正的对手!

然而,也是在江镇,他的猪队友菲亚干出了一件让人大跌眼镜的蠢事——菲亚·红妆的执行董事章爱发及其二哥章有发买凶绑架了戚屿,还利用自己的亲生儿子当诱饵,差点把人给撕票!

事情败露后,绑架案的幕后指使者悉数被捕,菲亚也丧失了和新鸟合作的机会,就此身败名裂。林大公子投资红妆的钱打了水漂,也在业内成了巨大的笑柄。

烟头上欲坠的灰烬让林焕收回思绪,他伸手往烟灰缸里一弹,又粗略扫了一眼辞职信上的内容。写得都是千篇一律的场面话,什么感谢他栽培,但对未来有其他计划,有缘江湖再见……

再见你妹!林焕气急败坏,把信纸一揉,在空中投出一个漂亮的抛物线,恰好此时许敬推门而入,纸团被对方眼疾手快地一把接住!

林焕:"……"

两人面面相觑,一阵错愕,林焕很快板起脸问:"你真要走?"

"……嗯。"许敬把纸团重新展开,用手抚了几遍,恭敬地放在林焕桌上。

林焕把烟蒂狠狠地戳灭在他的辞职信上:"给我个理由,认真的。"

林焕还记得,许敬得知戚屿被绑架后,疯了一样跟着警察找了一晚上的人。

也许是好奇,也许是担心,他那晚也跟着去了。他们轮流开车,路上,他问许敬:"你都不是他的人了,干吗还这么紧张?"

许敬握着方向盘的手骨节突起,因着急而嗓音发颤:"我把他当亲弟弟……"

林焕理解不了他一个给人打工的,怎么就能把人家老板的儿子当自己的"亲弟弟",在那之前,许敬明明还说戚屿辜负了他。

翌日凌晨,戚屿在一间废弃的塑料厂获救,他们开车赶过去,许敬恨不得亲自冲进那破厂子,可当他看见戚屿被另一个人抱出来时,忽然就僵住了。

几天后,他们去医院探望戚屿,许敬独自上去与戚屿说了一会儿话,林焕坐在车里等,心情是从未有过的起伏不定。

他想起许敬那天清晨在厂子外面看戚屿的眼神,知道自己不能再留这个人了,因为这个人的心不在自己这里。

但意外的是,许敬仍打算跟他回燕城。

林焕问他为什么,许敬说:"戚屿最信任的那个老师……已经答应留在他身边了。既然做不了他的唯一,我宁愿走。"

林焕开玩笑道:"那你觉得,你能做我身边的唯一?"

许敬笑了笑,没有回答。

那时林焕还沾沾自喜,所谓用人不疑,疑人不用,他要不要许敬不是看对方跟戚屿

番外二 林焕的败局

什么关系，而是看对方能给自己做出什么成绩。

回燕城后，林焕让许敬替自己经营林和资本的一个投资部门，就这样，一晃三年，许敬为他做了许多事，对方在这些事情中展现出来的能力和计谋，的确验证了他看人的眼光。可从始至终，许敬只是把他当成一个上司，当成一个合作伙伴，两人只谈利益，不讲情分。

在林焕的逼视下，许敬开口道："他要我回去了。"

几天前，戚屿给许敬打了通电话，在电话里说："敬哥，司源现在很好，美薇·莲秀也发展得很好，就是山雨没人管，我挑不出比你更好的人。你回来替我管钱吧，我需要你。"

是，美薇·莲秀和新鸟顺利达成合作后，在这几年里一跃成为市值超百亿的知名平台，戚屿也顺利跻身商界名流前列，成了某知名财富榜上最年轻的企业家。他的小王子现在闪闪发光，功成名就，可仍记得当年的承诺——永远给他留着身边最重要的一个位置。

就为那一句话，许敬打开了三年的心结，归心似箭。

林焕听完，气得一脚踢在办公桌上，他忘了那办公桌是楠木的，而自己在办公室里又习惯穿拖鞋，大脚趾都差点踢断了。

"为什么？"他的腮帮子因疼痛而微微抽搐，"期权，股份，权力……我给你的难道还不够多？"

"够多了，林总，"许敬看着他，说，"你还记不记得你说过，感情是这个圈子里最不可信的东西？我以前也这么认为。但钱赚得多了总会麻木，到了这个阶层，在利益之外，我们总得有点别的牵挂，才有生活下去的意义……而戚屿就是我的牵挂。"

林焕现在终于明白了，三年前许敬没有回答的问题，答案到底是什么。

——如果不是在戚屿身边，许敬觉得在哪里都一样。

在他林焕这里，许敬也只是为了利，但那个戚屿能用一句话，叫这个人心甘情愿地为对方卖命！

林焕觉得这一切就像个笑话，他是个垃圾桶吗？就捡戚屿暂时不要的？

可他心里又有一种莫名的不甘和向往——他见过俞莲、苏竟，也见过叶钦如，还有那个姓傅的，几次商会上都远远有个照面，那些人像行星围绕着恒星一样围在戚屿身边转——他渴望自己身边也能有这样的人，把他当成死心塌地守护的对象。

他不知道该怎么做……明明他现在仍然拥有比戚屿更多的资产，更稳固的靠山。

许敬轻叹了口气，对林焕道："不管如何，谢谢林总这几年来的收容和器重，今后如果有什么地方需要帮忙，能做到的我一定尽力而为。"说完便转身离去了。

看着许敬的背影，林焕张了张嘴，有生以来第一次觉得，自己输得彻底。

图书在版编目（CIP）数据

幕后猎手.下册／羲和清零著.— 广州：羊城晚报出版社，2021.8
ISBN 978-7-5543-0952-0

Ⅰ.①幕… Ⅱ.①羲… Ⅲ.①长篇小说－中国－当代
Ⅳ.①I247.5

中国版本图书馆CIP数据核字(2021)第139641号

幕后猎手 下
MUHOU LIESHOU XIA

责任编辑	黄初镇　张灵舒
特约编辑	刘兆兰　钟嘉丽
责任技编	张广生
责任校对	杨　群
出版发行	羊城晚报出版社
	（广州市天河区黄埔大道中309号羊城创意产业园3-13B　邮编：510665）
	发行部电话：（020）87133824
出 版 人	吴　江
经　　销	广东新华发行集团股份有限公司
印　　刷	恒美印务(广州)有限公司
规　　格	787毫米×1092毫米　1/16　印张 19.5　字数 330千
版　　次	2021年8月第1版　2021年8月第1次印刷
书　　号	ISBN 978-7-5543-0952-0
定　　价	49.80元

版权所有 侵权必究

本书如有印装质量问题，请与广州天闻角川动漫有限公司联系调换。
联系地址：广州市黄埔大道中309号 羊城创意产业园3-07C
电话：（020）38031253　　传真：（020）38031252
官方网址：http://www.gztwkadokawa.com/

广州天闻角川动漫有限公司常年法律顾问：北京市盈科（广州）律师事务所